BEYOND THE BADGE: REZ

Edizione Italiana

Blue Avengers MC
Libro 4

JEANNE ST. JAMES

Traduzione di
ERNESTO PAVAN

———

Per rimanere aggiornati sulle novità di Jeanne, collegatevi al sito www.jeannestjames.com o iscrivetevi alla sua newsletter: http://www.jeannestjames.com/newslettersignup (in inglese)

Link d'autore: Instagram * Facebook * Goodreads Author Page * Newsletter * Jeanne's Review & Book Crew * BookBub * TikTok * YouTube

Beyond the Badge: Fletch (libro 1)
Beyond the Badge: Finn (libro 2)
Beyond the Badge: Decker (libro 3)
Beyond the Badge: Rez (libro 4)
Beyond the Badge: Crew (libro 5)
Beyond the Badge: Nox (libro 6)

LEO: *Liquor Enforcement Officer* e/o *Law Enforcement Officer.* La sigla è utilizzata per indicare entrambi i termini, che si riferiscono rispettivamente a un agente incaricato di ispezionare locali, ristoranti e simili per verificare il rispetto delle norme igieniche e commerciali (come una sorta di ispettore dell'ufficio di igiene) e a un generico membro delle forze dell'ordine

PSP: *PA State Police.* Polizia di Stato della Pennsylvania

La Centrale: Sede distaccata rispetto a quelle istituzionali, dalla quale i membri delle forze dell'ordine o di una task force conducono indagini segrete

Centralino: Responsabile delle intercettazioni e della loro trascrizione

Capitolo: Club di motociclisti a livello nazionale, con un comitato esecutivo nazionale (formato da presidente, vicepresidente, ecc). Esempio: il Deadly Demons MC

Sezione: Ciascuna sezione di un club si autogoverna, non rispondendo a un'associazione "madre" o a un capitolo nazionale. Esempio: il Blue Avengers MC

Slitta: Una motocicletta

A-cert: Certificazione che abilita un agente delle forze dell'ordine a eseguire intercettazioni telefoniche

TFO: *Task Force Officer*. Membro di una task force

UC/UCO: *Undercover Agent/Officer.* Agente sotto copertura (tecnicamente, il termine *agent* si riferisce a un agente del governo federale, mentre *officer* indica un poliziotto locale)

RICO: *Racketeer Influenced and Corrupt Organizations Act.* Legge statunitense per il contrasto alla criminalità organizzata

CW: *Cooperating Witness* (letteralmente "testimone collaboratore"). Ruolo non retrbuito

CI: *Confidential Informat* (letteralmente "informatore confidenziale"). Può essere retribuito o meno
Veicolo deposito: Mezzo di trasporto usato per conservare la droga da vendere

Fare rifornimento: Rifornire la scorta di droga da vendere

Trap house (letteralmente "casa trappola"; traducibile con "casa di spaccio"). Residenza privata utilizzata per la vendita illegale di droga. Questi luoghi offrono riparo agli usufruitori di droghe e forniscono agli spacciatori luoghi da cui vendere

Thrust stage: Palco che si estende nella zona occupata dal pubblico su tre lati ed è collegato al backstage nella parte posteriore

BOLO: *Be on the lookout alert* o APB (*all-points bulletin*). Bollettino, comunicato o elenco di individui ricercati a vario titolo dalle forze dell'ordine

Incel: *involuntary celibate* (letteralmente "persona involontariamente casta"). Membro di una comunità online di giovani uomini che si ritengono incapaci di attrarre le donne dal punto di vista sessuale; tipicamente associato a ideologie ostili nei confronti delle donne e degli uomini sessualmente attivi

Nota del traduttore: Alcuni dei termini e delle sigle sopra indicati non compaiono nel testo in lingua originale, ma tradotti o parafrasati per motivi di leggibilità. Abbiamo comunque voluto mantenere inalterato il glossario per soddisfare la curiosità dei lettori.

Elenco dei caratteri

<u>BAMC (Sezione regionale del Sudovest):</u>

Axel Jamison - *Presidente* – Sergente, polizia di Shadow Valley
Shane Fletcher (Fletch) - *Vicepresidente* – Agente stradale, Polizia di Stato della Pennsylvania
Antonio Alvarez (Rez) - *Sergente* – Agente di polizia, dipartimento di Southern Allegheny
Aiden Cross - *Segretario* – Caporale, dipartimento di Southern Allegheny, marito di Nash (DAMC)
Mike Miller - *Tesoriere* – Agente di polizia, dipartimento di Pittsburgh
Daniel Finnegan (Finn) – *Capitano di strada* - Agente di polizia, dipartimento di Southern Allegheny
Bradley Lennox (Nox) – Agente di polizia, dipartimento di Shadow Valley
Colin Crew – Agente speciale senior, DEA, capo della Tri-State Task Force
Owen Decker – Agente stradale, Polizia di Stato della Pennsylvania

Danielle Montgomery (Monty) – Agente di polizia penitenziaria, SCI Greene
Timothy Frasier – *Liquor Enforcement Officer*, Polizia di Stato della Pennsylvania
Roland North – Tenente, polizia di Pittsburgh

Altri membri della Tri-State Drug Task Force:

Luke Rodgers – Agente speciale della DEA
Luis Torres - Agente speciale della DEA
Ian Butler – Caporale, Polizia di Stato della Pennsylvania
Ken Proctor – Agente di polizia, dipartimento di Uniontown
Carl Powers – Agente stradale, Polizia di Stato della Pennsylvania
Sam Kruger – Caporale, polizia di Pittsburgh
Warren Reynolds – Caporale, Polizia di Stato della Pennsylvania
Don Mullins – Detective della Narcotici, polizia di Pittsburgh
Nova Wilder – Agente speciale dell'FBI, divisione Criminalità Organizzata

Altri:

Sapphire – Spogliarellista ed ex-hostess del Peach Pit
Sloane Parrish – Assistente legale, donna di Decker
Melina Jensen (Mel/MJ) – Fidanzata di Finn, ex-direttrice del Peach Pit
Bella – DAMC, moglie di Axel
Valerie Decker (Val) – Figlia adottiva di Decker
Viper – Presidente dei Deadly Demons
Screw – Vicepresidente dei Deadly Demons
T-Bone – Aspirante Deadly Demon

Sadie Parrish – Sorella minore di Sloane
Saint – Deadly Demon responsabile del Peach Pit
Ringo, Popeye, Mutt e Chubs – Aspiranti che lavorano al Peach Pit
Clark – Ragazzo di Monty

9

Sadie Parrish – Sorella minore di Sloane
Saint – Deadly Demon responsabile del Peach Pit
Ringo, Popeye, Mutt e Chubs – Aspiranti che lavorano al Peach Pit
Clark – Ragazzo di Monty

Playlist

S&M - Rihanna
Circus - Britney Spears
River - Bishop Briggs
Gorilla - Bruno Mars
Cherry Pie - Warrant
Closer - Nine Inch Nails
The Stroke - Billy Squier

Capitolo uno

REZ ERA STRAVACCATO su una sedia in vinile dallo schienale curvo, rivolta verso il palco. Con un bicchiere di birra mezzo pieno in una mano e alcune banconote da un dollaro nell'altra, seguiva con lo sguardo la donna che ballava sul palco.

Da quando Mel aveva ricevuto il benservito come direttrice dello strip club – venendo trascinata per i capelli fuori dall'edificio e dal parcheggio – il Peach Pit era diventato… beh, uno schifo.

Dopo che Mel era stata cacciata a forza, la maggior parte delle sue spogliarelliste migliori se n'era andata e aveva trovato lavoro altrove. Per quel motivo, i Deadly Demons, l'MC che attualmente possedeva il club, stavano riempiendo la loro scuderia con donne che non avevano idea di come si facesse uno spogliarello.

E quello era il motivo per cui Rez era uno dei pochissimi uomini seduti nel locale in quello che avrebbe dovuto essere un venerdì sera affollato. E che invece era un mortorio.

La maggior parte delle ballerine di quella sera era così poco entusiasta che sembrava annoiata. O stanca. O forse persino fatta. Nessuna si preoccupava di fare uno sforzo.

Il locale sembrava non essere stato pulito da chissà quando. Per quel motivo Rez aveva passato la sedia con un tovagliolo prima di sedersi.

Anche chi era in cabina DJ non era certo un professionista. In realtà, avrebbe potuto far risuonare tromboni tristi attraverso gli altoparlanti per accompagnare le donne appassite che "ballavano" sul palco.

Rez dubitava seriamente che l'attività facesse incassi decenti, a quel punto. Ma dubitava anche che ai Demons importasse molto della cosa. Il loro obiettivo era usare il club come punto vendita per il loro commercio di metanfetamine.

Oltre alle metanfetamine, spacciavano anche erba. Tuttavia, l'erba era roba da poco. Non era la loro principale fonte di guadagno, ma più che altro un modo per rendere il Peach Pit un punto di riferimento per chiunque volesse sballarsi.

Tutti i dipendenti, a parte alcune spogliarelliste, erano ora costituiti da membri dei Demons, sia pezzati che aspiranti. E Rez avrebbe potuto giurare che alcune delle "nuove" spogliarelliste facessero il doppio lavoro come chiappette dei Demons. Saint aveva avuto il suo bel da fare a trovare corpi per riempire i vuoti dopo l'esodo di massa.

Delle unghie gli percorsero la schiena da una spalla all'altra, prima che una voce sensuale gli dicesse all'orecchio: "Ehi, bello.".

La cosa bastò a fargli arrivare una scarica elettrica all'uccello.

Strinse le labbra per un attimo prima di lasciarle arricciare in un sorriso.

Sapphire, l'ex-hostess del locale, si spostò agilmente davanti alla sua sedia e si sistemò in posizione obliqua sulle sue ginocchia. Dopo averle fatto scivolare un braccio intorno alla schiena, lui le posò una mano sul fianco formoso per tenerla lì.

"Vuoi un'altra birra?" chiese la donna.

"Non ancora."

Sapphire accostò di nuovo le labbra all'orecchio di Rez per dirgli: "Devo comportarmi come se stessi cercando di venderti un ballo privato. Altrimenti Taint mi darà addosso per aver parlato con te."

"Il rotolo di monetine che no nella tasca anteriore… basta per una mezz'ora nella saletta VIP?"

Con una risata, la donna si raddrizzò e gli percorse il lobo dell'orecchio con un'unghia lunga. Era smaltata di nero, con una sorta di disegno fantasia che si abbinava a quel vestitino fottutamente sexy, lucido e aderente alle curve che la donna indossava quella sera. Quello con una scollatura profonda che dimostrava che Sapphire era una professionista del nastro biadesivo per tenere a posto le tette giganti.

"È un rotolo di monetine? Pensavo che fossi semplicemente felice di vedermi."

Se avesse continuato a muovere il culo contro di lui, avrebbe scoperto quanto velocemente quel "rotolo di monete" poteva aprirsi.

Rez ridacchiò. "Sono sempre felice di vederti, Phire. Le *monetine* dovrebbero essere una prova sufficiente." Mantenne il sorriso quando chiese in un sussurro: "Saint c'è?"

"Sul retro. Probabilmente a molestare le ragazze."

"Non sono sicuro che si possa definire *ragazza* la maggior parte delle nuove ballerine. Sembra che quello abbia riempito le fila saccheggiando una casa di riposo per spogliarelliste. Alcune di loro ballano come se avessero paura di rompersi un'anca."

"Alcune non ci provano nemmeno. Si aggrappano al palo e ci girano attorno. Poi si fermano e si tolgono un capo di abbigliamento. Camminano, si tolgono il capo successivo. Ripetono l'operazione finché non si sfilano il perizoma."

"Ma non mi dire. Sono troppe sere che mi siedo queste

cazzo di sedie. Se non fossi qui per un motivo, non mi sottoporrei a questa tortura," ammise Rez.

"E io che pensavo venissi qui a trovarmi," provocò la donna, "da qui il rotolo di monetine."

"Hai appena detto che non le accetti come pagamento per un ballo privato."

Lei gli fece l'occhiolino. "Forse perché quelle monetine non esistono? E anche se esistessero, non basterebbero."

"Allora è uno schifo che io sia così dannatamente tirchio."

Lei giocherellò con le punte dei capelli che ricadevano sulla nuca di Rez. "Sono d'accordo."

"Se non la smetti di provocarmi, quel rotolo di monetine esploderà."

Quando lei si leccò le labbra rosso scuro, la cosa non lo aiutò a risolvere il problema.

"Non riesco a credere che tu sia rimasta a bordo della nave che affonda," mormorò. Ignorando la ballerina sul palco, dedicò tutta la sua attenzione alla bella donna che aveva in grembo.

"Non ho altra scelta in questo momento. Credimi, non c'è niente che desideri di più che uscire dalla morsa di Taint. Il problema è che finché non troverò un locale decente o Mel non ne aprirà uno suo, dovrò restare qui."

"Le altre ragazze hanno trovato delle alternative."

"Non tutte. E gli altri non hanno trovato un buon locale. Per ora, ballano in discariche come questa. Di nuovo, speriamo tutte che Mel riesca ad aprire presto un locale tutto suo. Non ha senso che io vada in un'altra discarica, perché almeno qui ho una clientela consolidata. In qualsiasi altro posto, dovrei ricominciare da zero."

Non ci sarebbe voluto molto perché quella donna ricostruisse la sua base di fan. Era una bistecca succosa contro la carne macinata.

"Tesoro, guardati intorno: la maggior parte della tua fedele clientela se n'è andata. Questo posto è deserto."

Sapphire sospirò e si appoggiò a lui.

Lui le strinse il fianco. "Scusa, non volevo farti sentire da schifo. Mi preoccupo solo perché sei qui, nient'altro."

Lei gli circondò il viso con le mani. "È molto dolce, Rez. Ma non devi preoccuparti per me. So badare a me stessa."

"Anche la tua migliore amica, ma guarda cosa le ha fatto quello stronzo."

"Sto prendendo alcune precauzioni."

Lui inclinò la testa. "Tipo?"

Lei gli strappò il bicchiere dalle dita e lo mise nel porta-bicchieri incorporato nella sedia, poi gli prese la mano.

"Cosa stai facendo?"

La donna gli premette un dito curato contro le labbra e sussurrò: "*Sss.* Dammi corda."

Rez le avrebbe dato ben altro.

Ciononostante, col cazzo che le avrebbe impedito di infilargli la mano di sotto il vestito. Era una cosa su cui lui aveva fantasticato. Ma lei non si limitò a farla scivolare sotto l'orlo: la guidò fino al ginocchio, prima di spingerla più in alto sulla coscia calda, morbida e molto liscia.

Era…

Era…

La punta delle sue dita sfiorò qualcosa di pizzo. Ne percorse il bordo. Che diavolo era? Una giarrettiera?

"Porto due di quelle tasche per giarrettiere di pizzo che Mel ha comprato per noi. Una per ogni coscia. Una la uso per il cellulare, l'altra per un'arma."

Ancora una volta, la voce roca di lei nell'orecchio non contribuì a ridurre le dimensioni di quel rotolo di monetine.

"Maledizione. Una pistola?"

Sapphire scosse leggermente la testa. "Troppo ingombrante per un vestito così aderente."

"Ti dispiace?" chiese lui.

"Accomodati pure."

Dopo aver trovato il cellulare, Rez fece del suo meglio per controllare l'altra coscia della donna senza dare l'impressione che la stesse palpeggiando, anche se di fatto lo stava facendo.

Si spostò sull'altra tasca da giarrettiera per trovare... "Un pettine?"

"Il manico è un coltello. Si sfila facilmente."

"Avresti potuto dirmelo fin dall'inizio, Phire. Invece di farmi sentire in colpa per averti palpeggiata. A meno che," Rez inarcò un sopracciglio, "non ti sia piaciuto?"

Lei scrollò una spalla e sorrise. "È da un po' che non mi faccio toccare da qualcuno che non mi faccia venire voglia di vomitare."

Rez ridacchiò. "Lo prendo come un complimento, allora. Dovrei metterlo nella lista dei 'pro' quando si tratta di accettare un appuntamento con me sul mio profilo Tinder. *Non fa vomitare le donne quando le tocca.*"

"Posso parlare solo per questa donna," Sapphire indicò se stessa, "ma cosa c'è nella tua lista dei 'contro'?"

"Molto."

"Vuoi condividere?"

"Uno è: *ha solo un rotolo immaginario di monetine per fare colpo sulle belle donne.*"

Lei gli fece tremare tutto il grembo con una risata. "Questo è decisamente un contro, tirchiaccio che non sei altro."

"Ehi, sono un proletario con un lavoro da proletario." Rez evitava sempre di dire esattamente cosa faceva quando era nel locale, non sapendo mai chi potesse essere in ascolto. "Di certo non sono ricco. Anche con questo pubblico così esiguo, probabilmente tu guadagni più con le mance che io con il mio stipendio."

Sapphire gli strizzò le guance. "Povero bambino. Immagino che tu stia cercando una sugar mommy, allora."

"Vada per lo *sugar* senza la *mommy*, per favore e grazie."

"Hai finito di esplorare?"

"Cazzo," mormorò lui, rilasciando la presa sulla coscia della donna. Tirò fuori la mano da sotto il vestito. "Mi sono distratto." E non era manco una bugia. Quella donna era decisamente distraente.

"Mmm hmm."

"Comunque, anche se sono contento che tu stia prendendo provvedimenti per proteggerti, non puoi indossare quella roba sul palco."

Lei sospirò sommessamente, attirando la sua attenzione sulle labbra piene. "Lo so. Di nuovo, è dolce che tu ti prenda cura di me, ma non sei obbligato a farlo. E so che non è per questo che vieni così spesso."

"Tu sei comunque un valore aggiunto, Phire. A proposito di Bonehead[1], l'hai visto?"

"No."

"Hai sentito qualcosa?"

"Purtroppo no. Ma ho tenuto gli occhi e le orecchie aperte come mi avete chiesto tu e Finn."

Rez non poteva dirle delle telecamere che la task force aveva installato all'interno e nei pressi del club. Anche se Mel ne era a conoscenza, le era stato detto di non condividere quell'informazione con nessuno. Compresa la sua migliore amica. Tutto quello che potevano fare era chiedere a Sapphire di tenere d'occhio T-Bone, l'aspirante dei Deadly Demons che aveva una stretta pericolosa e mortale sulla sorella minore di Sloane.

L'aspirante teneva Sadie sotto metanfetamina, in modo da farla prostituire per riempirsi le tasche. Perché qualcuno fosse disposto a pagare per fare sesso con una donna così malridotta e strafatta, Rez non ne aveva la minima idea.

La ragione più ovvia era che alcune persone non avevano un fondo del barile da grattare.

Quando Decker aveva trovato la donna svenuta nella

chiesa dei Demons a Uniontown, l'aveva portata di corsa all'ospedale nella speranza di poterla inserire in un'altra struttura di disintossicazione una volta che si fosse ripresa. Purtroppo, T-Bone era arrivato e se l'era portata via prima che ciò potesse accadere.

Ora non avevano la minima idea di che fine avessero fatto T-Bone e Sadie. Erano entrambi scomparsi, probabilmente in attesa che si calmassero le acque. Ma considerate le sue attività, T-Bone doveva costantemente guardarsi le spalle sia dalla Tri-State Federal Drug Task Force che dai Blue Avengers.

Peggio ancora, se Sadie avesse continuato lungo quella strada, non sarebbe rimasta in vita ancora per molto. Stavano tutti cercando di evitare quella tragica fine. Per il bene di Sloane e Decker.

Le sere in cui Rez veniva al Peach Pit, non lo faceva per questioni legate alla task force. Lo faceva nel suo tempo libero, per aiutare il suo fratello di BAMC.

Inoltre, finché Sapphire lavorava lì, non era certo un sacrificio.

"Lui ti fa ballare stasera?"

A volte, il Demon responsabile dello strip club costringeva Sapphire a tornare sul palco quando gli mancava una ballerina per la serata. Ma per lo più – anche se l'aveva privata delle sue funzioni di hostess e sostituita con un aspirante – Saint voleva che Sapphire si lavorasse degli uomini del pubblico per vendere balletti privati per il resto delle ragazze, oltre che per se stessa.

Lo stronzo pensava che nelle salette VIP si facessero i soldi. D'altra parte, quel coglione aveva il senso degli affari di una pulce. Mel gli aveva detto che non erano i balletti privati la parte più lucrosa del locale, ma il bar. E poiché non avevano baristi qualificati, l'unica cosa decente da bere nel club era la birra in bottiglia.

Perché quegli idioti degli aspiranti non potevano mandarla a puttane.

Il suo cervello ebbe un colpo di frusta nel momento in cui lui si rese conto che non aveva ancora visto Sapphire spogliarsi. Ogni sera che lui si sedeva su quelle sedie quando lei lavorava, la donna faceva solo il giro e si dirigeva in una delle due salette VIP sul retro, una volta trovato qualcuno con abbastanza soldi per pagare il suo onorario e la mancia.

Quei clienti particolari stavano diventando sempre più rari.

Mel era stato il catalizzatore del successo del club, nonostante i Demons avessero strappato il locale alla vecchia proprietaria. Ora Saint the Taint non aveva nemmeno un direttore decente. Aveva assunto personalmente quella posizione e aveva tenuto la sua vecchia, Cookie, come vice. Che cosa ridicola.

Dato che tutte le ragazze erano dannatamente fedeli a Mel e odiavano la direzione che stava prendendo il club, la maggior parte se ne era andata. Un'eccezione era la donna più sexy del mondo, che in quel momento stava scaldando il rotolo di monetine di Rez.

Lui continuava a non capire perché fosse rimasta, nonostante le scuse che lei gli aveva fornito. Naturalmente, ciò attivò il suo istinto di poliziotto. "Saint cerca di farti fare qualcosa di più che ballare là dietro?"

"Sempre."

Gesù Cristo. "E tu?"

"Anche se apprezzo la tua preoccupazione, quello che faccio nelle salette VIP non è affar tuo."

"Phire," gli sfuggì in un ringhio, sorprendendolo. Perché diavolo gli dava fastidio quello che lei faceva con i suoi clienti?

Quando la donna fece per alzarsi, lui le afferrò il braccio e se la attirò di nuovo in grembo.

"Rez…"

"Non lasciare che ti costringa a fare cose che non vuoi fare. Soprattutto se sono illegali."

L'attività sessuale a pagamento era ancora illegale nel Commonwealth della Pennsylvania, che fosse a porte chiuse o meno. Non importava che entrambe le persone fossero adulti consenzienti. Gli atti sessuali non potevano essere compiuti in cambio di denaro o di qualsiasi cosa di valore.

Proprio come era illegale che T-Bone pagasse Sadie in metanfetamina per poter vendere il corpo di lei a qualcun altro.

Rez digrignò i denti al pensiero di quell'uomo che si approfittava della sorella di Sloane.

Qualcuno avrebbe potuto sostenere che lei si prestasse volontariamente. Ma in realtà lo faceva solo per alimentare la sua dipendenza, il che la rendeva di fatto una schiava.

Se non fosse stata alla continua ricerca di sballo gratuito, molto probabilmente non si sarebbe mai svenduta a quel modo.

Le parole successive di Sapphire lo fecero uscire dalla sua testa e tornare alla discussione in corso. "Senti, non faccio nulla che non voglia fare. E non faccio nemmeno nulla di illegale. Ma soprattutto, non ti devo nessuna spiegazione o scusa."

Porca puttana, Sapphire aveva ragione, ma questo non significava che la cosa dovesse piacergli. "Hai ragione a dire che non mi devi un cazzo, ma lasciami chiarire una cosa… Sei la migliore amica di Mel e una cosa che dovresti sapere – se non l'hai ancora capito – è che noi siamo una cazzo di grande famiglia. Ci guardiamo le spalle a vicenda."

"Quindi io sarei una parente acquisita?"

Perché sembrava così cinica? "Tu copri le spalle a Mel. Lei lo fa con te. Quindi, sì, che ti piaccia o no, tutti noi veniamo con Mel."

Gli occhi blu brillante di Sapphire si addolcirono un po'. "Beata lei."

"Di nuovo, anche tu ne trai beneficio."

La donna si strinse nelle spalle. "Dipende dai punti di vista. Di certo non ho bisogno che gli uomini nella mia vita, che io ci vada a letto o meno, prendano decisioni per me."

Un muscolo gli spuntò sulla mascella a forza di stringere i denti. "Perché fai la difficile?"

"E perché tu ti impicci di cose che non ti riguardano?" ribatté lei. "Te lo dico per l'ultima volta… Apprezzo la tua preoccupazione, Rez, è dolce e tutto quanto, ma so prendermi cura di me stessa. Lo faccio da molto tempo e sono sicura che continuerò a farlo ancora a lungo."

La preoccupazione di Rez non era certo dolce. "Non è necessario che tu lo faccia da sola."

"E tu cosa farai? Interverrai e mi farai licenziare?" sibilò la donna.

Prima che lui potesse rispondere, Sapphire gli fu strappata dal grembo e messa in piedi. *Porca di quella puttana,* la donna lo aveva distratto così tanto che Rez non aveva visto avvicinarsi quello stronzo di un motociclista.

"Se questo non paga, smettila di perdere tempo. Inizia a lavorarti il pubblico."

"Quale pubblico?" Rez si guardò intorno con fare eloquente.

In piedi subito dietro Saint, Sapphire lo guardò con occhi spalancati, dicendogli praticamente senza parole: *"Non potevi stare zitto?"*

Saint gli puntò un dito contro. "A meno che tu non voglia comprare una cazzo di lap dance, non monopolizzare le dannate ragazze."

"Stasera non posso. Sono al verde. Grazie per la compagnia, Sapphire," esclamò Rez mentre la donna frapponeva distanza tra Saint e se stessa.

Lei scosse la testa e, anche se gli fece l'occhiolino da sopra la spalla nuda, molto probabilmente anche lei era felice di allontanarsi da Rez. Si era comportato come uno stronzo dispotico con una persona con cui non aveva il diritto di farlo.

Guardò i fianchi della donna oscillare in modo seducente mentre si dirigeva verso un tavolo dove erano seduti due uomini maturi. Che se la mangiarono con gli occhi per tutto il viaggio verso il loro tavolo.

Naturalmente, c'era da aspettarselo. Il Peach Pit era uno strip club. Sebbene non potesse legalmente vendere sesso fisico, vendeva fantasie. E Sapphire suscitava di certo un sacco di fantasie. Rez lo sapeva per esperienza.

Anche se le ballerine volevano far credere ai clienti che questi avessero una possibilità con loro, la verità era che la maggior parte non ce l'aveva e non l'avrebbe mai avuta. Più le donne erano abili a fingere interesse, più guadagnavano in mance.

Sapphire era una delle migliori. D'altronde, per la maggior parte della sua vita adulta aveva lavorato in locali come quello in cui era seduto lui. Come Mel.

Rez non aveva mai saputo che lo spogliarello potesse essere un percorso professionale prima di incontrare quelle due donne. Non aveva mai visto un club per soli uomini allestire un tavolo alla Giornata dell'Orientamento quando era al liceo.

Una volta che la bella dai capelli scuri si infilò nel separé con i due uomini, Rez riportò a malincuore l'attenzione sul motociclista in piedi di fronte a lui, che gli bloccava la vista sul palco.

"Non sei trasparente, Saint."

L'uomo non disse nulla.

"Che ne dici se compro una lap dance dopo che mi avranno pagato lo stipendio? Mi farò perdonare il tempo che lei ha perso con me, un *cliente*," sottolineò.

Saint sbuffò. "Ultimamente passi un sacco di tempo qui senza spendere granché. Compri una birra, butti qualche dollaro sul palco e basta, cazzo."

Porca miseria, Rez si era fatto notare dai motociclisti. Non era una buona cosa.

"Allora sai anche che pago l'ingresso. Il tuo scagnozzo in tenuta di pelle alla porta non fa entrare nessuno senza prima farsi ungere il palmo della mano."

"È il prezzo da pagare per assistere al miglior intrattenimento della zona."

Rez si trattenne dal ridere. Soprattutto perché Saint era serio e Rez non voleva essere cacciato a calci nel sedere. Saint avrebbe potuto facilmente bandirlo dal club.

E Rez aveva due buone ragioni per non essere bandito.

Ma a dire il vero, l'attuale scuderia di "intrattenitrici" del Peach Pit non valeva nemmeno i cinque dollari del biglietto. Quando Mel era la direttrice, ne facevano pagare dieci, ma erano stati costretti ad abbassare il prezzo dato che la qualità e la quantità delle ragazze erano diminuite.

Se il locale e l'intrattenimento avessero continuato a precipitare, presto avrebbero potuto essere costretti a eliminare del tutto il prezzo dell'ingresso per far sì che qualcuno riempisse i posti a sedere.

"Se non bevi, non compri il tempo con una delle mie signore o non lasci una bella mancia, allora vattene. Torna quando hai più grana."

Il Demon si girò sul tacco dello stivale e stava per andarsene quando Rez annunciò: "Non è per questo che sono passato stasera."

Saint si fermò di colpo e si girò di nuovo verso di lui. "Sì? Per quale cazzo di motivo occupi spazio, allora?"

"Ho sentito che non vendete solo birra e lap dance."

Avrebbe dovuto chiedere l'autorizzazione di Crew prima di fare quella mossa, ma cazzo… Le buone occasioni andavano prese al balzo.

L'uomo rimase completamente immobile e, se Rez doveva essere sincero, la sua espressione divenne leggermente terrificante.

Saint succhiò i denti così forte che Rez pensò che avrebbe ingoiato i pochi che gli restavano in bocca. "Sì? Chi lo dice? Quella troia?" I suoi occhi stretti si posarono su Sapphire e vi rimasero per qualche secondo prima di tornare a lui. "Quella puttana fa andare la cazzo di bocca?"

Ma che cazzo. "Vedi di darti una calmata. Lei non ha detto un cazzo. Sta solo cercando di tenersi i pochi clienti che vi sono rimasti facendo la carina con loro."

"Non è pagata per fare la carina. È pagata per farti arrapare e farti spendere un sacco di soldi. Tutto qui."

"Beh, è un'esperta nel farmi arrapare, questo è sicuro." Niente di tutto ciò era una bugia. Aveva pensato a Sapphire un sacco di notti – e di mattine – mentre si occupava di affari importanti.

"Credo che devi levarti dai coglioni," brontolò Saint.

"Come ho detto, non sono venuto qui per Sapphire. Sono qui perché spero di avere un assaggio di quello che vendete."

"Non so di cosa cazzo stai parlando."

"Sì? Peccato, allora. Un mio amico mi ha detto che questo è il posto migliore per trovare roba buona per le feste."

Saint lo fissò e non disse nulla per un tempo fottutamente lungo, pensando di poterlo fare innervosire.

Non era così. Saint era un pezzo di merda gonfiato che era molto più tosto nella propria mente che nella realtà. Non si faceva problemi a malmenare chi era più piccolo di lui, come Mel, ma se avesse affrontato qualcuno della sua taglia o più grande, avrebbe finito per piegarsi come una sedia da giardino.

Finn lo aveva dimostrato. Non che Rez ne sapesse qualcosa…

Saint rovesciò la testa all'indietro e guardò Rez dall'alto in basso. "Sei un porco?"

Le sopracciglia di Rez si alzarono. "Sembro un porco?"

"Ci assomigli."

"È un insulto?"

"Non se ami i porci."

"Odio i porci. Sia quelli rosa che quelli blu."

Saint lo osservò per qualche altro momento di disagio. Ma per tutto il tempo, Rez mantenne un'espressione vuota e rimase il più possibile rilassato sulla sedia.

"Puzzi di porco."

Rez gli mostrò entrambe le mani. "Conosci qualche porco che ha tatuaggi su tutto il dorso delle mani? Io no di certo, cazzo. Ai reparti di porci piacciono i ragazzi bianchi e puliti. Io sono lontano dalle loro preferenze."

Ancora una volta, Saint lo fissò troppo a lungo. La sua idea di "minaccioso" non era molto chiara.

"Cerchi fumo?"

Rez scosse la testa. "No. Ho già una buona fonte di erba di qualità. E ho detto festa, non sonno. L'erba mi fa venire voglia di mangiare un intero sacchetto di Doritos del cazzo e poi accucciarmi davanti alla TV a guardare le repliche di Golden Girls per tutta la fottuta notte."

Cazzo, Saint stava proprio lottando per non ridere. Faceva del suo meglio per mantenere una faccia di pietra.

"Ce l'hai una slitta?"

Si trattava di un test. Non molti sapevano che gli MC usavano quel gergo per le loro moto.

"Sì, ne ho una. Ma è parcheggiata per l'inverno."

"Quindi, stai dicendo che sei una fighetta," concluse Saint.

"Cerco di evitare che parti del mio corpo diventino nere e si stanchino. Se questo mi rende una fighetta, allora credo che porterò questo distintivo senza onore. Inoltre, io adoro la fica. Immagino per te non sia così. Non sapevo che un MC come il vostro accettasse membri della mafia arcobaleno. Congratulazioni per aver infranto il soffitto di cristallo."

Un lato della bocca del motociclista si sollevò. Non era un ghigno, ma nemmeno un sorriso. "Il mio club sta cercando nuove reclute."

Porca puttana. Rez non si aspettava che la loro conversazione andasse in quella direzione. Soprattutto perché nelle sue vene scorreva un inconfondibile sangue venezuelano. Non era per niente bianco. I membri dei Deadly Demons erano tutti così dannatamente bianchi che, quando si riunivano, si aveva l'impressione di essersi persi in una bufera di neve.

Rez sarebbe spiccato come un fottuto faro in mezzo a loro. E questo gli fece passare la voglia di esplorare ulteriormente quell'opportunità. *Dannazione*, Crew sarebbe rimasto scioccato quanto lui.

"Non sono sicuro di essere interessato a entrare in un club, ma ci penserò. Nel frattempo, sto ancora cercando quello che vendete."

"Pensavo avessi detto che non hai soldi."

"Non ce li ho. Ma vorrei fare una prova e, se il campione è all'altezza, ne comprerò ancora quando mi pagano."

Così facendo avrebbe anche avuto il tempo di convincere Crew ad approvare gli acquisti al Peach Pit. Documentare gli acquisti sarebbe stata anche una buona scusa per fare un salto allo strip club, in modo da tenere d'occhio quella carogna di T-Bone. Inoltre, avrebbe tolto un po' di metanfetamina dalla strada.

Rez non era sicuro di voler menzionare l'offerta di diventare aspirante a Crew. Non sapeva se avesse voglia di rimanere bloccato sotto copertura. Ciò avrebbe limitato fortemente quello che poteva fare della sua vita privata.

Decker aveva odiato ogni dannato secondo trascorso sotto copertura come aspirante Demon.

In realtà, Saint non aveva alcuna autorità per fare quell'offerta. Era Wolf il Demon responsabile della sezione di

Uniontown. E Wolf avrebbe potuto non essere così accogliente nei confronti di un aspirante molto abbronzato. Inoltre, anche Viper, il presidente dei Demons, avrebbe dovuto dare il consenso.

"Non ho niente da farti provare," disse infine Saint, grattandosi la barba. "Vieni la prossima volta che hai soldi e vai da Mutt al bar. Ti darà del ghiaccio in più per il tuo drink. Ma finché non hai un soldo da spendere nel mio club, devi levarti di torno. Se vuoi un cazzo di spettacolo gratis, vai a guardare la TV."

"Lunedì mi pagano per un lavoro."

La fronte di Saint si abbassò. "Che tipo di lavoro?"

"Edilizia."

Saint si passò una mano sulla bocca mentre considerava l'ultima bugia di Rez. "Il club è chiuso il lunedì."

"Sì, lo so. Fai sapere a Mutt che passerò martedì. Che ne dici di farmi entrare gratis allora, visto che stasera mi sbatti fuori senza ridarmi i cinque dollari?"

"Non è possibile. Per divertirsi bisogna pagare."

Saint poteva avere torto su molte cose, ma non su quella.

Capitolo due

REZ SALÌ di corsa le scale per il secondo piano. Aveva due minuti di tempo prima dell'inizio della riunione della task force di quel pomeriggio.

Tecnicamente non era in ritardo.

Provò la maniglia e fu sorpreso di trovare aperto. Non appena varcò la soglia, sentì dire: "Chiudi a chiave, *chamo*."

Rez si fermò e lanciò un'occhiata a Crew. Non avrebbe mai dovuto insegnare al capo della task force il gergo che usavano per "fratello" in Venezuela. "*In boca cerrada non entrano moscas, pendejo.*"

Luis Torres, agente speciale della DEA e centralino della task force, sbatté la mano sul tavolo e si piegò in due dal ridere.

Quello che Rez aveva detto non avrebbe dovuto essere divertente, se non per il fatto che Crew non aveva idea di cosa significasse. Naturalmente Torres lo sapeva e per quello si divertiva tanto. Ai due piaceva prendere per il culo Crew quando si parlavano in spagnolo.

Crew girò la testa verso Torres. "Che significa?"

Torres scrollò le spalle. "Perché dai per scontato che io parli spagnolo?"

"Non lo do per scontato: ti ho sentito farlo, stronzo. Con lui. E pure a lungo." Crew si voltò verso Rez dopo che questi ebbe chiuso la porta e si fu infilato nell'unico posto disponibile al tavolo. "Dimmi, cosa significa?"

Rez soffocò il sorriso e, con tono serio, disse: "Che tutti dovrebbero guardare a te come a un grande leader."

Crew sorrise. "Per quanto ciò sia fottutamente vero, stai mentendo."

"Sul fatto che sei un grande leader? Certo." In realtà Rez non stava mentendo, visto che Crew *era* un ottimo leader, ma non c'era bisogno di accarezzare l'ego del suo fratello di BAMC. Si montava già abbastanza la testa da solo.

"Sul significato di *pendejo*," chiarì Crew.

Non avrebbe dovuto insegnargli nemmeno la parola per "stronzo".

"C'è un'applicazione che puoi aggiungere al tuo telefono, si chiama – è meglio che te lo scriva, perché il tuo cervello è così vecchio che te lo dimenticherai – Google Translate. Dovresti scaricarla, così potrai capire cosa ho detto."

Crew si acciglió. "Non so nemmeno come si scrive la metà di quelle parole."

"Scommetto che non sai fare lo spelling di nessuna di loro," ha detto Torres.

"Ho capito 'no'. È una cosa abbastanza universale."

"Lo sente spesso agli appuntamenti," disse Finn con un sorriso, "quindi lo sa bene."

"Non inizieremo questa riunione finché non me lo dirai," insistette Crew.

Qualche gemito si levò nella stanza.

"Fai come un padre che dice ai figli che, se non si comportano bene, tornerà indietro?"

"Proprio così," rispose Kruger, caporale della polizia di Greensburg.

"Grossomodo, ha detto che le mosche non entrano nelle bocche chiuse," spiegò infine Torres.

"Oppure, ed è più adatto a te… a volte è meglio tenere la bocca chiusa," aggiunse Rez.

"Tutto quello che dico è valido."

Sghignazzi, fischi e sbuffi si levarono dal tavolo.

"Va bene, ho della roba da fare. Possiamo andare avanti con questa riunione?" Il ringhio di Fletch arrivò attraverso il vivavoce.

"L'unica cosa che devi farti è la tua vecchia. Non è vero, Wilder?" esclamò Finn.

A Rez sfuggì la risposta di Fletch, perché si avvicinò a Decker per chiedere: "A cosa stai lavorando ora che non sei più sotto copertura?"

"A quello a cui lavori tu: far innervosire Crew."

Rez non si preoccupò di trattenere la risata.

"Allora cominciamo con voi due. Qualcuno di voi ha qualcosa da condividere? Fletch? Wilder?" chiese Crew.

"Non molto. Sempre le stesse cose," rispose Fletch. "Continuo a sollecitare Wolf per farmi passare ai Demons. Non so perché resista."

"Forse devi scavalcarlo," suggerì Decker. "Wolf sarà anche a capo del capitolo di Uniontown, ma Viper e Screw sono a capo di lui."

"Non ho mai avuto l'opportunità di essere in loro presenza. Non è che mi invitino al loro capitolo in West Virginia o alle loro feste giù al Covo di Viper. Ma posso lavorarci su, visto che Wolf sembra essere un vicolo cieco."

"Può darsi che sia preoccupato di perdere le vendite," disse Crew. "Voi avete comprato molta merce da lui, quindi lui si è preso il merito di averla venduta. Se ti unisci ai Demons, puoi ottenere il prodotto direttamente alla fonte e venderlo da solo. Per la maggior parte, lui sarebbe tagliato fuori dall'equazione."

"Sì, ci ho pensato. Potrebbe essere così. Penso che intaschi una parte di tutto ciò che vende agli spacciatori di strada come me. Potrei essere uno dei suoi clienti principali, visto che la nostra task force ha accesso a più contanti della media dei trafficanti di metanfetamine."

"Continua a lavorare per ottenere un invito a una festa giù al Covo di Viper," gli consigliò Crew. "Non si sa mai cosa potrebbe decidere Viper, visto che vogliono continuare ad aumentare i loro ranghi."

"Senti, è stato già abbastanza difficile ottenere un invito a Uniontown. Se chiedessi un invito altrove, potrebbero cominciare ad avere prurito."

"Probabilmente hanno già prurito perché, giuro, si laveranno una volta alla settimana," affermò Decker. "Ho quasi dovuto usare il vecchio trucco del Vicks sotto il naso per non avere i conati di vomito."

"Fai quello che puoi," disse Crew a Fletch. "Ora come ora, sei in una buona posizione. Se anche non riesci a fare il passaggio, non sarà un grosso problema."

"Sì, ma sarebbe meglio far entrare qualcuno, visto che Decker ha mandato a puttane il suo incarico sotto copertura," intervenne Mullins, detective della narcotici della polizia di Pittsburgh.

"Io non ho mandato a puttane un bel niente," insistette Decker, per poi sospirare. "D'accordo, ho fatto una cazzata. Ma non avevo scelta. Chiunque di voi avrebbe fatto lo stesso."

"In ogni caso, non cambia il fatto che non abbiamo più nessuno dentro il capitolo di Uniontown," affermò Crew. "Mullins ha ragione. Dovremmo davvero cambiare questa situazione. Dei tre gruppi della task force, siamo gli unici a non avere nessun infiltrato."

Rez si chiese se fosse il caso di tirare fuori la sua conversazione con Saint. "Può darsi che abbiano un bisogno fottuto di aspiranti. Hanno cercato di crescere più velocemente di quanto potessero fare, così ora hanno alcune aziende che sono a corto di personale a causa della mancanza di manodopera gratuita o a basso costo."

"Ma non sono *così* disperati da prendere chiunque." Crew inarcò un sopracciglio.

Rez interpretò bene quel gesto, ma stava per dissipare quell'idea. "Non ne sono così sicuro."

Gli occhi grigi di Crew si fissarono su di lui. "Che cosa sai?"

Rez prese fiato. "Ieri sera, mentre ero al Peach Pit, mi è capitato di parlare con Saint."

"Di proposito?" chiese Finn.

"Non credo che qualcuno parli con quello stronzo di proposito," rispose Rez. "Stavo chiacchierando con Sapphire…"

"Ovviamente, cazzo," mormorò Finn.

"Saint non ne era felice."

"Non mi sorprende," mormorò ancora Finn.

"Comunque… Ha fatto scappare Sapphire e ho pensato di chiacchierare un po' con lui."

"E? Puoi arrivare al punto, cazzo?" chiese Decker.

Rez gli lanciò un'occhiata attraverso il tavolo. "Sono lì a tenere d'occhio T-Bone, stronzo, per *te*."

"Lo so, ma non è necessario farla tanto lunga."

Rez mostrò il medio a Decker, poi si concentrò su Crew seduto a capotavola. "Gli ho detto che potrei essere interessato a comprare un po' di quello che vende."

"Figa? *Sapevo* che dovevi pagarla, stronzo!" ululò l'agente della PSP Carl Powers.

Sia Crew che Rez lo ignorarono. "Era disponibile a vendere a te?"

"Certo. Per loro, i soldi sono soldi. Non importa da dove o da chi provengano. Tornerò domani sera. Mi serve solo un po' di quel dolce denaro federale per fare un acquisto."

"Non dovrebbe essere un problema. Ti darò abbastanza

per comprare una piccola quantità per iniziare. Magari potresti affermarti come acquirente abituale."

"Lo farò. Almeno toglierà un po' di quella merda dalla strada."

"Potrebbe anche ordinare più pizze dalla fottuta Pizza Town, sempre per lo stesso motivo. Ma sappiamo tutti perché ha deciso di frequentare il Peach Pit," disse Decker.

"Sì, per T-Bone," sbottò Rez. "E che diamine."

"Non sapevo che T-Bone facesse Sapphire di secondo nome," disse Finn sbuffando.

"Comunque," disse a voce alta Rez, "Saint mi ha chiesto – indirettamente – se fossi interessato a diventare aspirante."

Attorno al tavolo, tutti ammutolirono.

"Tu?" proruppe infine Crew.

"Sì, ha sorpreso anche me," ammise Rez con un'alzata di spalle.

Il capo della task force aggrottò le sopracciglia. "Ci staresti?"

"Col cazzo."

"Dubito che Viper o Screw ti accetterebbero, comunque," ragionò Decker. "Quel club non è certo un melting pot, questo è poco ma sicuro. Sono tutti bianchi come fogli di carta, cervello compreso. Chiaramente, tu non sei un giglio e per quanto riguarda la testa… mi fermo qui."

"Quando eri giù alla fattoria delle feste non hai visto nessuna sfumatura di colore oltre al bianco fantasmino, giusto?" gli chiese Crew.

"Col cazzo. E ho visto certi 'addobbi' che metterebbero a disagio chiunque non sia della varietà della maionese. Ecco perché non credo che Viper darebbe il via libera al nostro *latino lover* qui perché indossi un chiodo da aspirante."

"Peccato," mormorò Crew.

Per Rez non lo era. Non voleva andare sotto copertura con un MC fuorilegge. Tuttavia, non gli dispiaceva fare acquisti. E naturalmente, i Deadly Demons non facevano discriminazioni per quanto riguardava la clientela. Quando si trattava di vendere droga, l'unico colore importante per loro era il verde.

"Ma…"

"Gesù, fratello. Per colpa tua, questa riunione durerà il doppio del necessario," brontolò Nox.

"Come se avessi qualcosa di meglio da fare. Passi le giornate a seguire le telecamere e a riguardare i cazzo di video," disse Rez.

Al momento, il compito principale di Nox per la task force consisteva nel guardare il feed delle telecamere della chiesa dei Demons o del Peach Pit per documentare tutto, segnando l'ora e prendendo appunti su qualsiasi cosa fosse utile. Altri gli davano una mano a turno, dato che c'era una quantità enorme di filmati da controllare e il numero andava crescendo.

Oltre a sorvegliare le telecamere, una piccola squadra ascoltava le "porcherie", ovvero le intercettazioni telefoniche, e le trascriveva per raccogliere prove o informazioni necessarie a proseguire le indagini.

"Vai avanti, Rez Dispenser[1]," ordinò Crew.

"Okay, ecco il punto… Stanno ancora lavorando a quell'aggiunta alla chiesa di Uniontown, giusto?" Rez lanciò un'occhiata a Nox per avere conferma.

"Sì, hanno finito le prime tre stanze, ma da allora niente. Penso che l'impresa gliel'abbia messo nel culo. Oppure loro lo hanno messo nel culo all'impresa. Quello che è."

"Vuoi dire che hanno davvero ingaggiato un'impresa?" chiese Rez a Nox.

"Non ne sono sicuro. Ma negli ultimi tempi non ho visto nessuno al lavoro. Forse i Demons hanno smesso di pagare."

"Forse," mormorò Crew, poi chiese a Rez: "Perché me lo chiedi?"

"Perché ieri sera ho detto a Saint che ero al verde, ma

che domani avrei avuto i soldi per la metanfetamina, visto che oggi mi pagavano per un lavoro di costruzione."

"*Sarò lieto di pagarti martedì per un hamburger oggi*," borbottò Torres all'altro capo del tavolo.

Crew scosse la testa, fingendo di non aver sentito quella citazione dai vecchi cartoni animati di Braccio di Ferro. "Continua," incalzò Rez.

"Quello che ho detto mi ha fatto pensare…"

"Muoviti, porca puttana!" urlò Fletch attraverso il telefono.

Rez ignorò la sua impazienza. "Ho pensato che quando andrò domani sera, potrei dire che sto cercando lavoro nel campo dell'edilizia e, se loro ne hanno, fargli sapere che sono disponibile."

"Accidenti. Ritiro la parte in cui dicevo che non sei brillante. Forse c'è una lucina accesa lassù, in quella tua testa normalmente vuota," disse Decker.

"Non significa che lui abboccherà," mormorò Crew, ma Rez poteva vedere gli ingranaggi girare nella testa dell'uomo. "E comunque, buttarla lì non può fare male."

"Vi immaginate se assumono Rez per terminare i lavori?" chiese Decker.

"E se lui porta con sé la sua sguarda?" chiese Luke Rodgers, un altro agente speciale della DEA come Crew.

"Sì," disse Crew grattandosi la nuca. "Potrebbe funzionare, cazzo. Accidenti, Rez, devo renderti il merito."

"Non sappiamo ancora se funzionerà," ammise Rez.

"Se c'è qualcuno che può farlo funzionare, sei tu." Sembrava che Finn fosse d'accordo con l'idea.

"Ha quella dannata lingua d'oro," disse Mullins all'altro capo del tavolo.

"Certo che sì." Rez tirò fuori la lingua e la mosse. "Nascondete le vostre donne!"

Quando il gemito di Wilder giunse dal vivavoce, tutti risero.

Tranne Rodgers, che si accigliò. "Ma, cazzo, tu ne sai qualcosa di edilizia?"

"Ho fatto qualche lavoretto da tuttofare. Soprattutto a casa di mia madre. Mi chiama sempre quando c'è qualcosa da aggiustare. Inoltre, abbiamo fatto un sacco di lavori qui per portare questo edificio dove è ora. Ho imparato molto."

La maggior parte della task force non aveva mai messo piede alla Centrale fino a dopo la formazione della squadra. A quel punto, tutto, tranne l'appartamento al primo piano dove viveva Nox, era stato completamente ristrutturato. A parte le foto, non avevano idea di quanto sangue, sudore e lacrime avessero versato i membri del BAMC.

"Alla sede dei Demons mancano solo le camere da letto, e i lavori sono già iniziati," mormorò Nox. "Non ci vorrebbe molto per completarle."

"L'allacciamento alla rete elettrica è già stato fatto?" gli chiese Rez. Col cazzo che avrebbe messo le mani sui cavi elettrici.

"L'ultima volta che sono stato là, ho visto che avevano installato l'impianto elettrico," rispose Decker. "E per fortuna non c'è bisogno di impianti idraulici in nessuna delle stanze, visto che c'è un bagno comune."

Nox riprese da lì. "Da quello che ho potuto vedere dalla telecamera, ci sarebbe da installare e cablare le luci a incasso, mettere il cartongesso e pitturare. Niente di troppo complesso."

"Roba che tu hai fatto un sacco di volte," disse Crew a Nox.

"Sì, ce la posso fare," confermò Nox. "Potremmo occuparcene insieme."

Beh, se Nox era disposto a lasciare il suo bozzolo alla Centrale per lavorare con lui alla chiesa di Uniontown, tanto di guadagnato.

L'espressione di Crew non nascondeva che era contento che Nox si fosse offerto volontario per quel lavoro. Ma del resto, tutti i fratelli del BAMC erano preoccupati dal fatto che Nox non usciva quasi mai dall'edificio se non era costretto a farlo. "Magari accenna a Saint che sei disposto a lavorare per la metanfetamina invece che per i soldi. Così Wolf potrebbe accettare l'accordo."

"In questo modo saremmo in due nella sede dei Demons, il che sarebbe positivo, ma non sono sicuro che potremmo assistere a molto," avvertì Rez. "Non credo che i Demons ci daranno libero accesso a tutto."

Crew scrollò le spalle. "Abbiamo le telecamere per quello. Ma potete tenere le orecchie e gli occhi aperti. Le telecamere non coprono ogni centimetro, e i pochi audio che abbiamo fanno schifo. È difficile capirci qualcosa quando ascoltano *Highway to Hell* degli AC/DC o quando un gruppo di loro fa casino."

Accanto a Rez, Decker mormorò: "Caspita, potrebbe funzionare."

"Solo se loro accettano," gli disse Rez.

Nox osservò: "Forse i Demons volevano pagare l'ultima squadra di operai con la metanfetamina e quelli sono scappati."

"Oppure si sono stancati di avere a che fare con quelle teste di cazzo," aggiunse Decker.

"È possibile," concordò Nox.

"Va bene, questo è quanto. Ti farò avere un po' di contanti per l'acquisto di domani sera. Fai leva sul fatto che non hai molti soldi per comprare di più, ma sei disposto a fare uno scambio."

"È fattibile," disse Rez a Crew. "Se riusciamo a mettere un piede nella porta, potremmo anche fare amicizia con alcuni dei membri, mentre siamo lì. Magari a fine della giornata, dopo aver finito di lavorare sodo, scrocchiamo una birra, giochiamo un po' a biliardo e, ancora meglio, facciamo quattro chiacchiere."

Crew fece passare le dita tra i capelli color sale e pepe.

"Sì, dovranno fidarsi un po' di te perché tu senta o veda qualcosa che potremmo usare contro di loro o che ci dia qualche indizio."

"Potrebbe anche essere una buona occasione per cercare T-Bone e Sadie," disse Decker.

"Tanto per la cronaca," esordì il capo della task force, "T-Bone non è una priorità della task force. Non è un personaggio chiave per quanto riguarda il traffico di metanfetamine. È una priorità solo per Decker. La ricerca di T-Bone e della sorella di Sloane deve essere fatta al di fuori dell'orario di lavoro federale."

"Ed è quello che stiamo facendo," gli assicurò Decker. "Ma alcune di queste ricerche si sovrappongono alle attività della task force."

"A proposito di T-Bone… Come sta il quadrupede?" chiese Nox.

"Non parlare così di Finn. È seduto proprio lì." Decker sorrise.

"Il gatto è più tosto della versione umana. Chi avrebbe mai pensato che quella palla di pelo arancione fosse un tostissimo cane da guardia sotto mentite spoglie?" disse Rez a proposito del Finn felino che aveva attaccato T-Bone quando questi era entrato in casa di Decker per cercare Sadie e aveva finito per rapire Sloane.

"Ama la sua ragazza," disse Decker. "Ma sta bene. È ancora a riposo forzato, però, e non manca di farci sapere che non ne è felice."

"Prossimo punto all'ordine del giorno," urlò Crew per attirare l'attenzione di tutti.

Rimasero seduti intorno a quel tavolo per più di un'ora, per condividere informazioni e aggiornare tutti i membri della squadra sull'indagine.

Rez trasse un sospiro di sollievo al termine della riunione. Aveva messo a punto il suo piano e l'indomani sera lo avrebbe messo in atto.

Alcuni membri ripresero a monitorare le registrazioni, sia video che audio, e gli altri uscirono per tornare a svolgere i compiti loro assegnati.

"Ehi," disse Rez a Decker mentre l'omone si liberava dalla sedia. "Stai uscendo?"

"Sì, era programmato. Valee Girl ha un appuntamento con la terapista questo pomeriggio. Cosa c'è?"

Accidenti, era uno schifo che la bambina di quattro anni dovesse andare in terapia. Ma dopo aver visto T-Bone aggredire Sloane davanti ai suoi occhi e dopo che il motociclista aveva quasi aggredito anche lei, Decker aveva pensato che fosse meglio farle fare una terapia per evitare potenziali problemi.

Era intelligente.

"Accompagnami nel parcheggio."

Decker lo seguì lungo le scale esterne e nel parcheggio, dove si fermarono accanto alla Dodge Durango SRT Hellcat nera di Rez.

"Quando mi lascerai portare questa stronza a fare un giro?"

"Quando deciderò di venderla e tu la comprerai. Pagamento in contanti."

"So che mi stai prendendo per il culo ma, seriamente, fammi sapere se hai intenzione di venderla. A Sloane farebbe comodo un veicolo migliore."

Rez non aveva intenzione di vendere l'auto a breve. Era davvero bella. Rise. "Questo non è un veicolo per fare la spesa e per le uscite con i bambini…"

"Lo so. Lo so. Gesù. Sotto il cofano ha un V8 Hellcat 6.2L sovralimentato da 710 CV," disse Decker. "Va da zero a cento in soli 3,5 secondi e raggiunge una velocità massima di trecento chilometri all'ora."

"Lo sapevi a memoria?" Rez rise e batté sul cofano del suo SUV. "Starai fantasticando su questa bellezza."

"No, è che ne avrai parlato un milione di volte."

"Ehi, ho diritto di vantarmene. È velocissima, ma di certo non è una mommy-mobile."

"Allora la prendo io e a lei do la mia."

"Te lo puoi permettere?" lo prese in giro Rez.

"Con le spese della terapia di Val e i debiti di Sloane per aver cercato di aiutare Sadie? Probabilmente no."

"Sei sicuro di voler ancora cercare sua sorella? Voglio dire, lasciando l'ospedale quel giorno, Sadie ha dimostrato di non volere aiuto."

"Perché la sua vita è consumata dallo sballo. Se riusciamo ad allontanarla da T-Bone…"

Forse, forse no. La sorella minore di Sloane poteva essere troppo avanti per essere aiutata.

"A proposito di quello stronzo, non c'è traccia di Bonehead al Peach Pit. Nemmeno Sapphire l'ha visto o ha sentito parlare di lui. Sembra che sia sparito nel nulla."

"Bonehead?"

"T-Bone."

"Vuoi dire Flank Steak."

Rez sbuffò. "Come ti pare. Se riesco a entrare nella Tana di Wolf, terrò le orecchie aperte. Ma continuerò a sedermi al Peach Pit ogni sera finché quel figlio di puttana non sarà trovato."

"Non me ne frega un cazzo di lui. Mi interessa solo Sadie."

"Ma una volta che l'avrai trovata…" Non c'era bisogno di dire il resto. Una volta trovata Sadie, si sarebbero messi all'opera per dare a T-Bone ciò che meritava.

"Sì, è allora che mi *interesserò* a lui," disse Decker.

"E se lo trovo e Sadie non è con lui?"

Decker rispose: "Credo che potremo appoggiarci a lui per avere informazioni su dove l'ha portata."

"Il problema è che questo solleverebbe quelle bandiere rosse." Non solo le avrebbe alzate, ma le avrebbe fatte sventolare al vento.

"Non se lui scompare dopo che lo abbiamo interrogato," disse Decker sottovoce.

"Porca miseria, Deck," mormorò Rez.

Suo fratello di BAMC scrollò le spalle. "È inevitabile. Lo sai bene. Dobbiamo solo giocarcela bene."

"No, dovremo giocare a scacchi con i Russo e lasciare che facciano loro il lavoro sporco per noi. Lasciamo che i criminali facciano quello che sanno fare meglio. E se nel frattempo si fanno fuori a vicenda, nessuno ci perde. Il mondo sarebbe migliore."

"Concordo, ma questa partita dovrà essere giocata con estrema cautela. Senti, concentriamoci prima sul ritrovare Sadie, poi potremo concentrarci su come affrontare il problema di Flank Steak. Nel frattempo, ho inserito Sadie nel CLEAN come persona scomparsa. Ho anche contattato tutti gli ospedali nel raggio di almeno ottanta chilometri e ho detto loro di chiamarmi se si fa viva."

"Buona idea." Era intelligente inserire Sadie come persona scomparsa nella rete di assistenza alle forze dell'ordine del Commonwealth. Poiché tutte le forze dell'ordine vi avevano accesso, avrebbero potuto tenere gli occhi aperti. Più persone cercavano la donna, meglio era. Inoltre, se fosse stata arrestata, sarebbe stata identificata come persona scomparsa.

"Deve averla nascosta da qualche parte," mormorò Decker.

"O scaricata da qualche parte. Perché, davvero, perché cazzo la vuole ancora? Da quello che hai detto, è già quasi morta. Quanti soldi può fare T-Bone con lei a questo punto?"

Decker esalò un respiro affannoso. "Non sottovalutare quanto possano essere depravati alcuni uomini. In tempo di guerra…"

"Sì?" Rez non conosceva la conclusione di quel detto.

"Ogni buco è trincea. A loro interessa solo avere accesso

facile a un buco, non importa dove sia o in che condizioni. E quella è una donna che non griderà allo stupro o all'abuso o a che. Si presterà. A tutto."

"Perché tecnicamente lei accetta qualsiasi cosa accada prendendo le droghe che T-Bone le dà come pagamento," concluse Rez. "Pensi che troverà un'altra donna per sostituirla una volta che Sadie sarà," si mangiò l'ultima parola che stava per dire e la sostituì con "trovata?"

"Certo che sì, se guadagna bene facendo il pappone con lei. Potrebbe anche essersi messo all'opera per far sì che un'altra donna sia così dannatamente dipendente da essere disposta a fare tutto ciò che lui vuole solo per il prossimo sballo."

"Quella non è vita, cazzo." Rez si calcò il berretto dei Pittsburgh Pirates sulla testa, poi alzò gli occhi su suo fratello. "Tu come ti senti? Deve essere difficile affrontare di nuovo questa merda."

Le labbra di Decker si assottigliarono. "In realtà, questa volta è peggio. La spirale discendente di mia sorella era tutta colpa sua; non c'era nessuno a controllarla. Non solo, ma mi tocca vedere Sloane rigirarsi tutta la notte per la preoccupazione. Spero che tutto si risolva per il meglio, ma…"

"Finirà malissimo. Ti capisco, fratello."

"Hai programmi per l'ultimo dell'anno?"

"Quand'è?" Con una smorfia, Rez guardò la data sul suo cellulare.

Decker rise. "Domani, cretino."

Porca puttana. Si era dimenticato che l'indomani era Capodanno prima di dire a Saint che sarebbe passato al Peach Pit.

"Allora sì. Credo che domani sera andrò a festeggiare al Peach Pit. E tu?"

"Sto programmando una serata tranquilla a casa con Sloane e Val. La mamma si fermerà per un po'. Dubito che resisterà fino a mezzanotte."

"Potrei mandare mia madre a passare del tempo con voi, visto che sembra una fottuta festa."

"Sì, beh, sono sicuro che il Peach Pit sarà un po' più entusiasmante."

"Hai visto le nuove arrivate? Preferirei passare la serata a festeggiare a casa tua con le nostre madri. Devo portare l'Ensure corretto?"

Decker ridacchiò. "La porta sarà aperta."

Capitolo tre

DATO che i Demons avevano lasciato perdere molte delle altre misure di sicurezza, Rez sperava che avessero rimosso il metal detector dall'ingresso principale, per riuscire a entrare al Peach Pit con un'arma. Ma, ovviamente, quella era una politica che avevano mantenuto. Probabilmente per non farsi sparare nel culo. O accoltellare.

Rez odiava dover lasciare la pistola nel suo veicolo. Non la sua Dodge Durango, perché una persona al verde molto probabilmente non guidava una SRT Hellcat. Invece, per la serata aveva requisito una delle auto della task force parcheggiate dietro la Centrale.

Non poteva certo piangere miseria mentre guidava un veicolo costato circa settantacinquemila dollari. Naturalmente, a sua madre aveva detto di averne pagati quarantacinque. Odiava mentirle, ma preferiva non avere una *chola* – una ciabatta come la chiamava sua madre venezuelana – perennemente conficcata nella testa.

Salutò con un cenno del mento l'aspirante che lavorava all'ingresso, gettò le chiavi e il cellulare nel cestino di plastica, passò attraverso il metal detector e raccolse le chiavi una volta dall'altra parte. Cercò di prendere anche il cellulare, ma l'aspirante Demon lo fermò scuotendo la testa e allungando la mano.

Rez detestava rinunciare anche a quell'ancora di salvezza. Ma Popeye non sapeva che Rez aveva un letale coltello di ceramica da ventitré centimetri legato al polpaccio. Sapeva che non era il caso di entrare in territorio nemico senza un modo per proteggersi.

Quando varcò le doppie porte per entrare nell'area principale del club, la musica a tutto volume gli provocò un mal di testa immediato.

Bloccò i passi per un attimo quando si rese conto di quanto fossero affollate le sedie, i tavoli e i separé. Non vedeva il locale così pieno da quando Finn aveva ballato sul palcoscenico in incognito con la Peckers All-Male Revue. Allora, la sala era stata piena di donne inferocite che volevano un pezzo di "Blaze."

Cosa c'era di diverso stasera rispetto alle ultime volte in cui lui era entrato?

Capodanno. Ma certo.

Si fece strada a gomitate tra altri due avventori fino al bancone affollato, dove Mutt, un altro aspirante Demon, non sembrava avere fretta di servire nessuno. Il motociclista era il barista peggiore e più lento del mondo, ma Saint aveva licenziato tutti i dipendenti capaci che Mel aveva assunto in precedenza.

Dato che la ballerina sul palco non valeva la pena di essere osservata, Rez scrutò la sala, alla ricerca di qualcosa di insolito…

E forse alla ricerca di una ragazza dai capelli scuri e dagli occhi azzurri con cui gli sarebbe piaciuto avere a che fare.

Non vide nemmeno lei, ma individuò Porsche e Cherish che lavoravano in sala. Oltre a Sapphire, erano le uniche due ballerine originali rimaste dopo che Mel era stata "scortata" fuori dall'edificio contro la sua volontà.

Si voltò e guardò Mutt che si affannava a preparare drink e a servire birre. Lentamente, la coda al bar cominciò a smaltirsi e, dopo altri cinque minuti, Mutt si fermò davanti a lui. "Che vuoi?"

"Quello che Saint ha lasciato per me dietro il bancone."

"Non so chi cazzo sei."

"Avrebbe dovuto lasciare *un sacchetto di ghiaccio* dietro il bancone per me stasera. Sto dando una festa e ho bisogno di *ghiaccio* per i nostri drink."

Mutt lo fissò per qualche battito di cuore, finché non si rese conto di cosa diavolo stava dicendo Rez.

L'aspirante gli rivolse un singolo cenno del capo. "Cosa bevi?"

Qualsiasi cosa fosse sicura. "Corona. In bottiglia."

Con un altro cenno, Mutt si spostò lungo il bancone e armeggiò con qualcosa all'estremità. Una cassetta chiusa a chiave? Forse. Rez non riuscì ad avere una buona visuale di qualsiasi cosa fosse, dato che l'aspirante gliela bloccava con il suo corpo.

Quando il Demon tornò, posò la bottiglia aperta sul bancone. "Quindici."

Non era certo il prezzo della sola birra. Rez tirò fuori dal portafogli tre biglietti da cinque e, quando consegnò il denaro, qualcosa gli fu premuto nel palmo. Chiuse le dita attorno al sacchettino e lo infilò in fretta nella tasca anteriore dei jeans.

"È solo un assaggio. Se hai i soldi, ce n'è molta di più," disse Mutt a voce abbastanza alta per farsi sentire sopra la musica ad alto volume.

"Solo se è di alto livello. Volevo provare prima."

Le folte sopracciglia di Mutt gli risalirono sulla fronte. "Non sembra che tu possa permetterti la roba buona."

"E tu non sembri un fottuto barista. Dov'è Saint stasera?"

L'aspirante scrollò le spalle. "Non l'ho ancora visto. Se è qui, probabilmente è nel suo ufficio."

"Devo parlargli."

"Sembra un problema tuo, non mio."

Rez si portò la birra alle labbra e ne bevve un sorso per evitare una guerra di parole con lo stronzo che indossava un chiodo da aspirante Demon.

Aspettò un po' per vedere se sarebbe riuscito a individuare Saint. Se l'uomo non fosse apparso dopo un ragionevole lasso di tempo, Rez sarebbe uscito. Dato che Sapphire non sembrava di turno quella sera, non aveva motivo di rimanere nei paraggi ora che aveva completato l'acquisto.

"È più pieno del solito, vero?" chiese a Mutt, che stava mettendo una bottiglia di birra davanti a un altro cliente.

"Forse perché è l'ultimo dell'anno o…"

Quando le luci del palcoscenico cambiarono, gli uomini del pubblico parvero svegliarsi.

"Potrebbe essere per lei." Mutt fissò dietro le spalle di Rez e alzò il mento.

Chiunque fosse nella cabina DJ annunciò: "Diamo un forte benvenuto a… l'unica… la sola… la super sexy Sapphire!"

La canzone *S&M* di Rihanna colmò l'aria, così come una cacofonia di fischi e di grida.

"Ma che cazzo?" mormorò Rez, voltandosi verso il palco.

I polmoni gli si bloccarono mentre osservava la donna che entrava pavoneggiandosi sul palco sotto un riflettore rosso sangue.

Era…

Cazzo, sì che era lei.

Sapphire era vestita come una maledetta dominatrice in pelle nera. Una maschera di pelle nera le copriva la parte superiore del viso. L'abbigliamento comprendeva un reggiseno di pelle nera che le spingeva le tette in alto e in fuori, un corsetto che le faceva apparire la vita così piccola da mettere in risalto i fianchi generosi, un collare con un piccolo lucchetto d'oro attaccato a un anello a D sul davanti che circondava la delicata colonna della sua gola. Le "mutandine" di pelle nera e il reggicalze coprivano quei fianchi sinuosi. Alle giarrettiere erano attaccate calze auto-reggenti velate a fantasia.

Porcaccia di quella puttana.

Lo sguardo di Rez cadde sui piedi della donna, che continuava a camminare con il suo passo sexy intorno al palco a forma di T, assicurandosi che tutti i presenti con un cazzo in quel dannato club fossero almeno semi-arrapati, se non fottutamente duri.

Come diavolo faceva a non slogarsi una caviglia o a non rompersi il collo mentre camminava su quei tacchi a spillo neri assurdamente alti, completi di ampie cavigliere?

Per non dire mentre ballava.

Bisognava essere fottutamente abili, quello era certo.

Dopo che lo sguardo di Rez fu risalito lentamente lungo il corpo di lei quando si voltò, lui notò le orecchie nere da gattina infilate nei capelli scuri e setosi. Doveva portare delle extension, dato che la lunghezza sembrava quella della coda di un vero cavallo. Anche con la coda alta sulla testa, le punte le sfioravano il sedere.

Ma non fu la lunghezza anomala dei capelli di Sapphire o i tacchi follemente alti a catturare e trattenere la sua attenzione.

Era la frusta arrotolata nella sua mano.

Cosa diavolo intendeva farne?

Rez ebbe la sua risposta meno di un minuto dopo, quando la donna srotolò la frusta, afferrò meglio la spessa impugnatura e cominciò a schioccarla sopra la testa. Anche da dove si trovava, Rez riuscì a sentire lo schiocco acuto.

Sapphire fece una camminata fluida e ancheggiante fino

alla fine del palco e continuò a schioccare la frusta sopra sua testa e sopra quelle del pubblico.

E ogni volta che lo faceva, le sue tette rimbalzavano in modo magnifico.

Porca puttana!

Rez stringeva la bottiglia di birra con tanta forza da stupirsi che non si fosse frantumata.

Con la coda dell'occhio, notò Saint apparire dal retro e posizionarsi appena al di là del cordone di velluto che impediva agli avventori del club di entrare nella zona riservata ai dipendenti.

Nelle ultime settimane, Rez non aveva mai visto il Demon responsabile del Peach Pit prestare molta attenzione a nessuna delle ballerine attuali quando erano sul palco.

Fino a quella sera.

Rez era indeciso se guardare Saint o Sapphire.

La donna che attualmente brandiva una frusta come una professionista del rodeo vinse. A man bassa.

Rez doveva solo assicurarsi di raggiungere Saint prima che il motociclista sparisse.

Sapphire si muoveva sul palco, stuzzicava il suo pubblico rapito usando la frusta come oggetto di scena sopra e intorno al suo corpo e, di tanto in tanto, facendola schioccare con un colpo di polso.

Dove cazzo aveva imparato a farlo?

Prima ancora che Rez se ne rendesse conto, i suoi piedi lo portarono più vicino al palco. Colse esattamente il momento in cui lei lo notò, perché la donna gli lanciò una seconda occhiata prima che un sorriso sensuale le attraversasse il viso.

Avrebbe sorriso anche lui, se non fosse stato così affascinato dalla sua performance.

Le sue fantasie sulla donna sul palcoscenico si sarebbero infiammate una volta solo nel suo letto quella notte. Meglio tirare fuori un nuovo flacone di lubrificante e un'altra scatola di fazzoletti.

Avrebbe giurato che ogni uomo in quell'edificio stesse sbavando in quel momento. Alcuni di loro avevano la bocca aperta. Altri stavano lanciando freneticamente banconote da un dollaro arrotolate ai piedi di Sapphire, cercando di attirare la sua attenzione.

Lei ignorò loro e i soldi, rimanendo concentrata su Rez per qualche istante. Poi si girò e si diresse verso il fondo del palco, dove posò la frusta e prese qualcos'altro.

Un frustino di cuoio nero.

Un gemito salì la gola di Rez.

Sapphire stava guadagnando più mance nei primi minuti che le altre ballerine in una serata intera. E non aveva ancora toccato quel maledetto palo.

Mentre la donna percorreva il bordo del palco, ogni tanto si fermava, piegava il dito verso uno degli uomini seduti sulle sedie che lo circondavano, gli ordinava di alzarsi e di girarsi, poi lo colpiva sul sedere con il frustino.

In pochi secondi, i clienti iniziarono a precipitarsi sul palco per il loro turno.

Quando alcuni di loro insistevano perché Sapphire li colpisse più forte, lei si adeguava con un colpo che si sentiva al di sopra della musica, mentre sfoggiava un sorriso malvagio sulle labbra rosso vivo.

Non appena la canzone cambiò in *Circus* di Britney Spears, Sapphire si mise il frustino tra i denti e cominciò a lavorare al palo.

Rez avrebbe dovuto davvero tenere d'occhio Saint, ma, *che cazzo*, faceva fatica a distogliere lo sguardo da quello che stava facendo lei.

E quello che Sapphire stava facendo era risalire quel maledetto palo fino al soffitto con il frustino ancora tra i denti. Arrivata in cima, agganciò una gamba al cilindro metallico e, con una potenza e un controllo sbalorditivi, estese il corpo ed eseguì una rotazione usando una gamba sola.

La forza di quella donna… *Porca puttana.*

Se Rez non fosse stato già duro, lo sarebbe diventato dopo aver vagliato tutte le possibilità.

Ignorò il resto degli uomini e guardò solo Sapphire che continuava a fare ogni genere di acrobazia aerea sul palo.

Un giro dopo l'altro. A destra e a sinistra. A testa in giù. I capelli che oscillavano. Le braccia spalancate. Una gamba. Due gambe. Spaccate a testa in giù a mezz'aria.

Un mare di soldi copriva il palco e lei non si era ancora tolta un solo capo d'abbigliamento.

IL CUORE gli balzò in gola quando Sapphire scivolò improvvisamente lungo il palo a una velocità da spezzare il collo. Un attimo dopo era in piedi sui suoi tacchi pazzeschi, piegata all'indietro in un modo incredibile che dimostrava quanto fosse flessibile.

La donna estrasse il frustino dai denti e cominciò a strofinarselo su tutto il corpo e, mentre la canzone volgeva al termine, usò l'estremità piatta per colpirsi il sedere. Una volta su ciascuna natica. Con forza.

Un boato si levò, sovrastando la musica che passò a un brano più lento, *River* di Bishop Briggs.

Sapphire lanciò il frustino verso la frusta abbandonata.

E, in quel preciso istante, le acrobazie e le prodezze ginniche finirono. Le movenze della donna si fecero sensuali e sessuali. Come se stesse flirtando con il palo, che per qualche istante divenne tutto il suo mondo.

Più lei si toccava, più aveva il suo pubblico nel palmo della mano.

Cominciò a liberarsi del cuoio, un indumento alla volta, esponendo sempre di più il suo corpo florido.

Per prima cosa slacciò il corsetto.

Poi il collare, che si strofinò avanti e indietro tra le cosce.

Toccò poi al reggiseno di pelle. Sapphire lo fece roteare sopra la testa prima di gettarlo nel mucchio crescente di vestiti scartati. Ora nulla delle sue tette succhiabili e scopabili era lasciato all'immaginazione.

Rez non era sicuro se fossero vere o finte e non gliene fregava un cazzo in ogni caso. Non importava cosa fossero, perché una cosa era chiara: erano perfette.

Sculettando, Sapphire fece scendere giocosamente le mutandine di pelle lungo le gambe. Quando finalmente ne uscì, le lanciò via con il piede.

Restavano le calze, le orecchie da gattina, la maschera e un perizoma di pelle che lasciava scoperte le sue natiche rotonde e sode.

Sapphire trovò Rez dove lui era, non lontano dal palco, lo guardò negli occhi e gli soffiò un bacio.

Stringendo le tette tra loro, la donna si passò i pollici attorno ai capezzoli; dopo aver abbassato la testa, trascinò la lingua sulle tette nude, lasciando una luccicante scia di saliva.

Quando si raddrizzò, gli fece l'occhiolino e si girò, quindi si chinò, afferrò le caviglie e agitò di nuovo il culo.

Rez si pulì la bava che gli era rimasta attaccata all'angolo della bocca.

Era innamorato.

E non voleva che lei si spogliasse mai più davanti a un uomo per il resto della sua fottuta vita. A parte lui, ovviamente.

———

NEL MOMENTO in cui Sapphire scomparve dal palco, Rez si precipitò a intercettare Saint prima che questi sparisse a sua volta sul retro.

Il motociclista aveva appena girato i tacchi per farlo quando Rez chiamò: "Ehi, Saint."

L'uomo si lanciò un'occhiata alle spalle rivestite di pelle, vide Rez e si voltò lentamente, con un'aria un po' seccata. Solo un po'.

Rez si avvicinò quanto bastava per non farsi sentire. "Grazie per il sacchetto di ghiaccio per la mia festa."

"L'hai provato?"

"Non ancora," rispose Rez. "Ma, amico, quando lo farò, non mi durerà a lungo."

"È il cazzo che hai chiesto, no? Quanto bastava per provare. Se vuoi di più, vieni a trovarmi quando hai la grana. O parla con Mutt. Abbiamo anche un sistema per chi vuole comprare ma non vuole entrare nel club e pagare il biglietto."

"Per quanto suoni piacevole, in questo momento non ho un soldo. Ho lavorato poco negli ultimi tempi. Devo trovare qualche altro cantiere; non appena lo avrò fatto, se questa roba è buona, tornerò a chiederne altra."

Era facile capire che a Saint non fregava un cazzo dei problemi immaginari di Rez. "Allora torna quando hai la cazzo di grana." Si girò e cominciò a dirigersi verso il corridoio.

Rez aveva bisogno di finire di piantare il seme, così chiamò ancora una volta: "Ehi," facendo sì che Saint facesse una pausa, anche se chiaramente l'uomo non ne era contento. "Se hai bisogno di fare qualche lavoro da queste parti, io so fare e ho fatto di tutto. Cartongesso, pittura, stuccatura, qualsiasi tipo di costruzione. Sarei disposto a fare uno scambio. Ho anche un amico che può darmi una mano per i lavori più grossi."

Saint piegò la testa di lato e lo considerò per qualche battito di cuore. "Non c'è niente da fare qui."

Era ovvio che il club aveva bisogno di parecchia manutenzione, ma Rez non aveva intenzione di discutere. Indicò le toppe sul chiodo di Saint. "E l'MC di cui fai parte? Devono possedere qualche altra attività, giusto? O magari avete bisogno di lavori alla vostra sede? Senti, amico, sto facendo fatica a trovare lavoro. Sono bravo e, di nuovo, accetto pagamenti in natura. Ti va di tenermi a mente se qualcuno di voi ha bisogno di un qualsiasi tipo di lavoro? Ho la licenza, l'assicurazione e tutto il resto."

Probabilmente a Saint non importava nulla dell'ultima parte.

"Non sta a me decidere a chi far fare queste cose."

"E a chi?"

Incredibile a dirsi, Saint non rispose.

"Che ne dici se ti do un biglietto da visita e tu lo passi? Posso iniziare subito con qualsiasi lavoro. Quindi, se avete fretta…" Rez tirò fuori dal portafoglio un biglietto da visita.

Nox ne aveva disegnati e stampati alcuni dopo la riunione della task force del giorno prima. Aveva inoltre inventato il nome falso di Anthony Allison per Rez, insieme alla falsa ragione sociale Allison Construction. Aveva inoltre creato un account di posta elettronica gratuito per l'azienda e l'aveva scritto, assieme al numero di telefono della task force assegnato a Rez, sul biglietto.

I biglietti da visita erano molto belli per aver richiesto solo una ventina di minuti di lavoro.

Rez ne tese due a Saint, che li fissò più a lungo del normale.

"Passali a chi di voi decide di assumere." Rez soffocò una risata nasale. "Garantisco per il mio lavoro."

"Fai come se me ne fregasse qualcosa di queste stronzate."

"A te forse no, ma magari al tuo capo sì."

"Prez."

Rez aggrottò le sopracciglia, facendo finta di non sapere nulla di MC. "Cosa?"

"Il dannato presidente."

"Bene, allora dalli al tuo presidente, per favore."

Le narici di Saint si dilatarono e lui prese con riluttanza i biglietti, infilandoseli nel chiodo.

"Lavorare mi farebbe davvero comodo."

Saint ricominciò ad andarsene.

Così, ancora una volta, Rez chiamò: "Ehi… un'altra cosa…"

"Mi stai prendendo per il culo?"

Merda. "Voglio comprare un ballo privato da Sapphire." Rez voleva molto di più da quella donna, ma quello sarebbe stato un inizio.

Saint scosse la testa. "Mettiti in fila. Appena scende da quel cazzo di palco, si dà da fare nelle salette VIP. Una volta che quegli uomini hanno dato una sbirciatina, vogliono tutti di più di quella troia."

"Non è una troia," ringhiò Rez, le mani strette a pugno.

Qualcuno aveva bisogno di una scarica di legnate e Rez sarebbe stato felice di dargliela, soprattutto dopo che Saint aveva trascinato la donna di Finn fuori dal locale e attraverso il parcheggio posteriore per i capelli.

Invece, Rez succhiò ossigeno, perché una rissa in quel momento avrebbe mandato all'aria i suoi piani. Ma Saint se l'era cercata. Proprio come T-Bone.

"Sono tutte troie."

Per lui, senza dubbio. Perché Saint era una cazzo di pasta.

Rez sbloccò le mascelle serrate. "Pagherò il doppio."

"Non hai appena detto che sei al verde?"

Porca miseria, se n'era dimenticato. "Si può usare la carta per la saletta VIP? Ho del credito."

"Facciamo pagare un extra per quello."

Ovviamente. "Con chi devo parlare per prenotarla?"

"Ringo."

"Dov'è?"

Rez guardò dove indicava Saint. Un altro aspirante si trovava vicino al bar, dove si era formata una fila.

Una cazzo di fila.

"Se pago il doppio posso saltare la fila?"

"Pensi che quella fessura valga la grana in più?"

Quello stronzo stava davvero mettendo a dura prova la pazienza di Rez. "Immagino che non lo saprò finché non entrerò nella saletta VIP con lei."

Saint inclinò la testa a indicare il bar. "Andiamo. Parlerò con il mio uomo. Ti costerà."

Ovviamente.

Capitolo quattro

SAPPHIRE SOFFOCÒ un gemito quando uscì dal camerino e raggiunse il corridoio, dove scorse Saint che l'aspettava. Si era cambiata in uno degli abiti che indossava di solito quando era impegnata nelle salette VIP.

"C'è la fila."

Ottimo. Da un lato, lei amava le mance che guadagnava con i balletti privati; dall'altro, era già distrutta. Una cosa era fare solo balletti privati per tutta la sera, un'altra era esibirsi in numeri molto fisici sul palco *e poi* fare balletti privati per il resto della serata. "Quanti?"

"Tutti quelli che pagheranno."

Che razza di risposta era? Saint era proprio uno stronzo.

Sapphire trattenne un sospiro. Avrebbe voluto avere i soldi per diventare socia di Mel quando l'altra avrebbe aperto il suo nuovo club. Doveva andarsene dal Peach Pit e allontanarsi da quei motociclisti di Neanderthal.

Oltrepassavano il limite in continuazione. Non gliene fregava niente della sicurezza delle ragazze. E lei era dannatamente sicura che Cookie facesse la cresta sulle mance delle ragazze. Ogni volta che la donna era nel locale, si dava il compito "utile" di raccogliere i soldi dal palco una volta che la ballerina era andata nel camerino. Era già stata sorpresa a intascarne un po'.

Se non fosse stata la vecchia di Saint, molto probabilmente avrebbe avuto un occhio nero e qualche pezzo di capelli mancante. Ma siccome lo era, poteva permettersi di rubare.

"Quale saletta?"

"Inizia con la numero due. Non appena avrai finito con quel fesso, il prossimo ti aspetterà nella prima."

Quindi, quella sera sarebbe andata avanti e indietro da una stanza all'altra come in una cazzo di catena di montaggio. *Ottimo.* "Qualcun'altra fa balletti privati?"

Saint le lanciò un'occhiata che diceva tutto, ma vomitò comunque le parole. "Quando fai quel cazzo di numero, sei l'unica che vogliono. Ormai dovresti saperlo."

Sentì il silenzioso "troia" alla fine di quella frase. Di solito lui non glielo diceva in faccia, a meno che non fosse incazzato, ma le ballerine lo sentivano che le chiamava regolarmente con quella parolaccia.

Le donne non significavano nulla per lui, a meno che non gli fruttassero del denaro. E a volte nemmeno in quel caso. Le persone con la vagina non erano esseri umani per lui, solo merce.

"Chi sarà la mia guardia del corpo stasera?" Sapphire conosceva già la risposta, ma pensò che fosse comunque il caso di sollevare l'argomento, tanto per fare un po' di chiarezza.

"Da quando cazzo ti serve la guardia del corpo? Nessuno uscirà dal seminato. Se lo fanno, vieni a cercarmi."

Giusto, dopo che il danno era già stato fatto. *Testa di cazzo.*

Sapphire sussultò quando Saint le infilò una mano nel vestito e le afferrò il seno fingendo di sistemarle la scollatura. "Quel vestito ti sta fottutamente bene, ma sei molto più bella nuda."

Argh, che schifo.

Quando lei cercò di indietreggiare per rompere la presa, lui le strinse il seno più forte e lo torse fino a farle male. Con gli occhi scuri che brillavano, l'uomo si leccò le labbra in un modo che le fece venire voglia di vomitare.

Si era cambiata in un abito di velluto blu con una scollatura profonda che si intonava ai suoi occhi e metteva perfettamente in mostra il suo sedere. L'abito era privo di schiena, quindi lei era senza reggiseno, il che rendeva facile e veloce metterlo e toglierlo durante e dopo ogni ballo privato.

Se lei gli avesse ordinato di liberarla, lui si sarebbe limitato a ridere e a comportarsi come se Sapphire stesse facendo un dramma per niente. E se lei avesse lottato per liberarsi, lui l'avrebbe maltrattata ancora di più.

Per batterlo, doveva superarlo in astuzia. Per fortuna, era facile. "Dov'è Cookie stasera?"

La bocca dell'uomo si contrasse e il suo petto si espanse lentamente, poi si sgonfiò. La lasciò andare, ma non prima di averle pizzicato un capezzolo e trascinato le dita sulla pelle.

Lei trattenne un brivido e nel momento in cui Saint la lasciò andare, fece rapidamente un passo indietro, creando un po' di spazio tra loro. Fece finta che quello che lui aveva fatto non le avesse dato fastidio, visto che Saint era un bullo in tutto e per tutto.

La prima regola per affrontare i bulli era di non mostrare mai panico o debolezza nei loro confronti, perché una simile reazione infondeva in loro gioia ed energia. Avevano bisogno di intimidire gli altri per sentirsi potenti.

"Non qui."

Non c'era da stupirsi. Dopo che i Demons avevano praticamente rubato il locale a Laura, la precedente proprietaria, Saint aveva nominato la sua ragazza – o quello che diavolo era – vicedirettrice, ma lei non si faceva quasi mai viva. Perché avrebbe dovuto? Saint non l'avrebbe certo licenziata.

"Va bene, donna. Vai a fare il tuo lavoro."

Tieni duro, ragazza; non vale la pena di andare in prigione per lui. E tu hai bisogno di questo dannato lavoro. Per ora. C'è una luce all'orizzonte e Mel la sta facendo brillare.

Dopo essersi girata, diretta verso la sala VIP, quasi inciampò quando l'uomo le diede una pacca sul sedere.

Strinse i denti per evitare di imprecargli contro. Con le narici dilatate, trasse un respiro, scosse la testa e trattenne il fastidio e l'impulso di piantare il tacco delle scarpe con la zeppa al centro della fronte untuosa di Saint.

Una volta ripresasi, aprì la porta della saletta VIP.

Ogni volta che non sapeva chi o cosa l'aspettasse dall'altra parte della porta, aveva un leggero picco di ansia. Preferiva trattare direttamente con il cliente in sala prima di accompagnarlo nella saletta, in modo da fare due chiacchiere con lui durante il viaggio verso la saletta VIP. In quel modo, i clienti sapevano cosa aspettarsi e conoscevano le regole prima che lei rimanesse da sola con loro.

Sapphire aveva molti clienti abituali, ma anche in quel caso, avendo i clienti a che fare direttamente con uno degli aspiranti in una serata come quella, non sapeva mai cosa aspettarsi. O quello che veniva loro promesso o addirittura addebitato.

Sapphire non ammetteva alcun tipo di contatto sessuale. Se le chiedevano di toccarla, permetteva solo un contatto di base, a patto che fosse lei a controllare la loro mano.

Di solito, quando faceva una lap dance, diceva al cliente di stare fermo e di aggrapparsi ai bordi della sedia. Nel momento in cui quello faceva qualcosa di inappropriato, il balletto finiva e l'uomo perdeva il resto del tempo da trascorrere con lei, oltre ai soldi.

Sapphire era una spogliarellista, non una prostituta. Anche se non c'era nulla di male nell'appartenere alla seconda categoria, personalmente non faceva per lei. Se avesse voluto fare sesso a pagamento, sarebbe andata in Nevada a lavorare in uno di quei ranch dove tutto era altamente controllato, ben gestito, pulito e sicuro. E i guadagni dovevano essere migliori laggiù che lì a Uniontown, in Pennsylvania.

Quella era una terra di lavoratori. Sapphire amava la zona e amava i suoi abitanti con i piedi per terra, ma era realistica quando si trattava delle loro situazioni finanziarie.

E amava fare sesso, ma preferiva farlo con un partner di sua scelta.

Non riusciva a pensare a una persona al Peach Pit che avrebbe scelto…

No, non era giusto. Una esisteva…

E lei rimase scioccata nel trovarla seduta ad aspettarla sul divano di vinile rosso.

Con gli occhi spalancati, Sapphire chiuse rapidamente la porta dietro di sé e tirò il chiavistello. "Cosa ci fai qui dentro?"

"Ho pensato che il fatto che tu mi hai soffiato un bacio e mi hai fatto l'occhiolino dal palco fosse un invito."

In un certo senso lo era, ma non perché lui comprasse un balletto privato. Se davvero l'uomo voleva un balletto personale da lei, Sapphire l'avrebbe fatto gratis.

E sicuramente non in quel club.

L'uomo si schiarì la voce e strofinò i palmi delle mani sulle cosce coperte di jeans. Le sue cosce *spesse e potenti*. "*Allora…* devo chiamarti 'padrona'?" Seguì un sorriso malizioso che le fece balenare in testa ogni tipo di idea sconcia.

Sapphire rise. Quell'uomo era una boccata d'aria fresca dopo aver avuto a che fare con Saint the Taint. "Ti piace quella roba?"

Lui alzò di scatto un sopracciglio. "A te?"

"No: è solo una recita, come tutto quello che faccio sul palco. Le mie performance servono a eccitare gli uomini e a far ribollire loro il sangue. Così loro mi danno mance migliori e di solito dopo mi prenotano per i balletti privati."

"Non voglio mentire: ho abboccato all'amo. Merito anche della frusta: mi ha fatto aprire il portafoglio per un ballo privato."

"Non dovevi farlo."

"C'è una differenza tra doverlo fare e *volerlo* fare."

Era vero. Rez non era stato costretto a fare nulla. Aveva pagato per il tempo di Sapphire e si era seduto su quel divano rosso di sua spontanea volontà.

"Quanto tempo hai comprato?"

"Non te lo dicono?" L'uomo non nascose la sorpresa.

"Di solito tratto direttamente con i clienti, tranne quando prenotano mentre sono impegnata sul palco. Onestamente, preferisco occuparmene di persona, perché così posso controllare la situazione e anche ciò che è stato promesso."

"Mi è stato promesso che stasera non avresti ballato per nessun altro."

Sapphire rimase a bocca aperta e le sfuggì un piccolo soffio d'aria. "Deve esserti costato caro."

"Lo sarebbe se fosse vero ma, purtroppo, è solo una mia fantasia. Quando l'ho chiesto, mi hanno detto cinque kappa."

"Cosa?" proruppe lei. "Cinque kappa per prenotarmi per il resto della serata?" Era ridicolo.

Lui annuì. "Ho reagito allo stesso modo."

"Non devi pagare perché io passi del tempo con te, Rez. Lo farei volentieri anche gratis."

Lui si accigliò. "Perché? È così che ti guadagni da vivere. Non devi sacrificarti."

"Naturalmente, questo è il mio lavoro, ma pensavo che fossimo amici." Considerava tutti gli amici di Mel e Finn come amici suoi. Soprattutto i ragazzi che lavoravano con Finn. Anche se il rapporto di coppia non era molto antico, quello che c'era tra i due era solido. Si completavano perfettamente a vicenda.

Finn non aveva alcun problema con il fatto che Mel fosse un'ex-spogliarellista o con il suo sogno di possedere un club per soli uomini. Appoggiava in pieno il sogno della sua ragazza e molto probabilmente avrebbe contribuito a realizzarlo.

Sapphire poteva solo sperare di trovare una relazione come quella. Un rapporto fatto di amore, lealtà e rispetto.

Le sue relazioni tendevano a fallire a causa dell'insicurezza degli uomini nel vederla nuda davanti agli altri, sia sul palco che in privato in una saletta VIP. Per quel motivo, lei aveva rinunciato a provarci. Sperava che, una volta ritiratasi dal palcoscenico, avrebbe avuto più fortuna.

Ma in realtà, alla fine, non aveva bisogno di un uomo per essere felice o per sentirsi completa. Stava benissimo da sola. Amava essere indipendente e vivere la sua vita come voleva.

'Fanculo a tutti gli altri.

"È questo che siamo?" chiese lui, distogliendola dai suoi pensieri.

Merda. Oh, è vero, avevano parlato di amicizia. "Lo immaginavo. Mi sbaglio?"

"No…" rispose con tono calmo l'uomo. "No, non ti sbagli. Come ho detto l'altra sera, tutti gli amici di Mel e Finn sono amici miei."

"Lo apprezzo, perché mi piace parlare con te ogni volta che vieni e anche il paio di volte che sono stata con te a casa di Mel. È rinfrancante avere una conversazione che non riguardi solo le mie tette e il mio culo. O dover continuamente sviare le offerte di uscire o di farmi mantenere." *O anche di una notte di sesso.*

"Porca miseria. Tanti saluti ai miei piani. Perché delle tue tette e del tuo culo vale sicuramente la pena parlare." Un sorriso incurvò le labbra carnose dell'uomo e lui fece spallucce, poi finse di volersi alzare. "Allora tanto vale che me ne vada."

Sapphire arrotolò le labbra verso l'interno nel tentativo di apparire seria. "Ormai sei qui. Tanto vale che tu ti faccia valere."

Il divertimento dell'uomo svanì in fretta. "Tu vali molto di più di quello che ho pagato, Phire. Anzi, non hai prezzo."

Il passo di Sapphire vacillò mentre lei si dirigeva verso il piccolo schermo computerizzato che controllava tutto nella stanza: le luci, la musica, la temperatura. La caratteristica migliore del sistema era il pulsante di emergenza. Ma Sapphire dubitava che qualcuno sarebbe venuto davvero a salvarla se l'avesse premuto. Il pulsante faceva scattare l'allarme al bar e nel camerino. Ma ormai lei poteva contare solo sull'aiuto di Cherish e di Porsche, *se* erano di turno.

Se un cliente le sfuggiva di mano, Sapphire era costretta a proteggersi da sola. Un'altra ragione per andarsene dal Peach Pit. Tuttavia, era combattuta. Le alternative al continuare a tollerare quello schifo erano andare a cercare un lavoro come cameriera o commessa, oppure tentare di trovare un impiego per cui fosse qualificata, e non erano molti.

Come Mel, Sapphire aveva iniziato a fare la spogliarellista poco dopo il diploma, aveva scoperto che le piaceva, che la faceva sentire forte, e aveva deciso di continuare perché si guadagnava bene. Poi Mel era stata promossa a direttrice del club e la proprietaria originale del locale aveva promosso Sapphire a hostess poco dopo.

Il motivo per cui lei e Mel erano diventate subito amiche e lo erano rimaste era che si somigliavano molto. Entrambe amavano quello che facevano e nessuna delle due si vergognava di farlo o aveva remore a spogliarsi davanti a un pubblico.

Si sollevavano a vicenda, ma potevano anche appoggiarsi l'una all'altra.

In passato le avevano definite "due gocce d'acqua" ed era proprio così.

"Ti dispiace farlo?"

"Se mi dispiacesse, avrei sbagliato mestiere. È come se io ti chiedessi se ti dispiace arrestare la gente."

"Vero." L'uomo ridacchiò. "Non riesco a credere che stasera sia stata la prima volta che ti ho visto sul palco, dopo tutte le volte che ho scaldato la sedia."

Sapphire scrollò le spalle. "A dire il vero, i balletti privati non mi dispiacciono tanto quanto salire sul palco. Un tempo preferivo il grande palcoscenico, ma richiedeva molti più sforzi ed energie mentali. Ora preferisco l'intimità e il rapporto personale nelle salette VIP. Meglio ancora, posso semplicemente ballare. Non è uno spettacolo completo. Quando Mel era direttrice, io lavoravo sul palco solo quando c'era bisogno, ad esempio se una ballerina si dava malata. Ma visto che Taint mi ha retrocessa, non ho più scelta se voglio mantenere il mio lavoro. Naturalmente, visto che stasera è Capodanno, siamo a corto di personale, quindi mi è stato ordinato di salire sul palco."

"Beh, cazzo. Altro che salire, Phire: hai spaccato là sopra. E nei cuori di ogni dannata persona con un cazzo in quella sala là fuori."

"Sono felice che mi riesca ancora bene, allora."

"Certo che ti riesce ancora bene. La differenza tra te e le altre ballerine è che tu tratti quello che fai come un'arte. Si vede benissimo e la prova è quanto guadagni di mance."

"Grazie per aver notato l'impegno che metto nei miei numeri."

"Tesoro, era difficile da ignorare. Molto."

Il calore la attraversò e gli occhi di lei caddero sul grembo di lui.

"Guarda in alto," ordinò l'uomo.

Quando lei sollevò lo sguardo, lui stava sorridendo.

"Io non posso permettermi il lusso di dirlo," scherzò Sapphire.

"Sono più del mio cazzo."

"Sono molto di più delle mie tette e del mio culo," rilanciò lei con un sorriso.

"Su questo non ho nulla da ridire. Quindi, non avevi nessuna festa di Capodanno a cui partecipare o programmi con una persona speciale con cui inaugurare l'anno nuovo."

"Perché, tu?" ribatté lei.

"*Touché*. Sono felice che tu sia qui stasera."

"E io sono felice che lo sia anche tu. Ma non mi hai mai detto quanto tempo hai prenotato. Il tempo scorre, lo sai."

"Non mi interessa, Phire. Non me ne frega un cazzo se balli o no. Come hai detto tu, sei più che T e C. Spoiler: dopo quel numero con la frusta, ho già visto quello che hai."

"Non capisco," sussurrò lei. Nessuno l'aveva mai pagata per fare altro che intrattenerlo e di solito gli uomini preferivano che lei non avesse vestiti addosso quando lo faceva.

"Volevo solo passare un po' di tempo con te."

Beh, *porca miseria*, c'era una prima volta per tutto.

Il suo battito accelerò per quello che lui stava insinuando. "Bastava chiedere, Rez."

"Hai appena detto tu stessa che gli uomini ti chiedono sempre di uscire con loro o ti assillano perché tu vada a letto con loro."

Lei inclinò la testa in risposta.

"Non voglio essere *quel* tipo di persona. So che il tuo tempo è prezioso."

"Come il tuo, visto che hai aperto il portafoglio per averlo. Quindi, dimmi cosa vuoi da me per il tempo che ti rimane."

Capitolo cinque

"SE TI DICO cosa voglio veramente da te, non sarò migliore di tutti gli altri." Il rombo profondo della voce di Rez la attraversò come lava che scorreva lenta.

Beh... "Di solito non lo dico, ma... mi va bene qualsiasi cosa tu chieda."

Il pomo d'Adamo gli scivolò lentamente in gola, si bloccò per un attimo, poi tornò al suo posto. "Tanto per essere chiari... *Qualunque* cosa io chieda?"

"Senti, siamo come due cani che girano intorno e si annusano il culo a vicenda in questo momento..."

"Ne deduco tu sia una donna a cui non piace giocare."

Come la sua voce, anche la risata calda e ricca dell'uomo le faceva effetto. Come farle fremere il clitoride.

"Odio i giochi," confermò. "Dimmi cosa vuoi e ti dirò sì o no. Ma non voglio che tu pensi che se dico sì è perché hai pagato. Se vuoi che balli per te, va bene. Se vuoi solo passare del tempo con me mentre sei in questa stanza, va bene anche questo. Ma qualsiasi cosa più di questo non avrà nulla a che fare con i soldi che hai tirato fuori dal portafoglio."

"Carta."

Lei sbatté le palpebre. "Cosa?"

"Ho dovuto pagare con una carta di credito, per assecondare la storia che ho raccontato a Saint sul fatto che sono al verde."

"Perché hai dovuto inventare una storia?"

"Non sono sicuro di quanto tu sappia."

"Qualunque cosa sia, c'entra con il motivo per cui Finn è andato sotto copertura con i Peckers?" Quando lui non rispose, lei chiese: "Sei sotto copertura in questo momento?"

"Non esattamente."

Quella risposta suonava sospetta. Tuttavia, si trattava di una svolta interessante. "So che sei un poliziotto. So che Finn era sotto copertura per un incarico speciale che aveva a che fare con i Demons. So che tu e un gruppo di altri membri delle forze dell'ordine, alcuni dei quali ho conosciuto, fate parte del Blue Avengers MC. Cosa mi sfugge?"

Quando lui si passò una mano sulla barba corta e scura, Sapphire quasi scorse i suoi ingranaggi mentali che giravano. Molto probabilmente, stava cercando di capire cosa potesse o non potesse dirle.

"Qualunque cosa sia, il tuo segreto è al sicuro con me. Se ha a che fare con l'abbattimento di quegli stronzi di motociclisti, sono d'accordo. Anzi, se possibile, vorrei partecipare."

L'uomo ritrasse di scatto il mento. "Vuoi partecipare?"

"Quindi ha a che fare con i Demons," concluse Sapphire. "È un specie di operazione di spionaggio?"

Finn e Mel non le avevano mai fornito i dettagli sul perché Finn fosse venuto al Peach Pit sotto copertura. Ma una cosa che lei aveva capito da sola, senza che lo confessassero, era che all'inizio Mel e Finn avevano una relazione finta. Che poi era diventata vera.

"Sapphire…"

"Se vuoi che faccia finta di essere la tua ragazza, ci sto." Qualsiasi cosa pur di mettere in ginocchio quell'MC fuorilegge, dopo tutta la merda che avevano fatto passare alle ragazze e a Mel in particolare.

"Non è per questo che sono qui. Stare là fuori," Rez puntò il dito verso la porta, "ha a che fare con il mio lavoro. Stare qui," indicò il pavimento, "non c'entra. Ha a che fare con il mio interesse per te. E quell'interesse non è falso."

Sì, quella era sicuramente una svolta inaspettata.

Poiché non sembrava che lui volesse alcun tipo di lap dance o di esibizione da parte sua, lei si avvicinò e si accomodò sul divano, angolandosi fino a che il suo ginocchio nudo non entrò in contatto con la coscia coperta di jeans dell'uomo. "In cosa consiste il tuo lavoro là fuori? Ha a che fare con la droga che vendono in questo posto? Una delle tante ragioni per cui il club sta andando a rotoli?"

Rez esitò.

Lei vedeva che era combattuto all'idea di raccontarle i dettagli. Non voleva fargli pressione, così gli diede una via d'uscita. "Se si tratta di informazioni riservate, capirò."

Le labbra che avrebbe voluto assaggiare si contrassero. "Non è esattamente roba top-secret della CIA. Ma è un'indagine che non vogliamo rendere troppo pubblica, se capisci cosa intendo."

"Lo so. E non ne farei mai parola." Sapphire si accostò alle labbra una chiave invisibile, la girò, poi se la buttò alle spalle. "Odio che spaccino droga là fuori. Odio che abbiano fatto scappare quasi tutte le ballerine decenti. E odio che stiano distruggendo questo locale. Una volta amavo il mio lavoro, ora…"

"Lo odi," concluse lui.

"Non odio quello che faccio, odio solo il posto in cui lo faccio."

"E per chi lo fai," aggiunse Rez.

"Sì," mormorò lei. "Quindi, se succedesse qualcosa di brutto a quei bravi e onesti cittadini che si fanno chiamare

Demons, non mi metterei a piangere. Non credo che riuscirei nemmeno a far uscire una lacrima di coccodrillo."

Gli splendidi occhi color onice di lui fissarono lo sguardo in quelli di Sapphire. "Ci stiamo lavorando."

"Puoi dirmi chi siete? Oltre a Finn, naturalmente. Non ho bisogno di essere intelligente per fare questa deduzione."

Lui scosse la testa. "Un'altra volta. Non sono venuto qui per parlare del mio lavoro, Phire, e il tempo scorre." Se si fossero trovati in un luogo diverso dal club, lei gli avrebbe rivelato il suo vero nome. Ma era molto attenta a non dirlo mai quando lavorava, per proteggere la sua privacy e rimanere al sicuro. Naturalmente, la società che si occupava delle buste paga aveva i suoi dati reali, ma lei non poteva farci nulla se voleva continuare a essere pagata.

"Allora cosa vuoi? Fare conversazione?" Sapphire sollevò un dito. "Una conversazione che non abbia nulla a che fare con i nostri lavori."

"Sinceramente, volevo solo passare un po' di tempo con te senza doverti condividere con una sala piena di uomini."

Dannazione. "Di nuovo, non dovevi pagare per questo. Ti avrei dato quel tempo liberamente."

"Non lo sapevo."

"E io non sapevo che fossi interessato. Quindi, adesso che si fa?"

Rez rise. "Onestamente, non ne ho la più pallida idea. Credo che, tra il vestito che indossavi sul palco e il modo in cui brandivi quella frusta, mi si sia fottuto il cervello. Non riesco a pensare con lucidità. È come una stregoneria. Mi hai fatto un incantesimo."

"Mi dispiace," sussurrò lei.

"A me no," sussurrò lui.

"Posso rompere l'incantesimo in qualche modo? Magari come fanno nelle favole?"

"Non sono sicuro…"

L'uomo si mangiò il resto delle parole quando lei gli

prese la guancia, si chinò e si impadronì della sua bocca spalancata.

Non ci volle molto per capire che quell'uomo sapeva *baciare*. Le sue labbra erano ferme quando si muovevano su quelle di Sapphire e la sua lingua era esigente.

Lei gli andò incontro mossa per mossa. Assaggio per assaggio. Respiro per respiro.

Negli ultimi tempi, tutte le volte che l'uomo entrava nel locale, lei avvertiva l'attrazione nei suoi confronti.

Rez era sicuro di sé, ma non presuntuoso. Sexy, ma non arrogante. Un furbo con un grande senso dell'umorismo. Ma non era unilaterale. Alcuni uomini erano bravi a dare, ma non a ricevere. Rez non era così.

E aveva un ottimo rapporto con i suoi amici. Un rapporto così forte che tutti loro potevano punzecchiarsi a vicenda senza sosta, insultarsi, senza che nessuno si offendesse.

Il modo in cui quegli uomini legavano, creando un cameratismo speciale, era come uno sport per loro. Almeno, da quel poco che lei aveva visto fino a quel momento. Non li aveva ancora conosciuti tutti e non era sicura di poterlo fare. Ne aveva l'opportunità solo se venivano al club o se partecipavano a una riunione a casa di Mel.

Ora che Mel aveva perso il suo lavoro al club e Finn non era più sotto copertura come Pecker, l'unico Blue Avenger che lei aveva visto al Peach Pit di recente era Rez.

E fino a quel giorno aveva pensato che venisse solo per cercare T-Bone, non perché fosse interessato a lei.

Era ancora all'oscuro del motivo per cui il poliziotto stava cercando quell'aspirante. Molto probabilmente aveva a che fare con il motivo per cui T-Bone era scomparso senza preavviso e nessuno al club lo aveva più visto.

Tuttavia… non era il momento di pensare a quel coglione vestito di pelle. In quel frangente, Mel doveva concentrarsi sull'uomo con il quale stava incastrando le labbra. Perché a un certo punto il bacio *di lei* si era trasformato nel bacio *di lui*. Rez le aveva sottratto il controllo.

Tuttavia, Sapphire non aveva nulla da eccepire. Come la sua personalità, anche i baci dell'uomo erano sicuri e audaci. E lei non ne aveva mai abbastanza, mentre le loro bocche si fondevano e le loro lingue si esploravano.

La sua fica si contraeva dal bisogno al semplice scivolare del tessuto vellutato del vestito contro i suoi capezzoli duri. La sua micetta decise che era passato troppo tempo dall'ultima volta che l'aveva preso. E pensava anche che Rez sarebbe stato un buon candidato per rompere quel lungo periodo di astinenza.

Lei era d'accordo.

L'uomo non era uno sconosciuto. Le piaceva. Sapphire poteva fidarsi di lui.

Inoltre, era sexy da morire.

E soprattutto, era single. A differenza di molti altri uomini che entravano nel locale e flirtavano con lei o le facevano proposte oscene.

Al contrario di Saint che le infilava la mano nel vestito, Rez non prendeva senza chiedere. Il tocco di Saint non era gradito. Quello di Rez sarebbe stato l'opposto.

In effetti, il suo tocco sarebbe *molto* gradito in quel momento.

Sapphire aveva pensato di aver dato implicitamente il consenso quando aveva fatto la prima mossa. A quanto pareva, si era sbagliata nelle sue supposizioni, quindi doveva correggerle.

Una correzione molto semplice.

Si allontanò quel tanto che bastava per sussurrare: "Toccami."

Bastò perché quel bacio inzuppa-perizoma facesse salire la temperatura nella saletta VIP da calda a un vero e proprio inferno.

Le nocche dell'uomo le sfiorarono leggermente la scollatura e lei, spazientita, gli afferrò la mano e la mise esattamente dove voleva. Per il momento, comunque. Aveva anche altri punti che prima o poi avrebbero avuto bisogno di attenzioni approfondite.

Ma il suo seno era il posto perfetto da cui cominciare. E un buon modo per cancellare il ricordo dei palpeggiamenti di Saint.

"Sapphire," sussurrò l'uomo.

Le sue dita erano calde contro la pelle di lei, mentre il pollice strimpellava avanti e indietro su un capezzolo dolorante.

Inarcando la schiena, Sapphire spinse il seno più a fondo nella mano di lui. "Toccami." Quella che doveva essere una richiesta uscì più che altro come una supplica.

L'uomo si fermò e alzò sguardo degli occhi quasi neri verso i suoi. "Qualsiasi cosa, giusto?"

"Fino a un certo punto, sì. Cioè, non voglio che tu indossi la mia pelle o altro."

"Ma scommetto che è molto comoda."

"Potrebbe andarti un po' stretta."

"Nulla di male nell'essere stretta."

Oh sì, quell'uomo aveva un gran senso dell'umorismo.

Lui le lasciò il seno per afferrarle i fianchi e attirarsela in grembo. A cavalcioni, lei gli agganciò le braccia intorno al collo mentre il vestito cortissimo le saliva sulle cosce.

Un brivido le percorse la schiena quando Rez spinse lentamente il tessuto di velluto della scollatura ai lati, come se stesse aprendo delle tende, finché il suo petto fu del tutto esposto a lui.

L'uomo abbassò la testa e si infilò in bocca un capezzolo turgido. Sapphire sentì lo strattone fino al cuore.

Oooooh sì, quello le era mancato. Un vibratore andava bene in caso di necessità, ma non era paragonabile all'intimità con un uomo che sapeva cosa stava facendo.

Almeno, per ora lui sapeva cosa stava facendo. Sapphire

sperava solo che la cosa continuasse se la situazione fosse andata avanti. Ma se ciò fosse accaduto, non sarebbe successo quella sera. O su quel divano. O in quella stanza.

Tuttavia, non sarebbe stato male avere una piccola anteprima.

Più lui succhiava forte, più lei dondolava avanti e indietro nel suo grembo, strusciandosi contro la sua erezione.

Porca miseria… Era così bagnata, così sensibile, che non ci sarebbe voluto molto perché raggiungesse l'orgasmo.

Forse lo scopo di Rez era proprio quello.

Dopo aver afferrato il tessuto raccolto sui fianchi, l'uomo le sollevò il vestito ancora più in alto e le scoprì le natiche. L'aria condizionata della stanza che scivolava sulla pelle accaldata la fece rabbrividire.

L'uomo passò da un capezzolo dolorante all'altro, dedicando a ciascuno lo stesso tempo.

Quando le sue dita scavarono con forza nelle natiche nude di Sapphire, le strizzò forte, poi trascinò un dito lungo la sua piega. Quel tocco intimo le fece salire un gemito in gola.

Lui la stuzzicò lì per qualche secondo, prima di infilare un dito nel perizoma e scostarlo, dandogli libero accesso a dove lei era fradicia e palpitante. E, *porca miseria*, desiderosa che non fossero seduti nella sala VIP del Peach Pit.

Dopo aver passato un dito tra le pieghe scivolose, l'uomo lo affondò dentro di lei, strappandole un altro gemito.

Nella stanza riempita solo dai loro respiri affannosi, Sapphire riusciva a sentire quanto fosse bagnata ogni volta che lui spingeva il dito dentro e fuori. Si abbassò ancora di più, avendo bisogno di un po' di attrito sul clitoride.

Stava per dirgli che un dito solo non bastava e che doveva prestare attenzione anche al suo clitoride, quando lui lo tirò fuori all'improvviso.

Ma che diavolo!

Sapphire si affrettò a inghiottire la protesta quando lui le mise davanti al viso il dito lucido. "È questa la tua tipica reazione a una lap dance?"

Era una domanda scottante a cui lui aveva bisogno di una risposta in quel preciso momento? Lei voleva venire, non avere una conversazione.

"Prima di tutto, questa non è una lap dance. E secondo, no, nemmeno lontanamente."

"Allora è tutto merito mio?"

Era sinceramente sorpreso o era un presuntuoso? Lei non riusciva a capirlo.

"Tutto merito tuo," confermò.

"Allora sono un fottuto bastardo fortunato."

Okay, non era presuntuoso. Bene. "Se lo pensi tu."

"Non solo io. Credo che la maggior parte degli uomini etero, vedendoti sulle mie ginocchia così bagnata dopo solo un po' di preliminari, sarebbe d'accordo."

"Nessuno sta guardando e se qualcuno lo facesse non chiederei la sua opinione." Il parere della maggior parte delle persone non significava nulla per lei. Come il buco del culo, era qualcosa che tutti avevano. Alcune erano utili e altre erano solo di merda. "Ora, se hai finito…"

"Chi cazzo ha detto che ho finito?" ringhiò l'uomo.

Sapphire strinse le labbra, afferrò la mano che aveva sul culo e se la schiaffò sul seno. Prese quella con il dito socchiuso e se la incastrò di nuovo tra le sue gambe. "Allora datti da fare."

"Dannazione, donna," sussurrò lui.

"Il tempo scorre."

"Allora…"

Per farlo tacere, Sapphire gli prese di nuovo la bocca. La risatina di Rez fu catturata dalle sue labbra e lei la scambiò con un gemito quando l'uomo le stuzzicò il capezzolo nello stesso momento in cui fece scivolare due dita dentro di lei.

Sapphire cavalcò la sua mano e il suo grembo, strusciandosi contro di lui. Si perse nel bacio intenso e in quello che lui faceva con le dita. Cioè saccheggiarla come un pirata che si impadroniva di una nave.

Lei avrebbe consegnato il bottino senza lottare.

Dopo avergli afferrato la nuca e aver approfondito il bacio, Sapphire si alzò e si abbassò mentre lui faceva la sua magia arricciando le dita.

Sì, diamine! Un uomo che non solo sapeva dove si trovava il suo clitoride, ma anche il punto G!

Jackpot!

Non le ci volle molto per raggiungere quella vetta, sulla quale vacillò ancora per qualche secondo prima di precipitare giù dalla montagna e atterrare a valle.

Il suo rantolo fece terminare il bacio e lei premette la fronte contro quella di lui, aspirando ossigeno. Rez mosse lentamente le dita dentro e fuori da lei, aspettando che l'orgasmo si esaurisse.

Il motivo per cui tutti gli orgasmi di Sapphire degli ultimi tempi erano autoprodotti era che lei non voleva complicarsi la vita. Aveva già abbastanza problemi con il lavoro; non aveva bisogno di rogne che si aggiungessero alla lista.

Ancora una volta, se voleva rompere il suo periodo di astinenza, non le sarebbe dispiaciuto farlo con l'uomo di cui era a cavalcioni. Doveva presumere che lui fosse il tipo che considerava il sesso un'attività godibile senza un impegno serio, visto che aveva circa trent'anni ed era ancora single.

Se era davvero così, lei lo considerava un vantaggio.

L'ultima cosa di cui aveva bisogno era un uomo che entrasse nella sua vita e che, dopo essersi impegnato con lui e affezionato – forse anche innamorato – decidesse che non gli piaceva il suo stile di vita o la carriera che aveva scelto e che avrebbe cercato di imporle quello che poteva o non poteva fare.

Un corno.

Ma il sesso, d'altra parte, non doveva essere per forza accompagnato da un legame. Poteva essere divertente e soddisfacente.

Per entrambi.

Ma non al Peach Pit.

"Voglio scoparti." La voce dell'uomo era greve e roca mentre sfilava le dita da lei.

Doveva essere molto a disagio, visto che al momento aveva un tubo d'acciaio infilato nei jeans, e lei si sentiva in colpa per il fatto che non avrebbe avuto sollievo a breve. Ma per quanto desiderasse fare sesso con lui, quelli non erano il momento o il luogo adatto.

Inoltre, se lei non fosse passata al cliente successivo, presto qualcuno avrebbe bussato alla porta.

"Non qui." Le sue parole non erano più di un respiro. Si ritrasse abbastanza da vedere il bel viso di Rez. "Non abbiamo tempo per farlo bene e tra poco dovrei essere nell'altra sala VIP. Mi dispiace."

Lui le accarezzò la guancia. "Ho capito. Se vogliamo procedere, anch'io voglio farlo per bene. Senza scorciatoie. Voglio avere tutto il tempo per apprezzare ogni centimetro di te e non avere fretta."

"Per me è lo stesso."

I suoi occhi scuri si accesero e gli angoli della sua bocca, che era molto facile da baciare, si sollevarono. "È un appuntamento?"

"Non sto cercando qualcuno con cui uscire."

"Non quel tipo di appuntamento," precisò lui.

"Oh, *quel tipo* di appuntamento." Avrebbe voluto dire di sì, ma… "Le cose tra di noi saranno imbarazzanti dopo?"

"Secondo me, solo se ti faccio schifo e non riesco a soddisfarti. Allora non potrò più farmi vedere da te," la prese in giro.

"Ecco la soluzione: fai in modo che non succeda," ribatté lei.

"Prometto di fare del mio meglio."

Sapphire sorrise. "Sarà meglio per te."

Le sopracciglia scure dell'uomo si inarcarono. "A che ora stacchi?"

"Purtroppo, rimarrò qui fino alla chiusura. È l'ultimo dell'anno, ricordi?"

"Allora, che ne dici di iniziare il nuovo anno con il botto?" Un lato della bocca dell'uomo si incurvò.

"Direi buon anno, cazzo. Ora devo andare a cambiarmi il perizoma, visto che è fradicio." Sapphire gli stampò un rapido bacio sulla bocca. "Grazie per questo. Ti mando un messaggio con il mio indirizzo per il nostro appuntamento più tardi."

Quando lei iniziò a scendere dal suo grembo, lui la fermò afferrandole i fianchi. "Ma non hai il mio numero."

"Ho i miei modi per ottenerlo."

"Mi piace l'entusiasmo," disse l'uomo con una risatina.

Lei gli batté la punta del dito sulla punta del naso. "Non hai ancora visto niente."

Capitolo sei

L'UNICA VOLTA che Rez era andato a casa di una donna per fare sesso a quell'ora del cazzo era stato quando aveva rimorchiato una al bar all'ora di chiusura.

E, naturalmente, era disperato.

Si considerava disperato alle tre del mattino mentre si trascinava su per le scale esterne fino al secondo piano?

Avrebbe potuto concordare con quella valutazione. Ma d'altra parte, non stava cercando disperatamente una fica qualsiasi, ma quella di Sapphire.

La cosa lo rendeva meno stronzo?

No.

Ma la differenza era che lei era nei suoi pensieri dal momento in cui l'aveva avvistata al Peach Pit, mesi prima. In effetti, da allora non aveva più avuto interesse per nessun'altra. E quello non era normale nel suo mondo.

Le donne erano un soldo la dozzina. Andavano e venivano. Proprio come di solito piaceva a lui.

Nel tentativo di raddrizzare il suo mondo inclinato, eccolo salire le scale in una zona malfamata della città, in quella che, anche al buio, sembrava una discarica.

Quando aveva letto l'indirizzo nel messaggio di lei, gli

era venuto un colpo quando aveva visto che viveva in un appartamento a Rockvale. Rockvale, cazzo! Dove si trovava la Centrale. Dove lui e i suoi compagni Blue Avengers uscivano spesso in moto. Dove la task force federale si riuniva al secondo piano.

Non riusciva a credere che Finn non avesse mai detto una parola.

Forse Pippi Calzelunghe non lo sapeva. O forse il fratello dai capelli rossi pensava che nessuno, nemmeno un Rez a caso, avesse bisogno di sapere dove viveva Sapphire.

Ma eccolo a Rockvale con l'aspettativa di scopare. Ancora una volta, non con una ragazza a caso che aveva rimorchiato al bar.

Ma con *Sapphire*.

Non voleva dire che era un sogno che si realizzava, ma…

Cazzarola, era più una fantasia che si realizzava.

Non vedeva l'ora di fare tutte le cose che aveva immaginato quando aveva avuto gli occhi chiusi e un pugno avvolto intorno all'uccello. A letto. Sotto la doccia. Dopo aver pranzato.

Semplicemente quando respirava.

Per quel motivo, Sapphire avrebbe potuto mandargli un messaggio alle 4:05 del mattino e lui sarebbe rotolato giù dal letto e si sarebbe precipitato subito da lei, senza nemmeno prendersi il tempo di mettersi i pantaloni.

Già.

Avrebbe dovuto sentirsi in imbarazzo.

Ma *cazzo* se non era così. Perché lui, Antonio Alvarez, era il fortunato bastardo che stava salendo le scale del Paradiso.

Una volta raggiunto il secondo piano dell'edificio in mattoni a tre piani, si avvicinò alla ringhiera e lanciò un'occhiata al parcheggio male illuminato e assolutamente non sicuro.

In verità, era un po' preoccupato all'idea di lasciare la sua bambina incustodita. La sua Hellcat era parcheggiata in un posto riservato ai visitatori dall'altra parte del parcheggio, ma lui aveva notato il veicolo parcheggiato nel posto assegnato all'unità della donna. La nuova Toyota Supra giallo brillante di Sapphire era molto più bella di quanto lui si aspettasse, considerato dove abitava. Se la donna era sicura che avrebbe ritrovato il suo veicolo al sorgere del sole, allora Rex immaginava di doverlo essere anche lui.

Non sapeva nemmeno che la Toyota producesse ancora quel modello. E non aveva la minima idea di come diavolo facesse la donna a guidare quell'auto sportiva in caso di maltempo. Nel sudovest della Pennsylvania nevicava discretamente ogni inverno, scaricando non centimetri, ma mezzo metro e più di quella bianca, fredda merda.

Quando Rez sarebbe andato in pensione, avrebbe preso e trasferito il suo culo venezuelano dal sangue caldo in un posto tropicale. Niente neve, niente nevischio, niente pioggia gelata.

Magari persino nel luogo di nascita dei suoi genitori.

Si fermò all'appartamento di lei, situato all'estremità dell'edificio, e anche nella terribile illuminazione scorse la vernice scrostata dalla porta blindata ammaccata e arrugginita. Prima che potesse alzare il pugno per bussare, la porta si aprì di scatto.

Davanti a lui, appena oltre la soglia, c'era Sapphire con una vestaglia di seta blu stretta in vita e aderente a tutte le sue curve floride.

Senza aspettare un invito, Rez la oltrepassò e lei gli chiuse la porta alle spalle. La donna si voltò e Rez ritrasse di scatto la testa quando riuscì a vedere bene la sua faccia alla luce.

Ogni volta che l'aveva vista, il suo trucco era stato perfetto. Ma dopo essere tornata a casa, doveva essersi lavata la puzza del Peach Pit di dosso e ora stava lì con il viso pulito. Sembrava quasi un'altra persona. Soprattutto con i lunghi capelli scuri − senza le extension − sollevati in alto e stretti in una coda di cavallo.

Era passata dalla seduttrice sensuale con cui lui era stato poche ore prima al club alla ragazza della porta accanto.

Quasi.

Era ancora fottutamente sexy *al naturale* e indossava una vestaglia che copriva più dei vestiti che indossava al Peach Pit.

"Tutto bene?"

"*Mmm-mmh*." Rez stava ancora elaborando ciò che aveva di fronte agli occhi.

"Perché sembri sconvolto?"

"*Ehm*." Rez non era sconvolto, ma stupito e colpito dalla bellezza naturale di Sapphire. Ma non era sicuro che dirlo non sarebbe stato un offensivo.

In fondo, era venuto lì per scopare, non per essere cacciato a calci in culo dalla porta.

"Cosa c'è? Ti faccio paura?"

Lui sbuffò un "Per niente."

"Allora sentiamo," chiese lei.

"Sei…" Rez doveva formulare la frase con attenzione.

"Rez…"

"Davvero stupenda." Era abbastanza prudente. Oltre che vero.

Lei storse la bocca. "Grazie?"

Porca troia, avrebbe mandato tutto a puttane dicendo la cosa sbagliata e poi sarebbe rimasto fuori con il cazzo in mano invece che dentro di lei.

"Non fraintendermi: non sto dicendo che non sei splendida quando sei truccata per il lavoro. Sembri fuoco,[1] Phire." Rez sbuffò per il suo stesso gioco di parole. "Ma anche quando eri vestita comoda a casa di Mel e Finn, avevi comunque il viso truccato. Rossetto, ciglia finte, capelli. Tutto quanto. Adesso…"

"Adesso?"

"Ora non so quale look mi piaccia di più."

"Devi scegliere?"

"Credo di no. Possiamo cambiare argomento? Così non dirò cazzate, cosa che tendo a fare, e tu non deciderai che non vuoi fare sesso con me perché sono troppo stronzo."

"Niente di quello che hai detto mi fa pensare che tu sia stronzo." La donna sollevò un sopracciglio. "Finora."

"È quello che sto dicendo. In questo momento sono a posto. Vorrei rimanere tale."

Lei scosse la testa e rise sottovoce. *Cazzo*, anche la sua risata era roca e gli fece contrarre le palle.

Quando lei si voltò verso la porta per inserire il catenaccio, lui la spinse praticamente fuori dai piedi per guardarlo meglio. "Hai qualche pezzo fuori posto."

"Prego?" squittì lei.

Rez indicò la serratura. "Il catenaccio. Non tu. Fallo riparare al tuo padrone di casa."

La donna sospirò. "Quello non aggiusta un cazzo. Uno dei motivi per cui questi appartamenti sono economici è che non sistemano mai nulla."

E perché non sembravano sicuri. L'esterno non era ben illuminato. E Rez non aveva notato telecamere di sicurezza. La zona di Rockvale in cui si trovava il complesso di Sapphire era appena un gradino sopra la sede dei Blue Avengers. E quello non significava granché, considerato che la Centrale si trovava in una zona industriale abbandonata.

"Allora cambia casa."

Sapphire sospirò di nuovo. "Certo, capitan Ovvio."

Proprio Rez quando pensava di essere al sicuro, stava per rovinare tutto.

Quello che doveva fare era piantare la sua bandiera e far capire che non sarebbe andato da nessuna parte quella notte – o mattina, più che altro – a prescindere dalle cazzate che gli sarebbero uscite di bocca.

Avrebbe ottenuto quello per cui era venuto e dato quello che aveva intenzione di darle.

Si diresse verso il divano in pelle, si tolse la pesante giacca di pelle nera e la gettò sul bracciolo. Si sedette e iniziò a slacciarsi gli stivali, visto che non ne avrebbe avuto bisogno.

Ma già che la sua mente era ancora concentrata sulla sicurezza… o sulla mancanza di essa…

"Chi si occupa della sicurezza quando siete nelle salette VIP? Prima, quando sono uscito dal locale, non ho visto nessuno fuori dalla saletta uno mentre c'eri tu." Rez si tolse uno stivale e ci infilò dentro il calzino.

"Sicurezza?" La risata di Sapphire suonava vuota e forzata. "Per favore."

Lui si sfilò lo stivale e il calzino dall'altro piede, poi posò a terra i piedi nudi e si girò verso di lei, trattenendo un cipiglio.

Ma non era contento della situazione. Non quella al Peach Pit. E non quella in quel complesso residenziale.

Non solo Sapphire doveva trasferirsi, ma doveva anche trovare un altro lavoro. Ma lui non aveva il diritto di dirle una cosa del genere, e di nuovo, era venuto a casa sua nel cuore della notte per un motivo. Che non era farla arrabbiare.

"Devi essere prudente, Phire. Non solo lì, ma anche qui, con la mancanza di sicurezza che c'è."

Le sopracciglia della donna si sollevarono sulla fronte. "Sei appena arrivato e hai già valutato la casa?"

Rez inclinò la testa di lato. "Sbaglio?"

La bocca di Sapphire si contorse. "No, non sbagli. Ma al momento non posso permettermi di affittare un posto migliore. Tra la rata della macchina e il mantenimento del mio guardaroba per il lavoro…" La sua lunga coda di cavallo scura ondeggiò quando lei scosse la testa. "Non aiuta il fatto che gli affari siano diminuiti perché quelli hanno preso un locale di grande successo e l'hanno reso fallimentare."

Prima che i Demons prendessero il controllo, il club faceva soldi a palate, ma una rapida occhiata a casa di Sapphire dimostrava che non era venuta a vivere lì per caso. "Dove vivevi quando il club era gestito in modo corretto e il locale era pieno di gente?"

Lei lo fissò, con le labbra leggermente schiuse.

Cazzo, Rez, sei proprio un idiota del cazzo. Cerchi di autosabotarti questa notte… mattina… il cazzo che è.

Dovevi solo tenere la bocca chiusa e goderti il viaggio.

Inspirò, contò fino a cinque e poi si scrollò di dosso tutte le preoccupazioni sulla sicurezza. Era ospite lì. Non un residente. E nemmeno un fidanzato.

Doveva presumere che Sapphire vivesse laggiù da anni senza incidenti. "Non rispondere. Non sono affari miei."

"Hai ragione, non lo sono. Anche se apprezzo la preoccupazione, non è necessaria."

"Non volevo trasformare questa visita in qualcosa che non è."

"Senti, capisco che sei un poliziotto ed è naturale che pensi come tale, ma devo ricordarti che per anni ho percepito uno stipendio da hostess e raramente sono salita sul palco? Quelle mance fanno una differenza enorme."

"Non c'è bisogno che me lo ricordi. Siamo d'accordo che sono solo un cretino?"

Gli angoli delle labbra di lei si arricciarono quel tanto che bastava perché Rez lo notasse, mentre nei suoi brillanti occhi blu brillava il divertimento. "Siamo d'accordo."

"Bene. Ora… se non ho mandato a puttane le mie chance, possiamo andare a fare qualcosa che tenga la mia bocca occupata e che non richieda che io ci metta un piede dentro?"

"Certo che possiamo."

Rez tese la mano verso lo stretto corridoio nell'angolo in

fondo a destra della combinazione cucina/soggiorno. "Fai strada."

Seguì Sapphire lungo il corridoio, con lo sguardo che andava avanti e indietro dal movimento del sedere di lei sotto quella stoffa di seta blu, a ciò che lo circondava. La prima porta a sinistra era chiusa. La seconda era aperta e una rapida occhiata quando ci passarono di fronte confermò che si trattava di un bagno. Alla fine del corridoio, anche l'ultima porta a sinistra era aperta. Dopo che furono entrati, Rez notò che la camera da letto di lei non aveva un bagno proprio.

Anche se l'appartamento era piccolo, sembrava organizzato e pulito. Inoltre, profumava di Sapphire. Molto probabilmente era dovuto ai prodotti profumati che lei aveva usato per fare la doccia prima che lui arrivasse.

D'ora in avanti, gli sarebbe stato difficile non pensare a lei ogni volta che avesse sentito l'odore di quella che supponeva fosse lavanda. Preferiva di gran lunga la delicatezza di quell'aroma leggero a profumi più pesanti.

Si fermò al centro della camera da letto e la osservò con attenzione. Aveva un letto matrimoniale, un comò e un comodino. Tutto lì. Come nel caso del soggiorno e della cucina, anche lì l'arredamento era semplice. Non c'erano molti fronzoli, come soprammobili, oggetti da collezione o ricordi.

Subito, Rez fu attratto da un grande poster incorniciato, una delle poche decorazioni appese alle pareti. "I bei vecchi tempi, eh?"

"In quella foto avevo iniziato a ballare solo da un paio d'anni. Per pubblicizzare il locale, l'ex-proprietaria aveva fatto realizzare dei poster con le sue ballerine migliori."

L'immagine era la vista laterale di una Sapphire molto più giovane, con una mano che afferrava il palo mentre si sporgeva tenendo la testa all'indietro. Indossava un abbigliamento che la copriva quanto bastava per rendere il poster legale da esporre in pubblico.

"Una volta c'era una teca di vetro sulla facciata del Peach Pit e Laura ci metteva il poster della protagonista della serata. Una sera qualcuno, credo un ubriaco, ha rotto il vetro e lei non l'ha più sostituito. Abbiamo autografato i poster rimasti e lei li ha venduti ai clienti."

"Laura era la precedente proprietaria, giusto? Quella che i Demons hanno cacciato con minacce e violenza?"

"Sì."

"Ha dato a voi i soldi delle vendite?"

"No, ha donato il denaro a un ente di beneficenza scelto da noi."

Rez si girò e la vide in piedi accanto al letto, vicino al comodino. "È l'unico che hai?"

"No, ne ho ancora qualcuno da parte." Quando lui aprì bocca, Sapphire alzò una mano per fermarlo. "Se te ne do uno, cosa ne farai?"

"Perché sembri così sospettosa? Magari lo appenderò alla parete per ammirarlo."

Sapphire levò gli occhi al cielo. "Sì, sono sicura che è proprio questo il motivo per cui tutti quegli uomini hanno pagato fior di quattrini per i poster rimanenti di me e Mel, Raven e Cherish e di tutte le altre artiste della scuderia del Peach Pit di allora."

"Beh, io non ho *bisogno* del poster. Ho te in carne e ossa davanti a me. A dire il vero, preferisco la versione in 3D." Oltre che la versione che non aveva vent'anni.

"Ricordi quando hai detto che dovevi tenere la bocca occupata facendo qualcosa di diverso dall'infilarci il piede?"

Lui sbuffò. "Sì."

"Ora sarebbe un buon momento per muoversi in tal senso."

Con un sorriso Rez, si passò una mano sulla barba. "Sono d'accordo."

"Sei d'accordo, ma sei ancora vestito."

"A questo si può rimediare facilmente."

"Hai ragione."

Rez non sapeva come facesse, ma quando Sapphire camminava sembrava che galleggiasse sul pavimento. Probabilmente aveva imparato a farlo per il palcoscenico.

La donna non si fermò fino a quando i loro piedi nudi non si toccarono quasi, poi afferrò la cintura dei jeans di lui e tirò, facendolo avvicinare ancora di più.

Quando lui si allungò per slacciarle la cintura, lei gli allontanò la mano con uno schiaffo. "Ci penso io."

Gli occhi di Sapphire, contenenti un avvertimento, si alzarono verso i suoi quando lui fece per parlare di nuovo. Non essendo un completo imbecille, Rez chiuse la bocca di scatto.

"Basta parole, Rez. È tardi, sono stanca e sto diventando un po' impaziente di vedere come sei fuori da quei vestiti."

Beh, dannazione.

Lei sollevò un sopracciglio. "C'è davvero bisogno di rispondere?"

Rez serrò le labbra e scosse la testa.

"Bene."

La sua erezione tendeva la cerniera mentre lei gli slacciava la cintura e apriva il primo bottone dei jeans, poi lentamente – troppo lentamente – abbassava la cerniera.

Quando lui cercò di aiutarla spingendo i jeans verso il basso, lei gli diede ancora una volta uno schiaffo pungente sulla mano, facendolo sobbalzare per la sorpresa.

Invece di togliergli i pantaloni, la donna afferrò l'orlo della sua Henley nera e con calma gliela fece risalire sugli addominali. Quasi nello stesso modo in cui Finn aveva fatto il suo numero come Pecker. Sapphire esplorò ogni centimetro di pelle che esponeva, iniziando solo con la punta delle dita.

Per prima cosa, tracciò tutte le rientranze dei suoi addominali guadagnati con fatica. Poi seguì la scia di peli scuri dall'ombelico fino a dove scomparivano nella cintura dei boxer. Il calore divampò nelle viscere di Rez quando lei gli sfiorò ciascun capezzolo.

"Su le braccia," ordinò dolcemente la donna. "Lei è in arresto, agente Alvarez."

Porca puttana, era davvero difficile non rispondere. Ma in qualche modo, lui riuscì a tenere la bocca chiusa e a non interferire.

Perché gli piacevano i piani di Sapphire.

'Fanculo, "piacevano" non era una parola nemmeno lontanamente valida per descrivere come si sentiva di fronte a quella svolta degli eventi.

Tuttavia, non sarebbe passato molto tempo prima che lui ribaltasse la situazione e si dedicasse all'esplorazione. Ma in quel momento era molto d'accordo con quello che Sapphire stava facendo con la lingua e con le dita.

Una volta terminato di togliergli la maglietta, Sapphire la gettò sopra il comò vicino e riportò l'attenzione sulla sua pelle nuda.

Poiché lui era ancora in piedi con le mani alzate, lei gli afferrò i polsi e li abbassò, poi fece scivolare le mani su entrambe le braccia e sulle spalle, avvolgendo le dita intorno al lato del collo. "Hai un sacco di inchiostro, agente Alvarez. È molto eccitante."

Buono a sapersi, visto che non a tutte le donne piacevano i tatuaggi e quelle che non li amavano lo dicevano a gran voce. Non che a lui importasse la loro opinione, visto che non li faceva per nessun altro se non per se stesso.

Rez ritrasse l'addome quando lei vi posò la mano. Sapphire si fece ancora una volta strada – con baci, mordi e leccate – dalla vita di lui, su per il petto e terminò premendo le labbra contro la sua gola.

Ringhiò, frustrato. Era al punto di rottura. "Pensavo che mi volessi nudo."

"Sei a metà strada. Impaziente?"

"Il mio cazzo è duro come la roccia e scomodo fino a farmi male. Non so quanto potrò resistere ancora."

"Oh, non sapevo che stessi soffrendo. Allora mi fermo."

Rez ringhiò di nuovo, facendo sì che la risata roca di Sapphire gli vibrasse contro la gola.

Lui le afferrò la coda di cavallo e le tirò indietro la testa per fissarla in viso. Notò che i suoi occhi blu si stropicciavano agli angoli. "Mi fa piacere che lo trovi divertente."

Allontanandosi da lei, fece qualche passo indietro, infilò i pollici nei jeans e se li tolse insieme ai boxer. La sua erezione si liberò scattante.

"Ci stavo arrivando," mormorò lei, percorrendolo con lo sguardo da capo a piedi.

Rez sperava che lei approvasse. "Aspettavi che fossi morto?"

"Wow. Gli uomini possono essere davvero drammatici."

"Quando si tratta di sesso, sì. Ne abbiamo bisogno quanto l'ossigeno."

Lei inclinò la testa di lato mentre le sue labbra si arricciavano verso l'alto. "Lo so. Sono una spogliarellista, ricordi? C'è un motivo se il sesso vende."

Rez si circondò l'uccello con la mano. "È difficile dimenticarlo."

Gli occhi di Sapphire seguirono il movimento della mano di lui che si accarezzava lentamente a ogni passo mentre si avvicinava a lei.

Lei rimase ferma e lo aspettò. Quando lui la raggiunse, afferrò la cintura della vestaglia e la sciolse con uno strattone.

Sapphire sollevò le mani per farsi scivolare la vestaglia dalle spalle e lui emise un secco "No." Era meglio che schiaffeggiarle la mano. "Lascia fare a me."

Con un sorriso sornione, Sapphire scrollò le spalle e fece ricadere le mani sui fianchi.

Rez si prese tutto il tempo necessario per farle scivolare il tessuto setoso dalle spalle e, quando la vestaglia cadde in un sussurro ai suoi piedi, indietreggiò ancora di qualche passo. "Splendida."

"Niente che tu non abbia mai visto prima."

"Preferisco che tu sia nuda davanti a me in privato, piuttosto che tu sia quasi nuda e ti esibisca per gli altri, ogni giorno, Phire. E quello che ho detto rimane. Sei assolutamente stupenda, cazzo."

Capitolo sette

SEI ASSOLUTAMENTE STUPENDA, *cazzo*.

"Anche tu," sussurrò lei, cogliendo tutta la calda sensualità dell'uomo mentre lui faceva lo stesso con lei.

Il corpo di Rez era pazzesco e la faceva impazzire. Sapphire lavorava per diverse ore e durante quelle ore aveva a che fare con molti uomini. Di rado, dannatamente di rado, aveva visto nel club qualcuno attraente come Rez.

L'uomo sembrava scolpito dalle mani di un artista.

Senza dubbio aveva lavorato a lungo e duramente sul suo fisico. Nessuno diventava così stando seduto sul divano e giocando ai videogiochi tutte le sere mentre sgranocchiava patatine. No, quell'uomo andava in palestra e ci andava spesso. Probabilmente per tenersi in forma per il lavoro, ma *diamine*… anche lei ne stava godendo i benefici.

Il calore guizzava negli occhi scuri di Rez. Lei immaginava che i suoi fossero uguali.

Stavano perdendo tempo e, dato che le energie di Sapphire stavano rapidamente scemando, lei decise di dare inizio alla festa salendo sul letto per sistemarvisi al centro. Protese una mano. "Vieni?"

"Ho intenzione di farlo. E di far venire anche te." Il desiderio e il bisogno puri sul volto dell'uomo fecero salire un picco di eccitazione che le arrivò dritto al sesso.

Prima di raggiungerla, Rez prese i jeans dal pavimento e tirò fuori il portafoglio. Tra le sue dita apparve un preservativo.

"Ne ho, sai," annunciò Sapphire. "Una confezione intera, in realtà."

"Chiusa?"

"Ha importanza?"

In verità, la confezione *era* nuova di zecca. Dato che raramente Sapphire portava qualcuno a casa, la scatola precedente, conservata nel cassetto del comodino, era scaduta. E se le capitava di essere fortunata, come quella sera, lei non voleva correre rischi.

Ma i preservativi non erano l'unica precauzione che utilizzava. Prendeva la pillola da quando aveva compiuto diciotto anni. Non aveva figli in programma allora e non ne aveva nemmeno al momento. Se mai avesse trovato il partner giusto, ci avrebbe pensato, ma prima no. E finora non aveva trovato nessun uomo a cui volesse legarsi per il resto della vita.

Per lo stesso motivo, non poteva giudicare Rez perché aveva trent'anni ed era ancora single. Sarebbe stata un'ipocrita se lo avesse fatto.

Alcuni l'avevano definita egoista per non essersi affrettata ad avere figli, ma lei la considerava una scelta intelligente. Se e quando sarebbe diventata genitore, voleva essere la migliore madre possibile. Una madre come la sua, una donna a cui guardava come a un grande modello.

Si rese conto solo allora che lui non le aveva mai risposto. "Ti aspetti che io sia vergine o qualcosa del genere?"

Quando l'uomo serrò le labbra, lei non poté fare a meno di ridere della sua espressione. Stava cercando in tutti i modi di non infilare il piede nudo nella sua bocca senza filtri.

L'uomo fu coraggioso e rispose lo stesso. "No, cavolo.

Non voglio assolutamente che tu sia vergine. Non vado con una vergine da quando avevo diciassette anni e ho intenzione di continuare così. Ricordo come ho fatto tutto a tentoni e non è stata una bella esperienza per nessuno dei due. Anzi, vorrei potermelo dimenticare."

Lei non avrebbe potuto togliersi il sorriso dalla faccia nemmeno se ci avesse provato. "Quindi, stai dicendo che nemmeno tu sei vergine?"

Con uno sbuffo, l'uomo si mise finalmente in moto e salì sul letto, continuando a tenere stretto il preservativo. Sapphire fu sorpresa quando lo gettò vicino ai cuscini, perché si aspettava che se lo mettesse subito in modo che si dessero da fare. Ma se prima lui aveva altri piani, lei vi si sarebbe prestata volentieri.

Bastarono pochi secondi per capire cosa aveva in mente Rez.

Dopo averle spinto le gambe verso l'alto e in fuori, Rez vi si inginocchiò in mezzo. "Fammi vedere."

Lei usò le dita tenute a V per separare le pieghe già umide e mostrargli ciò che voleva. L'uomo si abbassò immediatamente sul ventre e incuneò le larghe spalle tra le cosce di Sapphire.

La fissò troppo a lungo. Al punto che lei cominciò a preoccuparsi. Stava per dire qualcosa per farlo uscire dalla trance in cui si trovava, la lui la anticipò: "Quanto cazzo sei bella, piccola. Tienila aperta per me."

Sapphire poteva farlo di sicuro e, dato che lui prima aveva dimostrato di sapere dove si trovavano sia il clitoride che il punto G, nutriva la speranza che fosse bravo a leccarla.

Dopo essersi buttato le sue gambe sulle spalle, l'uomo si appoggiò alle sue cosce quel tanto che bastava per avere libero accesso. Poi si mise a dimostrare la propria professionalità.

Oooooh sììììì.

Quell'uomo non sarebbe mai stato confuso con un vergine. Forse aveva avuto una prima esperienza imbarazzante tanti anni prima, come capitava a molti adolescenti, ma lei non dubitava che da allora avesse passato del tempo ad affinare le sue capacità.

Sapphire apprezzò tutto il lavoro che lui aveva fatto per imparare a soddisfare una donna e ringraziò silenziosamente coloro che l'avevano preceduta e che probabilmente gli avevano insegnato qualcosa.

Donne che aiutavano le donne. Come doveva essere.

Con la bocca premuta sul monticello di Sapphire, Rez le succhiò con forza il clitoride, poi fece roteare la lingua prima di picchiettarlo un pochino. Ma non si soffermò lì. Pochi istanti dopo, il pollice sostituì la lingua e lui poté seppellire la faccia tra le cosce tremanti di lei. La sua stessa reazione la sorprese, dato che lui si stava limitando a far scivolare la lingua dentro e fuori da lei e a giocare con il suo clitoride.

L'uomo le infilò una mano sotto il sedere per inclinarle il bacino più in alto e cambiò di nuovo tattica. Affondò due dita dentro di lei, le incurvò e si concentrò sul suo punto G. Le sue labbra tornarono a succhiare il clitoride gonfio e sensibile di lei, facendola contorcere a ogni intensa spinta della bocca.

Sapphire emise un lungo gemito, sbatté sul materasso e le sue dita si impigliarono nelle lenzuola.

"Sì… Sì… Sì!" *Porca troia.* O lui era *davvero* bravo o semplicemente era passato troppo tempo per lei.

Poteva essere una combinazione di entrambi.

Sapphire inarcò la schiena e lasciò andare le lenzuola prima di strapparle e si afferrò i capezzoli, facendo roteare le punte tra le dita, generando una scarica di goduria che la attraversò e arrivò giù fino a dove lui aveva il viso incollato a lei.

Non ci volle molto prima lei che gridasse: "Sto venendo."

A differenza di altri uomini con cui Sapphire era stata in passato, lui non lo prese come un segnale per rallentare o fermarsi. L'ultima cosa, di solito, la lasciava in sospeso. Invece, l'uomo seguì il suo orgasmo premendo più forte la bocca contro di lei e spingendo le dita dentro e fuori di lei più in fretta.

E quando l'orgasmo la travolse, fu intenso come lo era stato nella saletta VIP. Molto meglio che fare da sola.

Una volta che Sapphire ebbe smesso di agitarsi contro di lui e di cavalcare le onde dell'orgasmo, Rez si sedette sui talloni, con le labbra lucide curvate in un sorriso.

Oh, era per caso soddisfatto di sé?

D'accordo, la verità era che faceva bene. Sapphire glielo avrebbe concesso. "Grazie per non aver dimostrato che mi sbagliavo."

"A proposito di?"

Lei scosse la testa, non volendo portare sfortuna. Perché ora le sue aspettative erano alte quando si trattava di "scendere". Finora Rez era stato bravo e doveva continuare così.

L'uomo si spostò finché il suo peso non la immobilizzò sul materasso, poi usò le ginocchia per allargarle ancora di più le gambe. Il suo uccello le premeva contro la coscia come un tubo d'acciaio, infrangibile e inamovibile.

Come nella saletta VIP, Rez doveva essere a disagio. Ma a differenza di allora, questa volta avrebbe avuto un po' di sollievo.

Dopo essersi preso il tempo necessario per pizzicarle delicatamente le curve interne ed esterne dei seni, l'uomo succhiò a fondo ogni capezzolo prima di lasciarlo andare con un piccolo schiocco umido e passare a sfiorare con i denti la clavicola.

Sapphire sollevò la testa quando lui le prese la coda di cavallo e le liberò i capelli, allargandoli intorno a lei e strofinando le ciocche tra le dita.

"Tutto vero," mormorò.

"Non tutto," mormorò lei in risposta.

"Intendevo i tuoi capelli. Mi piacerebbe sentirli contro la mia pelle quando me lo succhi."

Quando Sapphire si spostò per assecondare il suo desiderio, lui mantenne il peso su di lei per farla rimanere dov'era e scosse la testa. "Non ora. Posso tenermi quella fantasia ancora per un po', perché in questo momento sono così duro che probabilmente esploderei nel momento in cui tu avvolgessi le tue labbra intorno a me."

"Mi sembrava che tu stessi vacillando."

"Vacillando? Sto oscillando come un cazzo di ponte sospeso in mezzo a un uragano di categoria 5."

Non era il caso di ridere delle disgrazie dell'uomo, quindi lei inghiottì la risata e afferrò il preservativo. Aprì l'involucro e gli porse il disco di lattice.

Rez non nascose il suo sollievo quando lo prese. "Ti chiederei di srotolarlo, ma come ho detto… sto lottando contro una catastrofe in questo momento."

"Indossare un preservativo dovrebbe aiutarti."

"Normalmente sì, ma sto per scivolare dentro di te."

Sto per scivolare dentro di te.

Porca miseria. "Lo prendo come un complimento."

"Lo è."

"Vuoi continuare a parlare?" chiese Sapphire con un sopracciglio alzato.

"Col cazzo." L'uomo afferrò il preservativo e se lo srotolò addosso fino in fondo. La smorfia che fece disse tutto. Gemette: "Porca troia."

"Hai bisogno di un minuto?"

Strinse gli occhi e inspirò profondamente. "Credo di essere a posto."

"Non deludermi." Voleva essere una presa in giro, ma era anche vero. Sapphire era stanca di essere delusa. Era un altro dei motivi per cui negli ultimi tempi non usciva con nessuno, oltre alle lunghe ore di lavoro.

Si rifiutava di uscire con i clienti del club e i siti e le app di incontri online erano terribili. Il profilo raramente corrispondeva alla realtà. Arrivava in una caffetteria aspettandosi di trovare un sosia di Brad Pitt come da foto profilo e si ritrovava invece di fronte a Steve Bushemi.

Naturalmente, non era solo una questione di aspetto fisico. Lei guardava al pacchetto completo. Ma la maggior parte degli uomini trovati sulle app di incontri riempiva i propri profili di bugie e abbellimenti. Quello era uno dei motivi, oltre alla sicurezza, per cui li incontrava in luoghi pubblici. Poteva facilmente scappare se l'appuntamento al bar si trasformava in un disastro.

Le poche volte che aveva incontrato un uomo genuino, una volta scoperto cosa faceva per vivere, erano stati loro a scappare.

A nessuno di loro dispiaceva una botta e via, ma qualcosa di più? No.

"Come farei a spiegare ai miei amici e alla mia famiglia quello che fai?"

"Aprendo la bocca e dicendo loro la verità."

Se costoro si vergognavano di quella verità, allora non facevano per lei. Sapphire aveva bisogno di qualcuno che la sostenesse nella sua vita, non che la criticasse. E non aveva nemmeno bisogno di un uomo troppo possessivo o geloso.

"Pronto?"

Sapphire scrollò la testa per tenere a freno i suoi pensieri errabondi e tornare alla sua camera da letto. E, naturalmente, all'uomo che, senza dubbio, non si sarebbe vergognato di dire ai suoi colleghi e amici quello che lei faceva per vivere. Anzi, lo vedeva già vantarsene.

Per i suoi genitori, invece, la storia avrebbe potuto essere diversa…

Tuttavia, non era un problema di Sapphire.

Ricordò a se stessa che quello che stava accadendo con

Rez in quel momento non era altro che soddisfazione reciproca. Non si aspettava niente di più, niente di meno.

Se mai fossero arrivati al punto.

Lei lo osservò in viso mentre lui la fissava con la fronte aggrottata dalla preoccupazione. "Stai bene?"

"Starò meglio una volta che," *non mi lascerò distrarre dai miei pensieri,* "mi avrai scopato."

La ruga si attenuò e un lato della bocca di Rez si aprì in un sorriso sbilenco. Allineò l'uccello, ma fece una pausa. "Volevo solo assicurarmi che non ti stessi pentendo di avermi invitato a casa tua. Col cazzo che voglio stare in un posto dove non sono desiderato."

Poiché l'uomo normalmente trasudava sicurezza, il suo commento non ne presupponeva la mancanza. In pratica, voleva che lei fosse presente nel momento.

Sapphire gli afferrò le natiche molto sode e le strinse. "Sei molto desiderato. Sono solo stanca."

"Non ho problemi a fare in fretta… Sai, se è quello che vuoi," disse lui, con un ammiccamento e un sorriso.

"Piede in bocca."

L'uomo strinse le labbra e le rivolse un singolo cenno. Tuttavia, le rughe agli angoli degli occhi continuavano a rivelare il suo divertimento.

Con la punta che sfiorava la sua apertura, Rez mollò la presa sull'uccello e scivolò lentamente dentro di lei.

Sapphire prese fiato e lo trattenne… Era una sensazione così bella. Le era mancata e quel momento dimostrava quanto.

Lo strinse con forza, strappandogli un gemito. "Cavolo. Mi sa che alleni anche quella."

Era così. I Kegel avevano altri benefici, oltre a quello di mantenerle la micetta stretta.

L'uomo si spinse in avanti finché non gli fu impossibile andare oltre. Quando lei lo strinse di nuovo, lui si fermò, lasciando ricadere la testa in avanti e facendo qualche respiro profondo. "Phire… Stai giocando con il fuoco."

Era un po' strano sentire il suo nome d'arte durante il sesso, ma lei si scrollò di dosso anche quella sensazione. Essendo un poliziotto, Rez poteva facilmente scoprire il suo vero nome. In realtà, lei si fidava abbastanza di lui da rivelarglielo, soprattutto ora che lui sapeva dove viveva.

Ma non era una discussione da fare in quel momento. E comunque, lei usava più il suo nome d'arte che il suo vero nome.

Quando finalmente Rez iniziò a muoversi, pompò con il bacino prima in profondità, poi si ritrasse. A fondo, quindi in superficie. Si muoveva con calma e con cautela. Non per il bene di lei, ma per il proprio.

Stringendogli i fianchi con le gambe, Sapphire affondò i talloni nella parte posteriore delle sue cosce e inclinò il bacino verso l'alto per incoraggiarlo a scoparla più in fretta. A scoparla più forte. A scoparla più a fondo.

Voleva tutto.

A quel punto, non le importava che fosse veloce, voleva solo che fosse buono.

Ma invece di farlo, lui abbassò la testa e le prese la bocca, baciandola nello stesso modo in cui lei voleva essere scopata.

Il suo passo di lumaca l'avrebbe portata al limite, ma non a quello che lei voleva.

E poi… lui fece qualcosa con il bacino. Una mossa che la colpì in tutti i punti giusti.

Dannazione, quel movimento d'anca…

Ecco quello che lei aveva sperato che lui mettesse in tavola… o a letto, più che altro.

Rez non la deluse. Sapphire avrebbe dovuto avere più fiducia nel fatto che quell'uomo sapeva cosa stava facendo. Errore di lei, non di lui.

Le stava finalmente dando ciò che lei aveva bisogno e che voleva da lui, spazzando via ogni dubbio.

Continuò a saccheggiarle la bocca con una mano infilata tra i capelli e l'altra che le palpava il seno e giocava con il capezzolo.

E finalmente… finalmente… Sapphire si perse in quello che stavano facendo. La sua mente si acquietò, il mondo venne chiuso fuori e rimasero solo loro due.

Tutto scattò al suo posto.

Muovendosi in sincronia, eseguirono una danza perfetta che coinvolgeva i loro fianchi, le bocche e le dita.

Anche mentre il ritmo aumentava, il bacino di Rez continuò a muoversi in modo sexy e flessuoso…

Proprio quello che le serviva per arrivare entrambi in cima alla montagna. Si arrampicò fianco a fianco con lui. Sempre più in alto.

Ogni spinta fluida dell'uomo era un altro passo verso la vetta.

Strappò la bocca dalla sua. "Scopami. Oh Dio… Rez… Proprio così."

"Dimmi stai per venire," disse con sforzo l'uomo, digrignando i denti.

"È una sensazione così bella." Così dannatamente bella che lei voleva che durasse ancora un po'.

"Devi venire presto, tesoro." Il panico nel tono dell'uomo era un chiaro avvertimento che temeva di venire prima di lei.

"No," gemette lei. "Non ancora. Aspetta…"

"Non ce la faccio," gemette lui.

Rez infilò una mano tra di loro e trovò il clitoride gonfio e sensibile. Lo premette e ci girò attorno. I suoi movimenti frenetici dimostravano che era al limite.

Sapphire pulsò intorno a lui e ciò lo spinse a raddoppiare gli sforzi. Lei aveva il respiro affannoso, il petto ansante, i seni che rimbalzavano a ogni spinta.

"Phire." Un altro appello disperato.

Lei avrebbe dovuto prestare attenzione a quell'avvertimento. Ma, *porca miseria…*

Voleva davvero venire, ma non era nemmeno pronta a concludere.

"Phire… sto facendo del mio meglio e non voglio deluderti. Ti prometto che mi farò perdonare la prossima volta… se tu… vieni… cazzo…"

La prossima volta.

Una promessa che lei poteva accettare. Perché, dopo quello che aveva vissuto fino a quel momento, tra la saletta VIP e ora nel suo letto, voleva assolutamente fare di nuovo questo e altro con lui.

A un'ora più ragionevole. Quando non fossero stati entrambi esausti. Quando non sarebbe stata la prima volta che stavano insieme.

Il basso grugnito che proruppe dalle labbra dell'uomo provocò un'onda d'urto che la attraversò dalla cima della testa alla punta dei piedi.

I loro corpi erano diventati lucidi di sudore e arrossati dallo sforzo, mentre lei si dimenava selvaggiamente e gli sbatteva la fica contro, assecondandolo spinta dopo spinta.

"Cazzo… vieni…" Lui abbassò la testa e le afferrò il capezzolo tra i denti, raschiandolo con forza, alimentando le fiamme che le bruciavano dentro fino a farle diventare un rogo.

Sapphire pose fine alle sue sofferenze quando lasciò che le onde fragorose di un orgasmo la travolgessero.

Con un "Grazie, cazzo" strozzato, seguito da un altro profondo grugnito, l'uccello dell'uomo si agitò e pulsò mentre la inseguiva oltre il limite.

Capitolo otto

FACENDO SCORRERE il palmo della mano sul lenzuolo, Rez trovò il posto accanto a sé freddo e vuoto. Aprì gli occhi e girò la testa.

Già. Vuoto.

Era solo nel letto di Sapphire.

Sperava che la sua promessa di farsi perdonare si sarebbe realizzata quella mattina. Forse lei stava semplicemente svuotando la vescica per poi tornare a letto. E a lui.

Così da poterle dare ancora di più della sua magnificenza.

Rez sbuffò e si rotolò finché non riuscì a prendere il telefono dal comodino, che si trovava sul lato opposto a quello in cui si era addormentato.

Almeno lei non l'aveva buttato fuori a calci nel sedere subito dopo che era venuto.

Probabilmente avrebbe dovuto farlo. Se Rez fosse stato normale, si sarebbe vergognato di averla scopata di fretta.

Ma grazie al cielo non era normale o imbarazzato.

Perché? Perché aveva potuto scopare con Sapphire. E se lei fosse stata arrabbiata per la brevità della scopata, probabilmente lo avrebbe cacciato a calci in culo subito dopo, senza lasciare che si addormentasse accanto a lei. O almeno gli avrebbe detto che non ci sarebbe stata una "prossima volta" quando lui l'aveva menzionata in preda alla disperazione.

Le sue labbra si arricciarono in un sorriso. Ma sì, a meno che non avesse fatto o detto qualcosa di stupido, ci *sarebbe stata* una prossima volta. Tuttavia, pensò che la seconda volta sarebbe stata dopo aver dormito un paio d'ore.

Premette il pulsante di accensione del cellulare, usò l'impronta digitale per sbloccarlo e rimase di stucco alla vista dell'ora. Guardò meglio.

E si mise seduto di scatto.

Porca troia. Erano le due del pomeriggio.

Le due!

Controllò rapidamente di non aver perso nessun messaggio o messaggio vocale importante da parte di sua madre o di qualcuno della task force.

No, niente. Solo il messaggio mattutino quotidiano di sua madre: *Buenos días, mi niño guapo. Te quiero. LOL!*

Per quante volte lui le avesse spiegato che LOL significava "rido a crepapelle", lei continuava a insistere che significasse "tanto amore".[1]

Dopo una dozzina di tentativi, Rez si era arreso. Sperava solo che la donna non commentasse con "LOL" i post su Facebook in cui un amico o un famigliare annunciava che una persona cara era malata, gravemente ferita o, peggio, morta.

In ogni caso, quella donna era come un orologio. Gli mandava messaggi ogni maledetta mattina dopo che lui le aveva cambiato il vecchio telefono a conchiglia con uno smart phone e le aveva mostrato quanto era facile usarlo per mandare messaggi.

Pensava che insegnarle a mandare messaggi avrebbe

ridotto le telefonate, soprattutto mentre lui lavorava, ma cazzo, non era stato così.

E se Rez non poteva rispondere…

Gli sfuggì un sospiro.

Amava sua madre alla follia, ma lei poteva essere soffocante.

Cazzo. Non voleva pensare alla donna che gli aveva dato la vita in quel momento. Non quando era nel letto di Sapphire.

Senza Sapphire.

Scese dal letto e si alzò. Non si preoccupò di vestirsi e si limitò a infilarsi i jeans. Sperava ancora nel secondo round.

E nel terzo.

E magari anche nel quarto.

Prima di tutto, però, doveva svuotare la sua vescica urlante. Dopo aver scongiurato il disastro, doveva trovare la persona che viveva in quell'appartamento per valutare la sua disponibilità ad affrontare quei round e, in caso affermativo, trascinarla a letto.

Andando in corridoio, sentì qualcuno che si muoveva da qualche parte nell'appartamento. Forse in cucina, anche se non sentiva l'odore della colazione. O di caffè in preparazione.

Il caffè sarebbe stato una bomba in quel momento.

Fece un salto in bagno e, quando andò a lavarsi le mani, l'uomo dall'aspetto stanco e trascurato che vide nello specchio gli fece prendere un bello spavento.

Porca miseria. Se fosse stato una donna, anche lui avrebbe abbandonato il letto per sfuggire allo zombie che gli restituiva lo sguardo.

Ma, *ehi*, finché il suo cazzo e la sua lingua funzionavano, aveva importanza che aspetto avesse?

Dopo aver fatto altri due passi lungo il corridoio, trovò la porta della seconda camera da letto aperta. Diede un'occhiata dentro e…

Cavolo. Non era affatto una camera da letto. O almeno, quello non era l'uso che ne faceva Sapphire.

La piccola stanza era stata trasformata in quella che sembrava una cabina armadio. Era piena di scaffali.

Molti di essi erano colmi di scarpe. Sia scarpe normali per tutti i giorni, sia del genere con i tacchi a spillo che indossavano le spogliarelliste e le hostess dei club per uomini. Altri scaffali erano pieni di abiti di varie fogge in un arcobaleno di colori. Un altro conteneva altri tipi di abiti. Probabilmente simili a quello da dominatrice che Sapphire aveva indossato la sera prima sul palco.

Ora lui sapeva perché non aveva soldi da spendere per un posto migliore. La sua auto e i suoi vestiti.

Almeno alcuni capi di abbigliamento le fruttavano dei soldi.

Ma comunque…

Se si aggiungevano gli accessori, le borse e tutto ciò che le donne indossavano e compravano…

Sentì un altro scalpiccio e poi colse un lampo di movimento nell'angolo posteriore.

"Hai trasformato questa stanza in una cabina armadio?" chiese.

La testa scura di Sapphire fece capolino. "Sei sveglio." La donna uscì da dietro un'altra scaffalatura stracolma e indicò il tutto con un cenno della mano. "Non avevo scelta. Tutta questa roba mi serve per il lavoro."

Rez si avvicinò a uno scaffale più piccolo con abiti lunghi e colorati coperti di paillettes. Del tipo che lei indossava quando faceva la hostess. "Indossi mai una tuta?"

"Quando sono a casa, di solito indosso leggings o pantaloni da yoga. Come adesso. In pieno inverno, potrei anche tirare fuori un paio di comodi pantaloni della tuta. Ma mi piace vestirmi bene e lo faccio fin da quando ero piccola." La sua bocca si incurvò in un morbido sorriso. "Ero quella bambina che si intrufolava sempre nell'armadio della madre per provare i suoi tacchi alti o indossare uno dei suoi abiti. O per giocare con i suoi trucchi. Non volevo vestire le bambole, volevo vestire me stessa. Era una delle cose che preferivo fare da piccola. Quando ero più giovane, ho sempre sognato di fare la modella."

Interessante. Rez ce la vedeva a sfilare su una passerella e farla da padrona, proprio come accadeva sul palco del Peach Pit. "E poi?"

"E poi ho imparato quanto sia brutale quell'industria. E," Sapphire scrollò le spalle, "mi piace mangiare."

"Anche a me piace mangiare." Non solo cibo.

"Inoltre, ballando guadagno denaro e mi mantengo in forma. Ma non devo fare la fame o allenarmi con un trainer per ore e ore. Cammino comunque su un palcoscenico e posso indossare abiti carini o fighi. Solo che mi diverto, invece di sembrare un robot senza espressione o personalità che sfila in passerella. La considero una situazione vantaggiosa sotto tutti i punti di vista."

Rez era d'accordo. Soprattutto per egoismo. Non l'avrebbe mai incontrata se non avesse lavorato nel locale gestito dai Demons. "È sicuramente una vittoria per tutti assistere alle tue prodezze sul palco."

"Mi hai visto ballare solo una volta."

"E che cazzo di spettacolo è stato."

La donna si fece strada tra gli scaffali pieni di roba e non si fermò finché non fu a pochi centimetri da lui.

Si sollevò sulle punte dei piedi, gli posò una mano sul petto nudo per appoggiarsi a lui e gli diede un bacio leggero.

In realtà, non aveva bisogno di allungarsi molto, essendo più alta della maggior parte delle donne che conosceva. Doveva essere intorno al metro e settanta, solo una decina di centimetri più bassa di lui. A meno che non indossasse un paio dei suoi assurdi tacchi a spillo; allora poteva guardarlo negli occhi o era addirittura più alta di lui.

Dopo averle avvolto un braccio intorno alla schiena Rez

la attirò a sé, schiacciandole le tette contro il suo petto nudo. Per essere rifatte, sembravano dannatamente vere.

La magia della medicina moderna. Ma si chiese quanto Sapphire ce le avesse grosse prima delle protesi. Quando aprì la bocca per chiederlo, ci ripensò. Preferiva avere una seconda possibilità di vederla nuda in privato piuttosto che essere buttato fuori al freddo.

Lei gli accarezzò la guancia barbuta. "Avresti potuto continuare a dormire."

"E tu avresti dovuto svegliarmi. Avevo dei programmi."

"Beh, quei programmi dovranno aspettare. Devo andare a lavorare."

Lui fissò il suo viso ancora struccato, con gli occhi che scintillavano come due zaffiri. "Che orari fai?"

La scintilla si affievolì. "Farò tardi anche stasera. Devo essere là per le quattro per prepararmi e lavoro fino alle due."

"Porca miseria."

"Concordo."

"Forse stasera dovrò andare lì. Per cercare T-Bone, naturalmente."

"Naturalmente. Hai fame?"

"Muoio di fame."

"Posso prepararti qualcosa prima di uscire."

"Non è necessario. Posso prendere qualcosa mentre torno a casa."

"Anch'io devo mangiare, quindi puoi unirti a me."

"Apprezzo l'invito e un'altra volta mi piacerebbe provare la tua cucina. Ma devo fare il check-in con la task force, visto che ho già dormito per quasi tutto il giorno. Non credo di aver dormito così tanto da quando avevo quindici anni."

"I tuoi genitori ti lasciavano dormire fino a tardi? I miei, se non c'era scuola, mi dicevano di alzare il culo e fare le faccende che mi avevano assegnato."

Rez ridacchiò. "Riuscivo a dormire fino a tardi solo

quando mia madre lavorava nei fine settimana. A mio padre non importava. Diceva che avevo bisogno di riposo perché ero un ragazzo in crescita. Ma mia madre?" Scosse la testa al ricordo di lei che spalancava la porta e gli urlava di smetterla di poltrire.

All'epoca, Rez si era arrabbiato. Ora apprezzava il fatto che lei gli aveva inculcato una buona etica del lavoro. Entrambi i suoi genitori lavoravano sodo da che lui aveva memoria. Almeno fino alla morte di suo padre, avvenuta qualche anno prima.

Lei gli accarezzò il petto. "Okay, anche se non hai intenzione di restare a mangiare, io devo fare il pieno e poi prepararmi per il lavoro."

Quando lui la lasciò andare a malincuore, lei fece per passargli accanto, ma una domanda improvvisa si insinuò nel cervello di Rez.

"Ehi…" Le afferrò il polso e la fece voltare di nuovo verso di lui.

Lei sollevò le sopracciglia con aria interrogativa.

"Porti spesso a casa uomini dal club?"

"Sei sicuro di volerlo sapere?"

"Sì… No… Sì… Cazzo… No… Porca miseria." Rez prese fiato e strinse gli occhi. Con forza, a denti stretti, esclamò: "Sì." Non sapendo se la risposta lo avrebbe perseguitato.

Era un rischio che doveva correre. Sperava solo di non pentirsene.

"È la tua risposta definitiva?"

Rez annuì come l'idiota che era. Perché, *cazzo*, sapeva che se ne sarebbe pentito.

"Mai."

Cosa? Lui spalancò gli occhi. "Mai cosa?"

"Se proprio vuoi saperlo, sei il primo. Ma nel caso non lo sapessi, il mio invito a venire da me non aveva nulla a che fare con la tua presenza al Peach Pit, Rez."

"Ma col fatto che sono una bestia sexy, vero?" Rez si passò una mano sugli addominali nudi e aggrottò le sopracciglia.

"Te lo concedo. *Sei* una bestia sexy. Ma la differenza è che tu non sei un cliente. Ti considero un amico." Quando lui aprì la bocca, lei vi premette due dita, si strinse le labbra e lo zittì. "Se mi chiedi quanto spesso mi scopo i miei amici, sarà l'ultima domanda che mi farai."

Lui sorrise sotto le sue dita. Quando annuì, lei le tolse. "Ti ho sentito forte e chiaro. La mia boccaccia tende a farmi saltare dalla padella e a farmi finire direttamente nella brace."

"Ci credo. Prima mi hai lasciato intendere di non avere un filtro."

"Purtroppo, il mio filtro è un colabrodo."

La risata bassa di lei, in risposta alla sua sincerità, fece fare al cuore di Rez una capriola nel petto. "Mi sorprende che i tuoi piedi non abbiano cicatrici da ustione per aver camminato così tanto sulle braci."

"Sono un professionista nel camminare in punta di piedi nel caldo. Comunque…" A proposito di argomenti scottanti… "Mi dispiace di non essere durato quanto avremmo voluto."

"Va bene così."

"'Va bene' è ingannevole. Può significare che ti sta veramente bene, oppure che non ti va bene e che sei solo educata."

"Non me ne frega niente dell'educazione. Se non mi andasse bene, ti avrei consegnato il tuo mucchio di vestiti e ti avrei indicato la porta."

"Buono a sapersi."

Sapphire lo pungolò al petto con un dito. "E non mi aspetto mai che sia fantastico la prima volta."

Lui iniziò ad annuire, ma si fermò quando ciò che lei disse gli affondò nella zucca. "Cosa?"

Il sorriso di Sapphire gli ricordava quello di un gatto che si era mangiato il canarino. "Ti sto solo tenendo sulla punta di quei piedi ustionati."

"Allora è stato bello, vero?"

"Devo rispondere? Non sei ancora nel mio appartamento?"

"Hai cacciato degli uomini per del sesso di merda?"

"Ho cacciato degli uomini per molto meno."

Non sembrava una battuta. "Okay, allora me ne vado finché sono in tempo. Ci vediamo più tardi al club?"

Lei inarcò le sopracciglia. "Vieni al Pit stasera?"

"Se tu lavori, sì. È il primo dell'anno." Rez si batté il palmo della mano sulla fronte. "Occazzo, è il primo dell'anno. Non devo andare alla Centrale."

"Cos'è la Centrale?"

"È… ehm… la sede dei Blue Avengers."

"Perché si chiama 'la Centrale'?"

Cazzo. "Posso spiegartelo in un altro momento, quando avremo più tempo? Quando sei libera la prossima volta? Mi piacerebbe invitarti a casa mia."

"Per cena?"

"Certo, posso ordinare qualcosa." O chiedere a sua madre di preparare qualcosa. Lei non solo amava cucinare, ma era un'esperta, e lui non doveva nemmeno dirle che avrebbe dovuto farlo per due. Bastava chiedere un pasto fatto in casa per ritrovarsi con cibo sufficiente a sfamare un gruppo di dieci persone.

"Tu non cucini?"

"La mia cucina è appena passabile e non voglio rischiare di avvelenarti."

"Butta così male?"

"Sono solo onesto."

"Preferisco l'onestà alle stronzate. Controllerò la mia agenda stasera quando entro al lavoro. Che ne dici se ti mando un messaggio?"

"Puoi mandarmi un messaggio anche se vedi T-Bone?"

"Credevo che saresti venuto."

"Se lo faccio, sarà sul tardi."

"Cosa è cambiato?"

A essere cambiato era il fatto che Rez non avrebbe potuto ottenere da Crew i contanti per fare un acquisto al Peach Pit quella sera, perché si era dimenticato che era un maledetto giorno festivo. Quindi, a meno che T-Bone non facesse una comparsata, l'unica ragione per andare al locale era guardare Sapphire e lui non era entusiasta di vedere la donna che aveva appena scopato ore prima spogliarsi davanti a una stanza piena di uomini. Ma avrebbe potuto fare un'eccezione se…

"Mi vuoi lì?"

Lei gli accarezzò la guancia. "Mi fa sempre comodo qualche mancia in più." Poi rise e scomparve dietro uno scaffale pieno di vestiti.

Capitolo nove

REZ AVEVA RICEVUTO diversi messaggi da Sapphire mentre lei lavorava la notte di Capodanno. Il primo lo informava che il suo prossimo giorno libero era venerdì. Lo aveva sorpreso molto il fatto che Saint le permetteva di prendersi come libera una serata di solito molto impegnativa.

Lui le aveva risposto immediatamente scrivendole il suo indirizzo e l'orario in cui la donna sarebbe dovuta venire. Nel secondo messaggio l'aveva invitata a portare una borsa per la notte.

Considerava un buon segno il fatto che lei non aveva sollevato obiezioni.

Il terzo messaggio le chiedeva se avesse visto T-Bone. Non l'aveva visto. Non c'era da sorprendersi. Quel figlio di puttana si era dato alla macchia e aveva portato con sé la sorella tossicodipendente di Sloane.

Nel frattempo, Rez aveva bisogno di ottenere più denaro da Crew per fare più acquisti al Peach Pit.

Doveva anche chiamare sua madre e chiederle di prepararrgli il suo piatto venezuelano preferito: il *pabellón criollo*. Un piatto che lei preparava ogni settimana, puntuale come un orologio. E di solito era un ottimo motivo per passare da casa di lei.

Quel piatto tradizionale consisteva in carne di manzo sfilacciata, fagioli neri, riso bianco e platano dolce fritto. Solo che lui le aveva detto di evitare i fagioli neri. Per ovvi motivi. Lui li adorava, ma a Sapphire avrebbe potuto non piacere l'effetto che gli facevano. Soprattutto quando erano nudi e si rotolavano nel letto.

Il piano era di nutrirla e poi scoparla.

Un venerdì sera perfetto ai suoi occhi.

E mangiare fagioli neri avrebbe rischiato di far deragliare il tutto.

Naturalmente, sua madre era stata entusiasta della sua richiesta e aveva insistito perché si fermasse a mangiare da lei. Rez si sentiva in colpa per averle mentito su chi fosse il destinatario del cibo, ma di certo non le avrebbe detto che era per una donna. Perché prima ancora che quella frase gli fosse uscita dalle labbra, lei avrebbe fissato la data del matrimonio e spedito le partecipazioni. Sua madre lo assillava di continuo per avere dei *nietos*. E tanti.

Quando mi darai dei nipotini, Antonio? Quando? Prima che io muoia? Non potrò mai tenere in braccio uno dei bambini del mio bambino? Perché fai questo a tua madre?

Tutto era così dannatamente drammatico con lei. E il senso di colpa...

Rez sospirò.

Sua madre insisteva che sarebbe morta se lui non si fosse sistemato presto con una brava donna. Sarebbe morta se non avesse avuto dei nipoti. Sarebbe morta se lui non fosse venuto a cena a casa almeno una volta alla settimana.

Rez era sicuro che quella donna sarebbe vissuta per sempre solo per tormentarlo.

Per convincerla a preparare il *pabellón criollo* senza che lui piantasse il culo al tavolo della sua cucina mentre lei si affannava a verificare che stesse bene, aveva dovuto dirle che voleva farlo provare a uno dei suoi compagni Blue Avengers. Naturalmente, la prima cosa che sua madre aveva fatto era stata invitare a casa anche quella persona.

Alla fine, dopo un maledetto miracolo e un mucchio di scuse, la donna aveva accettato di preparare il piatto, ma solo se lui fosse passato a prenderlo.

Il che significava automaticamente una visita di quattro ore. Casa di sua madre non era un luogo in cui si potesse solo fare un salto.

Rez fu costretto ad ascoltare tutti i pettegolezzi del quartiere e anche quelli sui parenti in Venezuela. E poi, lui spuntò alcune voci dalla lista delle "cose da fare" in casa. Come sostituire le batterie dei rilevatori di fumo o stringere il pomello di una porta. O tirare giù qualcosa da uno scaffale alto.

In sostanza, la casa di sua madre era una ragnatela, dove lei era il ragno e lui la mosca. Rez veniva catturato ogni volta.

Nonostante il fastidio, Rez amava e apprezzava sua madre e, sinceramente, sperava che sarebbe vissuta a lungo. La morte di suo padre era stata un duro colpo per entrambi.

Quell'uomo faceva sentire la sua mancanza ogni maledetto giorno.

Rez scosse la testa per liberarsi dai ricordi che l'avrebbero impantanato e finì di affettare le fragole. Per fortuna, tagliare la frutta era la sua specialità. Non poteva sbagliare. A meno che non fosse giudicato dallo chef Gordon Ramsey per la sua abilità con i coltelli.

Aveva il cibo in caldo nel forno e stava mettendo la frutta preparata in una ciotola quando suonò il campanello. Subito, il suo uccello si contorse al ricordo della loro breve, ma molto calda, scopata dell'altro giorno.

Rez era pronto a farsi perdonare. Si era fatto la doccia, si era riposato e presto si sarebbe rimpinzato della buona cucina di sua madre. *Gracias, mamá.*

Dopo essersi pulito le mani con un panno da cucina e aver messo le fragole in frigorifero, si diresse verso la porta. Aprirla sarebbe stato come scartare la sua caramella preferita.

Guardò attraverso lo spioncino.

Porca miseria.

Aprì il catenaccio e spalancò la porta.

Cazzo, sì.

"Ciao, bellezza," salutò, facendo un passo indietro per lasciare entrare lei e la sua borsa da notte.

Sapphire era vestita con jeans che le fasciavano le curve, una camicetta bianca scollata, ma ampia, sotto una giacca di pelle nera aderente e stivali di pelle nera alti fino al ginocchio con il tacco. Aveva un aspetto delizioso.

"Ciao, splendore," rispose lei con un sorriso e un luccichio negli occhi azzurri. Fece una pausa e inspirò profondamente. "Che un buon profumo."

Rez si chinò su lei e le fece scorrere il naso lungo la spalla e il collo. "Sì, tu. Sei molto appetitosa."

"Sono fresca di doccia, quindi puoi mangiare senza preoccupazioni."

"Non mi conosci ancora abbastanza bene se pensi che non fare la doccia possa fermarmi." Rez *adorava* il profumo naturale di una donna, soprattutto quando era eccitata.

Mentre lei rideva, lui le prese la borsa. "Vai in cucina. Io vado a mettere questo nella mia stanza al piano di sopra. In frigo ci sono birra e una bottiglia di vino. Inoltre, ho preso del Twisted Tea e della Har Mike's Lemonade, visto che non ero sicuro di cosa bevessi."

Sentì: "Potevi chiedere," mentre saliva i gradini. Avrebbe potuto, ma qualsiasi cosa nessuno dei due avesse bevuto, Rez avrebbe potuto lasciarla alla chiesa dei Blue Avengers. Nulla sarebbe andato sprecato.

La sua villetta a schiera a tre piani non era enorme o lussuosa, ma era perfetta per lui. Al piano terra c'era un garage abbastanza grande per la sua Hellcat e la sua Harley, oltre a una lavanderia e a un deposito. Il primo piano comprendeva la zona giorno principale: una cucina completa, un ampio soggiorno, un mezzo bagno e un ufficio. Il piano superiore comprendeva la sua camera da letto con bagno privato, una camera di riserva e un bagno completo nel corridoio.

Lasciò la borsa di Sapphire nella sua stanza e fece un rapido doppio controllo per assicurarsi che tutto fosse al suo posto prima di tornare di corsa al piano di sotto.

La trovò appoggiata al bancone della cucina, mentre stringeva in mano un Twisted Tea.

Lo sollevò quando lo vide. "Non l'avevo mai provato. È buono. Sarebbe intelligente che il Pit vendesse bevande preconfezionate come queste, visto che Mutt è terribile a miscelare qualunque cosa."

"Non dirlo a me. L'unica cosa sicura da bere lì è la birra, le bibite o l'acqua."

"Un altro motivo per cui gli affari sono calati. Una direttrice cordialissima…"

"È sempre Cookie, giusto?"

"Ufficialmente è ancora la vicedirettrice, *quando si* presenta. Poi c'è l'adorabile stronzo in capo Saint e il resto degli idioti del villaggio che gestiscono il manicomio."

"Non dimenticare la nuova formazione di ballerine altamente qualificate," scherzò lui

Sapphire sbuffò, poi bevve un altro sorso della bevanda alcolica. "Sì, se ti piace uno straccio umido che gira intorno a un palo. Sembrano sempre annoiate o scazzate quando si esibiscono. Ho cercato di aiutarle…" Sospirò e bevve un lungo sorso del suo drink.

"Come faceva Mel quando era manager," concluse Rez.

"Sì, ho cercato di fare del bene a mia volta, ma mi sono ritrovata a sbattere la testa contro il muro, così ho rinunciato."

Rez le girò attorno, aprendo gli armadietti e tirando fuori le cose per apparecchiare la tavola. Poiché di solito mangiava da solo, era raro che si sedesse in cucina e preferiva mangiare sul divano davanti al grande schermo della televisione. Considerata una cattiva abitudine da sua madre, era una che lui non voleva interrompere.

"Quando ho preso da bere, ho notato un'enorme ciotola di fragole a fette."

"Questo è il dessert."

Lei lo fissò con la testa inclinata di lato. "Solo fragole a fette?"

"C'è anche la panna montata."

Sapphire sollevò le sopracciglia in segno di domanda.

"È per dopo," ammiccò lui.

"Oh?"

"Dopo," ripeté con più fermezza Rez.

Il sorriso della donna divenne sornione. "In tal caso, per fortuna adoro le fragole e non sono allergica."

Ottimo. Ma, *cazzo*, Rez avrebbe dovuto chiederle anche quello prima. I suoi piani avrebbero potuto subire un duro colpo se lei avesse avuto bisogno di epinefrina durante il sesso.

Dopo aver messo via il Twisted Tea, la donna lo aiutò ad apparecchiare e a servire il cibo. Quando si sedettero, lei inspirò di nuovo a fondo. "Accidenti, questa roba basta a far venire un orgasmo a una donna affamata." Mescolò un po' di manzo sfilacciato con il riso e se lo mise in bocca, chiudendo lentamente gli occhi mentre masticava.

"È fantastico."

I suoi occhi si aprirono dopo aver deglutito. "Ma davvero. Accidenti. Pensavo che non cucinassi."

"Infatti."

Sapphire si mise in bocca una forchettata di manzo sfilacciato e gli occhi le si rovesciarono praticamente in testa. *Ottimo lavoro, mamma.*

"In quale ristorante l'hai preso? Ho bisogno di mangiare di nuovo là."

Rez fece del suo meglio per mostrare una faccia seria. "Si chiama Casa de Alvarez."

"È da queste parti?" Lei si accigliò. "Aspetta… Il tuo cognome è Alvarez…"

"Bella e anche intelligente." Rez si ficcò in bocca una fetta di platano fritto. La perfezione. Nonché uno dei suoi contorni preferiti. "I miei genitori sono immigrati dal Venezuela e mia madre si diverte ancora a preparare i piatti tradizionali."

Sapphire sollevò una fetta di platano infilzata all'estremità della forchetta. "I miei complimenti alla chef."

"Glieli riferirò." Ma non avrebbe specificato da dove provenissero quei complimenti.

"Come mai non conosco il tuo nome di battesimo?"

"Nemmeno io conosco il tuo vero nome," ribatté lui. Bevve un sorso di birra. "Antonio."

"Antonio Alvarez," si rigirò Sapphire nella bocca. "Dovrei chiamarti Tony invece di Rez, visto che ci siamo scambiati dei fluidi corporei? Credo che l'occasione lo richieda."

"Tutti quelli che mi conoscono bene mi chiamano Rez."

"E Tony?"

"No."

Lei sollevò lo sguardo dal piatto. "No cosa?"

"Quel nome è riservato a mia madre. Sempre che non usi il mio nome completo. Se non l'ho fatta arrabbiare, sono Tony. Se l'ho infastidita o delusa, sono Antonio."

Lei rise. "Certo. Okay, allora non ti chiamerò Tony, perché non voglio ricordarti tua madre. Potrebbe essere bizzarro. E non in senso buono."

"Preferisco Rez."

"No." La donna si accostò alle labbra un'unghia lunga e smaltata, facendo finta di riflettere. "Tonio."

"No."

Lei si strinse nelle spalle. "Mi piace."

Rez gemette. "A me no."

"Ma ti terrà sulle spine," stuzzicò la donna.

"E devo stare comunque in punta di piedi per guardarti negli occhi quando indossi quei maledetti tacchi a spillo."

La risata civettuola di Sapphire gli fece un sacco di cose. Tra cui fargli venire voglia di mangiare il resto del cibo e di incoraggiarla a fare lo stesso, così da proseguire il resto della serata.

"Senti, chiamami come ti pare. Finché il mio nome è nella tua bocca per una buona ragione, mi va bene. Ma visto che siamo in argomento… Non hai mai condiviso con me il tuo vero nome. So che non è Sapphire."

"Come il tuo soprannome, lo preferisco, visto che vivo più ore della mia giornata come Sapphire che non." Lei gli lanciò un'occhiata attraverso il tavolo. "Comunque, so per certo che hai cercato la mia targa e hai trovato tutte quelle informazioni da solo. Quindi, non mentire."

"Non mi è permesso farlo senza un motivo valido."

"Avevi un motivo. Solo che non aveva a che fare con il tuo lavoro."

"Questo è discutibile, visto che ora sei il mio contatto principale al Peach Pit."

"Senza che io sia d'accordo."

"Ti dispiace? Pensavo che non amassi particolarmente quegli stronzi."

"Non è così. Mi piacerebbe che sparissero tutti e che le cose tornassero come prima, anche se so che è un sogno irrealizzabile. Le cose non saranno mai più come prima. Ma se sono il tuo contatto principale, come dici tu, non credi che dovrei sapere cosa sta succedendo? Me la sono presa un po' quando Mel non ha voluto condividere queste informazioni con me, la sua migliore amica *e* confidente."

"Vuoi dire il motivo per cui Finn è andato sotto copertura come Pecker?" Quella sera, Rez aveva in programma di aggiornarla il più possibile senza darle troppe informazioni.

"Sì. Voglio dire, è stato facile capire che non era chi diceva di essere quel giorno in cui Saint l'ha trascinata fuori e Finn è venuto al club incazzato nero. Tutto ringhiante e protettivo." Sapphire fece un sospiro sognante.

"Eccheccazzo. Fai gli occhi dolci a Pippi Calzelunghe?"

"Se non l'hai notato, è sexy. Meglio ancora, sa *muoversi*. E soprattutto, è perfetto per Mel. La rende felice e la sostiene. La maggior parte degli uomini con una qualche tendenza alfa di solito non approva la condivisione delle proprie donne con il mondo. Soprattutto quando sono nude e sul palco, dove folle di uomini le guardano e hanno molti pensieri sessuali."

"Mel non ballava sul palco quando lui l'ha conosciuta," le ricordò Rez. E Finn poteva anche essere favorevole al fatto che lei possedesse un club per soli uomini o ci lavorasse, ma Rez era dannatamente sicuro che il suo fratello di BAMC avrebbe tirato una riga prima che Mel tornasse a spogliarsi sul palco.

Tuttavia, Rez non avrebbe detto nulla di tutto ciò, poiché Mel e Sapphire erano molto legate e Mel avrebbe sicuramente saputo tutto, il che avrebbe potuto causare screzi all'interno della coppia. Non voleva essere responsabile di eventuali problemi in Paradiso.

"Vero."

"A differenza di te." *Se tu fossi la mia donna, col cazzo che saliresti sul palco per diventare parte integrante delle fantasie segaiole di ogni uomo. Saresti esclusivamente mia.*

Rez sapeva che non era il caso di dire nemmeno quello.

Era colpito da se stesso: quella sera, il suo filtro funzionava. Doveva solo tenerlo saldamente in posizione.

"Beh, per fortuna non devo preoccuparmi che qualcuno mi rompa le scatole per una cosa che amo fare. Vero?"

Sapphire inarcò un sopracciglio per sottolineare il messaggio.

"Pensavo che preferissi stare lontana dal palco. Eri un'ottima hostess. Mel aveva solo buone parole per te e si vede bene che ci sai fare con le persone."

"Devo, per avere successo nel mio lavoro. Ma salivo comunque sul palco ogni volta che Mel aveva bisogno di me per sostituire qualcuna. Non capitava spesso, ma le mance erano buone. La verità è che amo questo mestiere nel suo complesso. Sai perché?"

Perché sei esibizionista? "Ti piacciono le attenzioni?" Era una domanda migliore? Probabilmente no, ma era troppo tardi per rimangiarsela.

Lei scrollò le spalle. "Non è importante. Nonostante quello che potrebbero pensare i perbenisti, questa carriera ti dà sicurezza. Sai chi ci secca di più quando qualcuno fuori dal locale scopre che siamo spogliarelliste?"

"I fondamentalisti? Gli evangelisti? Gli incel che vivono ancora nel seminterrato di mamma cara?"

"Le altre donne."

La cosa non avrebbe dovuto sorprenderlo. Gli era capitato spesso di vedere delle donne trasformarsi in vipere nei confronti le une delle altre. Dire di voler sostenere le altre donne era una cosa, farlo davvero era un'altra.

"È davvero deludente che molte donne giudichino le altre donne. Dichiarano che dovremmo elevarci l'un l'altra o darci una mano, ma quando si tratta di farlo, non lo fanno. Mel era una di quelle che lo faceva e lo fa tutt'ora. È uno dei motivi per cui siamo diventate subito amiche."

"Aiutare le ballerine era molto più che mantenere il club in attivo."

Sapphire annuì e ingoiò un altro boccone di platano. "Abbiamo la stessa mentalità. Non ci vergogniamo di quello che facciamo. Sappiamo entrambe che questa può essere una carriera redditizia, se si lavora bene. Un club può essere una vacca da mungere, se gestito correttamente." Scosse la testa. "Mel ha fatto del suo meglio per mandare avanti il club con efficienza e senza intoppi dopo che i Demons hanno cacciato Laura. È *brava. Davvero* brava. Ecco perché, se avessi i soldi, non esiterei mai a diventare sua socia. Mel è una grande."

"Lo è di sicuro. Ma lo sei anche tu, Phire."

Rez si rese conto in quel momento che non conosceva ancora il vero nome della donna. E nonostante quello che lei pensava, non aveva controllato la sua targa. Sarebbe stato un abuso di potere, in quanto fatto per motivi personali.

"Sono brava nel mio lavoro. Di solito mi piace. Di solito ne sono felice. Quante altre persone, uomini o donne, possono dire lo stesso?"

"E adesso?"

"La situazione è cambiata solo per quello che è successo con il club e con chi lo gestisce. Se – anzi, *quando* – Mel avrà messo in piedi un club, sarò la prima della fila a voler tornare a lavorare con lei. Assolutamente entusiasta. Vorrei avere i soldi da darle per diventare sua socia."

"Ma non li hai."

"No, e più questo club va a fondo, meno guadagno."

"Un'altra ragione per trovare un altro posto di lavoro, anche se temporaneo."

"Non posso lavorare dalle nove alle cinque, Rez. Non sono fatta per quello."

"Nemmeno io, quindi ti capisco."

"Allora, hai intenzione di dirmi finalmente che cosa state facendo tu, Finn e il resto dei tuoi amichetti sexy con i Demons?"

"Non posso dirti tutto, ma i Demons sono sotto indagine."

"L'avevo già capito. Ma per cosa? Perché vendono droga?"

"Fanno ben di più."

Sapphire spalancò gli occhi azzurri e posò la forchetta nel piatto quasi vuoto. "Traffico di armi? Tratta di donne?"

"No. Facciamo un patto. Tu mi dici il tuo vero nome e io ti dico quello che posso sull'indagine." Rez sollevò una mano. "E te lo dirò solo perché lavorare al Pit, come lo chiami tu, ti mette al centro delle cose. Inoltre, ho intenzione di venire a fare acquisti. Sarà bello avere degli occhi all'interno." Dirle delle telecamere nascoste era fuori questione a quel punto. Sapphire avrebbe potuto avere da ridire sul fatto che la task force avesse registrato le ragazze sul palco. Anche se le telecamere non erano state installate per quello.

"I miei occhi."

"Già. Con tutto l'odio che provi per i Demons, ho pensato che non ti sarebbe dispiaciuto tenere d'occhio qualcosa di più di T-Bone."

"E tu stai cercando T-Bone perché è un obiettivo dell'indagine?"

Non proprio.

"Prima il nome. Dopo la spiegazione," insistette Rez.

Capitolo dieci

PRIMA IL NOME, *dopo la spiegazione.*

Lui poteva chiamarla come meglio credeva, purché le fornisse informazioni privilegiate sull'indagine riguardo ai Demons. Il nome di battesimo di Sapphire era un piccolo prezzo da pagare. Inoltre, lei aveva intenzione di condividerlo con lui in ogni caso, anche se lui non l'avesse usato.

"Sapphira Loukanis." Sapphire strinse le labbra quando la testa di lui fece uno strano movimento.

"Sapphira come? Luke-anus?"

"Loukanis. Lou… kay… nus," scandì lentamente lei.

"Come il tuffatore olimpionico?"

"Quello è Louganis. Il mio cognome è greco. Non so il suo."

"In ogni caso, è difficile da pronunciare."

"Già, e nessuno sa come si scrive. Quando ero molto giovane ho imparato a fare automaticamente lo spelling tutte le volte che me lo chiedevano. Ma lo scrivevano comunque male. E sbagliavano la pronuncia."

"Greco, eh? Non l'avrei mai detto, con quegli occhi blu."

"Alcuni li hanno, ma non molti. In realtà, ho preso gli

occhi da mia madre. Da parte di mio padre, sono un'immigrata di terza generazione. Immagino che tu sia di prima."

"Certo che sì."

"E parli spagnolo?"

"Fluentemente, ma solo quando ne ho bisogno. Essere bilingue mi ha aiutato a trovare lavoro presso il Southern Allegheny Regional PD. E tu?"

Lei scosse la testa. "Parlo pochissimo spagnolo. Ho seguito qualche lezione alle superiori."

Un sorriso sexy gli attraversò il viso barbuto. "Intendevo dire greco."

Era ovvio. Lei lo sapeva, ma voleva giocare un po' con lui. Prima di giocare molto con lui, più tardi. "No. Quando i miei nonni hanno imparato l'inglese, hanno smesso di parlare greco. Mio padre non l'ha mai imparato, quindi la lingua non mi è stata trasmessa."

"Vorresti che ti avessero insegnato?"

"Chi non vuole essere bilingue o addirittura poliglotta?"

Rez aggrottò la fronte. "Che? Ho sentito parlare di poliamore, ma poliglotta? È una specie di perversione?"

"Solo se ti eccitano le lingue straniere, credo. Un poliglotta è una persona parla più lingue. È una capacità che avrei voluto avere."

"Potresti ancora imparare."

Lei si strinse nelle spalle le spalle.

"Allora… Sapphira, eh?"

Lei inarcò le sopracciglia.

Rez scrollò le spalle larghe e muscolose. "Voglio dire, non dubito di te. Scusa se ti è sembrato che lo facessi. È che somiglia molto al tuo nome d'arte." Bevve un altro sorso di birra, attirando gli occhi di lei sulla sua gola muscolosa mentre deglutiva. "Ma è appropriato. Significa zaffiro in greco?"

"In realtà, no. In ebraico, significa gemma." Sapphire sollevò una mano. "Mio padre è greco. Mia madre no.

L'ascendenza da parte di mia madre richiederebbe troppo tempo per essere spiegata e non è importante. Diciamo che sono per metà greca e per metà europea."

"E sei splendida al cento per cento. Ringrazio i tuoi antenati per i geni che ti hanno trasmesso. Allora, vuoi che ti chiami Sapphira, Phira, Sapphire, Phire… Cosa preferisci?"

"Solo la mia famiglia mi chiama Sapphira. Ma è meglio che tu mi chiami come fai già, per non sbagliare al club. E a proposito del Pit, voglio sapere quello che hai da dire sui Demons."

"Quello che ti dirò non deve uscire da qui."

Lei annuì.

"Promettimelo, Phire. Questa è un'indagine enorme, che coinvolge oltre quarantacinque agenti delle forze dell'ordine. Non si tratta di una multa o di un piccolo furto. È roba grossa e potrebbe mettere a rischio non solo l'indagine, ma anche i miei colleghi della task force."

Lei incrociò le dita e si tracciò una X sul cuore. "Giuro che non dirò una parola. Anche se potrei dare una grande festa se quell'MC dovesse prendere fuoco."

"Abbiamo in programma proprio questo. Di dar fuoco all'MC – metaforicamente – non di fare festa. Ma parteciperei se ne organizzassi una. Lo faremmo tutti. Ma se vogliamo farli fuori, non possiamo permetterci di combinare cazzate. Potrò dirti solo il minimo indispensabile, il che al momento si limita alle informazioni di base."

"Posso aggiungere che mi piacerebbe guardare da bordo campo quando si arriverà al dunque?" chiese Sapphire.

Con uno sbuffo sommesso, Rez abbassò la testa e la scosse.

"Mel sa tutto?"

Il divertimento dell'uomo svanì rapidamente. "Non sono sicuro di quello che sa."

"Okay, dimmi quello che puoi."

Lui si tirò il mento barbuto mentre la fissava dall'altra

parte del tavolo. Per un attimo, lei pensò che avesse cambiato idea. Finché l'uomo non disse: "Faccio parte di una task force federale antidroga creata appositamente per eliminare i Demons."

"Che tipo di droga vendono?" Sapphire si era fatta una buona idea, ma quei motociclisti erano dannatamente subdoli.

Aveva pensato all'erba e forse a qualcosa di più forte, ma non ne ebbe conferma finché lui non rispose: "Metanfetamina. E non la vendono soltanto: la trafficano. La prendono da un cartello messicano al confine e ne consegnano la maggior parte a un'altra organizzazione criminale di Pittsburgh."

Lei si acciglió. "Che tipo di organizzazione criminale c'è a Pittsburgh?" Perlopiù, lei amava quella città e l'aveva sempre considerata un posto sicuro.

"Cosa Nostra."

Porca puttana. "La mafia?"

"Sì. Non si tratta di uno spacciatore all'angolo della strada. È un'intera rete criminale."

Ti pareva se quegli imbecilli dei Demons non erano coinvolti in qualche faccenda pericolosa. "E siete in quarantacinque solo per abbattere un MC?"

"Non nel nostro gruppo. Ci sono tre gruppi di quindici persone. Il nostro gruppo copre la Pennsylvania, uno la West Virginia e un altro l'Ohio. Sono i tre Stati in cui i Demons hanno una sede e stanno espandendo il loro territorio."

"Accidenti. Sembra proprio che stiano costruendo un impero."

"Ci stanno provando."

"Ma voi eroi avete il compito di abbattere il loro castello prima che finiscano di costruire il loro regno."

"Più o meno. Fermerà l'afflusso di metanfetamina nel nostro Stato? Probabilmente no. Ma non possiamo stare fermi senza fare nulla."

"È un lavoro ingrato," concluse Sapphire.

"Per la maggior parte. A volte è anche gratificante. Potresti aver incontrato Crew al club e forse anche da Mel. È un agente senior della DEA e comanda il nostro gruppo."

"Ah, sì, la vecchia volpe. Quello un po' presuntuoso."

Rez sbuffò: "Avresti dovuto dire '*il* presuntuoso'."

"Non l'ho frequentato abbastanza per poterlo dire. Quindi, T-Bone fa parte di quel gruppo di trafficanti; ma perché dare la caccia a lui nello specifico?"

"Hai conosciuto Decker. La sorella della sua donna è rimasta invischiata con i Demons perché è dipendente dalla metanfetamina. T-Bone la faceva prostituire in cambio della droga. Tuttavia, lei è in punto di morte. Sloane e Decker stanno facendo tutto il possibile per riprenderla e disintossicarla prima che sia troppo tardi."

Sapphire si premette le dita sulle labbra spalancate. "Porca puttana."

"Sì, quando l'hanno trovata l'ultima volta, l'hanno portata in ospedale perché non era altro che uno scheletro, ma quello stronzo è venuto a prenderla. Da allora, né l'aspirante né la sorella di Sloane si sono più fatti vedere."

"Lei fa parte dell'indagine della task force?"

"No; alcuni di noi stanno cercando Sadie per conto loro, per aiutare nostro fratello. La task force si concentra esclusivamente sui Demons."

"Sadie è la sorella di Sloane?"

"Si chiama Sadie Parrish. Se ti capita di sentirla nominare da uno di quegli stronzi, puoi ascoltare attentamente e farmi sapere cosa è stato detto? Accetteremo qualsiasi indizio."

Era abbastanza facile. Non che di solito lei prestasse molta attenzione a ciò che avevano da dire quei motociclisti fuorilegge. Anzi, cercava di ignorarli e di dimenticare la loro esistenza. Avrebbe dovuto fare in modo di origliare. Senza farsi scoprire, ovviamente. "Pensi che sia ancora viva?"

Ebbe una stretta al cuore quando l'uomo esitò troppo a lungo. Non riusciva a immaginare la paura che avrebbe provato lei se una sua sorella fosse caduta nel tunnel della droga.

"Spero per Sloane e Decker che lo sia," rispose Rez. "Sfortunatamente, se viene trovata viva, potrebbe essere troppo avanti per potersi disintossicare."

"Oh, mio Dio. Ho visto delle ballerine completamente devastate dalla droga." Sia Laura che Mel erano state attente a eliminarle dalla scuderia del Pit, perché non volevano che il locale si costruisse una reputazione del genere. Le ragazze potevano riavere il loro lavoro una volta che si erano ripulite, ma non un minuto prima, perché Laura aveva avuto tolleranza zero in materia. L'uso di droghe poteva diffondersi come un virus. Nessuno vuole vedere una spogliarellista così fatta da sembrare uno zombie."

"Alcune delle ballerine nuove sono proprio così."

"Potrebbe essere a causa delle droghe, o potrebbe essere semplicemente che non gliene frega nulla. Ma ora mi chiedo se i Demons non forniscano loro più dell'erba per far sì che continuino a ballare."

"Potrebbe essere."

"Porca miseria," sussurrò. "Questo me li fa odiare ancora di più e non ero sicura che fosse possibile."

"Il motivo per cui ti sto dicendo tutto questo, oltre a chiederti di tenere le orecchie e gli occhi aperti per T-Bone e Sadie, è che potresti vedermi entrare nel locale per fare acquisti."

"*Ah*. E io che pensavo venissi a trovare me," scherzò lei.

"Tu sei il bonus, Phire. Ho sempre voglia di vederti. Ma, a essere sincero, preferisco non condividerti con una stanza piena di uomini quando sei nuda."

"Vuoi tenermi per te."

"Beh, non come uno psicopatico."

Una risata le salì in gola. "Buono a sapersi."

"Ora, a proposito di nudità... Volevi dell'altro *pabellón criollo*?" L'uomo accennò con il mento al piatto ormai vuoto.

Cosa c'entrava la nudità con la cena?

Oooh. Lei scosse la testa e un ampio sorriso le attraversò il viso. "Credo di essere pronta per il dessert."

"Non sei l'unica."

Capitolo undici

MENTRE GIACEVA COMPLETAMENTE nuda a pancia in giù al centro del letto di Rez, Sapphire strinse gli asciugamani sotto di lei. Asciugamani che lui aveva steso molto prima che salissero le scale dopo cena.

Lei approvava la sua scelta di "dessert."

Sul letto, accanto al bacino di Sapphire, c'era la ciotola delle fragole a fette. Sul comodino, la bomboletta spray di panna montata, anche se l'uomo non l'aveva ancora tirata fuori.

Rez aveva deposto con cura una serie di sottili fette di fragole lungo la rientranza della spina dorsale di lei, dal collo fino alla sommità della fessura del culo, provocandole un brivido quando il frutto ghiacciato le aveva toccato la pelle calda.

Una volta finito, l'uomo risalì, raccogliendo le fragole con la stessa lentezza con cui le aveva appoggiate, usando solo la bocca. La sua barba corta e ruvida le faceva il solletico mentre lui si muoveva. Le sue labbra sfioravano la pelle di Sapphire e la sua lingua lasciava una scia umida dove lui la assaggiava.

La benda poco stretta era un tocco di classe. La costringeva a concentrarsi sulle azioni di lui, usando tutti i suoi sensi acutizzati oltre alla vista. Per quel motivo, l'udito la informò che Rez non sputava le fragole, ma le mangiava davvero.

"Non voglio mai più mangiare il dolce in un altro modo." Il rimbombo profondo della voce dell'uomo vibrò fino al centro di lei.

Sapphire trattenne un brivido. "Neanche io voglio che tu lo faccia," fu la sua risposta molto affannosa. Doveva riconoscere a quell'uomo una certa creatività.

Mentre le labbra di lui sfioravano un punto e poi l'altro, lei lottava per non contorcersi e far cadere il frutto. Forse Rez stava solo mangiando fragole dal suo corpo, ma, *porca miseria*, lei si sentiva adorata a ogni morso.

Quell'uomo era pieno di sorprese. Belle. A differenza di alcuni uomini con cui lei era stata in passato… pieni di sorprese brutte. Di solito Sapphire era brava a fiutare quegli uomini, ma alcuni riuscivano a sfuggirle. Soprattutto in gioventù, quando aveva lasciato che fosse il desiderio a prendere le decisioni invece del cervello.

Una volta mangiate le fragole lungo la colonna vertebrale, l'uomo iniziò dalla cima del collo e leccò via *lentamente* un po' del residuo appiccicoso, scendendo verso il basso.

La punta della lingua di lui stuzzicò la parte superiore della piega di lei per uno o due secondi, prima che lo spostamento del letto indicasse che si era proteso di nuovo verso la ciotola.

Sapphire sperò che lui ne lasciasse abbastanza perché lei potesse fare lo stesso con lui.

A una a una, Rez le distribuì le fette sul sedere. Disegnando…

Una faccina sorridente su ciascuna natica?

Sapphire soffocò una risatina quando capì che si trattava davvero di due faccine sorridenti.

Le piaceva molto che lui sapesse essere giocoso. Il sesso

non doveva essere sempre serio, poteva essere divertente. E anche disordinato. Rez si stava assicurando che quella serata fosse entrambe le cose.

Dopo aver mangiato con calma le faccine, lui le separò le natiche e ne infilò qualche fetta nella fessura del culo. Il fatto che l'uomo avesse il viso premuto lì, con il suo respiro caldo e la sua lingua che esplorava, le fece fremere il clitoride.

Una volta finito e senza sprecare fragole, Rez la fece rotolare.

"Posso togliere la benda ora?"

"Non ancora."

A quanto pareva, l'uomo non aveva ancora finito di giocare.

Bene, perché nemmeno lei aveva finito. Non solo per quello che lui le stava facendo, ma anche per quello che voleva fargli lei. Non aveva ancora usato la panna montata, che la stava chiamando per nome.

Rez le passò una fetta di fragola sulle labbra, lasciandone il succo. "Apri."

Quando lei lo fece, lui gliela mise sulla lingua.

Sapphire tenne la lingua protesa, lasciando in equilibrio il frutto dell'attesa del prossimo ordine dell'uomo.

"Mangia pure."

Le fragole erano perfettamente mature e con la giusta dose di dolcezza. Dopo che lei ebbe masticato e deglutito, lui le sfiorò di nuovo le labbra con un'altra fetta.

"Apri."

Ripeté l'azione un paio di volte prima di scendere lungo il corpo di Sapphire, usando la frutta tagliata a fette per crearle disegni sui seni. E ne mise una sulla punta di ogni capezzolo dolorante prima di succhiarlo, insieme alla fragola, nella sua bocca.

Oh sì, era divertente. Ma soprattutto erotico.

Più lui mangiava il suo "dolce", più lei si bagnava.

Rez le posò altra frutta sul ventre e ne mangiò persino una fetta dall'ombelico.

Poi ne posò una fetta sulla sommità del monticello di Sapphire, prima di portarla via con le sue labbra calde e sode. Ma oltre a usare le dita per posizionare il frutto, non l'aveva ancora toccata con nient'altro che la bocca.

Quando lui usò un'altra fetta fresca per giocare con il clitoride di Sapphire, lei sussultò e sollevò il bacino per incoraggiarlo a mangiare più del frutto.

Rez non lo fece. Stava solo stuzzicando. La stava portando sull'orlo del baratro senza farla cadere.

Un gioco al quale si poteva giocare in due…

Sapphire si tolse di scatto la benda e la gettò da parte. "Tocca a me."

Come previsto, Rez stava sorridendo. "Mi sorprende che tu abbia resistito così a lungo."

Sapphire si allontanò dal centro del letto e lo indicò. "Tu. lì. Ora."

L'uomo alzò le sopracciglia. "Sì, signora. A pancia in giù o sulla schiena?"

"Schiena. Ho la sensazione che non ci vorrà molto."

Rez sbuffò mentre prendeva posto, facendo oscillare la sua grossa erezione. "Accidenti. Non mi perdonerai mai quella prima serata, vero?"

Non era quello che intendeva Sapphire, ma non lo corresse. Lui continuava a parlare di quanto fosse stato veloce quella sera, ma, onestamente, lei non aveva di che lentarsi. Il sesso non era stato una maratona, ma era stato fantastico ed entrambi erano rimasti soddisfatti.

Meglio ancora, Sapphire non si era pentita di aver fatto sesso con lui, come invece le era capitato con altri in passato. Quella era l'unica cosa che le importava.

La perla di liquido seminale che si aggrappava alla punta dell'uccello dell'uomo le fece venire l'acquolina in bocca più delle fragole. Afferrata la benda, gliela avvolse intorno alla testa fino a coprirgli gli occhi, ma la legò molto più stretta di quanto lui avesse fatto con lei.

Non voleva che lui barasse. "Devo legarti anche al letto?"

Il membro di Rez, appoggiato lungo il suo bacino, si fletté. "Ti piace?"

"Può darsi."

La sua risata profonda le strappò un sorriso. "Preferisco avere le mani libere."

Sapphire sondò il terreno. "La prossima volta, allora."

"Magari la prossima volta." Sentì la sorpresa nel tono di voce di lui.

Se tutto fosse andato bene quella sera, sperava che ci sarebbe stata una prossima volta. Lui le piaceva. Si fidava di lui. E poi, Rez non era un cretino. Decisamente un punto a suo favore.

Tutti punti a suo favore, per come la vedeva Sapphire.

Afferrò il barattolo di panna montata dal comodino, lo agitò e tolse il tappo di plastica.

Quando si arrampicò sul corpo teso dell'uomo e si posò leggermente sul suo petto, le mani di lui salirono ad afferrarle i fianchi. Lei gli spruzzò un pochino di panna sulle labbra.

"No," esclamò Sapphire quando lui iniziò a leccarla via. L'uomo si immobilizzò. "Lascia fare a me." Lei si chinò in avanti e leccò via la panna. "Tocca a me gustare il dolce servito su questo piatto molto sexy."

Il sorriso di Rez si allargò. "Fai pure."

"Eri mai stato bendato prima d'ora?"

"Una volta," ammise lui, muovendosi leggermente sotto di lei.

"E?"

"Mi sono subito reso conto che, anche se il pensiero di essere dominato sessualmente sembra eccitante, in realtà non faceva per me."

"Ma il mio abbigliamento dell'altra sera sul palco ti ha smosso l'ormone," gli ricordò lei.

"Certo. Di nuovo, è il pensiero, non l'attività vera e propria. E poi, cazzo, quel vestito ti donava moltissimo. Finora non ho visto alcun segno che tu sia una vera dominatrice."

"Perché non lo sono. Era solo un costume. È tutta finzione, ricordi?"

Rez sbuffò: "Come potrei dimenticare quella finzione o quel costume?"

"È per questo che ho un'intera stanza piena di costumi."

"Mi piacerebbe vederti con altri vestiti del genere."

"Per quanto tempo mi rimarrebbero addosso?"

"Ehm… Non molto?" La risatina che seguì le si riverberò addosso.

"Torniamo a noi…" Sapphire pizzicò un capezzolo a Rez, facendolo sobbalzare. "Non si sbircia."

"Non stavo sbirciando!"

"Lo so. Era solo un colpo di avvertimento."

Lei scivolò lungo il corpo robusto di lui fino a mettersi a cavalcioni delle sue gambe. Spruzzò una linea di panna montata dalla punta del suo uccello, lungo la spessa asta fino alle palle, e la seguì subito con la lingua.

"Cazzo," esclamò Rez.

Era solo l'inizio.

Sapphire lo fece di nuovo. Poi afferrò la radice e ricoprì tutta la punta con la guarnizione dolce prima di succhiarlo in profondità nella bocca e far roteare la lingua per catturarne ogni goccia.

"Mmh. Dolce e salato. Che bontà." Sapphire coprì la punta e lo succhiò di nuovo.

Questa volta, un suono strozzato sfuggì dalle labbra dell'uomo. "Presto sarà più salato che dolce se continui così."

Lei lo ignorò e scese verso il sacchetto dei testicoli che pendeva pesante tra le cosce muscolose di lui.

Dopo aver spruzzato altra panna montata, gli prese in bocca le palle e ci giocò con la lingua.

"Gesù, Phire. Un uomo non può sopportare più di tanto," gemette Rez.

"Questo non è niente."

"Forse per te. Per quanto ti desideri in questo momento, succhiarmi il cazzo e le palle è pericoloso. Ero già vicino al punto di rottura mentre mangiavo le fragole dal tuo corpo da sballo."

Ignorandolo ancora una volta, Sapphire gli tenne l'erezione dritta in aria, gli mise un'altra spruzzata di panna montata sulla punta e la sormontò con una fetta di fragola, come un piccolo cappello. Dando una rapida occhiata al viso dell'uomo, notò che la sua mascella era così affilata da tagliare il vetro. Stava stringendo i denti per resistere.

E proprio come lei, anche lui stringeva gli asciugamani tra le dita.

Sapphire avrebbe dovuto farla breve, perché moriva dalla voglia di salirci sopra e farsi una bella cavalcata.

Lo attirò in bocca, ingoiò la fragola e la panna mista a liquido seminale, poi lo lasciò andare con uno schiocco prima di gattonare di nuovo lungo il suo corpo.

Di nuovo faccia a faccia, con lui ancora bendato, lei infilò una fragola tra le labbra e premette la bocca contro di lui. Quando si baciarono, lui le rubò la fragola e la mangiò.

Sapphire lo fece di nuovo.

E di nuovo.

Le loro labbra erano dolci e appiccicose. I loro baci erano dannatamente deliziosi.

Rez era bravissimo. Non appiccicoso, né asciutto. Perfetto.

E ogni bacio che si scambiavano le faceva contrarre la

fica, gonfiare il clitoride e rendeva i suoi seni bisognosi di attenzioni.

Era pronta ad andare oltre il dessert. Aveva bisogno che lui fosse dentro di lei e aveva voglia di un orgasmo intenso. E desiderava vedere l'espressione di soddisfazione apparire sulla faccia dell'uomo dopo che era venuto. Come l'altra sera.

Piacergli le piaceva. Eccitarlo la eccitava. Sentirlo gemere strappava gemiti dalle sue stesse labbra.

Infilò un'altra fragola tra i denti, mise da parte la ciotola e prese il preservativo dal comodino.

Quando sentì lo strappo dell'involucro, Rez si allungò verso la benda.

Lei lo fermò di nuovo con un secco "No."

"Ma…"

"Tienila su per ora," disse Sapphire con la fragola in bocca.

"Voglio vederti."

"Mi vedrai. Ma per ora, usa la tua immaginazione."

"Lo faccio da settimane, Phire…"

Davvero? "Settimane?"

"Dal primo momento in cui ti ho visto."

Se fosse stato fisicamente possibile per lei sciogliersi, lo avrebbe fatto. Tuttavia, il calore delle parole di Rez le tremolava nel ventre, mentre il suo uccello si contraeva tra le dita di lei, che srotolavano il preservativo.

Dopo averlo sistemato, fece un movimento per afferrarla e farla rotolare sotto di sé, ma lei gli piantò entrambi i palmi sul petto e lo spinse di nuovo sul materasso. "Resta lì. Ci penso io."

"Ci pensa lei," mormorò Rez al soffitto.

Anche se lui non poteva vederla, lei sorrise alla rassegnazione della sua voce.

Sapphire abbassò il petto su quello di lui, gli prese di nuovo la bocca, passandogli l'ultima fragola, e infilò una mano tra loro per allinearlo. Ma non scivolò sul suo uccello: lo fece aspettare finché non ebbe finito di baciarlo.

Poi si alzò a sedere, ma esitò ancora. Tanto per tenerlo in sospeso.

"Sei sospesa," brontolò l'uomo.

"Lo sono."

"È un modo strano di uccidere qualcuno."

"Ti sta uccidendo?" provocò lei.

"Sarà un omicidio di primo grado. Ma sarei disposto a far cadere le accuse, se…" Lui gemette mentre lei scivolava lungo la sua lunghezza dura. "Okay, ti sei guadagnata la sospensione della pena."

"Grazie, agente. Mi sento molto meglio. Possiamo stare zitti adesso?"

Lui serrò le labbra e per un attimo lei si pentì di averlo bendato, perché voleva vedere i suoi bellissimi occhi marroni e profondi, soprattutto quando si stropicciavano dal buonumore.

Presto.

Il divertimento e i giochi erano finiti ed era ora di fare sul serio.

Sapphire iniziò a cavalcarlo lentamente, prendendosi il tempo necessario per apprezzarne la lunghezza e la circonferenza. *Diavolo*, per apprezzarlo in generale.

Il modo in cui i suoi addominali si flettevano mentre lei si alzava e si abbassa. La linea forte della sua mascella barbuta. La forma delle sue labbra schiuse. I suoni incoraggianti che vi provenivano.

Il collo robusto dell'uomo. L'ampiezza delle sue spalle. La forza delle braccia e delle gambe.

Il modo in cui le lavorava con sapienza il clitoride con una mano e il seno con l'altra.

Quell'uomo era straordinario e, sinceramente, un po' troppo bello per essere vero.

Quel pensiero la preoccupava, quindi per il momento lo

allontanò. Doveva concentrarsi sul presente e su nient'altro. Perché quel momento era garantito. Tutto ciò che andava oltre non lo era.

Sapphire si alternò tra il ruotare dolcemente il bacino e il dondolarsi avanti e indietro, cavalcando sia l'uccello di Rez che la mano di lui sul clitoride. Usando il corpo di lui per il suo piacere e per raggiungere il primo orgasmo.

E nel momento in cui arrivò, fu un petardo che le scoppiò dentro. La fece gridare e cadere in avanti, bloccando il braccio di lui tra loro fino a quando l'intensità e le sue scosse di assestamento non svanirono. Una volta che queste si furono attenuate, Sapphire rientrò nel suo corpo dopo esserne uscita.

Ma non aveva ancora finito con lui. Neanche lontanamente. E, naturalmente, nemmeno lui aveva finito.

La sua lunghezza dura e guizzante era ancora sepolta in profondità dentro di lei. Il suo respiro era affannoso, proprio come quello di Sapphire. Alcune perle di sudore erano apparse sulla sua fronte.

Prima che lei potesse strappare la benda, lo fece lui stesso, con un'espressione molto determinata.

Sapphire capì subito cosa voleva dire il suo sguardo. E la sua espressione non aveva bisogno di interpretazioni…

Con un ringhio, l'uomo la fece rotolare, scambiando le loro posizioni. Si sistemò tra le gambe di lei e il suo uccello bussò alla porta aperta. Lei srotolò il tappetino di benvenuto mentre lui la fissava in viso, con gli occhi scuri che incrociavano lo sguardo dei suoi. "Tu hai preso il tuo, ora io prendo il mio."

Quelle parole non avrebbero dovuto farle correre un brivido lungo la schiena, ma lo fecero. E non perché le facessero venire freddo, ma perché alzavano la temperatura.

Mentre lui "prendeva il suo", lei sperava di provare un altro orgasmo intenso come il primo.

Tenendosi in equilibrio con le mani appoggiate sul materasso, Rez iniziò a tuffarsi con forza e a immergersi in profondità, colpendo tutti i punti giusti. Prendendo ciò che voleva e, in cambio, dandole ciò di cui lei aveva bisogno.

Sapphire si aggrappò a lui: scavò con le unghie nella carne dell'uomo, premette i talloni sul retro delle sue cosce muscolose, reggendosi forte mentre lui si spingeva verso l'alto e dentro di lei, travolgendola.

Lei chiuse gli occhi, gettò la testa all'indietro e gemette il nome di Rez mentre lui non le dava alcuna pietà ma continuava a martellarla.

"Sì... Oddio, sì..."

La potenza e l'intensità di quell'uomo le fecero divampare un incendio al centro e alimentarono le fiamme fino a bruciare ogni centimetro del suo corpo.

Rez toccava ogni parte di lei senza nemmeno farlo fisicamente.

Il suo respiro affannoso le riempiva le orecchie. La sua espressione determinata le colmava la memoria. Il suo peso la spingeva più a fondo nel materasso, per tenerla ferma. Proprio dove lui la voleva, proprio dove lei voleva essere.

Con dei grugniti di accompagnamento, l'uomo affondò ancora e ancora. Era come una macchina ben regolata, che non rallentava mai, che non perdeva un colpo.

Determinato a portarli entrambi alla loro destinazione ultima.

Quando lei gli fece scorrere le unghie lungo la spina dorsale e si aggrappò alla sua nuca, aprì gli occhi per vedere che anche quelli di lui erano aperti.

Rez non si stava perdendo in quello che stava facendo. Si stava perdendo in *lei*.

Gli occhi di lui si allargarono quel tanto che bastava perché lei se ne accorgesse prima che si socchiudessero di nuovo.

Lui le catturò la bocca e il respiro mentre spingeva con forza e si faceva strada in profondità, ruotando il bacino con una flessibilità che molti uomini non avevano. Sapevano spingere, ma non aggiungevano quei piccoli movimenti che facevano la differenza nel provocare l'orgasmo di una donna.

Rez conosceva tutte quelle mosse.

E le usava.

Pure bene.

Oh sì. Quell'uomo sapeva cosa diavolo stava facendo e sentiva il bisogno di dimostrarlo. Lo stava facendo in quel momento, anche se lei non ne aveva mai dubitato. Stava rimediando a quella che pensava fosse una mancanza dell'altra sera, mentre non lo era.

Sapphire capiva. Lui non voleva deluderla. E nemmeno lei voleva deludere lui. Ma non era delusa nemmeno un po'. Era impressionata e soddisfatta.

Con tutto quello che lui aveva fatto l'altra sera, con tutto quello che stava facendo in quel momento, non un solo gemito le sarebbe passato per le labbra. Ma quando il secondo orgasmo della notte la travolse, le sfuggì un altro lamento.

"Phire," mormorò l'uomo con voce roca. "Più pulsi intorno a me, più mi avvicino. Devi…" Non ebbe bisogno di concludere la frase.

L'orgasmo la colpì come un treno merci, facendola cadere e trascinandola con sé. La lasciò senza ossa e senza fiato al suo passaggio.

Quando lui si irrigidì, lei capì che era arrivato al suo punto di rottura. Probabilmente aveva resistito solo per lei.

Con un laconico "Sì, cazzo," Rez affondò le ginocchia ancora di più nel materasso, spinse con forza, si immobilizzò e venne. Ma non si fermò; continuò a fare piccoli movimenti di strusciamento mentre entrambi erano percorsi da ulteriori scosse di assestamento.

Con un brivido, l'uomo si lasciò cadere di peso su di lei,

seppellendo il viso nel suo collo. Le sussurrò qualcosa contro la gola, ma Sapphire non riuscì a coglierlo.

L'uomo rimase così più a lungo del previsto, ma lei non aveva nemmeno fretta di muoversi, perché per qualche motivo trovava il suo peso confortante.

Sapphire fece scorrere leggermente le dita su e giù lungo la schiena di Rez, mentre lui le pettinava piano i capelli. Entrambi aspettavano che il loro respiro rapido rallentasse e che il battito smettesse di accelerare. Che la nebbia si diradasse.

Con il viso ancora appoggiato alla gola di Sapphire, l'uomo disse: "Non guarderò mai più le fragole allo stesso modo."

Sapphire sorrise al soffitto. Neanche lei. "Bene. Spero che penserai a questo momento ogni volta che le mangerai."

L'uomo sollevò la testa e si mosse per guardarla negli occhi. "Allora spero vivamente che mia madre non serva mai crostata di fragole quando andrò a cena da lei."

"Potrebbe essere un po' imbarazzante," concordò Sapphire.

Quando lui ridacchiò, il suo uccello ancora duro si mosse dentro di lei. "Mia madre fa una *torta de piña* eccezionale. Questa serata mi ha insegnato una cosa: non userò mai l'ananas per i preliminari. Preferisco non pensare al sesso mentre sono seduto di fronte a lei a mangiare il suo cibo."

"Ottima scelta."

"Ti schiaccio?" chiese Rez.

"Per niente."

"Presto dovrò uscire."

Purtroppo.

"Ma questo non significa che non possiamo rifarlo tra un po' tempo," aggiunse l'uomo.

"Non è per questo che mi hai detto di portare una borsa per la notte?"

Un'espressione gli balenò sul viso prima che lui potesse nasconderla.

Le sopracciglia di Sapphire si inarcarono. "Non è così?"

"Assolutamente." Con un profondo sospiro, l'uomo tenne fermo il preservativo pieno prima di scivolare da lei e rotolare giù dal letto con un gemito. Dopo averlo tolto, guardò di nuovo verso di lei distesa al centro del letto e le offrì la mano. "È ora di fare la doccia."

Lei lanciò un'occhiata al macello che avevano combinato. Rez era stato furbo a stendere gli asciugamani. "Sono d'accordo."

Inclinò la testa scura verso il bagno in camera. "La mia doccia è abbastanza grande per due."

Lei si sedette e mise la mano nella sua. "Ci accontenteremmo anche se non lo fosse."

Rez intrecciò le loro dita e usò le loro mani unite per aiutarla ad alzarsi. "Questo è lo spirito giusto."

Capitolo dodici

ANCORA UNA VOLTA, Rez dovette lasciare la sua arma nel veicolo preso in prestito e questo gli fece accapponare la pelle mentre gettava le chiavi e il cellulare nel cestino e attraversava il metal detector del Peach Pit.

O "il Pit[1]," come lo chiamava Sapphire. Il secondo nome si adattava meglio allo stato attuale del club.

Rez aveva una piccola mazzetta di denaro federale infilata nella tasca anteriore e ancora una volta aveva il suo coltello di ceramica legato al polpaccio. Rivolse un cenno del mento all'aspirante di nome Chubs che lavorava alla porta, poi gli consegnò una banconota stropicciata da cinque per pagare l'ingresso.

Quella sera era lì per due motivi. Uno era il suo lavoro nella task force. E l'altro?

La bellezza dai capelli scuri che lavora quella sera.

Quella che gli si era insinuata nel petto e aveva scavato nel suo cervello.

Non solo aveva passato la notte a casa sua venerdì, ma era tornata lunedì sera, dato che era l'unica sera in cui il club era chiuso. Aveva portato con sé una borsa per la notte e un sacchetto di cibo da asporto da Bangin' Burgers, una delle hamburgherie preferite di Rez.

Lui non riusciva a saziarsi di quella donna, sia nuda che vestita. Era intelligente, divertente e riusciva a tollerare le stronzate che a volte gli sfuggivano di bocca prima che lui potesse trattenerle.

Lei gli diceva che erano accattivanti. Tuttavia, Rez sapeva che molti non sarebbero stati d'accordo. Tranne i suoi fratelli del BAMC, dato che erano tutti giocatori professionisti nello sport del rompere i coglioni. Tra tutti i membri del loro MC, nulla di ciò che usciva dalle loro bocche era considerato offensivo o sorprendente. Anzi, era atteso.

Rez non aveva idea se quella sera Sapphire sarebbe salita sul palco o avrebbe lavorato in sala. In ogni caso, era un'occasione facile per tenerla d'occhio mentre faceva il suo lavoro.

Per la sicurezza di Sapphire, ovviamente. Lui non si fidava affatto dei Deadly Demons.

Quando varcò la porta dell'atrio per entrare nell'area principale del club, la musica ad alto volume lo colpì come una mazzata. I bassi erano così alti che distorcevano *Gorilla* di Bruno Mars.

Quello sì che avrebbe dovuto essere illegale. Come quello che stava accadendo sul palco.

Una delle ultime ballerine arrivate se ne stava in piedi accanto al palo, prendendosi tutto il tempo per togliersi di dosso gli strati di vestiario che indossava. Al di là dell'atto di togliersi il costume pezzo per pezzo, non si muoveva. Non ballava. Non oscillava nemmeno il bacino.

Lo sguardo di Rez spaziò sulla sala, non per cercare Sapphire, ma per vedere come il "pubblico" stava reagendo a quella patetica esibizione.

Non bene.

Non sarebbe valsa la pena di pagare nemmeno cinque centesimi per quella roba, figurarsi cinque dollari.

Durante la scansione visiva dell'interno del Pit, Rez non vide la donna che aveva lasciato il suo letto poco prima per andare a casa e prepararsi per il lavoro. Notò invece Cherish e Porsche che si stavano lavorando la manciata di uomini in sala e che tutti erano concentrati su di loro invece che sul palco. Rez non li biasimava.

Almeno quelle due donne sapevano cosa diavolo stavano facendo. E lo facevano anche bene. Entrambe sorridevano, erano super amichevoli e civettuole e sapevano come ancheggiare mentre si facevano strada nella grande sala. Non come l'attuale ballerina sul palco, ora spogliata fino al perizoma e che si muoveva sul palco e attorno al palo come un robot in cortocircuito.

Una volta che le tre ballerine rimaste fossero scappate per mancanza di mance, il locale avrebbe potuto anche chiudere. Non sarebbe stata più una buona attività per riciclare il denaro della droga, dato che gli incassi erano ormai quasi nulli. E sarebbe stato difficile tenerlo aperto solo per vendere droga.

I Demons possedevano ora un sacco di altre attività da cui poterlo fare.

Rez era d'accordo con Sapphire: Mel doveva aprire un suo locale nella zona e farlo presto. Non solo avrebbe fatto incetta di soldi, ma avrebbe anche aiutato l'economia locale.

E reso alcuni uomini molto più felici dei poveri imbecilli nel locale quella sera.

Rez avrebbe dovuto fare quattro chiacchiere con Finn per vedere se qualcuno di loro potesse fare colletta per contribuire a far sì che ciò accadesse al più presto. Non gli piaceva che Sapphire rimanesse sotto il controllo di Saint.

La decisione poteva non spettare a lui, ma ciò non significava che non avesse un'opinione. E, naturalmente, non aveva paura di condividerla.

Non vedendo Sapphire da nessuna parte, andò direttamente al bar, dove Mutt sembrava annoiato a morte a causa della poca clientela.

"Come va?" chiese Rez all'aspirante Demon quando lo raggiunse.

"Di cosa hai bisogno?"

Sapphire nuda che si contorceva sotto di lui. "Dammi una bottiglia di Corona." Quella era abbastanza sicura.

"Ci vuoi il lime?"

Guardò nella direzione in cui Mutt stava indicando. Gli spicchi di lime erano così secchi da sembrare pietrificati. "No. La prendo senza."

Con un cenno del capo, Mutt si diresse verso la borsa frigo nascosta sotto l'estremità del bar. Rez si girò e si addossò allo schienale, appoggiando entrambi i gomiti sul piano di legno graffiato dietro di sé. Qualcuno non era certo al passo con la manutenzione.

E quel qualcuno era diretto nella sua direzione.

Ottimo.

Il DiC – *demon in charge*[2] – si fermò proprio davanti a lui. "Cosa ci fai qui?"

Mutt si mise alle spalle di Rez e posò la birra vicino al suo gomito. "Grazie. Noi ci vediamo tra poco." Rez riportò l'attenzione su Saint e inclinò la testa verso la bottiglia. "Uno, per prendere una birra." Si sforzò di non alzare gli occhi al secondo motivo. "Due, per guardare le tue ballerine bravissime ed entusiaste. Tre, per comprare dello zucchero filato. Ho voglia di dolci." Fece scorrere il pollice lungo il lato del naso.

L'espressione di Saint era di pietra. Fredda, dura e molto poco accogliente. Non un bell'aspetto per chi gestiva un club di "intrattenimento" per adulti. "Ce l'hai la grana per quella roba?"

"Ne ho a sufficienza per stasera," rispose Rez. "Spero che questa settimana arrivino altri lavori. Quando arriveranno, tornerò a prenderne ancora."

Saint inclinò la testa e lo fissò più a lungo del solito. Se quello stronzo pensava di apparire intimidatorio…

Senza distogliere lo sguardo dal motociclista di fronte a lui, Rez afferrò la sua birra e la alzò in direzione di Saint prima di portarla alle labbra. Si prese tutto il tempo necessario per sorseggiare metà della bevanda fredda prima di riporla sul piano del bar.

E continuare ad aspettare.

Quando l'uomo non si mosse né disse altro, Rez esclamò: "Mi stai bloccando la visuale, Saint. Ho pagato cinque dollari per questa roba." Non che volesse davvero guardare la ballerina sul palco. "Quando arriverai al punto di assumere spogliarelliste in pensione dalla casa di riposo?"

"Se non ti piace qui, non venirci, stronzo. Ci sono un sacco di altri strip club in questo angolo di Stato del cazzo."

In realtà non ce n'erano. A seconda della zonizzazione, ce n'era qualcuno qua e là. Tuttavia, uno nel territorio dei Dirty Angels era sia di proprietà che gestito da quel MC. Rez non era mai stato all'Heaven's Angels Gentlemen's Club, ma era dannatamente sicuro che doveva essere molto meglio del Peach Pit.

"Hai ragione, ci sono. Ma non offrono quello che offrite voi."

"Finché hai la grana, Mutt ti darà tutto quello che ti serve."

L'uomo diede le spalle a Rez, facendo sì che i suoi occhi si posassero sulle toppe del DDMC. Fece del suo meglio per non sogghignare alla schiena di Saint che si ritirava. Il motociclista si allontanò solo di qualche passo prima di fermarsi.

Nessuno lo aveva chiamato. Nessuno gli aveva bloccato il cammino. Si era semplicemente fermato, cazzo.

Pochi secondi dopo, girò sui tacchi degli stivali da motociclista e tornò verso Rez.

Cazzo.

Rez raddrizzò la schiena e tirò indietro le spalle, quindi

piegò leggermente le ginocchia e chiuse le dita a pugno. Era pronto per qualsiasi cosa Saint stesse per fare, cazzo.

Se Saint avesse tirato un pugno, sarebbe finita male. Rez non si sarebbe trattenuto dal dare una lezione a quello stronzo. Non era una puttana e quel lurido motociclista non lo avrebbe reso tale.

Ma le mani di Saint rimasero sciolte e lungo i fianchi.

Ciò non significava che Rez avrebbe abbassato la guardia. Non ci si poteva fidare di nessun Demon.

Rez sollevò leggermente il mento e incontrò lo sguardo degli occhi stretti dell'uomo.

"Ho dato il tuo biglietto da visita al mio presidente. È interessato a farti lavorare da noi a Uniontown."

Porca troia, che culo!

Rez fece finta di niente. "Che genere di posto è?"

"La sede del nostro MC. Il lavoro di cui abbiamo bisogno era quasi finito, ma quei pigri figli di puttana non l'hanno concluso prima di andarsene."

"Porca miseria." Rez si strinse il mento barbuto. "Cosa ti serve e quanto presto?"

"Edilizia."

Cazzo. "Sì, lo immaginavo, visto che mi occupo di edilizia."

"Ti do una settimana di tempo per fare il resto."

"Non ho ancora visto il lavoro." Non che Rez avesse intenzione di rifiutare l'opportunità di entrare nella loro clubhouse di Uniontown.

"Lo vuoi questo cazzo di lavoro o no?"

"Sì che lo voglio."

"Ho detto che hai un amico che ti aiuta. Avremo bisogno di lui."

"Non è un problema. A entrambi farebbe bene qualche soldo in più." Rez abbassò la voce. "Oppure potremmo fare uno scambio, come ho detto l'altro giorno."

"Una volta che sarai lì, potrai pensare a come farti pagare da Wolf, cazzo. Non sono cazzi miei."

Rez interpretò il suo ruolo, aggrottando la fronte. "Chi è Wolf? Il vostro presidente?"

"Gestisce la Tana di Wolf."

"Cos'è la Tana di Wolf?"

"La nostra dannata sede a Uniontown. Tu fai troppe cazzo di domande."

Rez doveva essere cauto, visto che il motociclista stava perdendo la pazienza. "Non è che avete una cazzo di brochure." O un sito web. "Quando posso parlare con questo Wolf?"

"Resti qui per il resto della serata?"

"Pensavo di fermarmi per un paio d'ore. Poi andrò a godermi lo zucchero filato."

"Verrò a cercarti dopo aver parlato con Wolf."

"Perché non mi dai il suo numero?"

"Ha il tuo biglietto da visita. Se non riesco a trovarti più tardi, ti faccio chiamare direttamente da lui."

Rez fece un sorrisone. "Mi farebbe davvero comodo un po' di lavoro in più."

"Non me ne frega un cazzo."

Rez continuò a comportarsi come se fosse entusiasta dell'opportunità e come se Saint non fosse uno stronzo fatto e finito. "Ti ringrazio per avergli passato il mio biglietto da visita. Non te ne pentirai."

"Meglio di no." Saint scosse la testa e si allontanò.

Il sorriso di Rez doveva essere accecante.

Il suo culo venezuelano aveva appena trovato un modo per entrare nella Tana di Wolf. Non vedeva l'ora di dirlo a Crew. Il capo della task force sarebbe venuto nelle mutande.

———

ANCHE SE COOKIE, la vicedirettrice, era più presente ora che Saint the Taint era ufficialmente il direttore del locale, per la maggior parte del tempo il locale funzionava da solo. Gli aspiranti e le ballerine dovevano rivolgersi a Taint in caso di problemi.

Naturalmente, c'era sempre un problema, nessuno dei quali veniva risolto.

Ma la vecchia di Taint non trascorreva più tempo al locale perché avesse improvvisamente ritrovato la sua etica del lavoro. Era perché Saint molestava alcune delle ragazze nuove.

In realtà, quasi tutte.

Di solito nel suo ufficio. A volte nel camerino femminile, proprio davanti a tutti gli altri.

Sapphire non sapeva mai a cosa sarebbe andata incontro quando entrava nel camerino o se era costretta a cercare Taint nel suo ufficio. Cosa che cercava di evitare come la peste.

Tuttavia, aveva la sensazione che l'uomo le costringesse a scopare con lui, che lo volessero o meno, minacciandole di licenziarle. E la maggior parte delle donne che ballavano al Pit non aveva un curriculum decente con cui trovare un lavoro migliore.

Sapphire non le biasimava, perché non ce l'aveva nemmeno lei. Lavorava nei locali per soli uomini da quando aveva diciannove anni. Quindi, capiva come le altre donne si fossero trovate tra l'incudine e il martello.

Dove Taint era il martello.

Solo lei, Cherish e Porsche non avevano creduto alle stronzate di Taint. Ogni volta che lui minacciava di licen-ziarle, loro facevano spallucce o lo mandavano a farsi fottere e se ne andavano. Erano le migliori ballerine che lo stronzo aveva a disposizione, ora che aveva fisicamente trascinato via Mel e l'aveva licenziata. Saint non poteva permettersi di perderle e sapeva benissimo che, se non fosse stato per loro, avrebbero rischiato di non avere più clienti.

E tutte e tre volevano andarsene. Porsche e Cherish le chiedevano continuamente quando Mel avrebbe aperto il suo club, visto che Sapphire e Mel erano migliori amiche.

Quelle due donne erano anche il motivo per cui Sapphire non se ne era ancora andata, anche se non avrebbe avuto problemi a trovare un ingaggio in un altro locale. Si era sostituita a Mel nel ruolo di protettrice e aiutava le nuove ragazze a perfezionare i loro numeri. *Se* erano interessate. Molte non lo erano. Credevano che l'unica capacità necessaria per fare soldi sul palco fosse quella di spogliarsi.

Non avrebbero potuto essere più lontano dal vero, ma lei si era stancata di cercare di convincerle. Aveva già abbastanza lividi sulla fronte per aver sbattuto la testa contro il muro. Tuttavia, aveva tenuto aperta l'offerta. Se loro si fossero rivolte a lei di propria iniziativa, Sapphire sarebbe stata lieta di aiutarli.

Per fortuna, Mel stava valutando un potenziale immobile da acquistare per trasformarlo in un club. Aveva pensato che sarebbe stato più economico partire da zero e progettare il locale secondo la sua visione, invece di acquistare un altro club e ristrutturarlo.

Inoltre, cosa più importante, voleva aprirlo nella stessa zona del Peach Pit e, se possibile, far fallire quest'ultimo attirando nel suo locale tutte le ballerine decenti e i buoni clienti della zona.

E cordiali vaffanculo ai Demons.

Sapphire era d'accordo e avrebbe voluto avere i fondi da donare per il previsto "vaffanculo". Poteva non avere i soldi, ma avrebbe sostenuto la sua amica in ogni modo possibile.

Sospirò mentre usciva dal camerino per andare in corridoio. Dato che Cookie non si trovava da nessuna parte quella sera, era costretta a cercare Taint per sollevare un problema.

Le ragazze si erano lamentate – e a ragione – del fatto che la manutenzione del camerino era stata completamente trascurata. Le lampadine erano bruciate. La moquette non veniva pulita da mesi. Uno dei bagni era intasato e fuori uso, così come una delle docce non funzionava a dovere, lasciando una sola di entrambe le cose a disposizione. E se una si fosse rotta, sarebbero stati cazzi.

Sia Taint che la sua donna ruba-mance avevano ignorato quei problemi, non volendo destinare nemmeno un centesimo dei soldi del club – fosse il Pit o il DDMC – alla struttura stessa.

Il motociclista al comando era un direttore orribile e non avrebbe dovuto gestire nemmeno un carretto di hot dog.

Sapphire svoltò a destra. In fondo al corridoio a sinistra, proprio all'interno dell'uscita posteriore che fungeva da ingresso per i dipendenti, c'era l'ufficio del direttore. Il terrore le riempì le viscere nell'accorgersi che la porta era chiusa.

Si avvicinò e sentì dei rumori che indicavano che Taint era all'interno. Bussò alla porta. "Tai…" Fece una smorfia e corresse lo scivolone. "Saint!"

"Sì!" fu la risposta, chiaramente infastidita, attraverso la porta.

"Devo parlarti di una cosa," gridò lei, sperando che lui la sentisse sopra la musica alta.

Il DJ, se così si poteva definire, faceva schifo. La sua unica abilità era quella di saper passare la musica. Cosa che avrebbe potuto fare anche un bambino di tre anni. Non sapeva come bilanciare i bassi e gli acuti o come passare agevolmente da una canzone all'altra, a differenza dei DJ professionisti che avevano lavorato al Peach Pit.

D'altro canto, lei avrebbe dovuto sapere che non era il

caso di aspettarsi alcun genere di professionalità quando si trattava di aspiranti che lavoravano al club. Erano solo corpi per occupare spazio. Di certo non avevano le capacità o il senso degli affari necessari per il successo del club.

Proprio come l'uomo dietro la porta chiusa.

"Cosa c'è?" sbraitò Taint.

Sapphire levò gli occhi al cielo e prese fiato. "Si tratta del camerino."

Per qualche secondo non sentì più nulla dall'ufficio. Alla fine, lui urlò: "Vieni qui!" e bofonchiò una serie di frasi che lei non riuscì a capire.

Sapphire chiuse gli occhi e si preparò ad affrontare quello che avrebbe trovato una volta aperta la porta.

Era un salto nel buio.

Non avrebbe dovuto sorprendersi di ciò che trovò quando aprì la porta.

Taint teneva Sunny, una delle ultime ballerine arrivate, piegata a novanta, con i capelli stretti nel pugno dell'uomo e il viso premuto con forza sulla parte superiore della scrivania. La donna indossava un completo da scolaretta che comprendeva calze al ginocchio, una minigonna a quadri pieghettata, una camicia bianca abbottonata legata intorno alla vita e i capelli tirati in due codini. La gonna era sollevata fin sopra il sedere, esponendolo.

E, *naturalmente*, i jeans di Taint erano abbassati attorno alle sue cosce e lui affondava il suo uccello disgustoso dentro e fuori da quella povera donna.

"Tutto bene?" chiese Sapphire a Sunny, senza avvicinarsi di un passo. Per la sua sicurezza, era decisa a rimanere accanto alla dannata porta.

Prima che Sunny potesse rispondere, Taint le sbatté più forte la faccia sulla scrivania. "Fatti i cazzi tuoi. Sta bene perché si prende il mio cazzo."

Affermazione discutibile.

Più tardi, Sapphire avrebbe preso Sunny da parte e si sarebbe assicurata che fosse consenziente.

"Vuoi unirti a noi?"

Sapphire ingoiò la bile che le saliva in gola.

"O vuoi solo guardare, cazzo?"

Purtroppo, lei era costretta a guardare se voleva parlare con quello stronzo.

"Guardare questa roba ti fa bagnare, vero?"

No, esattamente il contrario. Sapphire ce l'aveva ora secca come il deserto del Sahara. Anzi, la sua vagina aveva già fatto le valigie e stava per darsi alla fuga.

"Se non sei qui per prenderlo, che cazzo vuoi?"

Che tu muoia di una morte lunga e dolorosa per tutta l'infelicità che hai causato e continui a causare. Sapphire si scrollò di dosso quel pensiero oscuro e inaspettato.

"C'è da sistemare il camerino. Non so che fine abbiano fatto gli addetti alle pulizie, ma se stanno ancora lavorando, fanno un lavoro di merda."

Taint non rispose, ma continuò a pompare dentro e fuori da Sunny mentre fissava la scollatura esposta di Sapphire con il labbro inferiore stretto tra i denti.

Stava fantasticando su di lei mentre scopava Sunny?

Chissà come, Sapphire riuscì a non avere conati di vomito.

"E allora?"

Quando lo sguardo di lui si posò sulla zona inguinale di Sapphire, lei fece una smorfia e si premette una mano sullo stomaco in subbuglio.

"Allora non puoi permetterti di perdere altre ballerine, Saint."

"Non perderò le ballerine a causa del camerino."

"Siamo a corto di un bagno e di una doccia."

"Non fai altro che rompere i coglioni." L'uomo scosse la testa. "Non so perché cazzo sopporto una fottuta troia come te."

Sapphire inspirò lentamente e poi, altrettanto lentamente, ricacciò l'aria fuori. Era troppo tentata di togliersi una scarpa e conficcargli il tacco al centro della fronte. O su per il suo buco del culo nudo.

"Credo che sappiamo entrambi perché lo fai."

"'Sti cazzi." L'uomo riportò l'attenzione su Sunny. Almeno aveva smesso di usare Sapphire per eccitarsi.

"Le ragazze sono il patrimonio di questo club. Bisogna renderle felici."

Il motociclista accennò con il mento alla donna piegata davanti a lui. "Cosa cazzo credi che sto facendo?" Riportò gli occhi scuri su di lei. "Potrei rendere felice anche te."

Anche no.

Sapphire alzò le spalle. "Va bene, allora. Io ci ho provato. Non aspettarti che si preoccupino del loro lavoro se tu non ti preoccupi di loro."

Anche da dove si trovava, Sapphire poté vedere il motociclista serrare la mascella e le sue narici dilatarsi.

Lo stava facendo arrabbiare.

Bene. 'Fanculo a lui e al suo enorme ego. Porco narcisista.

Quando Sapphire si voltò e fece per andarsene, sentì: "Ho un nuovo tizio che costruisce cose. Gli farò fare tutto quello che serve. Fai una cazzo di lista, poi lo segui tu."

Davvero?

Sapphire si voltò. "Non mi interessa chi lo fa, purché venga fatto." E le andava bene dirigere chiunque fosse, visto che non si fidava né di Taint né di Cookie per sistemare tutto a dovere.

Stronzo tirchio.

"Non sei nella posizione di fare richieste, puttana."

"In un certo senso lo sono," Sapphire inghiottì *stronzo* e concluse con "Saint."

Esitò. Lunedì sera, davanti al cibo da asporto, Rez e lei avevano discusso a fondo di T-Bone e Sadie. Non sarebbe stato male punzecchiare T-Bone sull'aspirante scomparso, visto che Decker e Sloane stavano cercando disperatamente di ritrovare la sorella di quest'ultima.

"Ehi," cominciò. "Hai mai sentito parlare di una donna di nome Sadie Parrish?"

Taint stava ora sbattendosi Sunny ancora più forte. La donna non emetteva alcun suono, quindi Sapphire non poteva credere che la cosa le piacesse. Sapeva che, se Rez avesse stantuffato lei in quel modo, sarebbe stato difficile farla stare zitta.

La fronte di Taint si aggrottò. "Perché me lo chiedi?"

"È la sorella di una mia amica e l'ultima volta che è stata vista era con T-Bone. Ha modo di contattarlo? La sorella vuole solo assicurarsi che stia bene, perché la mia amica non ha più avuto sue notizie ed è preoccupata."

"Fottesega." Saint la fissò negli occhi mentre continuava a dare le sue spinte affannose. "E comunque non sono cazzi tuoi."

Lei alzò le mani in segno di resa. "Sto solo cercando di aiutare un'amica. Sono sicura che tu capisci. Sono sicura che, se Cookie sparisse, anche tu ti preoccuperesti."

"Non me ne fregherebbe un cazzo se Cookie sparisse. Ci sono un sacco di altre puttane là fuori. E con la fica più stretta. Come questa." Taint colpì il culo nudo di Sunny più forte che poté. Lo schiaffo acuto rimbombò nell'ufficio.

Doveva aver fatto un male cane.

"Voglio provare anche il tuo."

Sul mio cadavere. "Il mio è moscio e floscio," gli assicurò lei mentre usciva dall'ufficio.

"Non so cosa ti stai perdendo, cazzo," sentì mentre sbatteva la porta.

Oh, Sapphire lo sapeva eccome.

Si affrettò a percorrere il corridoio e a uscire nell'area principale del locale. Aveva bisogno di uno o due bicchieri di vodka per cancellare dal suo cervello la scena e l'offerta più che generosa.

Capitolo tredici

REZ COLSE un movimento vicino al cordone di velluto rosso usato per bloccare l'ingresso al corridoio che portava sul retro. Sapphire aggirò rapidamente l'aspirante di stanza lì. Il compito di costui era quello di evitare che i clienti entrassero sul retro per molestare le ballerine.

Rez non sapeva se l'aspirante impiegato in quella posizione quella sera si preoccupasse davvero della sicurezza delle donne o meno, dal momento che gli aspiranti sembravano spesso lasciare il passaggio incustodito per andare sul retro a spacciare droga ogni volta che ricevevano un messaggio.

Il Pit era un vero e proprio drive-through per drogati.

Finn aveva notato quel particolare schema di comportamento mentre era sotto copertura come fidanzato di Mel, quando lei gestiva il club. Lo schema continuava.

La bella ragazza dai capelli scuri che gli aveva fatto salire il sangue alle stelle aveva lo sguardo rivolto verso il bar, mentre si affrettava in quella direzione. La sua carnagione, anche con il pesante trucco di scena, era più pallida del normale, forse addirittura un po' verdolina.

Lei non si accorse di lui che si alzava dalla sedia e si

muoveva per tagliarle la strada, visto che era persa nei suoi pensieri. Rez si innervosì quando capì che doveva essere successo qualcosa mentre Sapphire era sul retro. E quel qualcosa non era buono.

Nulla di cui stupirsi.

Sapphire doveva trovarsi un nuovo cazzo di lavoro. Sebbene fosse comodo per la task force avere tra le sue risorse una dipendente del Peach Pit, non valeva la pena di mettere a rischio la sicurezza della donna. Avevano ancora delle telecamere installate sia all'interno che all'esterno dell'attività. Potevano monitorare le attività dei Demons da una distanza di sicurezza.

Quando Rez le si parò davanti per bloccarle la strada, lei sobbalzò e i suoi occhi si spalancarono sul viso di lui. Non appena Sapphire lo riconobbe, si rilassò leggermente.

"Mi hai spaventato."

"Sembravi turbata e preoccupata. Cosa c'è che non va?"

Sapphire scosse la testa, poi si guardò rapidamente alle spalle. Per qualche motivo, aveva paura. "Niente. Solo una tipica notte in Paradiso."

Lui strinse gli occhi su di lei e ringhiò: "So che è una fottuta bugia."

"Va tutto bene."

"Sapphire…"

"Rez, va tutto bene."

"Quando siamo qui, chiamami Tony."

Lei aggrottò le sopracciglia e lo scrutò in volto. "Cosa? Perché? Hai detto che quel nome era riservato a tua madre."

"E, a quanto pare, al lavoro sotto copertura," sussurrò lui a voce abbastanza alta perché lei lo sentisse sopra la versione distorta di *Cherry Pie* dei Warrant.

Il DJ di merda del Pit stava massacrando gli anni '80 e '90 una canzone alla volta.

"Ora sono Anthony Allison."

Sapphire ritrasse di scatto la testa. "Allison? È... non è da te."

Rez fece spallucce. "Pensi che quegli imbecilli riescano a fare due più due?"

Lei sospirò. "Ho le prove che non ci riescono. Allora, perché questo nome?"

"La mia finta azienda è stata appena ingaggiata dai Demons per fare dei lavori di costruzione."

Le si spalancò la bocca.

Rez le mise un dito sotto il mento e gliela chiuse. Vide il momento in cui la donna si diede uno scossone mentale.

"Sei *tu*?"

Rez aggrottò la fronte. "Sono io cosa?"

"Mi sono appena lamentata con Taint di tutto quello che c'è da sistemare qui intorno e lui mi ha detto che sarei stata io a trattare con la persona assunta per sistemare quello schifo. Devi essere tu."

Cosa aveva fatto Saint? "Non ne so nulla. So solo che vogliono che finisca alcuni lavori di edilizia nella loro chiesa di Uniontown."

Le sopracciglia perfettamente curate di Sapphire si inarcarono. "Chiesa?"

"La sede del loro MC."

"La chiamano chiesa?" Sapphire scosse la testa.

Lui sbuffò. "Già. Comunque, Saint dovrebbe farmi sapere quando iniziamo."

"Iniziate?"

"Avrò un collega. Qualcuno che sa davvero qualcosa di edilizia."

"Tu non ne sai nulla?"

"Conosco le basi. E ho imparato moltissimo quando abbiamo restaurato la nostra chiesa."

La donna scosse di nuovo la testa. "Mi sa di storia che voglio sentire in un altro momento."

"Sarò lieto di raccontarti e persino di mostrarti la nostra

sede dei Blue Avengers, ma non prima che questa gioia inaspettata sia finita. Per ora non sono più Antonio Alvarez, ma Tony Allison."

"Avresti dovuto scegliere un cognome più appropriato," scherzò Sapphire mentre riprendeva colorito.

"Troppo tardi." Rez scavò nella tasca posteriore, tirò fuori il portafogli e le diede uno dei suoi biglietti da visita. "Allora, Dickhead[1] vuole che io lavori anche qui?"

Lei annuì. "Sembra proprio di sì. A meno che non abbia assunto qualcun altro e sia *io* a non saper fare due più due. Ma visto che lui ha il braccino corto, devi essere tu."

"Sì, e probabilmente sono l'unica impresa edile che accetta metanfetamine al posto dei soldi come pagamento."

La bocca di Sapphire si spalancò di nuovo. "Cosa?"

"Anche in questo caso, ne possiamo discutere ovunque, ma non qui."

"Immagino che dovremo trovare un momento per parlare in privato." I luminosi occhi azzurri di Sapphire brillarono.

"Io ci sto se tu ci stai. Fammi solo sapere quando ti devo aspettare alla mia porta." *E nel mio letto.*

Lei sospirò. "Controllerò l'agenda."

"Se non puoi venire di sera, anche una colazione o un brunch andrebbero bene." Mattina, sera, non gli importava quando sarebbe *venuta*, purché lo facesse.

"Magari, questa volta, con lo sciroppo d'acero e più panna montata?" Sapphire si passò la lingua sul labbro inferiore.

Quella provocazione gli arrivò dritto all'uccello. "Mi fai venire fame." *E voglia.*

Lo sguardo di lui scivolò lungo il vestito sinuoso e aderente di Sapphire. Quella sera, era rosso vivo e il rossetto vi si abbinava alla perfezione. Prima di rendersi conto di quello che stava facendo, Rez sfiorò con le nocche i seni della donna quando aggiustò la profonda scollatura a V in modo che coprisse maggiormente il décolleté.

Lei inclinò la testa di lato e gli rivolse uno sguardo che lui poté decifrare *molto* chiaramente.

Cazzo, aveva esagerato. Mollò subito la presa. "Scusa," sussurrò.

"Se per te è un problema che io lavori qui... *Tony, noi* potremmo avere un problema."

Lui alzò le mani in segno di resa. "Non ce l'ho."

Ce l'aveva eccome, ma se ne sarebbe fatto una ragione. Non era il fatto che Sapphire si spogliasse davanti ad altri uomini – finché non la toccavano, a lui andava *abbastanza* bene – ma gli dava più fastidio la persona per cui lavorava.

Si sarebbe sentito meglio quando la donna sarebbe tornata a lavorare per Mel. E, sperava, come hostess, invece di pavoneggiarsi con cuoio e fruste sul palco.

Ma Rez stava correndo troppo, visto non c'era nulla di formalizzato tra loro due. Si stavano solo divertendo un po' insieme.

Dato che Rez avrebbe gradito che il divertimento continuasse, doveva stare attento a non rovinare tutto dicendo o facendo qualcosa di stupido. Come aggiustare il dannato vestito di Sapphire, quando erano la sessualità della donna, la sua capacità di flirtare e l'aspetto a farle guadagnare denaro.

"Quanto ti fermi stasera?" chiese Sapphire. "Posso controllare la mia agenda prima che tu parta."

"Sono qui per lavoro, ma anche per te, se vuoi che resti."

"Non mi dispiace che tu rimanga, ma non voglio che all'improvviso tu abbia problemi con quello che faccio per vivere solo perché siamo andati a letto insieme un paio di volte," ammonì la donna.

"Erano più di un paio, ma lo capisco. Non volevo esagerare."

"Ho bisogno di bere," disse Sapphire con un sospiro. "Ti fai uno shot con me?"

"Certo. Tanto, devo parlare con Mutt."

"A proposito di?"

"Del motivo per cui sono qui."

Lei si limitò ad annuire.

Con una mano sulla schiena di Sapphire, nuda e dannatamente sexy, Rez la accompagnò al bar e, non appena lo raggiunsero, lei vi si infilò dietro. Mise in fila due bicchierini da shot davanti a lui, poi prese una bottiglia di Tito's e ne versò un bicchierino abbondante a ciascuno.

Dopo aver posato la bottiglia, Sapphire sollevò il bicchiere e lui fece lo stesso. "Brindiamo alla nostra nuova collaborazione," disse la donna.

Fecero tintinnare i bicchieri prima di rovesciare la testa all'indietro e mandare giù la vodka in un solo sorso. Rez respirò attraverso il bruciore dell'alcol e, non appena ebbe posato il bicchiere vuoto sul bancone, lei lo riempì una seconda volta prima di infilare di nuovo la bottiglia sotto il bancone.

Dopo che entrambi ebbero bevuto il secondo shot, lei raccolse i bicchierini vuoti e li mise da qualche parte sotto il bancone.

"Quelli te li detraggo dalla cazzo di paga," fu il ringhio che giunse da dietro le spalle di Rez.

Che si girò e vide Saint.

Porca troia, non doveva farsi distrarre così tanto dalla donna che aveva davanti da non rendersi conto di chi c'era dietro di lui. Soprattutto quando era nel territorio dei Demons.

"Pago io," gli assicurò Rez.

"Paghi anche il tempo che le hai rubato?"

"Non è per questo che la pagate? Per passare del tempo con i vostri clienti? Per essere amichevole?"

Quando Saint strinse gli occhi su di lui, Rez capì che

doveva stare attento. Non solo con Sapphire, ma anche con Saint. Ora che aveva un piede nella porta per entrare dietro le quinte dei Demons, doveva evitare di mandare tutto a puttane.

Saint si tirò la barba lunga. "Pensavo che volevi il lavoro. Forse mi sbagliavo, cazzo."

"Non ti sbagliavi. Ho bisogno di lavorare. Ma lei sta solo facendo il suo lavoro: è amichevole con i clienti per far sì che spendano di più. Non è questo che vuoi?"

"Credi di dovermi spiegare il suo cazzo di lavoro? Il suo lavoro è spogliarsi. E basta, cazzo." Saint si avvicinò per dire: "E lavora per me. Non per te."

Era un'argomentazione discutibile, ma Rez doveva cambiare argomento prima che l'intera conversazione degenerasse.

Rez allargò le mani aperte. "Capito. Non interferirò più. Mi sto solo godendo la sua compagnia, tutto qui. Niente di male, niente di grave."

Saint sollevò lo sguardo oltre la spalla di Rez e si diresse verso Sapphire, ancora in piedi dietro di lui dall'altra parte del bancone. "Vai a lavorare in sala prima del tuo primo numero," ordinò.

Rez non vedeva l'ora che la task force finisse il suo lavoro, che le accuse venissero formulate e che quei figli di puttana ricevessero una sana dose di realtà. E una prigione federale come loro nuova "sede".

Sapphire uscì da dietro il bancone e si mise accanto a Rez. Lui si disse che non lo stava toccando come faceva di solito perché Saint li teneva d'occhio. "Ti raggiungo un po' più tardi, se sei ancora qui."

"Se non lo sono, mandami un messaggio con quello di cui abbiamo parlato."

Gli occhi di Saint si restrinsero su Sapphire. "Per i lavori di manutenzione per cui mi assillavi? O prendi accordi con i clienti per dopo il lavoro? La dai via e ti tieni tutta la grana?"

La spina dorsale di Sapphire si raddrizzò e le sue spalle nude si ritrassero mentre si rivolgeva al suo capo. "Quello che faccio nel mio tempo libero è affar mio, non tuo. E quello di cui avevo intenzione di parlare con lui è la lunga lista di cose da sistemare qui, visto che sarà lui a occuparsene." All'ultima parte, Sapphire aggiunse un sopracciglio alzato molto appuntito.

Accidenti, se quello non gli fece pompare il sangue e battere forte il cuore.

Saint strinse le labbra e osservò Sapphire troppo a lungo, facendo contrarre tutti i muscoli di Rez.

Non interferire, coglione, a meno che tu non abbia altra scelta. Lei sa cavarsela benissimo da sola. La sua sicurezza è una delle tante cose che ti eccitano di lei. Ricordatelo prima di dire qualcosa di stupido.

"Vai a fare il tuo cazzo di lavoro e lascia gli uomini a parlare in pace."

I polmoni di Rez si contrassero mentre aspettava la risposta di Sapphire. *Diavolo,* non sarebbe intervenuto nemmeno se lei lo avesse pugnalato a morte con la combinazione coltello/pettine che teneva legata alla coscia.

Dopo aver trattenuto il fiato per qualche secondo, la donna si mise in moto e cominciò ad allontanarsi. Mentre lo faceva, quel figlio di puttana le diede una violenta manata sul culo.

Sapphire sobbalzò per il contatto inatteso e indesiderato che la fece quasi inciampare. Rez si immobilizzò per evitare di afferrare lo stronzo per la gola e fargli mangiare il pavimento.

E già che il motociclista era lì, costringere quello stronzo a leccarle le maledette scarpe per implorare perdono.

I suoi occhi incontrarono quelli di Sapphire mentre entrambi prendevano fiato; poi, con una minima inclinazione della testa, lei si allontanò senza commettere un omicidio.

Era una persona migliore di Rez.

Saint le fissò il culo mentre lei se ne andava, leccandosi visibilmente le labbra prima di voltarsi e rivolgere a Rez un cazzo di sorriso gigante.

Proprio come pensava lui, Saint lo stava mettendo alla prova per vedere come avrebbe reagito. Per capire se c'era un legame tra lui e Sapphire.

Rez superò la prova, ma per un pelo.

A prescindere da tutto, non avrebbe dimenticato quel momento. Sarebbe stato seduto in prima fila in tribunale il giorno in cui il Demon avrebbe avuto ciò che gli spettava.

Se poi ciò fosse accaduto per merito di Rez, meglio ancora.

"Ho appena parlato con Wolf. Ti vuole là domani. Inoltre, c'è del lavoro per te qui, come ha detto quella."

Quella.

Rez dischiuse le mascelle per chiedere: "Che tipo di lavoro avete bisogno di fare qui?"

"Quella ti farà una lista. Pensaci tu a lei, visto che siete tanto amici."

Rez preferiva decisamente avere a che fare con lei piuttosto che con lui.

"Se sistemi un po' di roba qui intorno, forse quella stronza smetterà di assillarmi."

Se solo quello stronzo avesse saputo quanto era vicino a vedersi costretto a ingoiare i pochi denti che gli erano rimasti. Rez trasse un respiro calmante per chiedere: "Sarà uno scambio?"

"Sì."

"Non hai bisogno del permesso dei tuoi caporioni prima?"

La fronte di Saint si aggrottò. "Che?"

Rez scosse la testa. "Cosa vuoi che sia fatto prima? Il lavoro alla vostra sede o il lavoro che deve essere fatto qui?"

"Tutti e due."

Rez sospirò mentalmente. "Quindi, in pratica, vuoi che lavori senza sosta."

"In un cazzo di giorno ci sono ventiquattr'ore. Vedi tu."

Ma guarda un po', quell'uomo sapeva contare fino a ventiquattro. Che genio. Sua madre doveva essere dannatamente orgogliosa.

"Va bene. Mi serve l'indirizzo della vostra sede. Io e il mio socio saremo lì di prima mattina per incontrare Wolf."

"Dubito che ci sarà, ma troverai qualcuno."

"Hai il nome di quella persona?"

"No."

Grande. "Sarà un problema se stasera Sapphire si prenderà il tempo per mostrarmi il lavoro che c'è da fare qui? Ho bisogno di sapere con cosa abbiamo a che fare e come pianificarlo."

"No."

"Qual è il tasso di cambio?"

"Immagino che lo scoprirai quando avrai finito il lavoro e ti pagherò, cazzo."

Ceeerto.

Ora Rez doveva fare quattro chiacchiere con Crew e Nox.

Crew sarebbe stato entusiasta di quella nuova svolta.

Nox, probabilmente, non altrettanto.

Capitolo quattordici

REZ ABBASSÒ la tesa del cappellino dei Pittsburgh Pirates nel tentativo di nascondere la faccia, poi sollevò il colletto della giacca di pelle. Si infilò anche dei guanti di pelle per coprire i tatuaggi sulle mani. Essendo gennaio, faceva abbastanza freddo per mettere dei guanti.

Di solito, insieme al cappello, indossava anche gli occhiali da sole per camuffare il viso, ma dato che era quasi mezzanotte, gli avrebbero oscurato la vista.

Scese dalla sua Durango Hellcat e si infilò rapidamente nella scala esterna coperta che portava al secondo piano della Centrale.

Dubitava che i Demons li spiassero, ma non voleva rischiare di essere scoperto prima ancora di aver messo piede nella sede di Uniontown dell'MC. Inoltre, voleva evitare di essere bandito dal Pit. Era dannatamente sicuro che l'MC non avrebbe aperto la porta e non lo avrebbe invitato a entrare se avesse scoperto che portava un distintivo.

Mentre attraversava Rockvale dopo aver lasciato lo strip club, era passato davanti all'appartamento di Sapphire. Solo per assicurarsi che tutto fosse a posto, visto che la donna avrebbe lavorato fino a dopo la chiusura del locale. E, naturalmente, non era solo preoccupato per la sua sicurezza sul posto di lavoro, ma anche in quel complesso schifoso.

Sì, Rez stava ficcando il naso dove non doveva, ma non c'era bisogno di farlo sapere a lei.

Digitò il codice della nuova serratura digitale che Nox aveva installato all'ingresso dello spazio affittato dalla task force. Entrò e vide che i due lo stavano già aspettando.

"Finalmente, cazzo," brontolò Crew scuotendo la testa.

"È passata l'ora di andare a letto, J. Crew?" chiese Rez. "Hai bisogno del ciuccio e della copertina e di qualcuno che ti culli finché non ti addormenti?"

Rez diede un'occhiata alla parete dei computer per vedere chi era stato incaricato di monitorare le "porcherie" durante la notte. C'era sempre qualcuno di turno ad ascoltare le intercettazioni, 24 ore su 24. E se possibile, Crew aveva qualcuno che controllava le riprese in diretta delle telecamere del Peach Pit e della Tana di Wolf.

Quella sera il secondo posto era vuoto, ma Rex non dubitava che fino a poco prima fosse stato occupato da Nox.

Mentre il resto del mondo passava le serate a guardare film o a recuperare le sitcom, a Nox andava benissimo guardare le dirette della task force. O controllare i filmati registrati.

Quell'uomo aveva bisogno di farsi una vita. Quella che aveva era finita quando la moglie era morta.

Forse farlo uscire dall'"ufficio" e dal "lavoro" sarebbe servito a qualcosa.

Alla scrivania accanto sedeva Luis Torres, agente speciale della DEA e centralino.

"Ehi, *jefe*," chiamò Rez avvicinandosi a lui.

"*Vato*," risponde Torres e si alzò in piedi.

Si strinsero le mani e si urtarono le spalle. "Mi sorprende che tu sia seduto lì a quest'ora."

"I suoceri sono in città. Per scappare, ho detto che dovevo lavorare."

"Porca miseria."

Torres scrollò le spalle. "Si fa quello che si deve per sopravvivere."

Rez rise. "Meno male che io non ho problemi di suoceri, cazzo."

"Bene, cosa c'è di così importante da doverci incontrare a quest'ora?" lo incalzò Crew mentre Rez si dirigeva verso il divano lungo la parete più lontana. Vi si buttò sopra e si stravaccò per mettersi comodo, piegando le braccia sotto la testa.

Girò il collo fino a vedere il capo della task force, dall'aria seccata e appoggiato al tavolo da riunioni con le braccia incrociate sul petto.

"Ho delle novità."

"Grazie al cazzo. Avanti, sputa il rospo," ordinò Crew.

"Che bisogno c'era di trascinarmi fin qui?" chiese Nox.

"Sì, so che il lungo viaggio dal primo al secondo piano è stato estenuante, stronzo. Meglio che ti siedi, fratello, e riprendi fiato."

"Tu ti prenderai queste mani se non ti sbrighi a spiegarti," lo avvertì Crew. "È meglio che siano buone notizie, visto che potevi usare una meraviglia della tecnologia moderna chiamata telefono."

"Probabilmente eri impegnato a guardare un porno sul tuo."

Crew scrollò le spalle. "Si può mettere in pausa."

"Chi ha bisogno di un porno quando ci sono telecamere in diretta in uno strip club?" disse Torres.

Ma che cazzo?

In quel momento, Rez si chiese chi altri della task force avesse assistito al numero da dominatrice che Sapphire aveva fatto sul palco la settimana prima. Quello che aveva trasformato il suo sangue in lava fusa e lo aveva mandato a sud.

"Rez-avoir dog, andiamo. Ti piace parlare, quindi datti da fare."

Rez stava faticando a rimettersi in carreggiata dopo che il commento di Torres l'aveva mandato fuori strada.

Lanciò un'occhiata a Crew, che aveva le sopracciglia alzate. "Ho messo i piedi nella porta della Tana di Wolf."

La stanza si ammutolì.

"Come cazzo hai fatto? E perché prima non hai chiesto la mia autorizzazione?"

"L'ho fatto, ricordi? Ti ho detto che ho offerto i miei servizi di costruzione ai Demons. Ne abbiamo discusso a lungo, cazzo. Nox mi ha persino fatto dei biglietti da visita falsi. Stai diventando vecchio o cosa?"

Crew gemette. "Oh, cazzo. Ora mi ricordo. Avevi detto che avresti offerto i tuoi servizi, ma non ne ho saputo più nulla. Hanno abboccato?"

"Certo che sì, cazzo. Non solo per la loro chiesa, ma anche per il Peach Pit."

"Porca troia!" esclamò Crew. "Questa sì che è grossa! Dannazione, fratello."

Rez sorrise. "Lo so, vero? Sono fottutamente bravo. Forse anche meglio di un certo agente speciale senior della DEA che conosciamo tutti."

Il capo della task force sbuffò. "Adesso non esageriamo."

"Il motivo per cui vi ho scritto per incontrarci qui a quest'ora è che Wolf mi vuole a Uniontown domani mattina presto, cazzo. Dato che Nox è esperto di edilizia, deve far parte della mia squadra di manovali. Altrimenti vedranno quanto fa schifo il mio lavoro e capiranno che ho detto un mucchio di idiozie."

"Solo Nox?" chiese Crew.

"Sì, penso che tra tutti e due possiamo portare a termine il lavoro. Quando ne abbiamo parlato, non c'era molto da fare. L'impalcatura era completa e l'impianto elettrico era già stato realizzato."

"Da quello che vedo nei filmati delle telecamere," confermò Nox, "non ci vorrà molto per dare gli ultimi tocchi. Cosa vogliono che si faccia al Peach Pit?"

"Roba di poco conto," rispose Rez. "Manutenzione ordinaria. Sapphire mi ha mostrato alcune delle cose da sistemare quando sono stato là prima. Farà un elenco. Saranno riparazioni che possiamo gestire facilmente. Ancora meglio, Saint ha detto a Sapphire di trattare direttamente con me per i lavori al Pit. È così che lei chiama il Peach Pit, adesso."

"Ma non mi dire. Grazie per la spiegazione, ma a differenza tua, io e Nox siamo abbastanza intelligenti da arrivarci da soli."

"Sì?"

"Già. Non avrei raggiunto la mia posizione se non fossi un genio."

Rez abbaiò una risata. "Credevo che ci fossi arrivato inginocchiandoti."

"Vuoi farlo anche tu?" chiese Crew a Nox.

"Mettermi in ginocchio? Col cazzo," rispose Nox. "Mettermi in società con Rez e spacciarci per impresa edile? Cazzo, sì. Non mi dispiacerebbe uscire da queste quattro mura."

Crew e Rez incrociarono gli sguardi e fecero una rapida, ma silenziosa, conversazione su quell'ultima affermazione. Era stata una scelta di Nox lavorare al secondo piano della Centrale, non di qualcun altro.

Forse lo stato mentale dell'uomo stava cominciando a migliorare, se era disposto a uscire e andare sotto copertura.

Crew gli rivolse un cenno molto sottile e Rez ricambiò. Andare sotto copertura come impresa edile non avrebbe giovato solo alla task force, ma forse anche a Nox, perché avrebbe cambiato ritmo e aria.

"Okay, approvo questo lavoro sotto copertura per entrambi," annunciò il capo della task force.

"Ho dimenticato di dirti che invece di contanti, ci faremo pagare in metanfetamina."

"Davvero?" mormorò Crew.

"Davvero." Rez si batté la tempia. "Visto? Ho usato ancora una volta il mio fantastico e impressionante potere cerebrale. Quel metodo di pagamento potrebbe essere il motivo per cui hanno preso me per il lavoro. È un buon affare per loro."

"Cazzo, odio riconoscerti tutti questi meriti," brontolò Crew.

Rez sorrise. "Mi sottovaluti."

"Va bene. Voi due fate quello che dovete fare. Tenetemi aggiornato e compilate i rapporti giornalieri."

"Sì, papà," disse Rez.

"A proposito di Sapphire… Ti ho visto nelle telecamere," mormorò Nox.

La testa di Rez si girò verso il suo fratello di club. "Chi?"

"Tu."

Rez aggrottò la fronte. "Quali telecamere?"

"Quelle del Peach Pit."

"Sì, e…?"

Nox gli lanciò un'occhiata eloquente.

"Aspettate. Cosa?" chiese Crew. La sua attenzione rimbalzò da Nox a Rez. "Cosa? Che cosa hai fatto, stronzo?"

"Il punto non è *cosa*, ma *chi*," chiarì Nox.

Il silenzio riempì la stanza. Persino Torres si fermò e fece ruotare la sedia da ufficio per guardarli in faccia.

Gli occhi di Crew si strinsero e fissarono Rez. "Non è possibile che tu abbia fatto centro con lei."

"A me sembrava fottutamente ovvio," disse Nox.

"Ti sbagli," disse Rez.

Nox sbuffò. "Hai un motivo per nasconderlo?"

"Sì. Voi stronzi."

Crew sorrise. "Grazie per la conferma. Ma che cazzo? Perché proprio tu?"

Dopo che Rez ebbe sollevato le gambe dal divano e piantato gli stivali sul pavimento, scrollò le spalle. "Ho un bel cazzo e so come usarlo?"

Crew si piegò in due dal ridere. "Non può essere."

"Certo che è. Se poi aggiungiamo la mia lingua esperta, sono il sogno di ogni donna."

Crew ululò. "Cristo santo. Tirate fuori i trampoli, ragazzi. La merda si sta alzando di livello."

Torres rise, mentre Nox si limitò a grugnire in segno di assenso.

"Ma cazzo, amico, lei è troppo sexy per te," disse Crew.

Torres aggiunse la sua utilissima opinione. "Almeno sa come cavalcare un palo."

"*Chamo,*" ringhiò Rez.

Con un'enorme faccia da schiaffi, Torres puntò un dito nella sua direzione. "Eccola qui. La prova che se la sta facendo."

"Da quanto tempo va avanti?" chiese Crew.

"Da nonsono."

Crew aggrottò le sopracciglia. "Cosa? È un'altra parola spagnola che non conosco."

"No, vuol dire che nonsono cazzi tuoi. Ecco da quanto. Comunque, possiamo tornare agli affari della task force e lasciar perdere i miei?"

Crew colpì Nox al petto con il dorso della mano. "Ma sentilo. Al re degli strizzacoglioni non piace essere spremuto." Mimò il gesto di stringere qualcosa con la mano.

"Senti, non me ne frega un cazzo di quello che dite di me. Ma attenti a come parlate di lei."

Crew emise un fischio lungo e basso. "Porca miseria. Ne è caduto un altro, Nox."

"No," disse Rez. "Neanche lontanamente, stronzo.

Potrei dire la stessa cosa di te dopo ogni volta che ti scopi una ragazza."

Le labbra di Crew si contorsero. "Oh, quindi sei riuscito a scopartela? Che culo di merda. Volevo provarci io."

"Ovvio, ma non avrai mai questa opportunità."

"Non si sa mai."

Rez sospirò. "Comunque… sono sicuro che vuoi uscire di qui e tornare all'appuntamento con il tuo pugno e il tuo porno, quindi chiudiamo la faccenda."

"Ecco che non vuole più prolungare la conversazione," disse Torres.

"Non c'è nulla di sospetto in questo," confermò Crew con una risata, per poi smorzare la tensione e tornare serio. "A proposito di cose prolungate, siete in grado di allungare i lavori?"

Rez aveva pensato la stessa cosa. "Possiamo provare a dividere il nostro tempo tra la chiesa dei Demons e il Pit. Potrebbe essere una buona scusa per far durare un po' di più il lavoro a Uniontown."

"Se ci riuscite, fatelo. Ma non fateli incazzare, altrimenti vi licenziano."

"Andremo a orecchio."

"Quando incontrerai Wolf," esordì Crew, "digli che sei disposto a lavorare in una qualsiasi delle loro attività. Non credo proprio che non ne approfitteranno, visto che accetti metanfetamina come pagamento. Soprattutto perché loro non la pagano un cazzo e a te possono darla per l'equivalente del prezzo di mercato."

Se non altro, Rez avrebbe tolto un po' di metanfetamina dalla strada. Non abbastanza per fare la differenza, ma anche una piccola quantità era meglio di niente.

"Pagando in metanfetamina, otterranno uno sconto incredibile sui lavori," concordò Nox. "E per quanto riguarda le materie prime?"

Rez scrollò le spalle. "Diremo loro che devono

comprarla o fornirla. Solo il nostro lavoro può essere barattato."

"Sembra un ottimo cazzo di piano," annunciò Crew. "Porca miseria, non riesco a credere che l'opportunità ci sia caduta in grembo in questo modo. Non ci ho pensato molto quando ne hai parlato la prima volta, perché non credevo che quegli stronzi avrebbero accettato."

"Nemmeno io," confessò Rez. "Mi ha sconvolto. E sapevo che ti avrebbe fatto venire una cazzo di erezione, Crewella."

"Certamente. Okay, fatevi sentire domani dopo che vi sarete incontrati con Wolf."

"*Se* ci incontriamo con Wolf. Non è detto che sia là domattina. Ma mi sforzerò di scambiare qualche parola con lui se si presenta mentre stiamo lavorando."

Un fischio lungo e basso attirò la loro attenzione su Torres. "Quella non è la spogliarellista di cui parlavi prima? Quella che ti scopi?" Torres inclinò la testa verso lo schermo sulla scrivania alla sua sinistra.

Tutte le teste si orientarono in quella direzione.

Rez si alzò dal divano e in pochi passi era davanti al monitor. La donna che ballava sul palco del Peach Pit era decisamente Sapphire e stava eseguendo uno dei suoi numeri.

All'improvviso Crew e Nox si accalcarono dietro di lui e Torres si piegò sulla sedia per avere una visuale migliore.

Lei non era ancora nuda, ma lo sarebbe stata presto.

Ma che cazzo.

"Porca puttana, amico. Non è possibile che tu ti sbatta quella. È fuori dalla tua portata," annunciò Torres.

"Non è che lo stai guardando per trovare materiale per segarti, vero?" chiese Rez. "Lei non sa di quelle dannate telecamere, quindi…" Si allungò oltre Torres per spegnere il monitor.

E ignorò le sonore lamentele di Crew e Torres.

Si rivolse a Nox. "Parcheggerò qui domattina e andremo a Uniontown con uno dei mezzi della task force. Ti va bene?"

Nox annuì. "Sì. Scendo a raccogliere alcuni degli attrezzi che ci servono e li carico sul furgone che è disponibile. Se dovessero servirci altre attrezzature per fare il lavoro, le faremo noleggiare dai federali."

"Sarò qui prima delle otto. Quindi, farai meglio ad andare a casa e dormire un po'."

Nox gli risponde con un cenno del capo.

"Sai che il monitor si riaccenderà non appena uscirai da quella porta…" Crew sorrise.

"Allora credo che resterò qui per il tempo che servirà a Sapphire a finire il suo numero."

E fu proprio quello che fece.

Forse non poteva impedire che gli altri guardassero i filmati o le registrazioni, ma, *porca troia,* preferiva non essere presente mentre lo facevano.

Se fosse stato per lui, Sapphire si sarebbe trovata un altro lavoro.

E presto.

Capitolo quindici

SAPPHIRE EBBE un sussulto quando si alzò dalla sedia per portare i piatti sporchi al lavello.

Rez si alzò a sua volta e glieli prese dalle mani. "Cosa c'è che non va?"

Lei scosse la testa. "Continuo ad avere i crampi ai piedi. Anche se oggi ho lavorato solo sei ore, mi è sembrato che fossero il doppio. Ho fatto tre set sul palco e due balli privati."

Era entrata presto ed era uscita presto, dato che aveva solo sostituito un'altra ballerina che doveva portare i figli dal medico. Non appena Peaches era arrivata, lei se n'era andata.

Prima di lasciare il Pit, Sapphire si era struccata e si era cambiata con dei comodi leggings, un reggiseno sportivo e un maglione oversize che lasciava una spalla scoperta. Si era anche tolta le scarpe da ginnastica non appena era entrata a casa di Rez portando con sé un grosso sacchetto di cibo da asporto.

Non pensava che a Rez sarebbe dispiaciuto che si fosse messa comoda per l'"appuntamento" della serata.

Ne aveva avuto la prova quando lui l'aveva squadrata

dalla testa ai piedi e aveva fischiato. "Non ci si può lamentare di una donna che è sexy da morire, che sia truccata, con un vestito elegante e i tacchi, o che abbia l'aspetto che hai adesso. È come avere due cose al prezzo di una."

"Solo che non paghi per la mia compagnia."

"La tua compagnia non ha prezzo."

Poiché non era sicura se lui stesse facendo il furbo o il dolce, Sapphire aveva evitato di alzare gli occhi al cielo.

Avevano finito il delizioso pollo Tandoori e il pane naan che lei aveva preso nell'unico ristorante indiano della zona e ora Sapphire era pronta a passare al resto della loro serata "galante."

Quando era arrivata a casa dell'uomo, la scelta della musica l'aveva sorpresa. Il Nu Metal suonava dolcemente in sottofondo e lui le aveva subito offerto un *Seagram's mixed berry hard seltzer*. Lei aveva accettato di buon grado la bevanda fredda, perché era pronta a rilassarsi prima che Rez la facesse tendere più tardi in un modo completamente diverso.

L'uomo si accigliò. "È normale che succeda?"

"L'indolenzimento? Sì. I crampi? Di solito no. Solo quando sono poco idratata."

Rez prese una bottiglia d'acqua dal frigorifero e gliela lanciò. "Bevila. Mi servi idratata per dopo." Aggiunse un ammiccamento.

Sapphire non era pronta a ricevere e quasi mancò la bottiglia. Ma l'occhiolino… Per lei, di solito, era imbarazzante e inquietante, ma fu sorpresa di scoprire che lui era in grado di farlo in modo sexy.

"Perché non vai in salotto a riposarti un po'? Tu hai portato la cena, io sparecchio."

"È una specie di versione da asporto di: tu hai cucinato, io sparecchio?"

Lui le rivolse un sorriso che le fece arricciare le dita dei piedi, anche se erano piene di crampi e doloranti.

Aprì l'acqua e ne bevve circa la metà mentre si dirigeva verso il divano in pelle che si affacciava su un enorme televisore a schermo piatto, sotto al quale c'era un mobile pieno di console per videogiochi.

Perché non la stupiva che lui fosse un fanatico dei videogiochi?

"Vuoi che alzi la musica?" chiamò Rez dalla cucina.

Con un sospiro, Sapphire si accomodò sul divano, infilando le gambe sotto di sé. "No, va bene così. Onestamente, il DJ è così pessimo e la musica così dannatamente alta al lavoro, che sono grata per il volume basso. Giuro che ogni sera torno a casa con le orecchie che mi fischiano."

"Sì, Saint fa schifo come direttore."

"È un eufemismo," mormorò lei. Soprattutto perché il motociclista "assumeva" solo aspiranti per tutti i ruoli vitali, oltre a ballerine di mezza tacca che ballavano solo perché dovevano farlo, non perché volessero.

"Come?" sentì alle sue spalle.

"Niente." Sapphire accarezzò il cuscino del divano accanto a sé, ma lui finì per piantarsi all'altra estremità e darsi un colpetto in grembo.

"Dammi quei porcellini," disse l'uomo.

"Cosa?" Rez voleva…?

L'uomo intrecciò le dita e spinse i palmi lontano da sé. Allungò le dita e fece scrocchiare le nocche. Poi scosse le mani per scioglierle.

"Hai intenzione di…"

L'uomo tese le mani sotto di lei fino a dove erano infilate le caviglie, le afferrò e le tirò i piedi in aria prima di farseli cadere sulle ginocchia. Così facendo, lei si sbilanciò e si ritrovò sdraiata a faccia in su sul divano. Ma prima che lei potesse mettersi comoda, lui le lanciò un cuscino. "Usa questo e sentiti libera di chiudere gli occhi."

Sapphire si infilò il piccolo cuscino quadrato sotto la testa. "Rez, non devi…"

"Grazie al cazzo. Ma voglio farlo. Non riesco a immaginare di dover camminare con quelle maledette scarpe, figuriamoci di doverci ballare."

"Ci si abitua. Solo che oggi non ho avuto la possibilità di bere acqua come faccio di solito."

"Quelle scarpe non vanno comunque bene per i tuoi piedi."

Non le stava dicendo qualcosa che lei non sapeva. Quando andava dietro le quinte, Sapphire si toglieva sempre le scarpe e si metteva le infradito per far riposare i piedi. Fino a poco tempo prima, era abituata a camminare a piedi nudi; ma poi la moquette aveva smesso di essere pulita una volta che la ditta di pulizie aveva dato forfait.

Molto probabilmente perché non li pagavano. Sapphire non dubitava che quei soldi se li intascasse Saint.

Avido stronzo.

Rez iniziò ad allungarle le dita e a massaggiare i muscoli e le articolazioni dei suoi poveri piedi maltrattati.

Era. Il. Fottuto. Paradiso.

Porca troia. "Cos'è questa magia?" E come diavolo faceva lui a essere così bravo?

"Cos'è? Io che dimostro di essere un gentiluomo, naturalmente." Rez aggiunse un sorriso presuntuoso.

Lei sbuffò. "Ah-ha."

L'uomo avvolse entrambe le mani larghe intorno a un piede e cominciò a lavorarlo seriamente, con i polpastrelli e le nocche. Strinse e massaggiò, scavando in profondità per raggiungere i punti dolenti.

Una totale e dannata beatitudine. "Facevi il massaggiatore prima di diventare poliziotto?"

Non avrebbe dovuto sorprendersi quando la risata profonda di lui le fece scoccare le scintille dentro, eppure lo fece. Il livello di attrazione che provava per quell'uomo era fuori scala. Era l'unica ragione per cui era sdraiata sul suo divano con i piedi nel suo grembo.

"No, ma noi uomini impariamo presto il vecchio trucco di *offrire a una donna un massaggio per farle abbassare le mutande*."

"Sembra che tu abbia fatto molta pratica in tal senso," disse lei in tono scherzoso.

Rez si strinse nelle spalle. "Offrire alle donne un servizio gradito e piacevole è un modo per avere un vantaggio sul resto degli avvoltoi maschi che girano loro intorno."

"'Gradito' è la parola chiave. Troppi uomini non sanno accettare un *no* come risposta."

Rez fece *mmm*.

Sapphire era dannatamente sicura che, in quanto poliziotto, lui avesse avuto a che fare con un sacco di crimini che comportavano molestie e aggressioni dovute al fatto che gli uomini non sapevano come gestire il rifiuto di una donna. Avendo lavorato con donne per anni, lei aveva visto o sentito parlare di molti casi simili. E aveva avuto a che fare con uomini che non sapevano cosa fossero i limiti.

Ma quella sera era lì per scelta. Accoglieva con piacere la compagnia di Rez e il suo tocco.

La testa le ricadde sul cuscino, le sue palpebre si chiusero e un altro gemito le sfuggì dalle labbra mentre lui lavorava alternativamente su entrambi i piedi.

Chi lo sapeva che la strada per il cuore di una donna passava dai suoi piedi?

"Questo conta come preliminari? Io dico di sì perché… accidenti," mormorò Sapphire. "È il Paradiso."

"Nessuno ti aveva mai massaggiato i piedi prima d'ora?"

"Di solito non è la zona del mio corpo che vogliono palpeggiare."

Una risata scoppiò tra le labbra di lui, strappandole un sorriso. "Non mi sorprende."

Quando Rez cominciò a sollevarle un piede, gli occhi di Sapphire si aprirono.

Tenendo lo sguardo fisso nel suo, lui le rivolse un sorriso e iniziò a tirare il piede di lei verso la bocca.

"Se ti metti i miei piedi in bocca me ne vado." Un brivido la percorse al pensiero di lui che le succhiava le dita dei piedi.

"Non ti piace?" provocò Rez, sfiorando leggermente con le labbra la parte superiore del piede di Sapphire.

"E a te?"

"No, era un test."

Sapphire levò gli occhi al cielo. "Come no."

"Con quel vestito da dominatrice che hai indossato sul palco, devi avere un qualche kink sepolto nel profondo di te."

"Sono piuttosto vanilla," confessò lei. "Mentre continui, parla con me. Prima di tutto, muoio dalla voglia di sapere perché hai il naso storto."

Entrambe le sopracciglia dell'uomo si alzarono. "È questo che vuoi sapere di me? Ho fatto un paio di risse in vita mia."

"Stento a crederci."

Il volto dell'uomo era una perfetta maschera di innocenza. "Lo so, vero? Sono proprio un angelo. E *non* dico *mai* cose che non dovrei dire."

"Okay, ora capisco perché hai il naso storto. Devi esserti guadagnato un pugno al centro della faccia."

"In realtà si è rotto mentre cercavo di arrestare un sospettato. Abbiamo avuto una colluttazione e lui mi ha dato un calcio in faccia."

"Cazzo," sussurrò.

"Alla fine, lui era messo peggio di me."

"Sta parlando di violenza da parte della polizia, agente Alvarez?"

L'uomo scosse la testa. "No, si chiama trattenere un uomo che resiste all'arresto dopo che ha cercato di prendermi a calci nel sedere."

"Ma tu hai prevalso?" chiese Sapphire.

“Con un piccolo aiuto da parte del mio aiutante chiamato taser.”

“Ahi. Che shock!” Sapphire spalancò gli occhi per aggiungere alla sua esclamazione un tocco drammatico.

“Ho detto cose più forti di 'ahi' quando quello mi ha rotto il naso. E lui ha sicuramente trovato scioccante la mia reazione.”

Una risatina le sfuggì tra le labbra. “Beh, ti dà un certo carattere.”

“Ero già un personaggio da molto prima.”

“Non mi sorprende.” Sapphire chiuse di nuovo gli occhi. “Ai tuoi genitori dispiace che tu faccia il poliziotto? Si preoccupano?”

“Mio padre era orgoglioso. Mia madre prega ogni giorno per la mia salvezza.”

“Tuo padre non c'è più?”

“Purtroppo no,” mormorò Rez.

Gli occhi di lei si riaprirono per cercare il suo viso, ma riuscì a vederne solo il profilo, poiché la testa dell'uomo era inclinata verso il basso e gli occhi erano puntati sui piedi di lei in grembo. “Che cosa è successo?”

“Cuore malato.” La voce dell'uomo era più greve del solito quando lo disse.

Porca miseria. “Mi dispiace.”

Lui prese fiato e le strinse il piede in risposta, prima di voltarsi per incontrare il suo sguardo. “E i tuoi genitori? A loro dispiace che tu ti spogli su un palco davanti a una folla di uomini arrapati?”

“Beh, chi non sarebbe orgoglioso di una figlia con un lavoro del genere?” chiese con ironia Sapphire, per poi sospirare. “Diciamo che sono rimasti un po' delusi dalla mia scelta di carriera.”

“Non era il banchetto a cui ti avevano portato durante la giornata dell'orientamento professionale al liceo?”

"No," rispose ridendo lei. "Volevano che seguissi le orme di mio padre come dentista."

Quando Rez corrugava il naso leggermente storto, era proprio carino. "E tua madre?"

"È viva e vegeta e, fortunatamente, ora accetta appieno il mio lavoro."

"Intendevo dire cosa fa per vivere," chiarì l'uomo con uno sbuffo.

"Rende la vita di mio padre un inferno per non aver accettato le mie scelte di vita."

"Miseriaccia," sussurrò lui.

"Ora sono divorziati. Lei fa l'insegnante nel Somerset e si è felicemente risposata. Il mio patrigno è meraviglioso. È comprensivo, amorevole e solidale. Come dovrebbe essere un vero padre." Sapphire aveva visto sua madre sbocciare dopo aver conosciuto il marito attuale. Se Sapphire avesse mai deciso di sistemarsi, avrebbe voluto farlo con qualcuno che la amasse e la coccolasse come il suo patrigno aveva fatto con sua madre.

A volte il divorzio non era qualcosa di triste, ma una nuova opportunità per inseguire la felicità.

"È un bene che abbia trovato qualcuno come lui. Vorrei che anche mia madre trovasse qualcuno. Ma devo riconoscerle che sta bene da sola. Dice sempre che mio padre è stato il suo unico vero amore. Non ricordo di averli mai visti infelici insieme. Certo, avevano le loro discussioni, ma credo che lo facessero di proposito, per poter fare pace. Se capisci cosa intendo." Rez accentuò la pressione sulla pianta del piede di Sapphire. "Allora... Somerset. Non è molto lontano. Suppongo che tu passi più tempo con tua madre che con tuo padre, allora."

"Mio padre ha sposato una donna di vent'anni più giovane e si è trasferito dall'altra parte del Paese. Non ha alcun desiderio di mantenere i contatti con quella troia di sua figlia."

Un muscolo della guancia di Rez guizzò e la sua espressione divenne spaventosa quando ringhiò: "Ti ha dato della troia?"

"Tra le altre cose. Questa era la meno peggio, in realtà."

"Ma ciò non ti ha impedito di seguire i tuoi sogni."

"Ballare sul palco era il mio sogno. Tuttavia, ho fallito come ballerina. E ho imparato a mie spese che sono terribile nell'hip hop. Purtroppo, non sono riuscita a farmi richiamare nemmeno dalle Rockettes. E naturalmente, gli Steelers non hanno cheerleader." Sapphire sollevò una spalla e la lasciò cadere. "Quindi eccomi qui, ballerina di punta al Pit. Vivo il mio sogno."

Lui le scosse il piede. "Amavi il tuo lavoro prima che arrivassero i Demons, vero?"

"Sì. Adoro ballare, ma amavo il mio lavoro al Peach Pit per via dell'atmosfera e delle persone con cui lavoravo. Eravamo donne che sostenevano altre donne. Ora, con Taint e la sua adorabile spalla, Cookie, non siamo che pezzi di carne da sfruttare. Non c'è nessuna atmosfera famigliare. Questo, oltre alla perdita di clienti, è il motivo per cui la maggior parte delle donne che c'erano all'inizio se ne è andata. Se Laura avesse aperto un altro club nella zona, tutte noi l'avremmo seguita. Ora incrociamo le dita delle mani e dei piedi nella speranza che riesca a farlo Mel."

"Ti assumerebbe in un secondo come direttrice."

"Mi andrebbe bene anche essere vicedirettrice o hostess. Se fossimo noi due a gestire il locale, attireremmo uomini da tutta l'area dei tre Stati."

"Non ho dubbi," mormorò Rez, abbassando la fronte.

L'ultima parte lo aveva infastidito? In tal caso, forse Rez non era così accettante come lei pensava. E quello avrebbe potuto essere un problema. Tuttavia, lei gli avrebbe concesso il beneficio del dubbio fino a quando non avesse avuto prova del contrario.

Inoltre, lei non cercava nulla di duraturo con lui. Si

stavano semplicemente godendo un po' di tempo insieme. Sia nudi che vestiti.

Una cosa era certa: il massaggio ai piedi le stava piacendo.

"A proposito… dimmi quello che puoi su quello che stai facendo con i Demons."

Le dita di Rez smisero di muoversi e ci volle un po' prima che lui rispondesse. "Questo, proprio come quello che ti ho detto in precedenza, non deve uscire da questa stanza, Phire."

"Prometto che entrerà qui," lei si picchiettò l'orecchio, "e non uscirà da qui," si picchiettò la bocca.

L'uomo sorrise. "Beh, sai già che Saint vuole che mi occupi delle riparazioni e della manutenzione del Pit."

"Questo perché l'ho tormentato al riguardo."

"E di questo ti siamo grati. Ma vogliono che la mia finta impresa edile finisca anche alcuni lavori alla loro sede."

"Tutto questo oltre al venire al Pit per fare acquisti."

"Sì."

"Quindi, sarai in una buona posizione per tenerli d'occhio."

"Speriamo, ma non solo loro: dobbiamo trovare T-Bone."

"Per trovare la sorella tossicodipendente di Sloane."

Lui emise un "Sì."

"È una situazione triste e T-Bone è un vero stronzo. Si merita qualunque cosa gli toccherà."

"E noi abbiamo intenzione di fargliela arrivare."

"Quando inizierete i lavori per i Demons?"

"Domani. Stamattina, io e Nox siamo andati sul posto abbiamo capito cosa ci serviva a livello di attrezzature e abbiamo detto ai Demons quali materiali dovevano procurarci per finire il lavoro. Abbiamo dato un'occhiata in giro il più possibile, cercando di non dare troppo nell'occhio, poi ce ne siamo andati."

"E i lavori da fare al Pit?"

"Speriamo di fare avanti e indietro. Vogliamo che il lavoro alla chiesa dei Demons duri il più a lungo possibile."

"Che cosa state cercando in particolare?"

"Oltre a T-Bone? Tutto ciò che possiamo usare per inchiodarli. Più accuse riusciamo ad accumulare contro quell'MC, meglio è."

"Perché alcune accuse vengono sempre ritirate," tirò a indovinare Sapphire.

"Esatto. Bisogna lanciare tutto il possibile contro il muro e vedere cosa si attacca. Vogliamo essere sicuri di non aver lavorato così tanto per niente. Più accuse si possono muovere a quel club, meglio è."

Lei ripensò alla loro conversazione dell'altro giorno. "Prima hai detto che speri che questo impedirà loro di trafficare droga."

"Se sono tutti in prigione? Me lo auguro proprio, cazzo. Speriamo di devastare quel dannato club in modo che non ne rimanga abbastanza per continuare a trasportare e vendere metanfetamine in futuro."

"Ma la mafia troverà qualcun altro che la trasporterà per loro, non è vero?" chiese Sapphire.

"È possibile. Sarebbe bello se i federali schiacciassero anche Cosa Nostra, ma non so come stia procedendo quella parte dell'indagine federale, se sta procedendo. Il nostro gruppo si concentra sul capitolo dei Demons in Pennsylvania."

"La loro sede a Uniontown."

"L'hai vista?"

"No, non ho avuto il piacere, ma sento che ne parlano ogni tanto. Di quella e delle loro feste in West Virginia. Sembrano uno spasso," disse seccamente Sapphire.

"Sono sicuro che sarebbero felici se ti unissi a loro."

"E sono sicura che tu sappia cosa direi loro di fare con quell'invito."

L'uomo ridacchiò.

Ancora una volta, la risatina bassa di lui la colpì più del dovuto. Le fece anche venire voglia di passare alla parte successiva della loro serata. D'altronde, le piaceva la loro conversazione. Ed era contenta che lui si fidasse abbastanza di lei da parlare di alcuni dettagli riguardanti la task force. Avrebbe fatto tutto il possibile per non infrangere la sua fiducia in lei.

"Ti piace il lavoro sotto copertura?"

"Non lo odio. E sono contento di lavorare in questa task force federale. È molto meglio che lavorare di pattuglia per il mio dipartimento, perché ho molta più libertà con questo incarico. Crew conosce la maggior parte di noi da anni. Si fida di noi. Per questo motivo, ci lascia fare quello che dobbiamo fare senza assillarci."

"È importante. Sembra un buon leader."

"Non dirglielo mai."

Sapphire sorrise. "È molto presuntuoso?"

"Non ne hai idea."

Più lui parlava del suo lavoro, più veloce e profondo si faceva il massaggio che le faceva ai piedi. Scavò con il pollice nell'arcata dolorante e, ancora una volta, lei gemette sommessamente.

"Porca troia, donna. Basta quel cazzo di suono…"

"Sì?" chiese lei con tono innocente.

"La prossima volta che lo sento, voglio che sia quando siamo entrambi nudi e tu sotto di me."

"Intendi quando mi farai un massaggio completo?"

"Un massaggio interno, più che altro."

"Sembra promettente."

"Immagino che tu sia pronta a passare alla parte successiva della nostra serata."

"Hai indovinato." Lei strofinò il piede che lui non teneva lungo la sua erezione. Non ci sarebbe voluto molto per tirargli giù i pantaloni da jogging e salirgli in groppa proprio lì sul divano. "E ovviamente anche tu."

"È *dura* nascondere quanto ti desidero in questo momento."

Sapphire inclinò la testa. "Io ho finito di parlare. E tu?"

"Ti aspetti dei miracoli, ma mi impegnerò per fare qualcosa con la mia bocca, oltre a farla andare."

"Sono sicuro di poterti aiutare."

Lui le liberò i piedi, si alzò e le tese la mano. "Ci conto."

"E io ho intenzione di contare quanti orgasmi mi farai provare. Ma niente pressioni…"

Capitolo sedici

"PIÙ METTI lo stucco liscio ora, meno dovrai scartavetrare in seguito," brontolò Nox voltando la testa.

Rez gemette. "Scartavetrare? Ho fatto le scuole basse io."

"Sì, scartavetrare. Ricordi quanto abbiamo scartavetrato in *quell'altro posto?*"

Quell'altro posto era il nome in codice della Centrale mentre lavoravano nella chiesa dei Demons di Uniontown.

Dovevano usare un codice per quasi tutto ciò di cui parlavano. Stavano arrivando al punto di non riuscire a ricordare tutto. Se necessario, si mandavano messaggi anche se erano nella stessa stanza. Era meglio che essere beccati in territorio nemico con le braghe calate.

"Ho cercato di dimenticarlo. Giuro che dopo ho tossito un polmone per settimane. E se qualcuno mi avesse guardato mentre mi soffiavo il naso, avrebbe pensato che fossi un cocainomane con tutta la polvere bianca che ne usciva."

Rez sentì una risatina soffocata alle sue spalle.

Una cazzo di risatina!

Rez sorrise al muro a secco mentre applicava altro stucco su una giuntura. Aveva ragione: far eseguire a Nox un po' di lavoro sotto copertura giovava alla salute mentale dell'uomo.

Anche se non avessero sentito o visto nulla, tutto il lavoro sporco che stavano facendo nell'aggiunta sul retro della Tana di Wolf ne sarebbe valso la pena solo per quello, così come avere a che fare con quegli stronzi di motociclisti.

"Penso che dovremmo trovare una scusa e andare al Pit domani per lavorare su quel bagno."

"Sì, pensavo la stessa cosa," mormorò Nox. "Odio i lavori idraulici."

"Hai mai pensato che questo fosse il genere di cose che avremmo fatto quando ci saremmo diplomati alla… *tu-sai-cosa*?" *Tu-sai-cosa* era il nome in codice dell'accademia di polizia municipale che entrambi avevano frequentato. Anche se Nox si era diplomato qualche anno prima di Rez. "Non mi ha preparato a questo tipo di cose."

"Non avrei mai pensato che diventare specialista in costruzioni nell'Esercito mi sarebbe stato utile per la mia carriera attuale."

"Ed eccoci qui."

Nox grugnì.

Rez colse un lampo di movimento con la coda dell'occhio. A quell'ora del giorno, di solito non c'erano molti Demons in giro. Se non vivevano sul posto, i membri del capitolo di Uniontown cominciavano a farsi vedere la sera, se si facevano vedere. La vecchia stazione di servizio non era certo un posto che valesse la pena frequentare. Non era come la chiesa dei Blue Avengers, che era più che altro un'ampia e imponente caverna per uomini. La Tana di Wolf era dannatamente noiosa, se qualcuno voleva sapere il parere di Rez.

Tuttavia, a nessuno importava abbastanza da chiederlo.

Con la spatola in mano, si diresse verso la porta aperta e sbirciò fuori per trovare il corridoio vuoto. Rientrò con la testa all'interno e sussurrò a Nox: "Hai visto?"

"Cosa?"

"È appena passato qualcuno."

"Secondo me era un Demon."

"Oh, Lanny, quanto fai ridere."

Dovendo scegliere un nome falso per Nox, cosa poteva esserci di meglio di un gioco di parole sul suo cognome, Lennox?

"Stavo solo sottolineando l'ovvio, *Tony*."

Rez perse rapidamente il sorriso che Nox si era guadagnato con quel commento da stronzetto quando il suo cellulare gli vibrò contro il sedere. "Merda." Mise giù la spatola e prese uno straccio.

Dopo essersi pulito le dita, estrasse il telefono dalla tasca posteriore e vide la notifica di un messaggio di testo. Lo aprì e lesse un messaggio di Mullins, un detective della narcotici della polizia di Pittsburgh e collega della task force.

Sono alle telecamere. T-Bone è appena passato davanti al tuo posto di lavoro.

Porca puttana. "Era T-Bone," disse sottovoce Rez dopo essersi avvicinato a Nox. Gli mostrò il messaggio.

La colonna vertebrale dell'uomo si raddrizzò e la sua mascella serrata si fletté. Nox lanciò un'occhiata dietro le spalle di Rez, verso l'ingresso aperto.

Rez alzò un dito per dire *aspetta un attimo* e rispose a Mullins con un messaggio. *Dov'è andato?*

Mullins rispose: *Stanza in fondo.*

Era proprio la stanza in cui Decker aveva trovato Sadie. Questo significava che Wolf non aveva dato via la stanza di T-Bone e aveva aspettato il suo ritorno.

Rez chiese subito: *Ci sono segni di lei?*

No, ma sono appena arrivato. Potrebbe essere già nella sua stanza.

Dovevano controllare.

Mullins rispose: *Vuoi che informi Decker?*

No, ci penso io. Grazie, gli scrisse Rez prima di aprire una conversazione tra lui e Decker per dare la notizia. *T-Bone è tornato.* Aggiunse subito: *Non ho idea se sia tornato per restare, però.*

Decker chiese: *Ci sono segni di Sadie?*

Non ancora. Daremo un'occhiata più da vicino il prima possibile senza rischiare di far saltare la nostra copertura.

Cazzo. Se non è con lui, dobbiamo prenderlo e chiedergli dove si trova Sadie, fu la risposta di Decker al messaggio di Rez.

Decker doveva aver aggiunto Finn in una conversazione di gruppo, perché all'improvviso apparve anche Heat Miser. *Non è l'unica cosa che dobbiamo fare.*

Rez aggiunse Nox alla conversazione per tenerlo al corrente.

Decker: *Ci occuperemo di lui. Prima dobbiamo trovare Sadie.*

Finn: *Sono d'accordo. Visto che lui è l'ultimo contatto noto.*

Rez: *Quando vuoi fare quattro chiacchiere con lui per scoprire cosa sa?*

Nox: *Non spaventiamolo.*

Rez si voltò e fece un cenno di assenso a Nox.

Nox riportò l'attenzione sul telefono e inviò un messaggio: *Ce ne occuperemo con attenzione. Lo terremo d'occhio e vedremo se rimane nei paraggi. Se va via, Mullins può vedere cosa guida e che direzione prende.*

Le dita di Nox si muovevano come un fottuto fulmine. Rez ci metteva un'eternità a scrivere, visto che doveva correggere errori di battitura ogni due fottute parole.

"Vuoi andare a ficcanasare?" sussurrò a Nox.

Il suo fratello di BAMC gli rivolse un singolo cenno del capo e disse, a voce abbastanza alta da farsi sentire da chiunque fosse in ascolto: "Avrei bisogno di una pausa per sgranchirmi le gambe. Tu?"

"In realtà, avrei bisogno di una cazzo di birra. Sai che odio fare i muri a secco." Rez inclinò la testa verso il corridoio.

"Se stucchiamo e scartavetriamo tutti i muri a secco questa settimana, la prossima potremo dipingere," annunciò Nox a gran voce e si pulì le mani con uno straccio pulito.

Che cazzo. Rez odiava dipingere quanto stuccare.

Sì, di certo non aveva pensato di fare un lavoro di merda come quello quando aveva deciso di diventare un poliziotto. Naso rotto mentre cercava di sottomettere un sospettato? Sì. Trovarsi coperto di schizzi di stucco e polvere? Cazzo, no.

Un bello scontro fisico non gli era mai dispiaciuto. Ma il lavoro manuale era… Sospirò e diede una pacca sulla schiena a Nox. "Andiamo a pescare."

Quando Nox lo seguì nell'ampio corridoio, non videro né sentirono nulla. Le tre stanze alla loro destra erano finite e rivendicate dai Demons. Le tre stanze alla loro sinistra, compresa quella da cui erano appena usciti, erano le camere da letto che loro stavano completando per l'MC.

"Dato che Wolf ha detto che vuole che facciamo le ultime tre stanze uguali a quelle già finite, forse dovremmo dare un'occhiata più da vicino."

Nox stette al gioco. "Buona idea. Vediamo se ce ne sono di aperte."

Non si preoccuparono nemmeno di provare le prime due porte: si diressero direttamente in fondo alla stanza assegnata a T-Bone.

Rez provò la maniglia, lanciò un'occhiata a Nox quando essa girò, poi iniziò a spingere la porta per aprirla. Proprio mentre lo faceva, T-Bone aprì la porta, ma usò il suo corpo per bloccare a entrambi il passaggio.

"Chi cazzo siete? Che cazzo fate?" L'aspirante corrucciato uscì e si chiuse rapidamente la porta alle spalle.

"Io sono Tony e questo," disse Rez con un pollice verso il suo compagno, "è Lenny. Siamo stati assunti per terminare la costruzione delle ultime tre stanze."

"Non me ne frega un cazzo," brontolò T-Bone, cercando di superare i due.

Loro fecero in modo che ciò non accadesse. "Dato che

questo è un lavoro nuovo per noi, volevamo vedere come l'ultima squadra aveva finito le stanze, in modo da assicurarci di essere all'altezza." Era una scusa spaventosamente banale, ma Rez non si era ancora imbattuto in nessun Demon che fosse capace di pensiero critico.

Le narici di Nox si dilatarono e la sua bocca si serrò mentre osservava le cicatrici sbiadite sul volto dell'aspirante.

"Merda, amico," esclamò Rez. "Sembra che tu abbia fatto la lotta con un gatto. Lei deve averci preso gusto, eh?" Aggrottò le sopracciglia.

Il motociclista si portò automaticamente una mano sul viso, dove Sloane doveva averlo graffiato a sangue durante la lotta per impedirgli di rapirla. Mentre T-Bone lo faceva, Rez notò anche alcuni graffi infetti e alcune cicatrici sulla mano alzata, senza dubbio dovute ai morsi e ai graffi di Finn il Felino.

"Accidenti, amico, dovresti far dare un'occhiata a quei graffi. Sembra che tu abbia avuto a che dire con un puma aggressivo."

"Fatti i cazzi tuoi." T-Bone cercò di nuovo di infilarsi tra di loro, ma Rez e Nox serrarono i ranghi. Erano entrambi più corpulenti dell'aspirante, quindi era facile bloccarlo.

"Quella stanza è tua?" Rez inclinò la testa verso la porta chiusa alle spalle di T-Bone.

Le labbra dell'aspirante si abbassarono. "Perché cazzo me lo chiedi?"

Rez alzò le spalle. "Come ho detto, stiamo solo controllando che il nostro lavoro sia coerente con il resto della costruzione, tutto qui. Inoltre, se hai bisogno di lavori là dentro, possiamo farli dopo aver finito con la stanza su cui stiamo lavorando ora."

"Non mi serve un cazzo da voi."

Amichevole, lo stronzo. "Nessun problema, fratello. Cerco solo di essere utile."

"Non sono tuo fratello," ringhiò l'uomo. "Levatevi dalle palle e state lontani dalla mia stanza."

Rez sollevò i palmi. "Scusa, amico, non volevo darti fastidio. Come ho detto, stavamo solo cercando di renderci utili e di assicurarci che Wolf sia soddisfatto del nostro lavoro, in modo che ci assuma di nuovo."

"Vaffanculo." T-Bone li superò, costringendo sia Rez che Nox a fare un passo indietro per fargli spazio.

"Buona giornata," disse Rez alla schiena di T-Bone che si ritirava, rivolgendogli un saluto con due dita che il prospetto non vide mai.

Rez mandò subito un messaggio a Mullins. *Si sta muovendo. Vedi cosa guida e da che parte va.*

Mullins rispose, *Subito.*

"E adesso?" disse Nox.

"Adesso entriamo in quella dannata stanza per perquisirla." Rez provò la maniglia, solo per trovarla chiusa. Non c'era da sorprendersi. "Cazzo."

"Ho una chiave," annunciò Nox.

Rez si girò per fronteggiarlo. "Cosa?"

Nox sorrise. Sorrise davvero, cazzo! Cosa diavolo stava succedendo?

"Torno subito." L'uomo rientrò nella stanza dove avevano lavorato.

Mentre aspettava che Nox prendesse la "chiave" di cui aveva parlato, Rez mandò un altro messaggio a Mullins. *Faremo irruzione nella sua stanza. Tieni gli occhi aperti, ok?*

Il *10-4* di risposta arrivò in pochi secondi.

Poi Rez mandò un messaggio a Decker. *T-Bone ci ha lasciato soli. Faremo irruzione nella sua stanza e controlleremo se ci sono segni di Sadie.*

Tienimi aggiornato, fu la risposta di Decker.

Lo farò.

Nox apparve accanto a lui con una spatola pulita in mano.

"Ah, il vecchio trucco della carta di credito."

"Sì, queste sono maniglie normali. Niente di sicuro come i catenacci, quindi dovrebbe essere facilissimo. Guardami le spalle."

"Sempre," gli disse Rez, posizionandosi in un punto in cui avrebbe bloccato la visuale su ciò che Nox stava facendo a chiunque fosse apparso nel corridoio.

Rez si diede un'occhiata alle spalle e osservò Nox che infilava la spatola tra lo stipite e la porta prima di farla scivolare verso il basso. Qualche altra mossa e la porta si aprì.

"Accidenti," esclamò Rez a bassa voce. "Hai imparato anche questo nell'Esercito?"

"Ho imparato un sacco di cose nell'Esercito. Molte delle quali non erano necessariamente approvate dai miei superiori. Vuoi che faccia la guardia mentre cerchi?"

"Sì, fratello, sbrighiamoci: non voglio che ci becchino."

Le sopracciglia di Nox si alzarono. "T-Bone non ci aveva chiesto di rattoppare un buco nel muro?"

Rez sbuffò. "Fammi sapere se qualcuno ci vede e mi assicurerò di infilare *accidentalmente* lo stivale nel muro a secco per corroborare la nostra storia."

Nox annuì e si calcò sulla testa il berretto da baseball, voltando le spalle alla porta.

Rez trasse un respiro di sollievo, incerto su cosa avrebbe trovato nella stanza buia che puzzava come un bagno chimico pieno in una calda giornata estiva. *Ma che cazzo?*

Rez deglutì, cercando di non avere conati di vomito. "Vuoi cercare tu, invece? Posso stare io di guardia." Sperava che Nox non ne avesse ancora sentito il profumo.

La sua speranza si infranse rapidamente quando Nox rispose: "Col cazzo. Io ho aperto la porta; a te il piacere della perquisizione."

"Che culo," brontolò Rez. Trasse un respiro profondo, lo trattenne ed entrò. Nel momento in cui Rez accese la luce, il respiro trattenuto gli sfuggì di mano. "Che porcile del cazzo."

"Non offendere i maiali. Sono intelligenti e normalmente puliti."

"A differenza degli aspiranti, a quanto pare."

"Zitto e sbrigati," sussurrò Nox.

"Cazzo, amico. A volte ho cose importanti da dire."

Nox rispose con un grugnito.

Il pavimento era pieno di panni sporchi e in un angolo erano impilate parti di motocicletta. T-Bone non aveva "mobili" oltre a un materasso gonfiabile. E su quel materasso c'era una pila di coperte che Rez aveva paura di toccare.

Tuttavia, non aveva scelta, perché al di sotto c'era un grumo.

Doveva assicurarsi che non si trattasse di un corpo.

Porca puttana, per favore, non essere un cazzo di corpo.

Se così fosse stato, che si trattasse della sorella di Sloane o di qualcun altro, avrebbero dovuto fare rapporto e molto probabilmente la loro copertura sarebbe saltata.

Rez si fece rapidamente il segno della croce, alzò gli occhi al soffitto e pregò come un dannato che quella non fosse Sadie. Non voleva essere lui a dare la notizia a Decker e Sloane.

E la scoperta di un corpo in decomposizione non era prevista.

Si fece forza e, usando solo due dita, sollevò con cautela il groviglio di lenzuola sudice. Solo per trovarci sotto altre lenzuola e vestiti sporchi.

Cazzo, grazie. Trasse un sospiro di sollievo, poi si pentì di aver respirato.

Chi viveva in uno squallore simile?

Dopo aver dato un'altra rapida occhiata in giro per assicurarsi di non aver tralasciato nulla di evidente, si precipitò di nuovo fuori, spingendo via Nox alla ricerca di aria che non gli facesse venire il vomito. Quando riuscì a farlo, ordinò a Nox di chiudere la porta e si trascinò lungo il corridoio fino all'uscita che portava sul retro.

Uscì all'aperto, rivolse il viso al sole accecante e inspirò profondamente.

Nox comparve all'improvviso dietro di lui. "Stai bene?"

"Cazzo, no."

"Immagino che non fosse Sadie," mormorò l'uomo.

"No."

"Che cos'era?"

"Solo," Rez fece una smorfia, "schifo."

"Tutto qui?"

Quando Rez si voltò e vide il divertimento negli occhi di Nox, capì che la sua sofferenza era valsa la pena.

Quindi, sì, anche se quell'esperienza era stata una merda, lui era felice di vedere Bradley Lennox tornare lentamente a quello che era stato un tempo.

Rez avrebbe dormito sul serio su quel materasso gonfiabile e croccante e sotto quelle coperte che facevano lacrimare gli occhi e bruciare i peli del naso se ciò avrebbe significato continuare a vedere suo fratello tornare l'uomo che era stato prima di perdere la moglie.

———

Rez si portò la birra alle labbra, lasciò che la bevanda fredda gli scivolasse in gola e poi fece ricadere la testa contro il divano. Sarebbe dovuto andare in palestra dopo essersi separato da Nox. Ma fare il manovale tutti i giorni alla Tana di Wolf, e in più fare un po' di manutenzione al Peach Pit, era devastante.

Con i piedi sul tavolino, Rez si appoggiò la bottiglia sulla coscia e fece un lungo sospiro dal profondo di sé.

I suoi pensieri passarono da come avrebbe voluto che Sapphire fosse lì in quel momento, per svolgere un po' di esercizio in altro modo, al fatto che T-Bone era ancora una volta scomparso nel nulla. Non avevano idea di dove dormisse l'aspirante, visto che non era tornato alla chiesa dei Demons, e pensavano che l'altro giorno il motociclista fosse semplicemente passato a prendere qualcosa.

Tirando a indovinare, Rez avrebbe detto che si trattava droga. Perché come si poteva fare il pappone a una tossico-dipendente se non la si teneva sballata?

Mullins non era riuscito a identificare la berlina guidata dall'aspirante; aveva solo notato che era vecchia e malridotta. Forse una Chevy o una Dodge marrone. Ma aveva notato che non si vedeva nessun altro nel veicolo mentre l'aspirante si dirigeva verso ovest.

Rez non aveva idea se valesse la pena continuare a cercare Sadie, ma finché Decker non avesse detto loro di fermarsi, avrebbe continuato a farlo. Sapeva quanto Decker voleva aiutare Sloane a trovare sua sorella. Il suo fratello di BAMC era così innamorato della donna che avrebbe fatto qualsiasi cosa per lei.

Il vero amore del cazzo.

Rez fece una smorfia. Perché scegliere l'impegno quando potevi fare sesso in abbondanza senza un dannato laccio legato attorno alle palle?

Sul cuscino accanto a lui, il suo telefono si illuminò per un messaggio in arrivo. Non appena vide che era di Sapphire, si affrettò a leggerlo.

Poi si rese conto di quello che stava facendo e tirò il freno a mano.

Vaffanculo, Cupido, vaffanculo. Ficcati quella freccia avvelenata su per il culo.

Ma, *cazzo*, Rez stava rapidamente diventando dipendente dalla... fica di Sapphire.

E solo da quella.

Quella donna era sexy da morire, fantastica a letto, sicura di sé e intelligente. E fino a quel momento, non si era lasciata spaventare da nessuna delle stronzate che erano uscite dalla bocca di Rez, sia di proposito che per errore.

Dopo aver aspettato ancora un paio di battiti del cuore, finalmente lui si diede il permesso di leggere il messaggio, sperando che lei dicesse che stava andando a casa sua per un altro pigiama party zozzo.

Purtroppo, non era così. Ma, per fortuna, era comunque una buona notizia. Forse.

T-Bone è tornato, diceva il messaggio.

"Porca puttana." Rez ringhiò quando dovette correggere tre volte gli errori di battitura nella sua risposta, a causa delle sue dita incapaci. *Sta lavorando adesso?*

Sobbalzò quando il telefono gli squillò inaspettatamente in mano. Aveva pensato che lei non avrebbe chiamato, per timore di essere ascoltata. E comunque, non avrebbe dovuto avere il telefono con sé mentre lavorava. Tuttavia, i Demons non si attenevano esattamente alle politiche stabilite in precedenza. Forse anche quella era stata buttata dalla finestra.

In ogni caso, era dannatamente bello sentire la voce sensuale di Sapphire nelle orecchie. "Sembra di sì. È stato nell'ufficio di Taint per un po'."

"Deve aver chiesto di riavere il suo lavoro."

"Gli aspiranti devono chiederlo? Pensavo che ci si aspettasse che lavorassero e che non avessero scelta. Non è che i Demons abbiano un ufficio risorse umane."

Lui sbuffò. "Vero."

"Cosa stai facendo?"

"Sogno di averti nuda sotto di me. Fino a che ora lavori stasera?"

"Chiusura."

Cazzo.

"Te l'ho detto quando sono uscita stamattina."

Cazzo e stracazzo.

"Mi sa che non hai prestato attenzione," proseguì la donna.

"È difficile prestare attenzione quando cammini nuda per la mia camera da letto."

"Ero vestita."

"Prima del caffè, allora."

"Ti avevo portato una tazza venti minuti prima."

"Allora sono solo stronzo. Comunque… Tornando a T-Bone…"

La risatina bassa di Sapphire gli riempì l'orecchio.

"Vengo lì."

"Per fare cosa?"

"Seguirlo se va via."

"E se va via prima che tu arrivi?"

"Puoi mandarmi un messaggio non appena lo fa?"

"Certo, ma non è che posso starmene qui a guardare ogni mossa di quello stronzo. Avrò Taint che mi alita sul collo."

"Fai quello che puoi. Sai cosa guida?"

"Se non l'hai ancora capito, guidano tutti delle Harley."

Rez simulò una risata. "Ma che ridere. Per tua informazione, l'altro giorno aveva una berlina quando ha lasciato la Tana di Wolf. C'è un modo per controllare se è parcheggiata sul retro?"

"Non posso uscire adesso. Devo salire sul palco tra pochi minuti."

"Merda," mormorò lui. "Va bene. Ora vado al club. Ci sentiamo quando arrivo."

"A presto, *Tony*." La donna gli mandò un bacio attraverso il telefono.

Naturalmente, quel bacio gli arrivò dritto al cazzo.

Capitolo diciassette

DAL MOMENTO che lui e Nox stavano lavorando al club, sistemando qua e là i vari punti della lunga lista di riparazioni tanto necessarie di Sapphire in cambio di bustine di metanfetamina, Saint era *così* generoso da rinunciare al prezzo dell'ingresso. Tuttavia, Rez doveva comunque lasciare la pistola in macchina o a casa, dato che non gli era permesso aggirare il metal detector.

Immaginava che Saint avesse paura di mangiare piombo. Non sarebbe stata una sorpresa se quello stronzo si fosse fatto molti nemici nel corso della sua vita.

Rez rivolse un cenno di saluto a Ringo mentre lo superava, riprese il portafogli e le chiavi dall'altra parte e si diresse attraverso le doppie porte del locale.

Naturalmente, la musica troppo alta e battente gli assalì subito le orecchie. Scrutò in fretta il palco e la sala alla ricerca di Sapphire, ma non la vide. Vide invece quello stronzo di T-Bone, in piedi dietro il cordone di velluto rosso, con le gambe spalancate e le braccia incrociate sul petto, l'espressione inacidita.

Qualcuno non era contento di essere tornato a lavorare in cambio di briciole.

Durante il tragitto verso il club, Rez aveva valutato alcune ipotesi sul perché T-Bone volesse lavorare di nuovo al Peach Pit. La sua teoria migliore era quella che l'aspirante aveva bisogno dell'accesso alla scorta di metanfetamina custodita in un veicolo parcheggiato dietro il locale.

Naturalmente, si trattava di un vecchio catorcio diverso da quello parcheggiato in origine nel parcheggio dei dipendenti, dato che Mel aveva dato fuoco all'altro.

Rez sorrise al ricordo di quella mossa da dura.

Le sue riflessioni su T-Bone lo avevano portato a escogitare un nuovo piano per servire una fetta di karma all'aspirante. Ma prima doveva discutere delle sue idee con Decker e Finn e assicurarsi che fossero d'accordo.

All'inizio avevano pensato di incastrare lo stronzo con i Russo, ma forse avrebbero potuto diffondere false voci sull'aspirante, facendo sospettare a Wolf o a Saint che T-Bone stesse rubando metanfetamina dalla loro scorta.

I Demons avrebbero potuto sbarazzarsi di un ladro molto più rapidamente di Cosa Nostra.

E non era escluso che T-Bone rubasse sul serio. Non era un cittadino onesto.

Che ciò fosse vero o meno, l'MC non avrebbe tollerato che quello rubasse la loro principale fonte di guadagno. Allo stesso modo in cui T-Bone non era stato contento quando Decker gli aveva "rubato" Sadie, la fonte di denaro personale di T-Bone.

In fin dei conti, il karma era una fottuta puttana dai denti molto affilati.

Rez si fermò al bar, prese un Jack e una Coca da Mutt – un drink impossibile da sbagliare, dato che per il resto l'aspirante sapeva solo stappare bottiglie di birra – e poi portò il suo bicchiere in uno dei separé lungo la parete di fondo, lontano dalle luci del palco e dove poteva guardare senza dare troppo nell'occhio.

Si fece strada tra i numerosi tavoli vuoti. Avrebbe

giurato che ogni volta che si presentava al locale ci fossero sempre meno clienti.

La cosa non era un bene né per Sapphire né per le donne che ballavano. Mandando in rovina il locale, Saint stava mettendo in ginocchio le donne dal punto di vista finanziario.

Rez si infilò nel separé, bevve un lungo sorso del drink composto per lo più da fottuto ghiaccio e tirò fuori il cellulare.

Sì, la politica per cui era vietato portare telefoni nel locale aveva fatto ciao ciao con la manina. Ciò significava che qualsiasi idiota nel club poteva registrare o scattare foto di nascosto alle ballerine e caricarle online. O venderle. O guardarle per uso personale a tarda notte, quando era solo.

Sapphire doveva proprio andarsene da lì. Tipo il giorno prima. E Rez avrebbe suggerito vivamente a Cherish e Porsche di fare lo stesso.

Aveva intenzione di parlarne con Sapphire. Di nuovo.

Estrasse il telefono dalla tasca interna della giacca di pelle e lo tenne in mano sotto il tavolo, nel caso Ringo avesse commesso un errore permettendogli di tenerlo.

Inviò un messaggio a Crew. *Sai chi guarda le telecamere del Pit stasera?*

Quando il capo della task force rispose, Rez aveva quasi finito il suo Jack e Coca annacquato.

Perché?

Ovviamente, quello non poteva limitarsi a rispondere alla cazzo di domanda. *Io sono qui e anche T-Bone. Voglio che chiunque sia di turno lo tenga d'occhio. Se riesco a prendere i dettagli della berlina che guida, insieme al libretto di circolazione, potrebbe aiutarci a dargli la caccia più tardi.*

Molto probabilmente è la stessa berlina da cui Sloane è scappata quando quello stronzo l'ha presa, fu la risposta di Crew.

Probabile, visto che Mullins ha detto che si trattava di una berlina marrone.

Allora sembra la stessa berlina che ho visto nel filmato dell'ospedale quando lui è andato a prendere Sadie. Credo che stasera ci sia Reynolds a guardare le telecamere.

Non lo sai? Sei tu che comandi.

Ehi, magari ha fatto a cambio con qualcun altro. Non seguo voi stronzi passo per passo.

Era vero. Quello era un aspetto positivo di Crew. L'elenco di tali aspetti era molto breve.

Sul suo schermo apparve un altro messaggio. *Ma posso iniziare, se vuoi. E fare in modo che tutti sappiano che è merito tuo.*

Non fai ridere, stronzo, rispose Rez. Guardò accigliato il telefono, poi chiese: *Perché ci hai messo tanto a rispondere all'inizio? Cosa stai facendo?*

Tua madre.

Cazzo. Pensavo che avesse gusti migliori. Mi sa di no. Assicurati di provare i suoi fagioli neri tra una botta e l'altra.

Chiamami papà.

Sei abbastanza vecchio per essere mio padre, rispose Rez.

Sì, se avessi messo incinta tua madre quando avevo dieci anni.

Hai dodici anni più di me.

Stronzo, pensi che lo sperma entri e il bambino esca come un distributore automatico? C'è voluto del tempo per incubarti.

Ok, vai a guardare un porno o qualcosa del genere e smettila di fantasticare su mia madre. Mi farai venire gli incubi.

Quella donna sa cucinare. E meglio ancora, può farti fuori con una sola infradito. È la mia eroina.

Rez sbuffò e scosse la testa, poi mandò un messaggio a Reynolds. *Sei davanti alle telecamere?*

A differenza di Crew, Reynolds rispose in pochi secondi. *Sì. Ti vedo al Peach Pit.*

Bene. T-Bone sta lavorando.

Vedi anche quello stronzo, rispose il caporale della polizia di Stato.

Tienilo d'occhio per me. Credo che scomparirà e riapparirà quando andrà sul retro a fare una vendita. Rez era orgoglioso di aver dovuto correggere solo tre errori di battitura in quel lungo messaggio.

Trovato, apparve nella conversazione.

Se va via, fammelo sapere il prima possibile, così provo a seguirlo. Inoltre, vedi se riesci a capire cosa guida.

Lo farò.

Sei il migliore, Reynolds. Rez aggiunse tre emoji di bacio alla fine della frase.

Puoi baciarmi il culo con quelle labbra.

Rez ridacchiò e appoggiò il telefono sulla panca in vinile accanto a lui, dove avrebbe potuto vederlo nel caso fosse arrivato un altro messaggio. Dopo un'altra rapida occhiata all'interno del locale, i suoi occhi si posarono su T-Bone e vi rimasero per l'ora successiva.

Almeno fino a quando la donna dei suoi sogni non fece la sua apparizione con addosso un abito di paillettes rosso sangue che mostrava più scollatura di quanto lui avrebbe voluto e abbracciava perfettamente i fianchi e le tette.

Non c'era da stupirsi che lui non fosse l'unica persona con un cazzo a notarlo in quel locale.

———

"Vieni da me dopo il lavoro?"

Rez sembrava un vero gioiello per gli occhi, seduto da solo nel separé. Ormai Sapphire conosceva quel corpo sexy e muscoloso quasi quanto il suo, visto che ne aveva esplorato praticamente ogni centimetro.

Lei sospirò alla sua domanda. "Ti ho detto che lavoro fino alla chiusura. Due volte."

"Cazzo." Accigliato, l'uomo si trascinò le dita tra i capelli. "Il mio cervello è bloccato dal bisogno di scoparti e non posso farlo quando sei qui al lavoro."

Lei sollevò un sopracciglio verso di lui. Ma se voleva essere sincera, quelle quattro parole, *il bisogno di scoparti,* fecero dipanare in lei un nastro di calore che la attraversò fino a fermarsi nella sua fica, facendola stringere dal bisogno di scopare con lui. "Beh, potresti, ma preferisco farlo in un posto diverso da questo schifo."

"Non sei l'unica." Rez scivolò verso l'estremità del separé curvo, trascinò la mano sul sedere di Sapphire e gliela posò sul fianco prima di mettersi lei in grembo.

Una volta che Sapphire fu sistemata lì, si chinò e avvicinò la bocca all'orecchio dell'uomo. "Stai cercando di far incazzare Taint?"

"È ancora qui?"

"Lo era l'ultima volta che ho controllato."

"Accetteresti un sacchetto pieno di metanfetamina come pagamento per un balletto privato? È una forma di moneta ora, se non lo sapevi."

"Credo che passerò, visto che è difficile pagare la bolletta della luce con quella roba. L'azienda elettrica potrebbe disapprovare. È così che ti pagano per il lavoro?"

"Più o meno. L'unica cosa buona è che toglie la droga dalla strada."

Pagare con la droga i lavori di edilizia o di manutenzione dimostrava solo quanto Saint the Taint fosse meschino.

La differenza tra Rez e Taint era la stessa che intercorreva tra il giorno e la notte.

Sapphire si ritrasse per incontrare lo sguardo dei profondi occhi marroni di Rez. "Accettare pagamenti in droga non ti rende sospetto? Ho visto molti tossicodipendenti e tu non ci assomigli." Rez aveva un aspetto decisamente sano.

L'uomo scrollò le spalle. "Tu dai per scontato che i Demons siano furbi."

Sapphire inclinò la testa. "Che sciocca."

"Quindi, immagino che abbiano abbandonato la politica del 'niente cellulari in sala'?"

Purtroppo. Contro la volontà delle ballerine. Non che Taint ascoltasse le loro idee o lamentele. "Fino a un certo punto. Puoi tenerlo, purché tu non faccia foto o video. Almeno così ci ha detto Taint quando alcune di noi si sono lamentate."

"Quindi, basta che non siano visibili. È abbastanza facile fare degli scatti di nascosto." Rez esalò il fiato. "Non mi piace. Arriveranno a cacciare qualcuno se lo scoprono?"

"Secondo te?"

"Secondo me devi trovare un altro lavoro."

Ovvio che lui la pensasse così. E la frequenza con cui tirava fuori l'argomento stava cominciando a preoccuparla.

In passato, Sapphire aveva avuto una relazione con un uomo che la controllava e aveva giurato che non sarebbe più successo. Voleva avere il pieno controllo della propria vita.

Il suo ragazzo di allora aveva odiato che lei facesse la spogliarellista e le aveva detto che, se non avesse smesso, lui se ne sarebbe andato. Sapphire non aveva smesso e non aveva versato una lacrima quando lui era uscito dalla porta. Questo dopo avergli fatto le dannate valigie.

La vita di Sapphire apparteneva a Sapphire, che l'avrebbe vissuta come voleva. Se a qualcuno non piaceva, poteva cordialmente andare a farsi fottere.

Per quel motivo, che Rez le chiedesse di smettere cominciava a darle fastidio.

Andavano a letto insieme solo da un paio di settimane. Non avevano alcun tipo di relazione seria. *Diavolo*, non avevano nemmeno una relazione, se non di amicizia.

E di sesso.

Era un'esperienza piacevole e appagante. Sarebbe stato uno schifo se lei avesse dovuto troncare i rapporti con Rez. Ma se fosse stata costretta, lo avrebbe fatto, perché nessun uomo poteva imporle come vivere la sua vita.

Nessuno.

Nemmeno un poliziotto dannatamente sexy di nome Antonio Alvarez.

Sapphire gli passò l'unghia lungo il bordo esterno dell'orecchio. "Immagino che non aprirai un locale a breve, in modo che io abbia un altro posto dove lavorare quando lascerò questo lavoro?"

"Mel ci sta lavorando."

"E io cosa faccio nel frattempo? Trovo uno sugar daddy che si prenda cura di me?"

"Se stai cercando uno sugar daddy, allora sei seduta sulle ginocchia sbagliate."

"È questo il punto. Non lo sto cercando. Mi piace pagare le mie bollette, prendere le mie decisioni ed essere indipendente."

"Non ne dubito," mormorò lui.

"Non voglio che un uomo, ricco o meno, mi dica cosa posso o non posso fare."

"Lo so benissimo."

"Allora dovresti prestare attenzione a questo avvertimento," disse a bassa voce lei. Gli posò una mano sulla spalla e scese dal suo grembo. Lui non lasciò il braccio con cui la circondava; anzi, le sue dita scavarono più a fondo nel fianco di Sapphire per impedirle di allontanarsi.

"Ora… Devo andare a prepararmi. Presto dovrò salire sul palco."

"Non puoi abbandonare la nave prima?"

"Per scivolare su e giù lungo il tuo albero?" Sapphire gli fece l'occhiolino.

L'uomo ridacchiò. "Beh, tu mi fai alzare le vele." Quando lei si chinò e sfiorò leggermente le sue labbra, il polpastrello di lui sfiorò la scollatura esposta. "Ci sai fare col nastro adesivo."

"È utile anche per chiudere le bocche."

Rez rise. "Se sparisco, vuol dire che è sparito anche T-Bone. Se va via, lo seguirò per vedere che fine fa."

"Sembra divertente. A proposito, vado a lavorare al palo e vedo se riesco a svuotare i tre portafogli rimasti nel locale. Se sei ancora qui quando ho finito, ci sentiamo più tardi."

"Se stai cercando una grossa mancia, non devi cercare lontano. Ne ho una da darti, solo che non è verde."

"Spero proprio di no. Se è così, hai problemi più grossi della testa di cazzo che si è infilata nel retro mentre eri distratto dalle mie tette."

Sapphire dovette affrettarsi a fare un passo indietro mentre Rez usciva dal separé. Scosse la testa e lo osservò dirigersi praticamente di corsa verso la porta.

Capitolo diciotto

REZ LO PERSE. Quando riuscì a raggiungere il veicolo della task force che gli era stato assegnato e a fare il giro fino al retro del locale, lo stronzo era già sparito da un pezzo.

Reynolds lo informò via SMS che T-Bone si era diretto vero ovest, ma non era riuscito a leggere la targa arrugginita. Tuttavia, il collega di Rez aveva identificato il veicolo come una vecchia Chevy Caprice, di colore marrone scuro con chiazze di metallo ossidato a cui mancava la vernice.

La descrizione corrispondeva a quella del veicolo visto sia al Good Samaritan Medical Center che alla Tana di Wolf.

Dato che quell'opportunità era andata in fumo, Rez avrebbe frequentato più spesso il Peach Pit, anche quando non era impegnato con le riparazioni. Inoltre, non avrebbe parcheggiato davanti al locale.

Aveva imparato la lezione.

In effetti, Decker, Finn e Rez avevano ora intenzione di sorvegliare a turno il parcheggio dei dipendenti del club ogni volta che il veicolo di T-Bone veniva ripreso dalle telecamere o Sapphire avvisava Rez che l'aspirante era venuto al lavoro.

Dovevano seguirlo, vedere dove andava – se in un posto diverso dalla Tana di Wolf – e poi provare a localizzare Sadie.

Dato che Nox e Rez lavoravano quasi tutti i giorni nella sede dei Demons, sapevano che l'aspirante non trascorreva le notti laggiù. Inoltre, da quell'altro giorno T-Bone non si era più fatto vedere laggiù.

Lo stronzetto era viscido e continuava a svicolare.

Lo avrebbero trovato.

Normalmente, avrebbero dovuto sforzarsi di avere pazienza e aspettare l'occasione giusta, ma c'era il rischio che Sadie non avesse tutto quel tempo.

Se respirava ancora.

A quel punto, trovarla viva sarebbe stato un miracolo.

L'opinione realistica di Rez era che cercare di salvare la sorella di Sloane fosse una causa persa. Tuttavia, se, per il bene della sua donna, Decker voleva continuare a cercare, allora lo avrebbero aiutato. Loro gli coprivano le spalle, lui le copriva a loro.

Una vera fratellanza.

Rez amava tutti i suoi fratelli di BAMC e non avrebbe esitato a mettersi davanti a un proiettile per salvarli. Rispettava anche tutti i membri della task force, ma non aveva con loro lo stesso tipo di fratellanza o legame che aveva con i Blue Avengers. Lavoravano insieme e solo occasionalmente si frequentavano.

Quando suonò il campanello, non riuscì a trattenere il sorriso che gli attraversò il viso o l'uccello che gli scalciava nei jeans.

La stava aspettando.

Avevano preso l'abitudine che, ogni volta che lei era libera o non lavorava fino alla chiusura, Sapphire portava con sé una borsa e passava la notte da lui. Se era abbastanza presto quando arrivava, cenavano anche insieme. Ma a prescindere dall'ora in cui si presentava, facevano sempre sesso.

Il piano della serata attuale non era diverso.

Il tempo che trascorrevano insieme si svolgeva a casa di Rez o al Peach Pit. Non erano mai usciti e non avevano parlato di esclusività. Stavano mantenendo le cose sul semplice.

Sebbene Rez di solito fosse perfettamente a suo agio con quel tipo di relazione – e lo preferisse – la sera prima, mentre fissava il videogioco in pausa sul suo televisore a grande schermo, si era reso conto che non aveva mai avuto una donna nella sua vita con cui avesse fatto sesso più di un paio di volte.

D'altra parte, non aveva mai conosciuto una donna con cui avesse *voluto* fare sesso per più di un paio di volte. Preferiva non impegnarsi a fondo con nessuna. La maggior parte di loro voleva comunque più di quello che lui era disposto a dare.

Tuttavia, Sapphire era diversa. Aveva tutte le carte in regola per essere considerata la donna perfetta.

Tranne per il fatto che si spogliava davanti ad altri uomini, ovviamente.

L'unica salvezza, per quanto riguardava il lavoro di lei, era che i clienti non ricevevano da lei quello che riceveva lui.

A loro non era permesso toccarla. Lei incoraggiava Rez a farlo.

Di certo non era permesso loro di baciarla. Mentre la bocca di Rez aveva toccato ogni dannato centimetro di quel corpo florido. Più volte.

E per quanto riguarda lo scopare… Rez non ne aveva mai abbastanza di lei. E Phire sembrava provare la stessa cosa per lui.

O almeno così sperava Rez.

Si chiese per un attimo cosa avrebbe detto sua madre se

lui gliel'avesse presentata e lei le avesse detto cosa faceva Phire per vivere.

Fece una smorfia. Sebbene Carmen Alvarez fosse sicuramente di mentalità aperta, aveva anche dei limiti. E che lui frequentasse una spogliarellista poteva essere un limite difficile da superare.

Era un pensiero irrilevante, che Rez non avrebbe dovuto nemmeno formulare. Non erano al punto di conoscere i genitori dell'altro e molto probabilmente non lo sarebbero mai stati.

Il suono del suo campanello era una prova sufficiente di quanto lei lo desiderasse, visto che continuava a tornare.

Oltre a desiderare il cibo di sua madre. Ma era tardi e la cena era già stata consumata da ore, quindi avrebbero dovuto condividere il pasto la prossima volta.

La prossima volta?

C'era il rischio che Rez fosse nella merda fino al collo.

Anche a quello avrebbe pensato più tardi. Perché al momento stava percorrendo una strada che terminava con Sapphire nuda che si contorceva sotto di lui, mentre la sua fica stretta mungeva fino all'ultima goccia di sperma.

A quel pensiero, non riuscì ad aprire la porta abbastanza velocemente. Anzi, si dimenticò di guardare prima dallo spioncino per assicurarsi che fosse *lei* e non uno psicopatico con una maschera da hockey e un grosso coltello da macellaio.

A riprova che Sapphire gli aveva fatto perdere la testa.

Cazzo, era più che nella merda. Ci stava annegando dentro.

"Ehi, bello," lo salutò la donna con un enorme sorriso. Gli diede una strizzatina all'inguine mentre entrava.

"Per te sono solo un pezzo di carne, vero?" scherzò Rez.

Lei scrollò le spalle. "Tu servi a qualcosa. Altri uomini no."

Rez gemette, ma non poté ribattere, visto che era vero.

Dopo aver chiuso a chiave la porta, si voltò, ma si ritrovò con la borsa da notte di lei ficcata nello stomaco. Dopo averla presa, guardò Sapphire chinarsi e aprire la cerniera degli stivali di pelle nera alti fino al ginocchio.

"Potevo farlo io per te."

"*Ah-ha.* L'altra sera mi hai leccato la pianta del piede."

Lui rise quando lei rabbrividì. "Dopo la tua reazione quando pensavi che ti avrei succhiato le dita dei piedi un paio di settimane fa, sapevo che ti avrebbe fatto schifo."

La donna posò gli stivali vicino all'estremità del divano e si voltò. "Ci sei riuscito."

"Com'è andata al lavoro?"

"Noioso, in realtà. Non c'era bisogno di me sul palco, così sono finita a lavorare in sala."

Ciò che lo infastidiva di più di quando lei ballava sul palco erano le sere in cui si spogliava in una stanza con la porta chiusa per qualche stronzo arrapato, senza alcuna sicurezza se la cosa fosse andata male. "E?"

Il sorriso di Sapphire si capovolse. "E stasera c'era poca gente. Una mezza dozzina di avventori alla volta, al massimo. Peggio ancora, erano tutti al verde. Ho avuto un solo cliente per un balletto privato e mi ha dato una mancia di cinque dollari."

Che cosa? "Si è scusato perché non aveva abbastanza soldi per darti una buona mancia? O era solo un tirchio?"

"Pensava di essere stato generoso con quel cinque pulcioso." Sapphire scosse la testa, facendo roteare i capelli intorno alle spalle.

Quando lei arrivava a casa di Rez, i suoi lunghi capelli scuri erano di solito raccolti lontano dal viso. Quella sera erano sciolti e lui era tentato di avvolgerne la lunghezza intorno al pugno mentre lei era in ginocchio a succhiarglielo.

"Accidenti," mormorò Rez, in risposta sia a quelle fantasticherie fottutamente bollenti, sia alle parole di lei. "Posso darti una bella mancia per rimediare."

Le sopracciglia modellate alla perfezione della donna si alzarono e lei gli diede un colpetto sul naso con la sua lunga unghia. Quella sera le sue unghie erano dipinte di viola, con una specie di motivo geometrico sopra. "Ma quanto sei generoso. Almeno tu hai un bel cazzo, a differenza di…" La sua bocca si chiuse.

"Eh no, cazzo. Non puoi lasciare in sospeso una cosa del genere," insistette Rez.

Lei scosse di nuovo la testa.

Rez lasciò cadere a terra la borsa, afferrò Sapphire per i fianchi e la attirò a sé, abbassando il mento abbastanza da catturare il suo sguardo. "Dimmi."

Lei sospirò. "Il mio unico cliente stasera ha deciso che andava benissimo tirare fuori il cazzo e iniziare a farsi una sega mentre ballavo."

La mascella di Rez si bloccò.

"Poi mi ha chiesto di succhiarglielo."

I suoi denti si strinsero.

"Poi mi ha dato della sporca puttana."

Le narici di Rez si dilatarono mentre traeva un respiro profondo per non perdere il controllo. "È un cliente abituale?" Perché se lo era, voleva che lei glielo indicasse, in modo da farci quattro chiacchiere.

Molto da vicino.

Con qualcosa di più delle parole.

"Stasera è stata la prima volta che l'ho notato, ma questo non significa che non sia mai stato al club prima d'ora. Detto questo, non gli concederò più balletti privati. Anche se non fosse stato un tale taccagno."

"E cosa ha detto Saint quando gli hai raccontato quello che ha fatto quel tizio?"

Lei inclinò la testa. "Prego? Ti aspetti davvero che lo riferissi a quel figlio di puttana? Anche se lo facessi, probabilmente lui si limiterebbe a sorridere e a dirmi di ingoiare il rospo. E magari anche di ingoiare altro."

"Devi andartene da quel posto," brontolò lui.

"Rez, lo dici quasi ogni maledetto giorno. Non sono sorda. Se avessi un'alternativa, lo farei. Ora come ora, non ce l'ho."

In realtà, di alternative ne aveva. Solo che non le sembravano abbastanza valide. "Potrei chiedere a qualcuno dei miei fratelli se ci sono altre opportunità di lavoro."

Sapphire aggrottò la fronte. "Che tipo di opportunità?"

Rez scrollò le spalle. "Non lo so. Voglio dire, il presidente del mio MC ha una moglie che gestisce una pasticceria. Potrebbero aver bisogno di una mano." Quando lei aprì la bocca, lui continuò a parlare. "Sloane lavora a distanza per uno studio legale. Magari cercano personale. Tra tutti noi, potremmo riuscire a trovarti qualcosa fino a quando Mel non aprirà il suo locale. Chiederò anche al mio dipartimento di polizia. A volte hanno bisogno di personale impiegatizio, anche se temporaneo."

"Vuoi che lavori per i poliziotti?" Il modo in cui lo disse gli diede l'impressione che la cosa le lasciasse l'amaro in bocca.

"Ehm… Hai dimenticato che io sono uno di loro?"

Le labbra prive di rossetto della donna si contorsero giocosamente. "Ammetto che sei a posto, ma questo non significa che mi piaccia il resto di te."

Rez rise. "Accidenti. Sapevo di piacerti solo per il mio cazzo!"

"Anche il fatto che tua madre cucina bene è un bonus."

"E ha cresciuto me, il figlio perfetto, che è un altro bonus."

"*Mmm-mmh.*"

Rez le strinse i fianchi rotondi. "Su. Andiamo a fare la danza orizzontale prima che tu sia troppo stanca per cavalcare il mio palo."

"Quanto sei romantico," mormorò con tono secco la donna.

Lui ritrasse di scatto la testa. "Aspetta. Sei venuta qui per farti corteggiare?"

"No. Sono venuta qui per avere orgasmi infiniti."

"Bene, allora… Ogni tuo desiderio è un ordine!" Rez gesticolò energicamente verso le scale. "Prima tu."

"Così puoi guardarmi il culo?"

Lui le fece un sorrisone. "Assolutamente."

Sapphire si assicurò di ancheggiare come un dondolo in un temporale mentre si dirigeva verso la sua camera da letto.

Quella donna era una brava persona.

Quindi, sì, rispondeva a tutte le sue esigenze.

Rez non riusciva a pensare a nessuna donna più perfetta per lui.

———

Sapphire si sedette sul bordo del letto, con addosso un completo che portava sotto i jeans e il maglione con cui si era cambiata prima di uscire dal lavoro. Non era il completo da dominatrice in pelle che all'inizio aveva elettrizzato Rez e aveva scatenato gli "appuntamenti" di sesso occasionale tra loro.

No, quel costume era un pezzo unico, una lingerie di pizzo molto sexy che lei aveva già indossato in passato, sia sul palco che per balletti privati. Non c'era molto, ma non serviva.

Costituito per lo più da strette bretelle nere che incorniciavano le sue tette generose, la vita stretta e la linea dei fianchi, l'unico tessuto che copriva i capezzoli e l'area inguinale – parti che la legge obbligava a nascondere quando si ballava sul palco – erano delle strisce di pizzo nero.

Quel costume era uno dei suoi preferiti, perché le

piaceva il modo in cui metteva in risalto le sue curve e le metteva in mostra. Dopo essersi tolta gli abiti esterni per scoprire il pizzo sottostante, Sapphire aveva indossato un semplice paio di tacchi a spillo neri che aveva gettato nella borsa da notte per completare il look.

Quando lei era uscita dal bagno, Rez era rimasto a bocca aperta e con gli occhi spalancati come un personaggio di un cartone animato per bambini. Shock e stupore era esattamente la reazione che lei voleva ottenere e non era rimasta delusa.

"Sei ancora vestito," si lamentò, dirigendosi verso il letto.

Lui chiuse la bocca, le rivolse un sorriso sexy e sollevò un dito. "Torno subito."

Prima che lei potesse rispondere, l'uomo si precipitò fuori dalla stanza. Pochi secondi dopo, *Closer* dei Nine Inch Nails cominciò a fuoriuscire dagli altoparlanti incassati nascosti nell'appartamento.

A quanto pareva, Sapphire non era l'unica ad aver programmato una sorpresa per la serata.

Una mano apparve dall'ingresso, per poi scomparire. Un piede nudo fece la sua comparsa e poi sparì. Seguì una gamba e, pochi secondi, dopo un braccio.

Quando tutte le sue estremità scomparvero, l'uomo entrò impettito – più o meno – nella stanza.

Stava cercando di essere sexy? Stava mettendo in scena uno spettacolo per lei? Cosa stava succedendo?

Sapphire strinse le labbra per non scoppiare a ridere di fronte all'imbarazzo dell'uomo. Appoggiò i palmi sul materasso dietro di lei, accavallò le gambe avvolte in calze velate alte fino alle cosce e si mise comoda per godersi qualsiasi cosa lui stesse cercando di fare.

Il cappuccio della felpa del Southern Allegheny Regional PD era sollevato sopra la testa dell'uomo e il viso era inclinato verso il basso, creando ombre sufficienti a nascondere i lineamenti di Rez. Una volta raggiunto il centro della stanza, l'uomo si fermò e fece una piroetta semi-notevole sulla pianta di un piede, fino a trovarsi di fronte a lei.

Con un gesto elaborato, Rez tirò indietro il cappuccio, inarcò un sopracciglio scuro e le soffiò un bacio.

Sapphire si mise una mano sulla bocca per soffocare la risatina che le era salita.

Era dannatamente sbagliato.

Era anche dannatamente giusto.

L'uomo aveva un grande senso dell'umorismo e non gli dispiaceva prendersi in giro, anche se non era sua intenzione che la sua performance fosse comica.

La cosa le piaceva.

Lui le piaceva.

Naturalmente, quello era il motivo per cui Sapphire trascorreva così tanto tempo con Rez. Era molto più di una semplice scopata.

L'uomo era bellissimo, aveva un bel sorriso e un fisico imponente. Era eloquente, se si fermava a pensare prima che le parole gli uscissero dalla bocca. Poteva anche essere di bassa estrazione sociale, ma lei non vedeva alcuna indicazione che non fosse finanziariamente responsabile, e aveva una carriera solida e nobile che sembrava amare.

Quell'uomo aveva più pro che contro.

L'unica cosa che la preoccupava – e a quel punto era solo un problema minore – era il fatto che inizialmente aveva pensato che a lui non desse fastidio che lei si spogliasse. In un certo senso, forse continuava a non dargliene, ma più tempo passavano insieme, più lui sembrava diventare possessivo e sentirsi in diritto di avere voce in capitolo nella carriera di lei.

Sapphire doveva stroncare quella cosa sul nascere prima che diventasse un problema più grande.

Voleva il pieno controllo della sua vita e si rifiutava di

rinunciarvi. Qualunque uomo con cui avesse una relazione, anche non seria, doveva rispettarlo per rimanere nella sua vita.

In caso contrario, avrebbero avuto problemi enormi.

Aveva già visto in lui dei momenti di possessività e non avevano nemmeno una relazione seria. Sperava che fosse solo perché Rez era un poliziotto fino in fondo. Le forze dell'ordine tendevano ad avere una personalità di tipo A, molto protettiva e a volte prepotente.

La sua preoccupazione svanì rapidamente quando lui ruotò di nuovo sulla pianta del piede fino a fronteggiarla. Allungò le mani dietro le spalle per afferrare una manciata di felpa a metà schiena e se la tolse.

Non a tempo con la canzone. E nemmeno in modo fluido.

La felpa si impigliò nelle spalle larghe dell'uomo, poi la testa si incastrò e, dopo aver lottato per qualche secondo, Rez finalmente si liberò e gettò la felpa sul pavimento, in un angolo.

Era chiaro, persino a quel punto dello "spettacolo," che Nick, il proprietario del Peckers All-Male Revue, non si sarebbe affrettato ad assumere Rez.

Ma, di nuovo, era una scena divertente. E in un certo senso era dolce che lui si impegnasse così tanto per fare colpo su di lei. Anche se non ne aveva bisogno.

L'uomo doveva aver progettato tutto, perché sotto la felpa indossava una canottiera nera a coste e, dato che si lamentava sempre di avere caldo, vestirsi a cipolla non era nel suo stile. Ma quella canottiera metteva in risalto la sua vita sottile, la schiena larga, le spalle muscolose, ed esponeva alcune delle opere d'arte incise sulla sua pelle.

Lei sbatté le palpebre quando lui saltò e fece una piroetta, atterrando agilmente sui suoi piedi per fronteggiarla. "Wow," mormorò.

Lui aggrottò le sopracciglia. "Impressionante, vero?"

"*Mmm-mmh*. Quei pantaloni sono a strappo?" Si aspettava quasi che lui afferrasse una manciata del sottile tessuto di poliestere e lo liberasse con uno strattone.

Rez non lo fece.

Invece, infilò i pollici nell'elastico della vita e abbassò i pantaloni abbastanza da farle vedere quella deliziosa V di muscoli che gli correva lungo i fianchi prima di tirarli su.

"La canzone è quasi finita," avvertì Sapphire. Rez doveva decisamente lavorare sui suoi tempi.

"Sono coperto."

Certo che sì.

"Oh, Signore," sussurrò lei quando *The Stroke* di Billy Squier riempì la stanza.

Quando Rez cominciò a sferrare colpi d'anca a tempo con la musica, lei non poté non notare la sua erezione impetuosa sotto il tessuto setoso.

Almeno non aveva tirato fuori l'uccello e non aveva iniziato ad accarezzarlo al ritmo della canzone, come era successo prima nella saletta VIP. Anche se, in quel caso, la cosa avrebbe potuto essere piuttosto eccitante e sarebbe stata sicuramente più gradita che quando era stato il cliente di Sapphire a farlo.

Per quanto tutto ciò fosse divertente, quando infine lui si tolse la canottiera nera per esporre quel suo petto imponente, lei dovette asciugarsi un po' di bava dall'angolo della bocca.

L'uomo si strofinò la mano su e giù per il busto mentre roteava il bacino, poi seguì l'allegra striscia scura che portava dall'ombelico alla vita bassa dei pantaloni.

Rez abbassò ancora di più questi ultimi fino a scoprire il bordo superiore dei suoi peli pubici neri, poi si girò di nuovo, le diede le spalle e li abbassò ancora di più, mettendo in mostra la pesca perfetta del suo culo.

Non c'era dubbio che l'uomo facesse gli squat.

Rez si sculacciò due volte quel culo delizioso, facendola sorridere.

L'uomo si voltò di nuovo con calma, e quando lo fece, la cintura dei pantaloni della tuta era ora agganciata alla sua erezione pulsante.

"Hai bisogno di aiuto per liberarlo?" Lei era più che disposta a dargli una mano nel momento del bisogno.

"Sei pronta a scatenare la belva?"

"Non esageriamo," rispose sarcastica lei.

"Beh, è impressionante, no?"

"È un bel cazzo," ammise Sapphire. "Una vera e propria opera d'arte scultorea."

Rez sorrise. "Allora sei pronta per la rivelazione."

Lei sciolse le gambe e si alzò dal letto, facendo sembrare i pochi passi verso di lui come una lenta passeggiata domenicale, mentre i loro sguardi si incontravano e si sostenevano.

Quando Sapphire si trovò faccia a faccia con l'uomo, appoggiò una mano sul suo ventre sodo per mantenere l'equilibrio e mantenne il contatto visivo mentre si si inginocchiava.

"Cazzo," sussurrò Rez. "Quel costume su di te… Cristo. È bollente."

Lei gli sorrise. "Pensavo che ti sarebbe piaciuto, visto che è uno dei miei preferiti."

"Il tuo aspetto rimarrà impresso nel mio cervello per il resto della mia vita," ammise l'uomo.

"Devo scusarmi?"

"Cazzo, no. È un ricordo con cui sono disposto a convivere."

Sapphire annuì, gli liberò l'uccello dai pantaloni della tuta e glieli abbassò fino ai piedi.

Gli occhi scuri dell'uomo brillavano mentre la fissava. Con il pugno che circondava la radice della sua erezione, lei lo fissò di rimando. Quando guardò il suo uccello dritto, una perla di sperma apparve sulla punta.

"Forse avrei dovuto andare sotto copertura con i Peckers al posto di Finn."

"È meglio che non cambi lavoro."

"Al momento, il mio lavoro consiste nel fare l'impresario edile e, a quanto pare, sono pessimo sia in quello che nella danza." Rez storse la bocca. "La mia esibizione avrebbe dovuto farti eccitare."

"Oh, non fraintendermi, *tu* mi ecciti un sacco, ma con i tuoi balletti orizzontali, non con quelli verticali."

"Ne pre… *eeeeee*… ndo atto," gemette Rez quando lei glielo prese tutto in bocca, ponendo fine alla loro conversazione.

Capitolo diciannove

REZ AVEVA RISCHIATO di perdere la testa quando lei si era inginocchiata tra le sue gambe divaricate, aveva avvolto le sue labbra generose intorno al suo uccello, con addosso quell'incredibile lingerie– o qualunque cosa fosse – fottutamente bollente insieme a quei tacchi sexy e glielo aveva succhiato come se non ci fosse un domani.

Doveva essere morto e andato in Paradiso, perché non era possibile che lui fosse un bastardo così fortunato e che quella donna fosse reale.

Forse aveva preso una botta in testa con una chiave inglese o qualcosa di simile ed era rimasto in coma nelle ultime due settimane.

Cristo santo, se si fosse svegliato e avesse scoperto che si era immaginato tutto? Si sarebbe incazzato e avrebbe chiesto ai medici di sedarlo di nuovo, perché non aveva ancora finito con quella donna. Reale o immaginaria che fosse.

Dovette implorarla di fermarsi prima di venirle in gola e per un attimo pensò che lei avrebbe ignorato il suo appello disperato. All'ultimo momento, quando lui aveva praticamente gettato la spugna, lei se lo lasciò scivolare via dalle labbra e, con il suo aiuto, si alzò in piedi.

"Pizzo su o via?"

Che razza di domanda era? "Su!" Rez trattenne l'entusiasmo e si schiarì la voce per abbassare l'intonazione. "Tienilo addosso, cazzo. Anche i tacchi." Passò lo sguardo su di lei, dalla testa ai piedi. "Girati."

"Così?" Dopo essersi girata, Sapphire si guardò alle spalle con gli occhi blu brillanti e le labbra dischiuse.

Oh sì, se quello era il Paradiso, Rez era pronto a fare le valigie e trasferirsi lì definitivamente. "Sul letto. Carponi. Rivolta verso la testiera."

Qualcosa balenò negli occhi e sul viso di Sapphire, facendogli chiedere se amasse o odiasse il suo modo di fare autoritario. Se lei avesse fatto ciò che chiedeva, lui avrebbe avuto la sua risposta. Sebbene Sapphire fosse fiera della sua indipendenza , per alcune coppie le dinamiche di potere in camera da letto non erano sempre uguali a quelle al di fuori di essa.

Fu più che soddisfatto quando lei non esitò nemmeno a fare ciò che lui le aveva ordinato. I suoi fianchi oscillarono dolcemente come sul palcoscenico quando lei si diresse verso l'estremità del letto.

Salì e si mise in posizione.

Cazzo, sì.

Dopo essersi liberato dei pantaloni della tuta, Rez la seguì, tenendo gli occhi fissi su quel culo spettacolare.

Aveva l'impulso di correre fuori, buttare la testa all'indietro e gridare al cielo: "Come cazzo faccio a essere così dannatamente fortunato?" Ma se lo avesse fatto, avrebbe rischiato il 302. Cioè un trattamento sanitario obbligatorio.

Avrebbe potuto valerne la pena. A patto che lo portassero via *dopo* che si era svuotato le palle.

Una volta avvicinatosi, colse l'odore di una donna che era eccitata, non per il suo tentativo di fare uno spogliarello sexy, ma semplicemente per averglielo succhiato. Un'altra casella spuntata dal suo elenco delle caratteristiche della donna perfetta. Rez sperava con tutto se stesso che anche lei stesse spuntando qualche casella per quanto riguardava lui.

Le accarezzò la schiena con una mano e fece scorrere un dito nella piega del suo sedere. Scostò il tessuto di pizzo dell'inguine quanto bastava per dargli libero accesso a tutto ciò di cui aveva bisogno e che desiderava, ma lasciò al loro posto le cinghie nere che le incorniciavano le natiche alla perfezione.

Lei poteva anche scherzare quando diceva che il suo cazzo era un'opera d'arte, ma lui riusciva a immaginare un artista di fama mondiale che dipingeva Sapphire in un quadro a olio, in modo che la donna fosse apprezzata per molte vite a venire.

"Quanto diavolo sei bella," mormorò.

La sua bocca sfiorò il culo, prima una natica, poi l'altra, prima di mordicchiare leggermente, facendola contorcere.

Rez scostò di più la stoffa, affondò il viso contro di lei, inspirando profondamente il profumo della sua eccitazione prima di assaggiare la sua voglia. Leccò le pieghe umide, poi le succhiò con forza, facendo gonfiare ancora di più la sua carne.

Passando il pollice tra gli umori della donna, premette la punta scivolosa contro il suo buco esposto e chiuso. Quando lei spinse all'indietro invece di allontanarsi, un'altra casella fu spuntata dalla sua lista.

Essendo quello che era e facendo quello che faceva per vivere, Sapphire non aveva alcun freno, aveva un'alta auto-stima e molta fiducia in se stessa.

Spunta. Spunta. Spunta.

Come lui, era disposta a esplorare e persino a spingersi al limite.

Spunta.

"Alza il culo," la esortò, dando un leggero schiaffo a una

natica. Quando lei lo fece, lui passò la lingua dal clitoride alla piega, poi di nuovo giù, assaporandola.

Cazzo sì, decisamente il suo tipo di Paradiso.

Continuò ad accarezzarle il buco con il pollice, a mordicchiare le pieghe, a leccare, a succhiare, a stuzzicare con la punta della lingua.

I gemiti e le grida sommesse di lei erano un milione di volte meglio della musica che fluiva dagli altoparlanti.

E quando lei lo implorò di usare le dita, lui non esitò. Le affondò dentro e fuori di lei, muovendole con forza e velocità mentre lei si dondolava per assecondare ogni spinta. Non si fermò nemmeno quando i suoi muscoli si contrassero, lei gettò la testa all'indietro e gridò: "Vengo!"

Quando Sapphire si contrasse intorno alle sue dita e il suo ano si strinse sotto il polpastrello del pollice, lui dovette rafforzare la determinazione per non dire semplicemente "'fanculo" e tuffarsi dentro di lei dopo essersi infilato un preservativo.

Aveva bisogno di mantenere la cazzo di lucidità. Ma, *porca miseria*, era dura.

Quando l'orgasmo della donna si consumò e lei si rilassò intorno a lui, Rez si liberò e si accovacciò. "Rimani così. Non muoverti."

Senza una parola o una lamentela, Sapphire rimase dov'era.

Rez scese in fretta dal letto, aprì il cassetto del comodino, tirò fuori un preservativo, strappò l'involucro e, con le dita tremanti per l'attesa, si srotolò il lattice lungo l'asta dolorante e dura come la roccia.

"Sbrigati," esortò lei mentre lo guardava.

Sbrigarsi non sarebbe stato un problema. Per quanto Rez volesse prendersi il suo tempo, non era sicuro che, dopo che la bocca di lei era stata su di lui e quella di lui su di lei, ci sarebbe riuscito.

Avrebbe dovuto fare del suo meglio.

Dopo essersi sistemato di nuovo dietro di lei, che aveva il culo ancora sollevato in aria, Rez impugnò l'uccello con una mano e fece scorrere la punta dall'ano al clitoride gonfio e viceversa. Si fermò solo quando fu dove doveva essere. Una volta lì, piantò il pollice dell'altra mano sull'entrata posteriore.

Si mosse fino a quando il suo cazzo non separò le pieghe scintillanti di lei prima di rilasciarlo per afferrare bene il bacino di Sapphire, poi si spinse dentro di lei con il pollice e il cazzo allo stesso tempo.

Sapphire gemette: "*Sìì*. Oh, cazzo, sì."

Oh, cazzo, sì, aveva ragione.

Spingendosi in profondità con entrambe le appendici, il calore e la stretta che lo circondavano lo costrinsero a fermarsi e prendere fiato. Lei approfittò di quel tempo per rilassarsi intorno a lui e accoglierlo come se fosse fatta apposta per quello.

Tenendo fermo il bacino, Rez fece dentro e fuori da lei con il pollice.

Non aveva mai pensato molto ai buchi del culo, a meno che non avessero due gambe e creassero problemi, ma quello di Sapphire…

Era sorprendentemente bello. Cosa che lui non aveva mai nemmeno ritenuto possibile.

Si scrollò di dosso quel pensiero folle quando lei mormorò "Rez" e inclinò il culo ancora di più. "Oh, ti prego… Rez."

Ah, cazzo. Quella donna sarebbe stata la sua fine.

Doveva iniziare a muoversi prima che fosse troppo tardi.

Con il pollice infilato fino all'ultima nocca, le mise una mano al centro della schiena per tenerla ferma e cominciò a roteare il bacino, sincronizzando il ritmo del pollice e del cazzo.

Prese le grida di incoraggiamento, insieme alla brusca

inclinazione verso l'alto del bacino, come un invito aperto a scoparla più forte, più veloce e più a fondo.

E così fece.

Mentre lei pulsava e si increspava intorno alla sua lunghezza dolorosamente dura, lui gliela sbatteva dentro a ripetizione, il suono della carne che sbatteva e riempiva lo spazio intorno a loro.

"Porca puttana, voglio venire," gemette Sapphire. "Ma, al tempo stesso, non lo voglio. Non ne ho mai abbastanza. È solo… È solo… Oh mio Dio… Rez…"

Nel momento in cui lui le tolse la mano dalla schiena, lei si mise a quattro zampe, sbattendogli contro.

Se avesse continuato a farlo, avrebbe rischiato di farlo crollare più in fretta di quanto lui avrebbe voluto. "Phire…"

"Non fermarti!"

Rez non aveva intenzione di fermarsi, ma se *lei* non si fosse fermata, sarebbe venuto così forte da volare come un razzo fino alla fottuta luna.

Avvolgendo il braccio intorno al fianco di Sapphire, trovò il suo clitoride e lo masturbò, senza essere delicato e dandole proprio ciò che voleva.

Non mollò.

Non le concesse alcuna pietà.

E lei non chiese nulla, mentre i fianchi di Rez continuavano a battere contro il suo culo. Il pollice e l'uccello di lui che si infilavano in entrambi i buchi.

L'intenso contrarsi e rilassarsi delle sue pareti interne lo fecero vacillare, gettare la testa all'indietro e chiudere gli occhi. Il calore umido della donna lo aveva spinto su quel bordo pericoloso, dove Rez era in equilibrio precario.

Si aggrappò con disperazione a un filo sottile, che stava per spezzarsi.

"Ci sono quasi," gemette Sapphire.

Sì, cazzo.

"Ci sono quasi… Oh Dio… Dammelo, piccolo. Dammelo più forte e più veloce che puoi. Portaci lì."

Era tutto ciò che Rez aveva bisogno di sentire.

Stringendo i denti, le sbatté dentro, ancora e ancora.

Quando lei raggiunse l'orgasmo, le intense ondulazioni lungo la sua lunghezza furono la rovina di Rez. Le sue dita scavarono nella curva del fianco di lei mentre si spingeva in profondità un'altra volta e, con un grugnito, l'orgasmo esplodeva da lui.

Con gli occhi ancora chiusi, Rez si riempì i polmoni di aria. Il suo corpo vibrava per la reazione di lei, oltre che per la sua, e per l'incredibile presa che Sapphire aveva su di lui.

———

Lui si stava affezionando troppo e la cosa cominciava a preoccuparla. Quello che era iniziato come qualcosa di rilassato e divertente stava prendendo una piega diversa.

Rez insisteva perché lei andasse a casa sua e non viceversa.

Insisteva che, quando lei andava da lui, si fermasse a dormire.

Insisteva perché cenassero insieme quando lei arrivava abbastanza presto.

Insisteva per prepararle la colazione prima che lei uscisse la mattina dopo.

Da un lato, le sue azioni potevano essere considerate dolci e premurose. Dall'altro, la innervosivano, perché Sapphire aveva già vissuto una situazione del genere.

Ed era finita male.

Quello che pensava fosse l'uomo perfetto aveva finito per essere l'opposto.

Non poteva vivere un'altra esperienza del genere, perché in quel caso ne sarebbe uscita ancora più devastata, visto che anche lei si stava affezionando a lui.

Ma con il passare dei giorni, Rez continuava a infilare furtivamente qua e là nelle loro conversazioni, fossero esse a voce o via messaggio, il suo disappunto per il fatto che lei lavorava ancora al Peach Pit.

E a volte non così furtivamente.

All'inizio lei aveva cercato di ignorare la cosa, ma non era sicura di poter continuare a farlo.

Sì, preferiva fare la hostess, perché amava l'interazione con i clienti. E le piaceva anche lavorare in sala. Considerava una sfida convincere gli uomini a prenotare un balletto privato nelle salette VIP. Con il passare degli anni, più lei diventava abile e più le veniva facile. Non cercava di guadagnare solo per sé, ma prenotava balletti anche per le altre donne.

Le mancavano i giorni in cui tutti al club erano come una famiglia invece che semplici colleghi. Ma quei maledetti Demons avevano distrutto e continuavano a distruggere quell'atmosfera.

Ma – e si trattava di un grosso *ma* – finché non avesse avuto la possibilità di rientrare in quel ruolo, Sapphire avrebbe fatto ciò che era necessario per sbarcare il lunario.

Senza se e senza ma.

Come Rez, non era nata con la camicia. Era come quasi tutti gli americani di quei tempi: viveva di stipendio in stipendio. Anche una sola settimana di mancato guadagno poteva essere finanziariamente devastante.

Quindi, era costretta ad avere a che fare con Saint the Taint e la sua miserabile banda di motociclisti bastardi e a spogliarsi sul palco, oltre a cercare di attirare i clienti fuori dai loro posti e nella saletta VIP il più possibile.

Rez doveva capirlo. E anche che la situazione non sarebbe cambiata tanto presto.

Lei non stava cercando qualcuno che la mantenesse. Perché alla fine, nulla nella vita era gratis. Avrebbe pagato in un modo o nell'altro.

Molto probabilmente con la sua indipendenza.

Che non era in vendita per non nessun motivo al mondo.

Nonostante le allusioni dell'uomo, sia sottili che palesi, Sapphire amava passare il tempo con lui. Per non parlare del sesso, che era di altissimo livello.

Era ben consapevole che l'istinto naturale di Rez di essere protettivo e autoritario faceva di lui un buon poliziotto. Ma non tutte le donne volevano una cosa del genere nella loro vita a tempo pieno.

Lei ci era già passata. E ne aveva ricavato delusione e un cuore spezzato.

Forse aveva bisogno di tracciare dei confini e di stabilire delle regole nel loro rapporto. Confini che lui non poteva oltrepassare. Regole che lui avrebbe dovuto seguire. E se lui non avesse accettato le sue condizioni, lei avrebbe dovuto porre fine alla relazione.

Certo, sarebbe uno schifo.

Ma sarebbe stato meglio farlo prima che dopo, perché lui le piaceva davvero.

Molto.

E aspettare troppo a lungo avrebbe reso la separazione troppo dolorosa.

Sapphire aprì gli occhi e guardò l'orologio digitale sul comodino.

Le nove.

Non c'era da stupirsi che una sottile lama del sole del mattino facesse capolino attraverso le tende tirate.

Quando lei fece per rotolare via e alzarsi per iniziare la giornata, Rez le strinse il braccio intorno e se la attirò di nuovo al petto.

Era così che gli piaceva dormire quando lei si fermava per la notte.

Non era mai stata con un uomo che avesse bisogno di tanto contatto fisico. Di solito, dopo il sesso, lui se ne andava, lei se ne andava, oppure si rotolavano ciascuno dalla propria parte di letto e si addormentavano.

Non Rez.

"Dove credi di andare?" La voce dell'uomo era greve di sonno. Fece seguire alla domanda un forte sbadiglio e un colpetto del durello mattutino contro il sedere di Sapphire.

"Sono le nove."

Rez sollevò la testa, guardò l'orologio e gemette. "Cazzo. È vero."

La fece rotolare dal fianco sulla schiena e la intrappolò con il suo peso. Sembrava rilassato e soddisfatto e gli angoli della bocca erano inclinati verso l'alto. "Colazione?"

Aveva bisogno di parlare con lui di quei famosi confini, ma non era il momento giusto. Preferiva valutare attentamente il modo migliore per affrontarlo. Non voleva tagliarlo fuori, ma voleva che lui la smettesse.

"Penso che andrò a casa. Devo fare un po' di pulizia" *e pensare* "prima di andare al lavoro."

L'uomo appoggiò entrambi i palmi sul letto e si sollevò. La sua fronte si corrugò per il dispiacere e, molto probabilmente, per la confusione. "Dovresti comunque mangiare."

Lei distolse la sua attenzione dal modo molto attraente in cui i muscoli delle braccia e delle spalle di lui si flettevano e si contraevano per sostenere il suo peso. Si diede una scrollata mentale, perché non poteva permettere che la sensualità dell'uomo la distraesse o la tentasse. "Mangerò un boccone per strada."

"Phire…"

"Rez…"

Lui scosse la testa e i suoi profondi occhi castani si strinsero nei suoi. "Okay, cosa ho fatto o detto per rovinare tutto? Dammi almeno questo."

"Niente. Non è colpa tua se sei quello che sei."

Sia l'espressione rilassata che gli occhi scuri dell'uomo si fecero guardinghi. "Porca miseria."

"Non intendevo in senso negativo."

L'uomo si staccò da lei e si buttò sulla schiena. "Ti avevo avvertito che ho il vizio di dovermi ficcare il piede in bocca."

"E io ho sentito e ne ho preso atto," gli assicurò lei.

"Allora, cosa c'è?"

Sapphire doveva stare attenta a quello che diceva. Non voleva che quello che c'era tra loro finisse; aveva solo bisogno che lui si sciogliesse un po'. Stava iniziando a sentirsi sopraffatta dall'intenso bisogno dell'uomo di stare con lei. Una cosa a cui non era abituata.

Si alzò dal letto. "Senti, sono stanca. Quando sono te, non dormo molto e ho passato molto tempo qui."

"È un male?"

Sapphire raccolse la lingerie dal pavimento dove lui l'aveva gettato la sera prima, dopo averglielo tolto durante il loro secondo round di sesso. Lo infilò nella borsa per la notte, prese le mutandine, un maglione morbido e i leggings, insieme a un paio di calzini da indossare in casa.

Con i vestiti tra le braccia, rispose: "No, Rez, non è un male – beh, a parte la parte della stanchezza – ma ho delle cose da fare a casa."

Si diresse verso il bagno per liberare la vescica urlante, lavarsi e vestirsi.

Poco prima di entrare in bagno, si diede una sbirciata alle spalle. Ora Rez era seduto e appoggiato alla testiera del letto, intento a fissare un punto inesistente della parete.

Merda.

Lei non voleva ferirlo, ma doveva proteggersi. Voleva evitare che tutto finisse male e che entrambi si ritrovassero con il cuore spezzato.

Andò in bagno, fece quello che doveva fare e quando uscì vestita e vagamente in ordine, andò subito alla sua borsa per la notte.

Gli occhi di Rez seguirono ogni suo movimento e una

buona dose di infelicità colmò l'espressione dell'uomo. "C'è qualcosa che devi dirmi?"

"Tipo?"

"Che ne so. Dimmelo tu. Non so cosa ti passa per la testa in questo momento. Pensavo…" Lui scosse la testa, si passò le dita tra i capelli in disordine e sussurrò: "Cazzo. Non so cosa pensavo."

"Sei fantastico, Rez. Solo che non sono abituata a passare così tanto tempo con qualcuno."

"Sembra un addio."

Sapphire strinse le labbra. Rez la stava facendo soffrire e la situazione aveva preso una piega che lei non voleva. "Non è così. È solo che non posso passare tutto il mio tempo libero qui se ho una casa mia da seguire." Quella spiegazione sarebbe dovuta bastare per il momento, finché lei non fosse riuscita ad affrontare la questione con più tatto.

"Più tardi verrò al club," la avvertì Rez, "per tenere d'occhio T-Bone."

Non le credeva. Probabilmente, nemmeno Sapphire avrebbe creduto a Sapphire.

Cazzo.

Si aggiustò la tracolla della borsa, si avvicinò al letto, si chinò e gli schioccò un bacio sulle labbra. "Allora ci vediamo là."

Quando lei si staccò, lui annuì una singola volta, con la bocca serrata.

Non appena lei raggiunse l'ingresso, lui chiamò: "Sapphire…"

Con il petto che doleva, lei si fermò e si guardò alle spalle.

Rez scosse la testa. "Ci vediamo dopo."

Capitolo venti

AVREBBE DOVUTO INIZIARE A METTERE i tappi per le orecchie in quel cazzo di locale, prima di diventare sordo. Quel cretino che passava per DJ aveva bisogno di un nuovo lavoro.

Rez bevve un sorso della sua birra sgasata e fece una smorfia. Cazzo, che schifo. Come si faceva a rovinare una birra alla spina?

Sospirando, allungò le gambe e incrociò le caviglie, preparandosi a quella che avrebbe potuto essere una serata lunga.

Tenne un occhio sul corridoio posteriore e uno su Sapphire che si spostava da un tavolo all'altro, flirtava con i clienti, saliva sulle loro ginocchia, giocando con i loro capelli, ridendo e toccandosi. Facendo di tutto per vendere balletti privati con lei e con le sue colleghe.

Si costrinse a rimanere seduto e ad apparire freddo, calmo e raccolto. Dovette posare la birra sul tavolo prima di schiacciare il bicchiere nella sua stretta morsa.

È il suo lavoro.

Questo è il suo lavoro.

È il suo cazzo di lavoro.

Lo sapevi prima di andare con lei.

Non fare lo stronzo.

Se dici cazzate o fai una scenata, lei non entrerà mai più nel tuo letto. Non mandare tutto a puttane. Perché in questo momento puoi toccare ogni cazzo di centimetro di lei. Loro no. Possono solo sognarlo.

La sua mascella si mosse quando l'uomo sulle cui ginocchia Sapphire era attualmente appollaiata premette il viso sul suo collo e fece scivolare la mano dal fianco coperto di lustrini al sedere.

Con una risata di gola, la donna tirò giocosamente i capelli dell'uomo e poi gli accostò le labbra rosso vivo all'orecchio.

Sta recitando un ruolo. Proprio come te.

Le sue mascelle si sbloccarono, i suoi muscoli si sciolsero e ricominciò a respirare quando, con un'altra risata e un enorme sorriso, lei si alzò e fece cenno a qualcuno di avvicinarsi. Aveva ottenuto una sessione privata per una delle sue colleghe invece di prenderla per sé.

Bella *e* generosa.

Rez la perse di vista quando la persona che stava aspettando prese posizione dietro il cordone di velluto rosso.

T-Bone.

Era ora, cazzo.

"*Hot damn*[1]," disse sottovoce.

Mentre prendeva il telefono, sentì alle sue spalle una voce soave e cantilenante che diceva: "È qui."

Si voltò e vide Sapphire con gli occhi azzurri puntati su T-Bone.

Il primo istinto di Rez fu quello di controllarla dalla testa ai piedi per assicurarsi che stesse bene. A lui sembrava perfettamente a posto. Anzi, più che a posto, con quel vestitino sexy da paura con lo spacco laterale che le arrivava fino al bacino.

Tuttavia, quella fessura dava ai clienti della donna un

accesso esagerato e rischiava di incoraggiare contatti inap-propriati.

Cristo santo. Stava diventando uno stronzo possessivo.

"Lo vedo. È ora di radunare la cavalleria," mormorò. Inviò in fretta un messaggio allo squadrone. *In sella.*

"Che cosa hai intenzione di fare?" chiese lei, a voce così bassa che Rez quasi non la sentì.

"Vediamo cosa può dirci su dove si trova Sadie."

"Mentre siamo al club?"

"No. Prepareremo una trappola e aspetteremo che ci finisca dentro."

"Spero che riceviate delle risposte."

Non era l'unica. Era ora di trovare la sorella di Sloane, viva o morta che fosse. O anche mezza viva.

Rez si alzò e si girò, trovandosi faccia a faccia con lei. "Ti inviterei da me dopo il lavoro, ma non so che direzione prenderà la serata."

Lei gli si avvicinò, piantò uno dei suoi tacchi a spillo tra gli stivali di lui e mormorò: "Stai attento."

Quando lei gli passò le lunghe unghie sulla nuca, il suo sangue pensò di fare un viaggio verso sud. Non era il momento. "Sempre. Ci sentiamo più tardi."

"Non è necessario."

Mentre lei stava per allontanarsi, lui le afferrò il polso e la fece voltare di nuovo verso di sé. "Ci sentiamo più tardi," ripeté con più fermezza.

Un'espressione sconosciuta le attraversò il viso. Per poi svanire in un lampo.

Qualunque cosa fosse – e Rez poteva benissimo immaginarlo – non gli piaceva. "Non ti piace che mi preoccupi per te, Sapphire. Ma ti piace anche." Forse non era tutto, ma almeno era una parte del suo problema.

Invece di negare, Sapphire svicolò con: "Mi dispiace per prima. La vita è stata un po' movimentata ultimamente."

"Lavorando per Saint?"

"Per… tutto."

"Per me," concluse Rez.

"Per tutto," insistette Sapphire.

"Giusto," disse con decisione Rez. "Ti saluterei con un bacio, ma quello stronzo del tuo capo è appena entrato in sala. Devo raggiungere la mia squadra. Ci aggiorniamo più tardi."

Con un cenno, lei si diresse verso un separé nell'angolo, occupato da tre ragazzi sulla ventina. Tutti e sei gli occhi erano incollati su Sapphire anziché sulla ballerina.

Ma vaffanculo.

Non gli dispiaceva che lei lavorasse in uno strip club.

Non gli importava che lei si spogliasse per qualcuno che non era lui.

Gli dispiaceva che altri uomini la toccassero quando ogni centimetro di quel corpo doveva appartenere solo a lui.

Doveva farsene una ragione.

Non era sicuro che, se le cose fossero continuate tra lui e Sapphire, ci sarebbe riuscito.

Quello avrebbe potuto essere un grosso problema. Soprattutto perché Rez non voleva mandare a puttane la sua occasione con lei facendo il testardo.

Ma era un problema a cui non poteva pensare in quel momento.

Prima dovevano occuparsi di un altro.

———

Con i berretti da baseball abbassati e le bandane coi teschi legate attorno alla metà inferiore del viso per nascondere la loro identità agli esseri umani, alle telecamere di sicurezza e alle telecamere del traffico, i quattro – Rez, Decker, Finn e Nox – si erano divisi su tre veicoli.

Dovevano assicurarsi che nessuno di loro venisse riconosciuto. Soprattutto Rez e Nox, visto che stavano ancora facendo i lavori sotto copertura. E se lo stronzo non avesse dato loro qualche buona pista su Sadie quella sera, avrebbero dovuto continuare a cercarla. Oltre a continuare a documentare qualsiasi attività illegale in cui fossero coinvolti i Demons, naturalmente, visto che come membri della task force era su quello che *avrebbero dovuto* concentrarsi, non sulla caccia a un aspirante motociclista abusante che aveva rapito la sorella di Sloane.

In ogni caso, dovevano sbrigarsi a portare a termine la missione, visto che l'alba si avvicinava in fretta.

Rez, con Decker sul sedile del passeggero, aveva parcheggiato sul limitare e tra le ombre del parcheggio dei dipendenti, nell'attesa che T-Bone lasciasse il Peach Pit.

Con Decker che praticamente scalpitava accanto a lui, l'aria all'interno del veicolo fremeva di tensione mentre guardavano i dipendenti uscire dopo la chiusura. L'omone non vedeva l'ora di mettere le mani sull'aspirante che gli aveva rubato Sadie da sotto il naso.

Erano decisi a trovare la donna, quella sera, e chiudere la faccenda una volta per tutte.

O, come minimo, a scoprire dove si trovava Sadie.

In ogni caso, avrebbero convinto T-Bone che tenersela non era più un'opzione.

Una volta che l'aspirante fu salito su quella berlina di merda, Rez aspettò che uscisse dal vicolo e si immettesse sulla strada principale prima di accendere i fari dell'auto e pedinarlo.

"Diamoci da fare," ringhiò Decker, per poi inviare un messaggio a Finn e Nox e informarli che il loro obiettivo era in movimento.

Rez teneva lo sguardo fisso sul veicolo che li precedeva di circa mezzo chilometro. Non voleva avvicinarsi troppo, per evitare che lo stronzo si accorgesse di essere seguito, ma non voleva nemmeno perderlo. Ci volevano esperienza e abilità per pedinare qualcuno senza farsi beccare.

Soprattutto di notte e quando non c'era traffico.

A ogni curva, stop e semaforo, Decker diceva: "Non avvicinarti troppo" o "Non perderlo."

Alla fine, Rez scosse la testa e sbraitò: "Cristo, Deck, chiudi quella cazzo di bocca. Ho già i nervi a fior di pelle."

Decker alzò le mani e si sedette composto.

"So che vuoi trovarla. Anche noi. Ma se continui a starmi addosso, commetterò un errore."

"Ho il cuore che batte a mille," brontolò Decker, premendosi una mano sul petto.

"Anch'io. Aggiorna quei due sulla nostra posizione."

Decker si portò il cellulare all'orecchio. "Mi sentite entrambi?" Un secondo dopo, rispose: "Bene."

Mentre Rez guidava, Decker spiegò a Nox e Finn dove si trovavano e in che direzione erano diretti. Dopo qualche minuto, Rez sentì: "Buona idea."

Lanciò un'occhiata al lato passeggero dell'auto. "Cosa?"

"Finn ha detto che tra poco meno di cinque chilometri ci sarà un semaforo con una sola corsia di svolta a sinistra su una strada a senso unico e una corsia per andare dritti. Ci raggiungerà, sperando che arriviamo al semaforo quando sarà rosso. In tal caso, ci avvicineremo a T-Bone e, una volta che si sarà fermato, lo bloccheremo da dietro. Finn sarà ad aspettare nella corsia di svolta a sinistra. Nox attraverserà l'incrocio e lo bloccherà da davanti."

"Lo ingabbieremo," sintetizzò Rez.

"Sì. Proprio come speravamo, ma non eravamo sicuri di riuscire a fare."

"Se il semaforo è verde, cosa succede?"

"Allora passeremo al piano B."

Rez si acciglò. "Qual è il piano B?"

"Non lo so. Lo scopriremo se sarà necessario."

E lui che aveva pensato di non aver prestato attenzione. "Cazzo. Allora è meglio che il piano A funzioni."

"Vorrei che avessimo uno di quei trasmettitori di emergenza per cambiare i semafori."

"Accidenti, sarebbe stato perfetto."

"Ma illegale per questo scopo."

"Aspetta. Abbiamo intenzione di fare qualcosa di legale stasera?" chiese Rez.

Decker sbuffò.

"Crew avrebbe una crisi di nervi se sapesse cosa stiamo facendo."

"Ecco perché non sa cosa stiamo facendo," rispose Decker.

Era più facile chiedere perdono a posteriori che chiedere il permesso prima e vederselo negare.

Una politica che Rez aveva seguito per tutta l'adolescenza.

Oltre che quella sera, naturalmente.

Sorrise.

"Meno persone lo sanno, meglio è."

"Ma dai," mormorò Rez, svoltando a sinistra all'incrocio successivo. "Quanto manca a questo semaforo? E gli altri sono in posizione?"

Decker si portò il telefono all'orecchio. "Siete pronti?"

Quando Rez si voltò a guardare, Decker gli rivolse un cenno e un pollice in su. "Altre due strade più avanti. Finn sta già aspettando nella corsia di svolta. Nox è pronto a partire non appena ci vede."

"Diamoci da fare!" esclamò Rez, ripetendo ciò che Decker aveva detto in precedenza.

"Lo vedi?" Decker stava praticamente saltellando sul sedile del passeggero e indicava il parabrezza. "Cazzo, sì. Tempismo perfetto."

"Ma che cazzo, amico? Ti comporti e parli come Valee

Girl quando le chiedi se vuole guardare i Minions per la centesima volta."

Quando il semaforo davanti a loro divenne rosso, le luci dei freni della Caprice si accesero mentre l'aspirante fermava l'auto.

Ringraziamo la nostra buona stella del cazzo. Forse erano un passo più vicini a concludere l'intera faccenda e a riportare a casa la sorella di Sloane.

Non appena si fermarono dietro la berlina, Nox attraversò l'incrocio con il suo pickup, a una velocità tale che Rez pensò che avrebbe fatto un frontale con la Caprice. Le gomme del furgone stridettero quando l'uomo frenò appena in tempo.

Rez pompò i freni del veicolo che stava guidando e si fermò un attimo prima che il suo paraurti baciasse quello della Chevy. Decker spalancò la portiera del passeggero e si lanciò fuori prima che l'auto si fermasse del tutto, toccando terra correndo verso l'auto di T-Bone.

La portiera della Caprice fu aperta a calci nel momento in cui T-Bone capì che stava succedendo qualcosa e, prima che l'uomo potesse fuggire a piedi, Decker lo placcò con una spallata al busto così forte che persino Rez emise un grugnito di dolore.

Entrambi sbatterono violentemente sul marciapiede, ma almeno la caduta di Decker viene in qualche modo attutita dal motociclista allampanato.

Rez mise l'auto in Park e saltò fuori per raggiungere la sua squadra. Decker ora aveva T-Bone a pancia in giù, con un ginocchio piantato sulla spina dorsale dell'aspirante, mentre Finn ammanettava le mani del figlio di puttana dietro la schiena.

"Servono le fascette," sbraitò Decker. "Legategli le caviglie come ha fatto con Sloane."

"Che cazzo sta succedendo?" urlò T-Bone in preda al panico. "Sei tu, Hatchet?"

"Sì, figlio di puttana, sono Hatchet. Sono contento che ti ricordi di me. Ora chiudi quella cazzo di bocca."

Finn infilò una federa sulla testa di T-Bone e, una volta fissata, Decker lo tirò in piedi usando le braccia legate.

"Che cazzo stai facendo? Non ho la tua ragazza."

"Stronzate," ringhiò Decker. "L'hai rubata e la rivoglio indietro."

"Me l'hai rubata tu!" urlò T-Bone.

"Dobbiamo imbavagliarti?" gli chiese Decker.

Avevano concordato che solo Decker avrebbe parlato durante la missione, in modo che le loro voci non fossero riconosciute in futuro. Volevano inoltre che T-Bone pensasse che Decker fosse l'ex-aspirante Hatchet e non un poliziotto sotto copertura.

Rez dovette mordersi la lingua per non dire un cazzo. Immaginava che fosse lo stesso per Finn, soprattutto dopo che T-Bone aveva messo le mani addosso a Mel.

"Sei morto, Hatchet," minacciò l'aspirante. "Giuro su Dio che sei morto, cazzo."

"Non saprei: non avrei potuto placcarti se fossi stato un fantasma, figlio di puttana." Decker fece un cenno con il mento a Rez, indicandogli di aprire la portiera posteriore del lato conducente della Caprice. Poi puntò gli occhi su Nox. "Fratello, prendilo per i piedi e aiutami a lanciare questo stronzo sul sedile posteriore."

Con un singolo cenno di risposta, Nox afferrò le caviglie legate dell'uomo mentre Decker usava le braccia per lanciarlo a mo' di siluro sul sedile posteriore.

"Cazzo di Buddha!" urlò T-Bone quando la sua testa entrò in contatto con la portiera del lato passeggero.

"No, non è Buddha: è il karma, piagnone di merda." Decker sbatté la portiera, interrompendo le imprecazioni dell'aspirante.

"Forse avremmo dovuto imbavagliarlo," disse a bassa voce Finn.

"Io riesco a ignorarlo," disse Decker.

"Dove andiamo adesso?" chiese Rez.

"Da qualche parte dove non ci sono occhi e orecchie. Vi faccio strada." Con ciò, Decker saltò al posto di guida della Caprice e chiuse la portiera cigolante.

Scambiandosi un'ultima occhiata, gli altri tornarono ai loro veicoli e seguirono Decker, senza avere la minima idea di dove fossero diretti.

IL CAMPO ERA PERFETTO: buio, deserto e in mezzo al nulla.

Non appena Decker ebbe parcheggiato, spense la Caprice e scese. Rez, Nox e Finn parcheggiarono i loro veicoli presi a prestito in fila indiana dietro di lui, in modo che T-Bone non vedesse le targhe.

Nessuna targa, nessuna voce, nessun nome.

Un incontro anonimo stile "conosciamo Gesù".

Decker praticamente scardinò la portiera posteriore quando la aprì e tirò fuori T-Bone dal sedile posteriore per le caviglie legate. L'aspirante atterrò senza troppe cerimonie sul terreno duro con un *"oof,"* un forte "Cazzo!" e infine un gemito.

"Dovevi essere uno di noi, Hatchet!" urlò T-Bone. "Chi cazzo sei?"

"Il tuo incubo peggiore," rispose Decker con calma.

"Ti mandano i Russo?"

Le sopracciglia di Rez si sollevarono a quella domanda. Perché l'aspirante era paranoico riguardo ai Russo? Si intascava anche la loro, di droga?

"Peggio," rispose Decker.

"Viper?"

Il fratello di BAMC di Rez lasciò la domanda in sospeso.

"Wolf?"

Decker lasciò in sospeso anche quella domanda.

Il buco del culo del candidato ormai doveva essere così stretto che non sarebbe riuscito a cagare per una settimana.

Se fosse stato per Rez, quell'uomo non sarebbe mai stato in grado di cagare di nuovo in vita sua.

"Eddai, amico! Volevo restituire tutto. I Russo ti hanno fatto entrare come aspirante nel nostro club per farci tenere d'occhio?"

Decker ignorò anche quella domanda e gli ricordò: "Hai preso qualcosa che non ti apparteneva."

In realtà, si trattava di più di un "qualcosa." T-Bone aveva preso sia Sadie che Sloane.

Inoltre, aveva quasi rapito la figlia di quattro anni di Decker. Se lo stronzo ci fosse riuscito, Rez aveva la sensazione che sarebbe stata una condanna a morte immediata.

Senza la grazia della sedia elettrica o dell'iniezione letale.

Cazzo no, Decker avrebbe fatto a pezzi quello stronzo a mani nude.

"Avrei pagato per quello che ho preso. Lo giuro, cazzo! Posso ancora farlo se mi lasciate andare. So dove trovare altri soldi."

Sì, facendo da pappone a donne tossicodipendenti.

"Non ti hanno detto che gli aspiranti sono usa e getta?" chiese Decker.

Per una volta, lo stronzo rimase in silenzio.

Lo sentivano respirare forte sotto la federa. E Rez avrebbe giurato di aver sentito una zaffata di odore di merda. Qualcuno doveva aver avuto un piccolo incidente.

Poveretto.

Sorrise.

Decker mise T-Bone seduto e lo spinse contro il parafango della Caprice. Poi si guardò velocemente attorno per assicurarsi che tutti avessero ancora il berretto calato e la bandana sollevata prima di strappare la federa dalla testa dell'aspirante.

T-Bone li guardò con occhi così spalancati che Rez si stupì che il loro bianco non illuminasse la notte.

Decker si chinò e gridò in faccia a T-Bone: "Dov'è Sadie?" facendo sobbalzare la testa dell'aspirante all'indietro.

"Non lo so."

"Stronzate. Riprova. So che sei andato a prenderla all'ospedale. Ho visto la prova. Dove l'hai portata?"

"Non l'ho portata da nessuna parte."

"Sento l'odore della merda che ti sei fatto nei pantaloni, stronzo. Ci resterai dentro tutta la notte, se serve, finché non mi dici dove cazzo è lei."

Decker era un duro. Rez doveva riconoscerglielo.

"Voleva che la accompagnassi in un motel. Ed è quello che ho fatto."

"Stronzate."

"È vero!" urlò T-Bone.

"Quale motel?"

"Non ricordo il nome, cazzo!"

"Dammi l'indirizzo," chiese Big Deck.

"Non conosco il fottuto indirizzo."

"In quale cazzo di città?"

L'aspirante aprì e chiuse la bocca un paio di volte.

Perdendo la pazienza, Decker si mise naso a naso con lui e ruggì: "In quale cazzo di città?"

"Wheeling."

Merda.

"Dove a Wheeling?"

Se Rez avesse dovuto tirare a indovinare, c'era almeno una dozzina di motel a Wheeling, West Virginia, e nei dintorni. Dovevano restringere il campo.

"E io che cazzo ne so? Era buio. L'ho lasciata alla reception e me ne sono andato."

Ancora stronzate. Quell'uomo era pieno di merda come i suoi pantaloni.

"Senza soldi e senza vestiti? Niente?"

"Le ho dato i soldi per una stanza. Non me ne fregava un cazzo dei suoi vestiti. Non è più un mio problema."

Un'altra bugia.

"Che ne dici se ti portiamo con noi e tu ci indichi la strada?"

"Devi liberarmi, cazzo, prima che il mio MC ti faccia pentire di quello che stai facendo."

Decker gettò la testa all'indietro e lanciò una risata ululante. Forte. Sembrava un pazzo.

Sarà stata anche una recita, ma era davvero convincente.

"Pensi che a quei figli di puttana importi qualcosa di te? Per loro sei solo un cazzo di strumento. Usa e getta. Non ti cercheranno. Se anche ti facessi la pelle e ti mettessi davanti alla Tana di Wolf con un palo nel culo, a loro non freghe-rebbe niente. Sai cosa farebbero? Ti sostituirebbero. Di sfigati come te ce ne sono a bizzeffe. Ce ne sono molti altri da dove vieni tu, nascosti nelle cantine delle vostre mamme."

"Vaffanculo!" sputò T-Bone a Decker.

"Amico, così mi ferisci." Decker afferrò una manciata dei capelli fibrosi dell'uomo e li usò per tirargli su la testa. "Ora… Voglio la verità e solo la fottuta verità. Se sento che menti, pagherai per ogni bugia che dirai. Mi hai capito?"

"Vaffanculo," brontolò T-Bone.

"Ma che carino che sei…" Decker tirò su col naso. "So che non hai lasciato il tuo fottuto buono pasto in un motel. So che hai avuto contatti con lei di recente, perché sei un miserabile avido. Allora… quand'è l'ultima volta che l'hai vista?" Aggiunse: "Se menti, te ne pentirai. Altro che cagarti addosso."

Quando T-Bone serrò le labbra, Decker si abbassò e gli si mise di nuovo davanti per urlare: "Quando? Non rispon-dere sarà considerato alla stregua di una bugia. Non sei tu ad avere il coltello dalla parte del manico, T-Bag. Lo abbiamo noi. Forse è meglio che ci pensi su."

"Se te lo dico mi lasci andare?"

"Sì."

Rez abbassò le labbra per non ridere della menzogna di Decker.

"Due giorni fa."

"Ma non conosci il nome del motel."

"C'era scritto motel. Non ho prestato molta attenzione al resto."

"Come hai pagato?"

"Contanti."

Cazzo, voleva dire niente ricevuta. Rez non era sorpreso che l'aspirante non avesse una carta di credito, ma non avrebbe ritenuto quel ladro incapace di usarne una rubata.

"Da quanto tempo è lì?"

"Un po'."

"È lì da quando l'hai rapita dall'ospedale?"

"Non ho fatto un cazzo di..." Quando la mano di Decker si chiuse a pugno, T-Bone cambiò subito registro. "No."

Decker trasse un respiro così profondo che tutti lo udirono. La sua pazienza si stava esaurendo e lui stava per scoppiare. Dovevano concludere quella faccenda al più presto.

Nox si avvicinò a Decker e gli sussurrò qualcosa all'orecchio. Il petto di Decker si espanse, rimase com'era, poi si contrasse prima che lui annuisse.

Quindi, con un movimento rapido come un fulmine, Decker afferrò l'aspirante per la gola e gli sbatté la testa contro il parafango, lasciando una grossa ammaccatura.

Accidenti, doveva aver fatto male.

Bene.

Decker si accovacciò e puntò un dito in faccia all'aspirante che gemeva. "Sono in debito con te, figlio di puttana.

Non solo per quello che hai fatto a Sadie, ma anche per quello che hai fatto alla mia vecchia. È meglio che tu non chiuda gli occhi troppo a lungo, perché se lo fai, mi vedrai nei tuoi cazzo di incubi." Si alzò e fece un passo indietro.

"Tanto avevo finito con quella figa slabbrata."

Oh, merda!

Nox si avvicinò a Decker, probabilmente per impedirgli di uccidere T-Bone.

"Daremo a Viper le indicazioni su dove può trovarti. Questo dopo avergli detto che hai fatto la cresta. Scommetto che non ne sarà felice. Ho la sensazione che i tuoi giorni siano fottutamente contati."

"Non puoi lasciarmi qui, cazzo!"

"Chi lo dice?" Decker si voltò e, mentre iniziava a dirigersi verso Rez, si buttò alle spalle: "È meglio che lei sia a Wheeling o questa notte sarà solo un assaggio di quello che ti faremo dopo."

"Viper non ti crederà!"

Rez sentiva il sapore della disperazione dell'uomo, ma non riusciva a suscitare in sé alcuna compassione per quel maledetto.

"Allora non hai nulla di cui preoccuparti, a parte il coyote che ho appena sentito. Forse ti aiuterà a stare al caldo stanotte." Decker inclinò la testa e disse agli altri: "Andiamo. Abbiamo finito con questo pezzo di merda, per ora." Mentre iniziava ad allontanarsi, si fermò di botto e scosse la testa. "Ho mentito. Non ho ancora finito con questo figlio di puttana." Tornò da T-Bone e lo prese di petto. "Devo sapere un'altra cosa."

"Ti dirò tutto quello che vuoi sapere se mi lasci andare."

"Come hai fatto a scoprire dove abito?" ringhiò Decker.

La bocca di T-Bone si aprì, ma non uscì nulla.

L'urlo di Decker riempì la notte. "Come cazzo hai fatto a scoprire dove abito?"

"È stato facile," rispose l'aspirante.

Oh, merda.

"Come?" chiese Decker.

Quando T-Bone esitò, Decker inclinò la testa. A quanto pareva, quel singolo movimento fu un avvertimento sufficiente a far parlare il candidato così in fretta da farlo inciampare nelle parole. "Ti ho seguito a casa una sera. Ho visto dove vivevi. Sono tornato quando non c'eri."

Oh, cazzo.

Era rischioso che un agente sotto copertura vivesse a casa propria durante un incarico pericoloso, ma dovendo occuparsi di Val, Decker non poteva vivere altrove come facevano Fletch e Wilder.

La decisione di portare a casa il veicolo assegnatogli si era ritorta contro di lui. E Rez era dannatamente sicuro che avesse aggiunto altri sensi di colpa alla coscienza di Decker.

Con la mascella contratta come l'acciaio, l'uomo grande e grosso disse: "Ora ho finito."

Nox annuì, l'espressione vuota, e tornò al suo furgone. Finn scambiò un'occhiata con Rez, poi scrollò le spalle.

Va bene, a quanto pareva avrebbero davvero lasciato l'aspirante fuori al freddo con i polsi e le caviglie ancora legati.

Un vero peccato.

Tornò alla macchina con Decker alle calcagna. Non appena si furono accomodati, Rez si tolse la bandana dal viso e la gettò sul cruscotto prima di lanciargli un'occhiata. Era una vena quella gli pulsava sulla tempia? "Tanto per essere chiari… Abbiamo davvero intenzione di lasciarlo qui così?"

Decker si voltò a guardarlo. "Ti interessa quello che succede a quel figlio di puttana? Soprattutto dopo quello che ha fatto a Sloane e Val?"

La risposta di Rez fu quella di avviare l'auto e di metterla in Drive. Fece un gran sorriso a Decker prima di togliere il piede dal pedale del freno. "Dove andiamo adesso?"

"Wheeling."

Non avrebbe dovuto nemmeno chiederlo. "Dovremmo avvertire Crew che staremo via per un po'?"

"No. Se ha bisogno di noi, sa come contattarci."

"Questo è vero. Diamoci da fare."

Capitolo ventuno

SI FERMARONO dopo il confine con la Pennsylvania in un'area di sosta sulla I-70. Dopo una pausa per pisciare e l'acquisto di quattro bicchieroni di caffè extra-large e di alcune ciambelle, si radunarono vicino ai veicoli.

"Peccato che quel figlio di puttana non avesse una cazzo di pistola. Avremmo potuto dire che era stata legittima difesa," brontolò Nox dopo aver bevuto un lungo sorso del suo caffè fumante.

"Anche se fossimo riusciti a cavarcela senza lasciare tracce, avremmo avuto comunque una montagna di merda da spalare," disse Finn. "Meglio fare una soffiata a Viper e lasciare che quegli stronzi spietati se la vedano con lui. Quella gente non scherza quando scopre un aspirante che ruba."

Rez era d'accordo. "Vero. Lasciamo che se ne occupino loro. Avrà ciò che gli spetta senza che noi ci sporchiamo le mani."

"Se non ci pensano prima il freddo o i coyote," osservò Decker.

"Sarebbe un vero peccato," mormorò Finn.

"Un vero peccato," concordò Rez con un sorrisetto prima di portarsi alle labbra il bicchiere di carta.

Poiché aveva la sensazione che la ricerca di Sadie sarebbe durata un po', avrebbe avuto bisogno di molto più di un bicchiere di caffè per rimanere sveglio durante le ricerche. Soprattutto dopo aver divorato due ciambelle alla crema alla Boston in due minuti netti. Il sovraccarico di carboidrati rischiava di contrastare gli effetti tanto necessari della caffeina.

"Il nostro obiettivo principale ora è trovare Sadie e farla finita con questa merda," disse Decker. "E sperare che lei sia viva quando la troveremo."

"Visto che non sappiamo quale sia il motel e nemmeno se quello stronzo mentiva, vogliamo dividerci in coppie per cercare?" chiese Finn.

"Penso che sia il piano migliore," concordò Nox. "In questo modo copriremo più terreno."

Decker annuì. "D'accordo. A ogni motel che fate passare, mandate un messaggio agli altri con il nome, così non ci accavalliamo e non perdiamo tempo. Ci vorrà già molto tempo, cazzo."

Quello era sicuro, cazzo.

"Se non la troviamo, un coyote sarà l'ultima cosa di cui T-Bag dovrà preoccuparsi. Sarò io a strappargli la gola."

"E che diamine, Deck," mormorò Finn.

"Questa situazione è andata avanti per troppo tempo."

"Se non la troviamo a Wheeling, getterai la spugna?" gli chiese Rez. Non potevano cercare Sadie per sempre.

Decker strinse le labbra per un attimo, poi emise un respiro affannoso. "La troveremo."

Rez avrebbe voluto avere la fiducia di suo fratello. "Sì," concordò ugualmente.

"Il fallimento non è una cazzo di opzione," disse Nox.

"'Fanculo al fallimento," aggiunse Rez.

Decker chiese: "Avete tutti le foto di T-Bone e Sadie sui telefoni?"

Tutti confermarono.

"Va bene, facciamo così. Io faccio coppia con Finn. Rez, tu e Nox siete assieme. Dobbiamo essere veloci, ma precisi. Controlleremo tutti i motel di Wheeling e dintorni, partendo dal centro e dirigendoci verso l'esterno. Continueremo ad ampliare la ricerca finché non la troveremo."

"Deck…" esordì Finn in tono di ammonizione.

Decker scosse la testa. "No. La troveremo. Non importa quanto tempo ci vorrà. Se Crew ha problemi con la nostra assenza, me ne occuperò io. Saltate i posti costosi. T-Bone non pagherebbe mai per farla stare al Ritz. Ha sicuramente scelto un motel da quattro soldi, che accetta contanti e dove nessuno fa domande. Vuole fare soldi, non spenderli."

"Andiamo," urlò Rez.

Lasciarono un veicolo all'area di sosta e portarono gli altri due in West Virginia, dove si divisero. Deck e Finn si addentrarono in Wheeling, mentre Rez e Nox decisero di rimanere in periferia e di partire da lì.

Con l'ausilio di Google Maps, iniziarono a controllare tutti i motel – da quelli decenti a quelli economici, fino ai peggiori tuguri – nella zona orientale, per poi dirigersi verso ovest.

Andavano alla reception, mostravano i loro distintivi e facevano vedere agli impiegati sia la foto di T-Bone che quella di Sadie, informandoli che Sadie era una persona in pericolo.

Dopo altri due bicchieroni di caffè, un intero sacchetto di Twizzlers alla fragola, un po' di carne secca del distributore e un paio di barrette Snickers, stavano cominciando a perdere la speranza. Nessuno aveva visto Sadie o quello stronzo di un aspirante nel suo motel o nei dintorni.

"Rischiamo di metterci dei giorni," brontolò Rez dopo

essersi fermato al motel numero sei ed essere risalito in macchina, questa volta sul sedile del passeggero.

"Allora ci metteremo dei giorni," fu la semplice risposta di Nox.

"Puoi fermarti al prossimo Micky D's?"

Nox lo guardò storto. "Se non hai già il cagotto per tutte le schifezze che ti sei già ficcato in gola, ti verrà di sicuro se mangi quella roba."

"Ti confondi con un altro fast food. Quello in cui devi correre in bagno dopo il viaggio al confine."

"Sì, a causa della diarrea esplosiva. Micky D's forse non ti farà cagare le interiora, ma di sicuro ti farà rimpiangere quel menu da un dollaro."

"Dimentica che te l'ho chiesto. Grazie alle tue belle descrizioni, ho perso l'appetito," brontolò Rez.

"Sto solo cercando di salvarti il culo. Letteralmente."

"Un vero buon samaritano."

"Sono bloccato in questa cazzo di macchina con te. Si chiama autoconservazione."

Porca miseria, era bello sentire Nox scherzare di nuovo. Anche se a spese di Rez. "Amico, se me la faccio addosso come T-Bone, lasciami ai coyote."

"No, mi fermerò in un autolavaggio, ti farò piegare a novanta e ti passerò l'idropulitrice."

"Bello."

"Così sarai bello pulito."

"Grazie, fratello, per avermi parato il culo… letteralmente. Sei l'eroe di cui non sapevo di aver bisogno."

Nox fece un rumore che assomigliava in modo sospetto a una risatina soffocata.

Quando Rez lanciò un'occhiata nella sua direzione, l'espressione dell'uomo era tornata seria.

Dopo un'altra mezza dozzina di motel in altrettante ore, avevano ormai superato Wheeling e stavano percorrendo la sponda occidentale del fiume Ohio.

Dopo quel viaggio, Rez non voleva più vedere in vita sua la hall di un motel di merda con pannelli in legno degli anni '70 e mobili degli anni '80 pieni di macchie sospette.

A peggiorare le cose, continuava a ruttare il maledetto cheese dog condito con chili che aveva mangiato durante l'ultima pausa piscio.

"Ti dispiace?" brontolò Nox, abbassando leggermente il finestrino a causa dell'ultimo rutto tossico che gli era sfuggito.

"Se non esce dall'alto, uscirà dal basso. Vedi tu."

"Ecco il prossimo," annunciò Nox con un cenno del mento. "Accosta lì."

Rez si abbassò per leggere l'insegna illuminata. Brookside Motel. "Dove siamo ora?"

"A ovest di Bridgeport."

"Bridgeport, California? Perché sembra proprio che siamo a caccia da settimane."

"Ohio."

Mentre Rez usciva dalla strada per entrare nel parcheggio, i fari si posarono sullo squallido motel a un piano che sembrava abbandonato dagli anni '70

Nel migliore dei casi si trattava di una sistemazione a una stella. E forse non meritava nemmeno quella.

I loro cellulari squillarono contemporaneamente. "Che si dice?"

"Ancora niente," disse Nox, leggendo il messaggio. "Si stanno dirigendo verso il prossimo posto."

"Qualcuno ha proposto di fermarci a dormire da qualche parte e chiudere gli occhi per qualche ora?"

"Secondo te?" chiese Nox.

"Non tutti questi motel per scarafaggi sono aperti ventiquattro ore su ventiquattro. Potremmo arrivare al punto di doverci fermare per la notte."

"Allora dillo a Big Deck. Piagnucolare come una cagna con me non servirà a nulla."

Con un sospiro, Rez accostò l'auto alla reception, mise in Park e spense il motore. "Entriamo tutti e due?"

"Sì, ho bisogno di sgranchirmi le gambe."

Con un cenno del capo, Rez si srotolò dal sedile di guida, cercò di toccare le stelle quando si stiracchiò, poi inarcò la schiena per sciogliere i muscoli tesi.

Suonò un cicalino quando Nox aprì e tenne aperta la porta dell'ingresso del motel per Rez. "Prima le signore."

Rez gli diede un pizzicotto sulla guancia e poi gliela accarezzò delicatamente. "Grazie, bello, sei proprio un gentiluomo," disse prima di soffiargli un bacio.

"Quelli come voi non possono entrare qui."

Entrambi si fermarono di colpo. "Quelli come noi?" ringhiò Nox.

"Sì, voi gay."

Nox e Rez si scambiarono un'occhiata prima di puntare gli occhi sull'uomo panciuto e non rasato dietro il bancone, che indossava una canottiera sudicia. Se quello non rientrava nello stereotipo dell'impiegato che faceva il turno di notte in una topaia, Rez non sapeva chi potesse farlo.

"Non siamo una coppia."

"Allora cosa siete?" chiese il signor Simpatia.

"Poliziotti," rispose Rez.

"Non mi piacciono nemmeno quelli."

"Molto accogliente," disse Rez sottovoce. "Mi fa sentire a casa mia."

"Non ti sto chiedendo di diventare il tuo migliore amico," informò Nox all'impiegato mentre terminava di fare i pochi passi che lo separavano dalla reception. "Sono qui solo per avere qualche informazione."

Rez lo seguì, sapendo già che quel tizio gli sarebbe rimasto sullo stomaco. Ancor più di quel maledetto chili dog.

"Io non so un cazzo," disse il tipo dai capelli arruffati, alzando il mento in segno di finta sfida.

Un solo pugno sul suo brutto muso e si sarebbe rannicchiato a terra a piangere chiamando la mamma.

Nox annusò rumorosamente. "Dannazione, c'è puzza di erba di merda. Sei stato tu a bruciare quella robaccia?"

"No."

Nox si avvicinò e inspirò a fondo. "Quell'erba puzzolente ti sta appiccicata addosso come del Drakkar Noir degli anni '80."

"Eh?" La fronte dell'uomo si abbassò, facendolo sembrare appena uscito da una caverna con una clava in mano.

Nox scosse la testa. "Comunque, immagino che l'uso di erba a scopo ricreativo sia ancora illegale in questo Stato."

"Non siete dell'Ohio?"

Nox abbassò il mento e il tono della voce. "Ho detto che lo eravamo?"

"Se non lo siete, siete fuori dalla vostra giurisdizione e non me ne frega un cazzo di quello che ho fatto secondo voi."

Rez si grattò la nuca mentre guardava Nox interpretare il suo ruolo. Per quanto lo spettacolo fosse divertente, non stava guadagnando punti con lo stronzo dall'altra parte del bancone.

"Senti," esordì Nox, "non chiameremo i nostri fratelli in blu per denunciare l'uso illegale di droghe qui dentro se tu ci aiuti."

"Aiutarvi in che modo?"

"Basta che rispondi a qualche domanda."

"Tipo?"

Nox alzò il telefono e lo sbatté praticamente in faccia all'uomo. "L'hai visto? È un ospite? O era un ospite?"

Pochi secondi dopo che l'impiegato del motel aveva lanciato un'occhiata al telefono, un muro si abbatté sulla sua espressione. Quando sollevò lo sguardo, esso scivolò da Nox a Rez e di nuovo al telefono. "Forse l'ho già visto."

Porca miseria. Forse avevano finalmente una pista. "Di recente?" chiese poi Rez.

"È passato qualche giorno."

"Quanti sono pochi?"

"Due, tre forse."

"Ha preso una stanza?"

"Sì."

Nox passò il dito sullo schermo, poi alzò di nuovo il telefono e chiese: "E lei?"

L'impiegato del banco abbassò gli occhi sulla foto e una vampata di calore gli risalì il collo. "Non sono sicuro."

Bugiardo del cazzo.

"Guarda meglio." Nox spinse il telefono in faccia all'uomo, al punto che gli urtò il naso. "Che ne pensi? Ti sembra familiare?"

"Potrei aver visto anche lei."

"Nuda?"

L'uomo serrò le labbra.

"Hai pagato l'uomo con cui stava per scoparla?"

"Perché cazzo dovrei fare una cosa del genere? Non ho bisogno di pagare per fare sesso."

Rez si appoggiò al bancone e osservò con attenzione l'uomo mentre chiedeva: "Hai fatto sesso con lei in cambio della stanza, quindi?"

Ecco la verità. Era chiaramente visibile sulla faccia dell'impiegato, nonostante quello cercasse di nasconderlo. Quell'uomo aveva dovuto concedere un po' di sconto a T-Bone in cambio dello sbattersi la sorella di Sloane. *Figlio di puttana.*

"È ancora qui?" chiese Rez.

"Presumo di sì, visto che non hanno fatto il check-out."

"Qual è il numero della loro stanza?"

L'uomo alzò i palmi e fece un passo indietro dal bancone, scuotendo la testa. "Vi ho già detto troppo. Non otterrete nient'altro da me senza un mandato."

Rez non aveva dubbi che avrebbero ottenuto le informazioni necessarie senza un mandato. In un modo o nell'altro. "Mi serve il numero della stanza, Herbert."

"Non mi chiamo Herbert."

"Però ti si addice. Ci serve il numero della stanza, Bert, o cominceremo a bussare a tutte le porte finché non la troveremo. Sarebbe più facile per te e per i tuoi ospiti se ci dicessi quello che ci serve e tanti saluti."

"Chiamo la polizia."

"Buona idea. Ti serve il loro numero di telefono? È facile da ricordare, visto che sono solo tre cifre. Sono sicuro che, quando arriveranno e gli diremo perché stiamo cercando quella donna, non saranno contenti che tu non ci abbia aiutato."

"Non credo che saranno contenti nemmeno di quell'erba puzzolente che stavi fumando," aggiunse Nox.

"Se non ti arrestano per l'erba, scommetto che ti accuseranno di adescamento se le hai infilato il cazzo dentro. O di violenza sessuale, visto che sono sicuro che lei non è in grado di dare il suo consenso."

Quando l'uomo impallidì, lo stomaco di Rez si agitò. Mentre l'accusa di adescamento non era poi così grave, lo stupro o la violenza sessuale lo sarebbero stati, ma non era quello a spaventare il tizio.

Il terrore cominciò a riempirgli il petto. La sua reazione doveva aver turbato anche Nox, poiché la sua mascella si trasformò in acciaio.

"Non mi fido dei porci."

"Nemmeno io," disse Nox.

Le sopracciglia incolte dell'impiegato si inarcarono. "Hai detto di essere uno di loro."

"Tu ti fidi di tutti gli altri impiegati della reception?"

"Non sono un impiegato."

"E tu cosa sei?" chiese Rez.

"Il responsabile del turno di notte."

"Come se me ne fregasse qualcosa. Numero di stanza," chiese Nox.

"Quanto vale questa informazione per voi?"

Con un muscolo ora sporgente nella mascella, Nox tirò fuori il portafogli dalla tasca posteriore, estrasse un Benjamin e lo sbatté sul bancone. "Ecco qua. Ecco quanto vale l'informazione. Non devi nemmeno dire una parola. Basta che ci indichi in qualche modo il numero della stanza. Ti promettiamo che non ti arriverà merda per questo."

L'uomo fissò la banconota da cento dollari sul bancone. "Non sono sicuro che basti."

Cazzo, che stronzo. "Senti, *Bert*," esordì Rez, "sono stanco di questo gioco del cazzo che stai facendo. È una questione di vita o di morte. La donna che stiamo cercando è la cognata di un altro poliziotto ed è stata rapita in Pennsylvania. Temiamo che abbia subito degli abusi e che possa essere ormai incapace di chiedere aiuto. Vuole davvero avere questo peso sulla coscienza?"

Bert alzò le spalle. "Non è mia cognata. E se lo fosse, probabilmente non me ne fregherebbe un cazzo, visto che è una troia."

Che personcina a modo.

Nox prese il biglietto da cento dollari dal bancone, si girò verso Rez e si diresse verso la porta. "Andiamo a bussare a tutte le porte, visto che questo stronzo non vuole fare le cose in modo semplice."

"Mi sembra una buona idea. Aspetta, fammi fare pratica prima…" Rez si schiarì la gola, poi urlò: "Polizia! Aprite!" Sorrise a Nox. "No, così non basta. Fammi riprovare." E urlò ancora più forte: "Polizia! Aprite! Questa è un'irruzione!" Lanciò un'occhiata al responsabile. "Così va bene. Andiamo."

Mentre si dirigevano verso la porta, il tizio gridò: "Eddai!"

Rez si fermò con la mano sulla maniglia della porta.

Accanto a lui, Nox chiese: "Sei disposto a collaborare ora?"

L'uomo chiuse gli occhi per un secondo e quando li riaprì disse: "Promettetemi che non sarò responsabile per qualsiasi cosa troviate nella loro stanza."

All'improvviso, quella sensazione di malessere tornò a farsi sentire nel profondo dello stomaco.

"Tendiamo a guardare dall'altra parte quando si tratta di testimoni che collaborano," mentì Nox.

Rez si sforzò di non far levare gli occhi al cielo.

"L'ultima stanza in fondo. La stanza numero uno. Ma io non vi ho detto niente. E qualunque cosa troviate, io non c'entro nulla."

Nox e Rez si scambiarono un'altra occhiata, poi si avviarono verso la notte fredda e buia.

Capitolo ventidue

ERANO fermi davanti alla porta della stanza uno.

"Bussiamo o sfondiamo?" chiese Rez al suo socio.

La porta di legno era talmente marcia che non ci sarebbe voluto molto per tirarla giù. Forse sarebbe bastata persino una spallata, invece di uno stivale.

"Prima bussiamo," rispose Nox. "Se lei è lì dentro, diamole la possibilità di rispondere prima di farle prendere un colpo entrando di prepotenza."

"Buona idea. Inoltre, non mi fido di quello stronzo. Bert potrebbe aver mentito sul fatto che la stanza sia questa. Non vogliamo che a qualche povero ospite ignaro venga un infarto."

Mentre si avvicinavano alla porta, un odore sgradevole colpì il naso di Rez, facendolo arricciare.

Cavolo, quello *non* era un buon segno.

Rez lanciò un'occhiata a Nox. Con un lato del labbro arricciato, era ovvio che anche lui aveva sentito l'odore.

"Mi chiedo quando sia stata l'ultima volta che la cameriera è stata in questa stanza."

"Con un cartello 'non disturbare' appeso al pomello della porta," rispose Nox, "immagino molto tempo fa."

"Continuo a dimenticare che sei un genio."

"Non preoccuparti, non mi faccio problemi a ricordartelo," mormorò Nox. Bussò alla porta e gridò: "Sadie!"

Quando entrambi fecero un passo indietro per aspettare che qualcuno rispondesse alla porta – Sadie o altro – Rez girò la testa e prese fiato, sperando di riempire i polmoni di aria pulita.

Da mezzo metro di distanza, la cosa non era molto meglio.

Oh sì, non era un buon segno.

Dopo circa un minuto, Rez trattenne il respiro e si avvicinò di nuovo, appoggiando l'orecchio alla porta.

"Senti qualcosa?" chiese Nox.

Rez scosse la testa. Non si sentivano né la televisione, né la radio, né voci.

Nient'altro che un silenzio di tomba.

Fece un passo indietro per tornare accanto a Nox e lanciò un'occhiata alla finestra della stanza. Le tende erano tirate e la luce non faceva capolino.

Ma quel cazzo di odore…

Stava cominciando a friggergli i peli del naso e a fargli venire il voltastomaco più di quel maledetto chili dog.

Rez sollevò il colletto della maglia a maniche lunghe fin sopra il naso, ma poi gli venne un'idea migliore. "Aspetta un attimo."

Corse alla macchina, prese le loro bandane e, quando tornò da Nox, gliene lanciò una. Si coprirono il naso e la bocca, sperando di bloccare almeno in parte l'odore sgradevole.

"Okay, e adesso?" chiese Rez a Nox. "Torniamo alla reception e vediamo se il vecchio Berty Boy ci dà la chiave?"

"'Fanculo a quello stronzo. Ho la mia, di chiave." Nox tirò fuori il portafoglio e ne sfilò quella che sembrava una carta di credito, ma di metallo.

"Ti piace proprio entrare nelle stanze degli altri."

Nox lo ignorò; invece, incastrò la carta tra il telaio e il chiavistello, muovendola finché non riuscì a sbloccare la porta. Girò la testa verso Rez. "Pronto?"

"Non proprio. E tu?"

L'espressione di Nox divenne cupa. "Non mi piacerà quello che stiamo per trovare dall'altra parte di quella porta."

"Siamo in due, fratello."

Rez afferrò il pomello della porta e si preparò ad affrontare qualsiasi cosa avrebbero trovato. Da un lato sperava che Sadie fosse nella stanza, dall'altro… che non ci fosse.

Perché, se lei fosse stata lì…

Quando aprì la porta, nemmeno la bandana riuscì a bloccare l'odore. "Porca puttana." Il suo stomaco fece una capriola.

"Accendi la luce," disse Nox alle sue spalle.

Rez non voleva accendere la luce. Voleva fare marcia indietro, chiudere la porta e tornare a casa.

"Non so se ce la faccio," sussurrò.

L'accensione delle luci lo accecò per un attimo e, non appena i suoi occhi si adattarono, li chiuse e deglutì a fatica.

Sentì un soffio d'aria alle sue spalle e non aprì gli occhi finché non si voltò per vedere Nox paralizzato sulla soglia.

Merda.

Cazzo.

Merda.

Bianco in viso come un fantasma, Nox aveva lo sguardo incollato a qualsiasi cosa stesse fissando.

Rez ingoiò la bile che gli saliva in gola. "È meglio che non guardo, vero?"

Quelle parole misero Nox in movimento. Non verso l'interno della stanza del motel, ma verso l'esterno.

L'altro uomo scomparve alla vista, lasciando Rez da solo con le spalle alla stanza.

Si fece il segno della croce, strinse i denti e si voltò. Il suo cervello non riuscì a capacitarsi di ciò che vide.

Porca puttana.

Ingoiò la saliva che gli inondava la bocca.

Non avrebbe vomitato.

Non avrebbe vomitato.

Non. Avrebbe. Vomitato.

Volere era potere.

Fai finta che si tratti di una scena del crimine su cui stai indagando e di non avere alcun legame con questa persona. Fai finta di non conoscere personalmente coloro che verranno colpiti da questa cosa.

Si guardò intorno, saltando il letto, finché non ebbe altra scelta che metterlo a fuoco. Annuì tra sé e sé, cercando di trovare il coraggio di avvicinarsi.

Non si preoccupò di controllare il polso. Non c'era più da un pezzo.

Ciò che rimaneva della sorella di Sloane non era altro che uno scheletro con la pelle tesa come cuoio sulle ossa. Non perché era un cadavere in decomposizione – perché lo era – ma perché di Sadie non era rimasto nulla prima che lei esalasse l'ultimo respiro.

――――――

REZ CAMMINAVA AVANTI e indietro in mezzo al parcheggio, strusciando la mano contro la nuca.

Quando era uscito dalla stanza, aveva chiuso la porta dietro di sé per rispetto della sorella di Sloane. Ma, cosa ancora più importante del rispetto, doveva preparare Decker quando questi sarebbe arrivato, prima che il fratello vedesse di persona cosa c'era in quella stanza.

Lo aveva avvertito che Sadie era deceduta e che ciò che restava di lei non era in buone condizioni, ma aveva omesso numerosi dettagli.

Primo, avrebbe avuto difficoltà a spiegare certi particolari finché non sarebbe riuscito a compartimentare nella sua testa tutto ciò che aveva visto.

E secondo, c'erano cose che Decker doveva vedere di persona. Perché, se qualcuno gli avesse detto tutto al telefono, lui avrebbe potuto non credergli. Decker doveva vedere la realtà con i propri occhi e decidere cosa dire a Sloane.

Oltre al fatto ovvio che sua sorella era morta.

Quella sarebbe stata la parte più semplice della difficile notizia.

Mentre la morte di Sadie non sarebbe stata una sorpresa – realisticamente, era stata prevedibile – lo sarebbe stato ciò che le era accaduto dopo la morte.

E a ragione.

Perché nessuno sano di mente poteva essere così... depravato.

Ma Decker non era l'unica persona di cui Rex si preoccupava.

Non aveva più visto Nox da quando l'uomo era uscito dalla stanza del motel.

Non era seduto in macchina. Non stava aspettando alla reception.

Si era dileguato.

Rez era uno stronzo. Non aveva mai pensato a come avrebbe reagito Nox dopo quella visione.

E temeva che tutti i passi che Nox aveva fatto per liberarsi dalla depressione causata dalla perdita della moglie fossero stati completamente cancellati.

Quel pensiero faceva paura a Rez. Molta.

Subito dopo la morte della moglie, tutti avevano temuto che Nox potesse suicidarsi. Finalmente erano arrivati al punto di non temere più che arrivasse a tanto.

Ma ora...

"Cazzo!" gridò Rez verso il cielo del primo mattino.

Era stato stupido portare Nox. Rez aveva cercato di farlo

uscire dal suo bozzolo autocostruito e di coinvolgerlo di più, ad esempio spacciandosi per manovali, e quello gli aveva dato il colpo di grazia.

Maledizione!

I fari attraversarono il parcheggio, accecandolo per una frazione di secondo prima che Decker si fermasse in uno dei posti vuoti.

Di spazio nel parcheggio ce n'era in abbondanza, dato che solo poche stanze erano state affittate. Per fortuna, la maggior parte era vicina alla reception. Il basso numero di posti occupati significava che non ci sarebbero stati troppi curiosi una volta arrivati la polizia locale e il medico legale.

E la cosa sarebbe potuta accadere a breve, dato che Rez aveva già chiamato il 911 e parlato con il centro di smistamento della contea per riferire cosa stava succedendo e cosa avevano scoperto. Aveva anche chiesto che non arrivassero in codice tre, piombando nel motel con le luci lampeggianti e le sirene a tutto volume.

In pratica, avevano bisogno della polizia e del medico legale solo per documentare la scena e rimuovere il corpo. Non avrebbero detto loro di T-Bone. Si sarebbero occupati loro stessi dell'aspirante.

Aveva programmato le tempistiche in modo che Decker e Finn arrivassero per primi, perché non voleva rischiare che, una volta che gli agenti della polizia locale fossero giunti sul posto, facessero gli stronzi e impedissero loro di rientrare nella stanza.

Rez aspettò che l'omone scendesse dal posto di guida prima di avvicinarsi. "Deck, sono andato alla reception e ho preso un lenzuolo di ricambio per coprirla. Occhio: l'odore è sgradevole e quello che c'è sotto il lenzuolo lo è ancora di più."

"Cazzo. Si sta già decomponendo?"

Rez fece una smorfia. "E non solo…"

La testa di Decker si inclinò di lato in segno di domanda. "Che altro c'è?"

Rez si limitò a scuotere la testa e a inghiottire ancora una volta la bile che non voleva rimanere nelle sue viscere.

"Pensi che sia andata in overdose?" chiese Finn, girando attorno all'auto per raggiungerli.

"Difficile dirlo," gli risponde Rez. "Può anche darsi che il suo fisico abbia semplicemente ceduto. Si era consumata fino a diventare nulla."

"Era già in cattive condizioni quando quello stronzo l'ha portata via dal Good Samaritan," ringhiò Decker.

"Sì, beh…"

"Vuoi farmi un resoconto?" chiese Decker.

"No."

La fronte di Decker si aggrottò. "È così brutta?"

"Peggio."

"Cazzo," sussurrò Deck, per poi aggiungere a voce più alta: "Okay. Visto che hai già chiamato la locale, sbrighiamoci prima che arrivino."

"Io aspetto qui fuori," annunciò Rez. Non sarebbe mai tornato in quella stanza. Non sarebbe mai riuscito a togliersi dalle narici quella puzza o dagli incubi quello che aveva visto.

Era un segno che forse non sarebbe mai riuscito a cancellare.

Dopo che sia Decker che Finn lo ebbero fissato per qualche secondo, le loro espressioni divennero cupe ed entrambi entrarono nella stanza.

Neanche un minuto dopo, Finn stava correndo verso il bordo del parcheggio per rigurgitare il suo ultimo pasto.

"Ti avevo avvertito," gli gridò dietro Rez.

Una volta svuotato lo stomaco, Finn rimase piegato in avanti con le mani sulle cosce, sputando per terra.

Quando ebbe finito, si diresse verso la macchina, prese una bottiglia d'acqua e si sciacquò la bocca.

Rez si diresse verso di lui. "Stai bene?"

"No."

"Vuoi che ti massaggi la schiena?"

"Vaffanculo."

"Hai guardato sotto il lenzuolo?"

"Non ci sono nemmeno arrivato."

"Non sapevo che fossi una tale femminuccia."

"Parla lo stronzo che sta fuori e si rifiuta di rientrare," disse Finn, passandosi il dorso della mano sulla bocca.

Rez alzò le spalle. "Non sono mica scemo."

Con un sospiro, Finn si voltò e si appoggiò all'auto. Si passò una mano tra i folti capelli rossi e si guardò attorno. Si accigliò. "Dov'è Nox?"

"Non lo so."

"Come sarebbe a dire che non lo sai?" chiese Finn.

"Ha dato un'occhiata alla stanza ed è scappato. Un po' come te, ma senza vomitare."

"Cosa? Beh, dobbiamo trovarlo."

"Grazie al cazzo. Ma lui è un uomo grande e grosso e noi abbiamo altre cose di cui occuparci prima. Una di queste è assicurarci di essere qui per sostenere Decker."

"Cazzo," mormorò Finn, lanciando un'occhiata alla stanza. "Come cazzo fa a rimanere lì dentro così a lungo?"

"Secondo me? Non ha scelta. È lui che deve dare la notizia a Sloane. Ha bisogno di conoscere bene la situazione per poterlo fare."

"Porca puttana. Pensavamo che sarebbe stata brutta, ma non così tanto."

"Se non l'hai vista, lascia che ti dica che è peggio di quanto pensi."

Gli occhi di Finn, ombreggiati dalla prima luce del mattino, incontrarono lo sguardo dei suoi. "Cosa vuoi dire? Che cosa hai visto?"

"Quando sono entrato nella stanza, era a gambe aperte sul letto, senza un vestito addosso. La roba secca che le incrostava l'interno delle cosce, il petto e che le usciva persino dalla bocca non era dovuta alla decomposizione…"

"Non ci credo, cazzo," gemette Finn.

"Amico, non riuscirò mai a dimenticarlo. Dico sul serio: mi perseguiterà per il resto della mia cazzo di vita."

"E Nox l'ha visto," dedusse Finn.

"Già. Come ho detto, se n'è andato pochi secondi dopo, ma sì…"

"Con quello che è successo a sua moglie…"

"Finn, mi stai dicendo cose che so già." Quella era un'altra situazione che Rez non voleva rivivere.

"Porta puttana," esclamò il fratello dai capelli rossi, "avremmo dovuto lasciarlo a PA."

"Di nuovo… mi stai dicendo cose che so già." Rez esalò un respiro, poi aggiunse: "E di cui ora mi pento."

Diede di gomito a Finn quando Decker uscì di corsa dalla stanza, sbattendo la porta dietro di sé.

Entrambi si diressero verso l'omone, che ora camminava con una mano serrata sulla fronte e ripeteva incessantemente: "Cazzo. Cazzo. Cazzo. Cazzo. Cazzo." Si fermò bruscamente e urlò: "Cazzo!"

Oh, merda. Bisognava arginare i danni. "Non voleva farsi aiutare, Deck, lo sai. È stata divorata dalla sua dipendenza. Non si può salvare tutti. Non importa quello che fai." Rez stava cercando di alleviare il tumulto emotivo che aveva coinvolto Decker, ma non era d'aiuto.

"Lo so fin troppo bene, ma questo non rende le cose più facili per Sloane." L'agonia nella voce di Decker tagliò Rez nel profondo.

"Non invidio il fatto che tu debba dirglielo," mormorò Finn.

"Non solo dovrò dirglielo, ma lei insisterà per vedere Sadie un'ultima volta. Potrebbe anche dover riconoscere il corpo. Porca puttana. Non so come dirglielo. Non ne ho la più pallida idea. Cristo santo!"

"Non deve essere per forza Sloane a riconoscere il corpo. Potrebbero farlo i suoi genitori?"

"Non lo so." Decker abbassò la testa e la scosse. "Onestamente, potrebbe non fregargliene un cazzo. Speriamo che la locale e il medico legale mi credano sulla parola che quella," lanciò un'occhiata alla porta chiusa del motel, "è Sadie."

"È sicuro che sia lei, vero? Non avrei dovuto darlo per scontato, visto che ha un aspetto così," Rez fece una smorfia, "diverso rispetto alle foto."

"È lei. Speravo in un risultato migliore."

"Tutti noi sappiamo che la dipendenza è così. Tu lo sai meglio di chiunque altro, per colpa di Amelia. Ma è il motivo per cui stiamo lavorando a questa task force, fratello. Non riusciremo mai ad arrestare del tutto il flusso di droga, ma possiamo sperare di ridurlo."

Decker sospirò. "È una battaglia in salita, questo è sicuro. A volte sembra una perdita di tempo. Se anche chiudiamo questo rubinetto, l'avidità di qualcuno ne aprirà un altro. Pura e fottuta avidità. Il potente dollaro vale più della vita umana."

"Questo non vale solo per la droga," mormorò Finn.

Era la verità, cazzo.

Con le mani sui fianchi, Decker si girò verso la stanza e la fissò per qualche istante, probabilmente per venire a patti con quello che c'era dietro la porta. Sia Finn che Rez attesero finché l'uomo non disse: "Non è morta di recente. Ha già attraversato il rigor mortis e ne è uscita. La mia ipotesi, visto che sta iniziando a decomporsi, è che sia morta da almeno tre giorni."

"In tre giorni possono succedere molte cose," mormorò Rez, chiedendosi se Decker avesse intenzione di parlare delle condizioni in cui era stata trovata Sadie e del significato di tutto ciò.

Non dovette aspettare a lungo.

Decker era come un candelotto di dinamite con la miccia che stava per finire di bruciare. Se da un lato Rez sentiva l'urgenza di trovare Nox, dall'altro doveva restare accanto a Decker. Rez avrebbe anche dovuto rispondere alle domande della polizia, dato che era stato il primo a scoprire il corpo.

"Quel figlio di puttana depravato ne ha approfittato. L'ha sfruttata anche dopo la morte. Ha trovato un altro stronzo pervertito a cui spillare soldi."

"Il dark web," mormorò Rez. "Deve averla offerta sul dark web. È l'unico posto in cui poteva farla franca."

"Porca puttana!" gridò Finn. "Le donne non sono al sicuro dalla violenza sessuale nemmeno da morte."

"Le donne non hanno mai una cazzo di gioia, lo giuro," ringhiò Rez.

"Gesù Cristo. Niente di tutto deve arrivare alle orecchie di Sloane. Non una cazzo di parola. Le dirò che Sadie è andata in overdose. Niente di più." Decker ruggì: "Porca troia!" e si passò le dita tra i capelli.

Accanto a lui, Finn mormorò: "Bastardi malati. Devono essere allontanati dalla società. A chi cazzo piacciono queste cose?"

Rez disse il suo parere. "Ce li vedo gli incel cogliere la palla al balzo, dal momento che nessuna donna vivente, respirante e con un cervello funzionante li toccherebbe. Sono costretti a fare sesso con qualcuno che non può essere consenziente. Ubriaca, drogata, svenuta, persino morta."

"Quello che abbiamo fatto a T-Bone non è abbastanza."

Rez era d'accordo. "Amen, fratello."

"Avete già fatto chiamare il medico legale, vero?" chiese Decker a Rez.

"La centrale della contea ha detto che lo avrebbe avvisato. Ma, fratello…"

"Oh Dio, cosa? Non credo di poter sopportare altra merda."

Purtroppo, Rez non aveva scelta. Decker doveva sapere… "Nox era al mio fianco quando l'abbiamo trovata. Questo potrebbe averlo incasinato di più."

"Oh, stai scherzando, cazzo!" Decker lasciò ricadere la testa e la scosse. Quando finalmente la rialzò, disse: "Odio parlare male dei morti, ma quella donna là dentro…" Puntò il dito verso la stanza del motel e respirò con rabbia. "Sapete, non provo odio per molte persone, ma… *odio* lei e quello che ha fatto. Non solo ha mandato a puttane la sua vita, ma anche quella di Sloane. E ora anche Nox? E lui stava appena iniziando a uscire dalla depressione e a vivere di nuovo la vita." Si girò verso la stanza del motel e gridò: "Vaffanculo, Sadie. 'Fanculo a te e a tutto il male che hai fatto."

Sadie non aveva meritato di morire in quel modo, né di essere trattata come era stata trattata in seguito, ma Rez non provava alcun tipo di compassione per la donna che aveva causato un sacco di dolore.

Soprattutto alla donna di Decker, che si era consumata emotivamente e finanziariamente per trovarla e aiutarla.

Capitolo ventitré

ERANO ESAUSTI.

Peggio ancora, non avevano trovato Nox. Tutte le chiamate e i messaggi inviati non hanno avuto risposta. Avevano lasciato così tanti messaggi vocali che la casella di posta elettronica si era riempita e non era stato possibile lasciarne altri. Poiché Nox stava per lo più alla Centrale – con l'eccezione dei lavori di costruzione che stavano facendo alla chiesa dei Demons – non gli era stato assegnato un telefono della task force, quindi non potevano nemmeno rintracciarlo tramite quello.

Prima che la polizia sgombrasse il motel, parlarono con l'agente responsabile e lo informarono che Nox era scomparso e gli chiesero di tenere gli occhi aperti nel caso il loro fratello si facesse vivo.

Se lo avrebbero fatto o meno, Rez non lo sapeva. Alcuni dipartimenti locali non avevano abbastanza uomini da dedicare a operazioni del genere. Ma non sarebbe stato male se la loro centrale avesse diramato un avviso di ricerca ai dipartimenti di polizia circostanti, per ogni evenienza.

Finn aveva anche inviato un messaggio a Crew per chiedergli di controllare l'appartamento di Nox e, se lui non c'era, di tenerlo d'occhio. Quando il capo della task force aveva chiesto il motivo, Finn gli aveva raccontato in breve la storia del decesso di Sadie e di come avesse fatto uscire Nox dai binari.

Ciò aveva spinto Crew a fissare una riunione per due giorni dopo. Probabilmente, voleva interrogarli su quello che avevano combinato. Cioè qualcosa che non riguardava la task force. Il capo della task force se ne sarebbe fatto una ragione, ma ciò non significava che Crew non sarebbe rimasto incazzato per un po'.

Avevano aspettato per ore al motel, mentre i poliziotti documentavano e fotografavano la scena e finché il medico legale non aveva rimosso il corpo. Avevano risposto alle domande, rilasciato le loro dichiarazioni e ora si stavano dirigendo verso est, mentre il sole sorgeva all'orizzonte, nel secondo giorno in cui avevano a che fare con quella merda.

A parte i sonnellini in macchina mentre la polizia locale e il medico legale facevano quello che dovevano fare, nessuno di loro dormiva da quasi quarantotto ore.

Finn viaggiò con Decker finché non arrivarono all'area di sosta dove avevano lasciato il terzo veicolo. Da un certo punto di vista, speravano che fosse sparito. Rez sentì sprofondare lo stomaco quando lo trovarono ancora lì.

Nox non l'aveva preso.

Nessuno di loro si aspettava la reazione di Nox. Nessuno di loro.

L'uomo aveva soffriva già di stress post-traumatico da quando era stato congedato con onore dall'esercito. Ma la morte della moglie e tutta la situazione legata alla sua tragica e inaspettata dipartita lo avevano fatto precipitare in un profondo stato di disperazione e depressione.

In conclusione, Bradley Lennox era un poliziotto e le forze dell'ordine erano bombardate da più tragedie del dovuto. Ognuno trovava modi diversi per affrontarle. A volte anche con l'umorismo nero.

Naturalmente, alcune situazioni colpivano i poliziotti veterani più di altre. Ognuno di loro aveva i propri limiti e punti deboli. Che si trattasse di omicidio, tortura, stupro, abuso di minori, incesto o di uno dei tanti motivi per cui dovevano rispondere a una chiamata.

Ma per qualche motivo, la morte di Sadie, e forse anche la sua condizione, avevano colpito Nox più duramente del resto della merda con cui avevano a che fare di norma.

Rez poteva solo immaginare che fosse perché Nox aveva rivissuto le sensazioni provate quando aveva trovato la moglie morta. Forse si stava immedesimando in Sloane e rifletteva su come una persona di sua conoscenza avrebbe reagito alla brutta e triste notizia della propria sorella.

Di nuovo, mentre ciò che avevano trovato non avrebbe dovuto sorprendere nessuno – a parte la necrofilia, ovviamente, perché *cazzo*, quella nessuno se l'aspettava – aveva comunque fatto scattare qualcosa di profondo in Nox.

Rez era preoccupato e non era l'unico.

Mentre erano all'area di sosta a recuperare la terza auto, a prendere un caffè e ulteriori schifezze, aveva mandato un messaggio a Sapphire. Era subito dopo l'alba, quindi dubitava che lei fosse sveglia, ma voleva comunque fare il punto con lei, prima di rimettersi alla guida.

Nonostante lei gli avesse detto che non era necessario, lui voleva farle sapere che l'aveva pensata.

Se non aveva ricevuto il messaggio ora, l'avrebbe ricevuto una volta alzatasi dal letto.

Sono sicuro che stai dormendo, ma volevo farti sapere che stiamo tornando in PA.

Prima che potesse mettere da parte il telefono, squillò un messaggio di risposta. *Sono sveglia adesso.*

Mi dispiace. Non volevo svegliarti. Ho pensato che l'avresti letto più tardi.

Hai pensato male. Avevate lasciato la PA?

La donna non aveva idea che lui e i suoi fratelli si fossero spinti fino all'Ohio nella loro ricerca.

Avevamo un lavoro da finire. Tecnicamente non era finito. Non prima che T-Bone avesse finito di pagare per la sua moltitudine di peccati.

Rez inviò un altro messaggio: *Sto andando a casa per cercare di dormire un po'.* Anche se forse non ci sarebbe riuscito. Dopo quello che aveva visto in quella stanza di motel, temeva che non sarebbe più riuscito a dormire bene. *Prima mi fermo da mamma per mangiare qualcosa.*

Aveva già inviato un messaggio a sua madre per avvisarla che sarebbe passato per una delle colazioni abbondanti che lei preparava. Avere lo stomaco pieno del buon cibo di sua madre avrebbe potuto aiutarlo a dormire un po'.

Nel frattempo…

Non ricevette alcun messaggio di risposta da Sapphire. Molto probabilmente, la donna si era riaddormentata. Oppure…

Forse lui stava cercando di forzare qualcosa tra loro che non avrebbe dovuto.

Lei era dannatamente indipendente e non sembrava il tipo da volere una relazione seria. Ma in fondo anche lui era così.

O lo era stato.

Fino a lei.

Prima di Sapphire, Rez non aveva saputo cosa volesse in una donna o in una relazione.

Ora sì.

Mentre guardava Finn e Decker – entrambi impegnati in relazioni serie e felici – uscire dall'edificio e dirigersi verso il parcheggio, mandò un altro rapido messaggio a Sapphire. *Lavori stasera?*

Sì.

A che ora?

12-8.

Avrebbe finito di lavorare abbastanza presto per venire da lui dopo. *Ti dispiace se passo al club?*

Per lavoro o per vedermi?

Per vederti.

Il club è aperto al pubblico, Rez.

Rez meditò sulla risposta per qualche secondo prima di rispondere: *Non sono un cliente.*

Certo che no. Andare a letto con un cliente non sarebbe intelligente. Quello che voglio dire è che non posso impedirti di venire al club.

Rez guardò accigliato il telefono. *Ma lo faresti se potessi?*

L'ho detto?

No, non l'aveva detto. Ma era il suo modo di esprimersi che lo turbava. Stava forse cercando di scrollarselo di dosso?

O forse erano entrambi troppo stanchi per affrontare quella conversazione?

Rez si stava praticamente trascinando ed era possibile che lei fosse ancora mezza addormentata.

Torna a dormire. Ci sentiamo più tardi.

Il messaggio di risposta di lei, *A dopo*, lo fece sentire un po' meglio, ma non del tutto.

———

SAPPHIRE FECE il giro dei tavoli, fermandosi a uno di essi per salutare un cliente abituale. Essendo mercoledì, non c'era molta gente. Forse due dozzine di uomini e una donna riempivano i tavoli e i separé, oltre alle sedie a pozzetto in vinile disposte lungo il perimetro del "thrust stage".

Presto Sapphire sarebbe dovuta salire su quel palco, ma notò una persona interessante in un separé nell'angolo più lontano.

Rez.

Vederlo lì, con un aspetto stanco ma ancora deliziosamente sexy, fece sì che il suo cuore mancasse un battito, per poi mettersi a correre.

E quella reazione la sorprese.

Oltre al fatto che lui le era mancato per il breve periodo in cui era stato via.

Un'altra reazione inaspettata.

Dopo avergli mandato un messaggio quella mattina, Sapphire si era riaddormentata e per poco non era arrivata in ritardo al lavoro.

Dato che Taint non era ancora al locale quando lei era entrata dalla porta sul retro – i porci sarebbero volati prima che il motociclista arrivasse in anticipo – probabilmente non avrebbe avuto importanza se Sapphire avesse fatto tardi.

Almeno per il motociclista. Per lei era importante, perché aveva l'abitudine di essere puntuale, anche al lavoro.

Quando arrivò al separé di Rez, lui si spostò quanto bastava per lasciarle lo spazio per scivolargli accanto. Una volta fatto, lei si chinò su di lui, gli diede un bacio veloce, poi pulì con il pollice la macchia di rossetto rosso che gli aveva lasciato sul labbro inferiore.

Il sorriso che lui le rivolse la riscaldò fino alle dita dei piedi.

Cosa stava succedendo?

"Tutto bene?" chiese l'uomo, allungando un braccio robusto sullo schienale del divanetto alle spalle di Sapphire.

Quando lei si appoggiò al suo braccio, lui le passò una mano sulla spalla nuda. "Io sì. E tu?"

"Va tutto bene ora che sei qui." Rez fischiò sottovoce mentre i suoi occhi scivolavano verso il basso. "Questo vestito spacca, Phire. I tuoi capezzoli sembrano felici di vedermi."

"Non solo i miei capezzoli," provocò lei in risposta.

L'abbigliamento di quella sera era un abito nero, attillato e cortissimo che metteva in mostra la lunghezza delle sue gambe. La parte superiore era costituita semplicemente da due bande di tessuto che le attraversavano il petto e si legavano dietro il collo a mo' di reggiseno. L'abito lasciava scoperta la pancia e la schiena e, naturalmente, il tessuto conteneva a malapena il suo seno da coppa DD.

"Sono contenta che ti piaccia. È uno dei miei preferiti, ma credo che indossarlo stasera sia uno spreco, visto che la partecipazione è scarsa. Avrei dovuto conservarlo per il fine settimana."

"Sono sicuro che non dispiacerà a nessuno se lo indosserai di nuovo questo fine settimana."

"Vero. Non prestano molta attenzione al vestito vero e proprio. Badano più a ciò che non copre." Alcuni abiti portavano mance migliori. Quello della serata era uno di essi. Mentre di solito lei indossava abiti lunghi e scintillanti, più eleganti ma sexy, di tanto in tanto tirava fuori quelli corti e divertenti.

"Puoi indossarlo a casa mia questa sera, dopo il lavoro, così ti aiuto a toglierlo."

"È un invito?"

"Non è necessario un invito formale. La mia porta e il mio letto sono sempre aperti per te. Quando vuoi, vieni," disse lui, con un occhiolino e un luccichio negli occhi.

"Come hai dormito?"

"Meglio del previsto, grazie al fatto che mi sono riempito le viscere di *arepas* fatte in casa da mia madre con uova strapazzate, formaggio e fagioli neri."

Sapphire non aveva mai amato i fagioli neri, finché una sera non aveva avuto la possibilità di assaggiare quelli della madre di Rez. Ora ne era ossessionata.

Sotto il tavolo, Sapphire trascinò le sue lunghe unghie dalla cima della coscia coperta di jeans dell'uomo fino al ginocchio. "L'ultima volta che ti ho visto, stavi inseguendo T-Bone. Non l'ho più visto. Cos'è successo?"

Rez scosse la testa. "Abbiamo avuto una piccola discussione con lui riguardo alla sorella di Sloane."

"E lui vi ha dato qualche informazione?"

"Sì."

Le sopracciglia di Sapphire si alzarono. "Volontariamente?"

"Con un po' di convincimento," rispose Rez, tenendo la voce bassa.

Lei lo prese come uno spunto per fare lo stesso. "E l'avete trovata?"

L'uomo esitò prima di dire con cautela: "Sì."

"E come sta?"

Sapphire lo capì prima ancora che lui rispondesse, perché era chiaro dalla sua espressione cupa. "Morta."

Lei gli strinse forte il ginocchio, sussurrando: "Mi dispiace tanto."

"Non è stata del tutto una sorpresa."

"Dov'era?"

"L'abbiamo trovata in Ohio."

Che finale triste per una storia già tragica. "Accidenti, mi dispiace tanto per sua sorella. E adesso?"

"Non so ancora che intenzioni abbia Sloane. Non parlo con Decker da quando siamo tornati. Dovendo stare svegli per quasi quarantotto ore di fila, siamo andati avanti a caffè e cibo spazzatura."

"Non c'è da stupirsi se ti sei fermato da tua madre per mangiare qualcosa di buono."

"E naturalmente, lei era contenta che fossi passato. Allora… Quando saprò i dettagli del funerale, verrai con me?"

Cosa voleva Rez? Sapphire non conosceva né Sloane né sua sorella. "Ai funerali di solito c'è un più uno?"

La sua bocca si storse. "Non lo so, ma mi piacerebbe che tu ci fossi."

"Rez…"

"È un funerale, non un matrimonio."

"Ma comunque… non siamo una coppia."

"È un dannato funerale, Phire, non un appuntamento."

Le labbra dell'uomo si appiattirono in una linea retta. "Dimentica che te l'ho chiesto."

Le stava seriamente mettendo il broncio? "Quand'è?" Davvero si sarebbe lasciata convincere da lui ad andarci?

In passato non avrebbe mai accettato quel genere di manipolazione. Lo avrebbe mandato a quel paese. *Cosa diavolo stava succedendo?* Perché lei sentiva il bisogno di rendere felice quell'uomo?

Erano davvero diventati una coppia senza che lei se ne accorgesse?

Si scrollò di dosso quel pensiero quando Rez rispose: "Non lo so, visto che il corpo è ancora in Ohio. Sloane o i suoi genitori dovranno prima prendere accordi."

"È un peccato che non sia stato possibile salvare sua sorella. La droga può devastare una persona."

"Anche la famiglia. Purtroppo, la dipendenza della sorella di Sloane ha creato una frattura tra lei e i suoi genitori."

"Che cosa assurda. Voleva solo salvare sua sorella ed era disposta a fare tutto il necessario. I suoi genitori avrebbero dovuto volere lo stesso."

"Appunto: avrebbero dovuto. La gente è strana."

Sapphire rise sommessamente. "È così."

"Comunque, pensa di venire. Naturalmente ci saranno anche Finn e Mel, per cui non sarò l'unico che conosci."

Sapphire poteva vedere Mel e Finn in qualsiasi momento e preferiva non farlo a un funerale. Aveva la sensazione che Rez volesse metterla in mostra come una frequentazione, nonostante sostenesse il contrario a parole.

Le dita di lui le sfiorarono la nuca. "Verrai da me quando avrai finito di lavorare?"

"Perché non vieni mai tu a casa mia e devo sempre stare io da te?" Portarsi in giro una borsa da notte era scomodo. E lei sarebbe comunque dovuta andare a casa per prenderla.

"Perché non mi piace che tu viva là. E a proposito, so

che sembro un disco rotto, ma non mi piace nemmeno che tu lavori qui. Mi preoccupo per te."

"*Beeeh*," strascicò Sapphire, "non c'è bisogno che ti preoccupi per me. Sono anni che vivo a casa mia e lavoro qui. E comunque, non è una decisione che spetta a te."

"Ma questo posto è cambiato rispetto a quando hai iniziato."

Lei sollevò un sopracciglio. "Ma davvero?"

Se c'era qualcuno che lo sapeva, era lei. Ma prima di andarsene, aveva bisogno di opzioni. E il suo appartamento poteva non trovarsi in un complesso di lusso, ma costava poco.

Rez si accigliò. "Mi sto comportando da stronzo?"

"Impegnativo, sì. Stronzo, no. Ma ho vissuto per trentun anni senza di te, Rez; sono sicura di poterne affrontare altri trentuno senza di te." Ma voleva farlo? Il pensiero che lui non facesse più parte della sua vita… le faceva male.

"Cavolo," sussurrò.

Forse aveva solo bisogno di stabilire dei limiti per far funzionare quello che c'era tra loro.

Afferrò il mento dell'uomo e lo girò finché non si trovarono quasi naso a naso. Per un attimo fu distratta dai suoi splendidi e intensi occhi, ma si scrollò mentalmente.

Concentrati. Non lasciare che il suo aspetto fisico ti distragga dalle cose importanti. Sei una donna di trentun anni, non una diciottenne che si innamora di un ragazzo solo perché è sexy.

O bravo a letto.

Ci sono già passata. Ho già imparato la lezione nel modo più duro.

"Non fraintendermi, Rez: apprezzo la tua preoccupazione, ma non è necessaria. Sono in grado di prendermi cura di me stessa e di decidere da sola."

Lui le piaceva. Molto. Ma se Sapphire aveva intenzione di impegnarsi in modo serio con qualcuno – e chiaramente lui stava iniziando a orientarsi in quella direzione – voleva farlo alle sue condizioni.

"In passato, sono stata con una persona che si era fatta l'idea che, a causa di quello che facevo per vivere, non fossi altro che un'oca senza cervello. Che fossi incapace di prendere buone decisioni da sola. Gli ho dimostrato che si sbagliava, facendo la scelta molto intelligente di sbatterlo fuori a calci dalla mia vita."

"Ci ha perso lui. E, per essere chiari, io non la penso così. Trovo che tu sia una donna intelligente e capace, che non ha bisogno di nessuno. Ma questo non significa che tu debba fare tutto da sola, Sapphire."

"Cosa vuoi dire?" Cominciava a sembrarle di avere di nuovo sedici anni e che lui le stesse chiedendo di fare coppia fissa.

"Voglio dire, tutti abbiamo bisogno di qualcuno al nostro fianco. Per far rimbalzare le idee, per sostenerci nelle decisioni… cose del genere. Io voglio essere quella persona per te."

Lei inarcò le sopracciglia. "Sembra una cosa… seria."

Dopo aver tratto un respiro udibile attraverso le narici, Rez lo spinse fuori con un suono che sembrava di frustrazione. "Sapphire, senti…"

Ti prego, non cominciare con gli ultimatum… Quello avrebbe rovinato il rapporto sereno che esisteva tra di loro. Un rapporto che lui sembrava interessato a coltivare.

Sapphire colse con la coda dell'occhio un movimento vicino al cordone di velluto e sussurrò: "Merda." Si allontanò subito da Rez e si mise in piedi. "È arrivato Taint. Possiamo finire questa discussione più tardi? Tanto, devo comunque prepararmi per il mio set sul palco."

"Non hai più detto se verrai più tardi."

"Prima dovrei correre a casa."

"Dovresti tenere una borsa in macchina."

"Rez…"

Un muscolo della mascella di lui scattò. "Sapphire…"

"Ne parleremo dopo, quando verrò da te."

L'uomo le rivolse un sorriso vittorioso.

Sapphire scosse la testa e levò gli occhi al cielo, quindi si diresse verso il camerino per cambiarsi in vista del suo turno sul palco.

Rez poteva aver vinto la battaglia, ma non la guerra. E lei non si sarebbe arresa senza combattere.

Ma avrebbe dovuto indossare un'armatura per quel combattimento, poiché aveva la sensazione che, se non l'avesse fatto, si sarebbe arresa troppo facilmente.

Perché sì, Rez le piaceva.

E la cosa la spaventava non poco.

Capitolo ventiquattro

ANCHE DALL'ALTRA PARTE DELLA SALA, Sapphire poteva sentire gli occhi di Rez che la ustionavano con il loro sguardo rovente mentre attraversava il palcoscenico per raggiungere il palo.

Aveva deciso di iniziare la sua routine indossando i suoi copripantaloni bianchi borchiati coi tacchi a spillo bianchi. I copripantaloni lasciavano scoperte le mutandine in similpelle bianca borchiate abbinate, che lei aveva abbinato con il top del bikini borchiato dello stesso set. Al collo portava anche un collarino bianco, ovviamente borchiato. In testa, un cappello da cowboy bianco ornato di paillettes a forma di S sul davanti completava l'insieme.

Lo chiamava il suo vestito "Yee Haw."

Anche se era di finta pelle, teneva comunque molto caldo durante un balletto, soprattutto con i capelli sciolti. Ma per fortuna non avrebbe indossato la maggior parte dei componenti per molto tempo.

Nel momento in cui la musica introduttiva passò alla prima canzone di quel numero in particolare, Sapphire afferrò il palo e si perse nella musica e nella danza.

Amava ogni dannato minuto in cui stava sul palco e

intratteneva il pubblico. Per la maggior parte del tempo si dimenticava del pubblico e si perdeva nella sua mente.

Tuttavia, le sere in cui Rez era al club, trovava più difficile farlo.

Non avrebbe dovuto essere così, visto che lui era semplicemente un uomo come gli altri suoi clienti abituali, ma per qualche motivo Sapphire era più consapevole di quello che faceva quando lui osservava ogni sua mossa.

Quella sera, era come se si stesse esibendo per lui. E solo per lui.

Per lei non esisteva nessun altro nel club.

Non dubitava che per l'uomo non fosse lo stesso. Rez sapeva benissimo che tutti gli altri uomini seduti su quelle poltrone la stavano guardando ballare e spogliarsi.

Lo aveva reso evidente…

Non gli piaceva condividere.

Poiché lei ballava per altri uomini e persino per altre donne, lui non aveva altra scelta che accettarlo.

Che gli piacesse o meno, quello era il suo lavoro. Un lavoro che le consentiva di mantenersi. Proprio come il lavoro di Rez poteva portarlo a viaggiare in Ohio per un paio di giorni per dare la caccia a una drogata.

Lei glielo rinfacciava? Certo che no.

Era arrabbiata perché non si era fatto sentire per un paio di giorni? Non aveva il diritto di esserlo.

Ma nonostante la presenza di altri nella stanza, lei stava ballando solo per lui. Ogni tocco, ogni movimento dei capelli, ogni piroetta…

Quando la canzone cambiò di nuovo, mutò anche il ritmo, rallentando abbastanza da darle il tempo di togliersi i pantaloni prima di lanciarsi di nuovo verso il palo e di farsi strada in cima, dove fece una serie di acrobazie vicino al soffitto.

Una volta terminato, scese a spirale mentre era capovolta, fino a quando non poté appoggiare le mani sul palcoscenico. Con le gambe agganciate al palo, inarcò la schiena e fece risalire una mano dall'inguine al busto e ai seni, finendo per infilare un dito tra i denti in un ammiccamento.

Una litania di grida moleste nelle vicinanze la fece uscire dal suo bozzolo. Aprì gli occhi e vide un uomo vicino al palco; era in piedi, ma barcollava come se fosse ubriaco.

In passato, chiunque fosse visibilmente in stato di ebbrezza e creasse problemi veniva allontanato subito dal locale e rimandato a casa in taxi. Naturalmente, tutte quelle precauzioni erano cessate quando i Demons avevano preso il controllo del locale.

Finché un cliente pagava, l'MC vendeva. Che si trattasse di balletti privati, di alcolici o persino di droghe.

La sua attenzione si spostò dall'uomo chiassoso al bancone del bar, dove il capo Demon se ne stava con le braccia incrociate sul chiodo, lo sguardo puntato su di lei e non sull'uomo fuori controllo.

Che stronzo di merda.

Era meglio ignorare l'ubriaco e continuare con il suo numero. Farla finita e scendere dal palco. Ma con una rapida occhiata al locale, vide che lui stava attirando l'attenzione più di lei.

La cosa non era un bene per gli affari.

Sapphire si rigirò di scatto, da capovolta a dritta, e si alzò. Decise di coinvolgere l'ubriaco nel numero: se fosse stata fortunata, lui si sarebbe zittito. Non era un cliente abituale e lei non l'aveva mai visto prima nel locale. La maggior parte dei clienti abituali non si comportava in quel modo.

Guardando l'uomo, si avvicinò al bordo del palco e si fermò davanti a lui. Si chinò, gli diede un colpetto sulla punta del naso e gli rivolse un sorriso forzato, ma amichevole.

"Ciao, bello," disse a voce abbastanza alta perché lui la

sentisse nonostante la musica e i fumi dell'alcol. "C'è un problema per cui hai bisogno di aiuto?"

"Sì, non sei nuda."

"Per quello basta un po' di pazienza. Perché non ti rilassi e ti godi lo spettacolo?"

"Pizzicati i capezzoli. Voglio vederti giocare con la tua fica."

Ah. Chissà come, quel tizio doveva aver avuto l'impressione che lei accettasse richieste. "Questo non è uno spettacolo sessuale, tesoro."

"Non me ne frega un cazzo. Ora dammi quello per cui ho pagato, cazzo."

Zaffate di odore di alcol giungevano dall'uomo. "Sembra che tu abbia pagato per qualche drink e che te lo sia goduto."

"Adesso mi godo te."

Lo sguardo di Sapphire si spostò su Taint, che era ancora nello stesso punto e non sembrava in procinto di intervenire – cosa non sorprendente – per poi balzare rapidamente al separé dove era seduto Rez. Il poliziotto sembrava teso e pronto a saltare fuori dalla sedia e a menare le mani.

Lei gli rivolse una leggera scrollata di testa, sperando che lui recepisse il messaggio che andava tutto bene, che lei aveva la situazione in mano e che lui doveva rimanere seduto.

Se Rez avesse compreso o meno il messaggio, solo il tempo lo avrebbe rivelato.

"Perché non ti siedi, così posso finire il mio numero e qualcuno ti porterà da bere? Offre la casa." Non che l'uomo avesse bisogno di altro alcol, ma l'offerta avrebbe potuto indurlo a fare il bravo e a smettere di interrompere lo spettacolo.

Sapphire guardò di nuovo Taint e indicò il bordo del palco. Quello stronzo di motociclista si girò e le diede le spalle. Era meglio per lui che stesse ordinando da bere per il tizio e che non la stesse ignorando. "Il direttore ti porterà un drink in omaggio."

"Non voglio un drink. Voglio te."

"Beh, non puoi…"

Prima che lei potesse finire la frase, l'uomo si slanciò in avanti, le afferrò il braccio e la trascinò giù dal palco.

Il cuore le si piantò in gola quando cadde come un sasso e tutta l'aria le fuoriuscì dai polmoni al momento dell'impatto violento con il pavimento.

Le ci volle qualche secondo per riprendere fiato, ma nel momento in cui lo fece cercò di spingersi via l'uomo di dosso. L'ubriaco doveva aver perso l'equilibrio ed esserle caduto addosso. "Lasciami!"

Spinse più forte contro il peso schiacciante e improvvisamente fu libera e poté respirare di nuovo. Ma l'impatto le aveva lasciato dolore ovunque.

Sentì una colluttazione e, con un gemito, si aggrappò a una sedia vicina per rimettersi in piedi, avvertendo un forte dolore alla caviglia destra. I rumori di grida e di tavoli rovesciati la spinsero a spostare l'attenzione su ciò che stava accadendo, supponendo che fosse Taint che portava fuori la spazzatura.

Non lo era.

Era Rez che, sul pavimento, stava spaccando il muso all'ubriaco.

Lei non aveva idea di cosa stesse urlando, perché tutto gli usciva di bocca molto velocemente. Colse però con grande chiarezza le parole "vaffanculo", "stronzo" e "figlio di puttana."

Il cliente, già stordito, aveva sangue che gli sgorgava dal naso e dalla bocca, oltre a uno squarcio sanguinante sulla guancia. Stringendo la camicia dell'uomo, Rez la usava per tenere fermo l'ubriaco in modo da pestarlo ripetutamente in viso mentre questi non reagiva.

Cristo!

"Rez!" gli urlò Sapphire, per impedirgli di uccidere l'uomo e di commettere un errore che avrebbe cambiato la sua vita. "Fermati! Rez!"

Prima che lei potesse aggirare i tavoli e le sedie rovesciate per raggiungerlo, Taint e due aspiranti circondarono Rez, lo afferrarono e iniziarono a trascinarlo all'indietro. Non si limitarono a togliere il poliziotto di dosso all'ubriaco, ma continuarono a trascinarlo sempre più lontano.

In preda alla rabbia, Rez cercò di liberarsi lottando, ma era in inferiorità numerica. Ciò non significava che si arrese facilmente. Lottò contro i tre uomini, imprecando con violenza, l'espressione piena di furia e gli occhi sbarrati.

Sapphire gridò più volte "Lasciatelo andare!", ma fu ignorata mentre Taint indicava ai due aspiranti di portare Rez sul retro con uno scatto del mento.

Oh, cazzo!

Sapphire gridò quando la sua caviglia ferita si storse nella fretta di inseguirli. Finì per zoppicare, poiché ogni passo che faceva con il piede destro le provocava un dolore acuto che le saliva lungo la gamba.

Trasse un respiro affannoso per ignorare il dolore, decise di togliersi le scarpe sperando che ciò fosse d'aiuto e fece del suo meglio per raggiungere quegli altri mentre sparivano nel corridoio posteriore.

Doveva essere presente per fare da testimone affinché Taint e i suoi scagnozzi non facessero del male o uccidessero Rez.

"State cacciando l'uomo sbagliato!" urlò lungo il corridoio mentre zoppicava. "Avreste dovuto fare qualcosa per quel dannato ubriaco!"

Nessuno le dava retta!

Superò il dolore e continuò ad andare avanti. Alcune donne uscirono dal camerino per guardare Taint che apriva a calci la porta sul retro, in modo da continuare a trascinare Rez fuori.

Espellendolo di fatto dal club.

Cazzo! Cazzo! Cazzo!

Sapphire afferrò la porta prima che si chiudesse e uscì nel parcheggio dei dipendenti a piedi nudi nel freddo gelido.

"Non osate fargli del male!" urlò, guardando Rez che continuava a lottare per liberarsi.

"Tornatene al lavoro!" urlò Taint da sopra la spalla.

"Toglietemi quelle cazzo di mani di dosso," continuava a gridare Rez.

Sapphire si rese conto che Rez non si era mai identificato come poliziotto. Perché, se l'avesse fatto, forse quegli uomini si sarebbero fermati.

O forse no. Forse gli avrebbero fatto più male. Quei motociclisti non amavano le forze dell'ordine. E se si fosse scoperto chi era Rez, avrebbero colto l'occasione per fargli ben di peggio.

"Cosa vuoi fare? Siamo tre contro uno, coglione," sbraitò Taint in faccia a Rez. Gli puntò un dito contro. "Sei bandito da questo cazzo di club. Se provi a tornare, ti sbattiamo fuori un'altra volta. Non lavorerai più nella nostra chiesa. Prendi la roba che ti serve per sballarti da un'altra parte. Non voglio più vedere la tua faccia. Mi hai capito?"

"Andate affanculo, figli di puttana," gridò Rez mentre tutti e tre lo spingevano contemporaneamente e, al tempo stesso, lo lanciavano andare. Lo slancio lo fece inciampare e atterrare in ginocchio sul selciato duro e freddo.

Sapphire si mosse alla massima velocità consentitale dalla caviglia malandata per sincerarsi di come stesse Rez, mentre Taint e i due aspiranti la oltrepassavano per tornare dentro. Avrebbe pensato a quello stronzo del direttore del locale più tardi. Al momento, aveva una persona più importante di cui occuparsi.

Cominciò a battere i denti e rabbrividì con forza mentre

l'adrenalina cominciava a calare. Si ricordò che era scalza e vestita solo con il bikini in finta pelle.

Gennaio non era certo il periodo per stare all'aperto in Pennsylvania vestita come se fosse su una spiaggia tropicale.

Quando lei lo raggiunse, Rez era già in piedi e si stava pulendo il sangue dalla bocca con il dorso della mano. Il petto continuava a pompare rapidamente e la mascella a schioccare.

Si girò verso di lei, ringhiando: "Te ne vai! Ti troverai un altro cazzo di lavoro." Puntò un dito verso l'edificio. "Quello che è successo lì dentro è una merda e quel figlio di puttana non ha fatto nulla per impedirlo. Questo posto non è sicuro per te."

"Scusa?" Rez stava rivolgendo la sua rabbia contro di lei? Eh no.

L'uomo fece un passo verso di lei. "Mi hai sentito. Andiamo."

Quando lui si allungò, lei fece un passo indietro. "No, Rez, tu vai a darti una calmata. Io non vado da nessuna parte."

"Sei qui fuori a congelarti e ti sei fatta male."

"Mi riprenderò e tornerò dentro. Vai a casa e vattene prima di farmi licenziare."

"'Fanculo, Phire. Non me ne vado senza di te."

La spina dorsale di Sapphire si raddrizzò e lei alzò il mento per incontrare lo sguardo infuocato dell'uomo. "Non spetta a te deciderlo."

Non poteva abbandonare il suo lavoro, non senza una rete di sicurezza, ma *poteva* abbandonare lui.

"Sapphire!" gridò Rez, mentre lei faceva esattamente quello. Il nome grondava di rabbia e frustrazione. "Loro non ti proteggeranno da stronzi come quello."

Sapphire non solo doveva salvare il suo lavoro, ma anche lui, sia dai Demons che da se stesso. E per farlo, aveva bisogno che lui se ne andasse e si calmasse. "Vai a casa, Rez! Non è un problema tuo."

"Stronzate!"

Appena Sapphire raggiunse l'ingresso posteriore dei dipendenti, digitò il codice di sicurezza e la porta si aprì con un clic. Entrò zoppicando e si assicurò che la porta fosse chiusa e bloccata in modo che lui non potesse seguirla.

Trovò Saint subito al di là dell'ingresso, ad aspettarla e molto probabilmente ad assicurarsi che Rez non rientrasse. Non sembrava affatto soddisfatto.

Beh, *cazzi suoi*. Non era l'unico a non essere contento.

Sapphire si circondò con le braccia nel tentativo di scaldarsi, ma la rabbia nei confronti del capo motociclista la stava scaldando molto meglio. "L'hai visto, Saint. Mi stava difendendo. A differenza di te o dei tuoi dannati aspiranti. E hai sbattuto fuori lui invece di quel dannato ubriaco che mi ha tirata giù dal palco e mi ha storto la caviglia."

"Ci stiamo occupando anche di lui. Ora, riporta il tuo culo sul palco o vattene e non tornare mai più."

Come diavolo avrebbe dovuto fare Sapphire a concludere il numero con la caviglia in quelle condizioni? Stava già diventando difficile muoverla per via del gonfiore.

"Sei una fottuta spina nel fianco con le tue continue lagne e le tue infinite richieste del cazzo."

Sapphire prese fiato per mandare a quel paese il direttore del locale, ma poi si ricordò ancora una volta che aveva bisogno di quel maledetto lavoro. Almeno per il momento. Rilasciò lentamente la frustrazione, assieme all'aria che le usciva dai polmoni.

Pazienta, Sapphire. Non puoi ancora andartene. Ingoia il rospo e fai quello che devi fare.

Per quanto volesse mandare Taint a farsi fottere, andarsene e non vedere più quello stronzo, non poteva. A meno che non volesse vivere nella sua dannata macchina.

"Perché te ne stai lì impalata, cazzo? Hai qualche problema?"

Certo, ma a Taint non importava.

Lei chiuse gli occhi, inghiottì tutto ciò che avrebbe voluto vomitargli addosso e invece si costrinse a pronunciare un semplice "No."

Che le fece più male della caviglia.

I pugni battuti contro la porta sul retro la fecero sobbalzare. Sentì gridare il suo nome dall'altra parte, anche se soffocato.

Merda. Merda. Merda.

Mentre si dirigeva verso il camerino per occuparsi della lesione e darsi una ripulita, passò davanti a Taint e disse: "Assicurati che non lo facciano entrare nemmeno dalla porta principale."

Era la decisione migliore per entrambi, che Rez fosse d'accordo o meno.

Lo stronzo compiaciuto e vestito di pelle le rivolse un sorriso che lei fu tentata di cancellargli dalla faccia.

Sarebbe arrivato il momento di Saint.

Ma l'autobus del karma non avrebbe potuto investirlo abbastanza presto.

Capitolo venticinque

NON SAPEVA come facesse ad avere ancora i denti dopo averli digrignati tanto. La pressione sanguigna era alle stelle. Le vene delle tempie pulsavano ancora. I suoi pensieri erano diventati pericolosamente oscuri.

E la sua pazienza?

Inesistente.

Cazzo, lei era rimasta in quel club. Nonostante quello che era successo. Nonostante lui avesse insistito perché se ne andasse.

Era troppo testarda e volitiva per il suo bene.

Da un lato, la sua natura indipendente lo eccitava. Dall'altro, lo faceva anche incazzare a morte.

Aveva chiuso con lei. Completamente chiuso, cazzo.

Avrebbe gettato la spugna.

Cosa diavolo si aspettava Sapphire? Che lui se ne stesse con le mani in mano mentre lei veniva malmenata da un altro uomo?

'Fanculo.

'Fanculo a quel tipo.

'Fanculo ai Demons.

E 'fanculo a lei.

Con la mascella serrata, Rez andò in cucina, prese una lattina di Modelo dal frigorifero e se la portò alle labbra. Non per bere, ma per premerla sul punto in cui aveva il labbro gonfio e spaccato. Sussultò al contatto del metallo freddo con la bocca pulsante.

Non vedeva l'ora che la task force schiacciasse quei fottuti demoni. Avrebbe organizzato una maledetta festa.

Controllò l'ora sul telefono e vide che erano ormai le otto passate. Se lei aveva resistito per il resto del turno, doveva essere ormai tornata a casa. Poi recuperò la serie di messaggi che le aveva inviato dopo che Phire lo aveva chiuso fuori dal Peach Pit. Tutti erano rimasti senza risposta.

Le aveva anche lasciato tre messaggi vocali.

Uno mentre era in piena ebollizione.

Un altro mentre sobbolliva.

E l'ultimo quando stava cuocendo a fuoco lento.

C'era voluto ogni dannato grammo di forza di volontà per trattenersi dal tornare al club, fare irruzione e trascinarla fuori da lì per il suo bene.

Ma lei aveva bisogno di quel lavoro.

Proprio come lui aveva bisogno del suo.

E se Rez fosse tornato là quella sera, sarebbero entrambi rimasti disoccupati. Avrebbe buttato nel cesso dodici anni di carriera.

Il suono stridente del campanello lo fece scattare all'indietro e poi girare verso la porta.

Chi cazzo è?

Mentre si dirigeva verso la porta, posò la birra sul bancone e prese la Glock carica da dove l'aveva appoggiata sul tavolo della cucina. Pochi secondi dopo stava premendo un bulbo oculare sullo spioncino.

Sbatté le palpebre di fronte alla persona che vide.

Ma che cazzo?

Era combattuto se essere arrabbiato o sollevato.

Tirò il catenaccio e spalancò la porta.

"Pensavo che mi avessi dato il benservito." Sapphire non sapeva che nell'ultima ora o giù di lì, lui le aveva dato il benservito circa due dozzine di volte.

Ma se lo tenne per sé.

Avrebbe rivalutato le sue scelte di vita dopo aver sentito quello che era venuta a dirgli.

"Dovrei."

Rez avrebbe voluto farle un discorsetto, ma invece di ficcò tutto dentro e optò per un'alternativa. Una più sicura. "Ma non puoi resistere al cazzo."

"Anche se il cazzo è buono, se vuoi che questo continui, dobbiamo stabilire dei limiti."

Limiti?

Rez ingoiò la risposta anche a quella merda.

Se fosse stata un'altra persona – una che non era Sapphire – quella davanti alla sua porta, lui gliel'avrebbe sbattuta in faccia e sarebbe tornato alla sua dannata birra. Poiché si trattava di *lei*, fece un passo indietro, lasciandole lo spazio per entrare.

Lo sguardo della donna si posò sulla pistola di lui, ora tenuta lungo il fianco e puntata verso il pavimento.

Un sopracciglio scuro si alzò. "Ti aspetti problemi?"

I problemi erano già arrivati ed erano entrati nel suo appartamento. "Non si può mai sapere, con la gentaglia che c'è in giro."

Rez inserì di nuovo il catenaccio e si voltò, cogliendo l'occasione per passare lo sguardo su Sapphire da capo a piedi e assicurarsi che fosse tutta intera.

"E a proposito di cazzo… Non so chi ti credi di essere per pensare di potermi imporre di fare delle cose. Sapevi esattamente qual era il mio lavoro quando ti ho incontrato. Diavolo, ti ho conosciuto al club."

Sì, ma allora lei faceva la hostess, non si dondolava nuda dal palo.

"Io non divido." *E quello stronzo ubriaco stava toccando ciò che era mio.*

Rez era abbastanza intelligente da non dire la seconda parte ad alta voce. Probabilmente non avrebbe dovuto dire nemmeno la prima. Ma dire cose che non si dovevano dire era una maledizione con cui doveva convivere.

"Allora non farlo, Rez. Se non riesci a gestire quello che faccio per vivere, possiamo chiudere stasera. Devi solo dirlo."

"È per questo che sei venuta? Per chiudere ufficialmente con me?" Visto il modo in cui era rientrata al Peach Pit e lo aveva lasciato al freddo, lui aveva pensato che fosse già successo.

Sapphire emise un sospiro sommesso. "Pensavo che fossi diverso, Rez. È per questo che ho continuato a venire qui. È per questo che…" Inghiottì il resto delle parole.

Lui si accigliò. "È per questo che…?"

Lei strinse le labbra e scosse la testa. "È per questo che sono venuta qui stasera."

Bella deviazione. "Nessuno può metterti le mani addosso." *Tranne me. E non con violenza.*

"Su questo non ho da ridire."

"Con il modo in cui il club è gestito dai Demons, succederà di nuovo," avvertì Rez.

La rassegnazione le riempì il volto. "Potrebbe benissimo essere così."

"Non mi piace."

"Mettiti in fila."

"Devi trovarti un altro lavoro, Phire. Quel posto non è sicuro per te." Era un'ovvietà, che Rez avrebbe continuato a ripetere finché lei non gli avesse dato retta.

Se il fatto che lui si preoccupava per lei l'avrebbe fatta uscire dalla porta e non tornare più, lui avrebbe dovuto farsene una ragione. Ma non avrebbe taciuto per poi vederla soffrire. O peggio.

Avrebbe perso la testa e sarebbe andato su tutte le furie. Il risultato sarebbe stato ancora peggiore di quello che era successo prima al club.

"E cosa faccio finché non ne trovo uno che mi paghi abbastanza da coprire le spese? Non è facile trovare lavoro da queste parti. È ancora più difficile trovarne uno che paghi decentemente."

Purtroppo, la donna aveva ragione. Le prospettive di lavoro da quelle parti erano limitate. "Il lavoro vale gli abusi che subisci?"

"Ho detto questo? Pensi che mi sia piaciuto quello che è successo stasera? Sono arrabbiata con te perché sei intervenuto," Sapphire sollevò il palmo della mano per impedirgli di interrompere, "ma ti sono anche grata per averlo fatto. Le tue azioni hanno rovinato il tuo lavoro sotto copertura, Rez."

"Tu sei più importante di un cazzo di lavoro sotto copertura, Sapphire. Cristo. Quello stronzo ti ha tirato giù dal palco. Avrebbe potuto farti più male di quanto non abbia fatto. E nessuno di quei fottuti Demons è intervenuto per impedirglielo."

"C'ero, Rez," gli ricordò. "Ho una caviglia slogata che lo dimostra."

Rez prese fiato per cercare di calmarsi. "Stai bene?"

"Sì, per fortuna non è così grave come pensavo. Ma per qualche giorno non potrò indossare scarpe con la zeppa e nemmeno ballare."

Bene. "Mi dispiace."

"Ti dispiace? Quel sorrisetto che cerchi di nascondere dice il contrario."

"Mi dispiace di non aver fermato prima quell'ubriaco. Mi aspettavo che Saint facesse il suo dannato lavoro e se ne occupasse."

"Siamo in due," ammise Sapphire con un sospiro.

"Non hai portato la borsa. Questo mi fa pensare che tu *sia* venuta qui per porre fine a qualsiasi cosa ci sia tra noi."

"Come ho detto, sono venuta per stabilire dei limiti. E ti sbagli: ho portato la borsa."

"Dov'è?"

"In macchina."

Rez sorrise nonostante il dolore causato dal labbro spaccato.

Lei alzò gli occhi azzurri e brillanti. "Non montarti la testa. Volevo vedere come andava la conversazione prima di decidere se restare o meno. E non abbiamo ancora finito di parlare."

"Possiamo parlare quanto vuoi in un posto più comodo." Lui tese il palmo della mano aperta.

Con un lungo e forte sospiro seguito da un brontolio, lei gli schiaffò le chiavi dell'auto sul palmo.

Non gli importava quanto gli facesse male il labbro ferito, non riuscì a non fischiettare una cazzo di canzoncina mentre scendeva le scale e si avviava verso la sua macchina.

Non avrebbe avuto problemi ad ascoltare il lungo elenco di limiti di Sapphire, ma ciò non significava che sarebbe stato d'accordo con tutti.

O anche solo con uno di essi.

———

Sapphire non aveva idea del perché non riuscisse semplicemente a voltare le spalle a Rez.

Beh, lo sapeva, ma non voleva approfondire i motivi. Avrebbe avuto paura di quello che avrebbe scoperto, perché non avrebbe più potuto sorvolare sui suoi sentimenti, che invece l'avrebbero colpita in pieno.

L'intera discussione sui limiti andò proprio come lei si aspettava. Sapphire parlava; Rez ascoltava e poi modificava i limiti per adattarli alle sue esigenze.

Naturalmente, dato che era un poliziotto, le sue capacità di negoziazione erano ottime.

Lei era allo stesso tempo infastidita e sorpresa dell'abilità dell'uomo nel trasformare le sue richieste nelle proprie. Durante la loro lunga conversazione, in qualche modo lui la convinse persino a partecipare al funerale di Sadie con lui, pur non sapendo quando esso si sarebbe svolto.

Quella sera non fecero sesso. Era la prima volta in cui lei rimaneva a dormire da lui che non lo facevano. Invece, lui la sistemò nel suo letto, le mise i piedi su una pila di cuscini e le tenne persino un sacchetto di fagioli surgelati contro la caviglia mentre parlavano.

Si prese davvero cura di lei e fece in modo che lei non dovesse alzarsi, portandole tutto ciò di cui aveva bisogno.

Forse furono quegli sforzi il motivo per cui lei si arrese troppo facilmente.

O forse era il fatto che si stava innamorando di lui.

O la possibilità che l'avesse già fatto.

Tuttavia, Sapphire non volle cedere su uno dei suoi limiti più rigidi: quello di lasciare il lavoro.

In cambio della marcia indietro di Rez su quel punto, promise che si sarebbe impegnata a cercare altrove. Lo sforzo poteva essere inutile, ma almeno ci avrebbe provato.

Da quella sera di una settimana prima, l'uomo aveva rispettato gli accordi e aveva smesso di assillarla perché lasciasse il Peach Pit, anche se odiava essere stato bandito dal suo posto di lavoro.

Rez espresse – molto chiaramente – la preoccupazione che nessuno sarebbe venuto in aiuto di Sapphire se fosse successo qualcos'altro. Soprattutto i Demons, visto che a loro non poteva fregare di meno di quello che le era successo. Anzi, Rez li considerava più pericolosi dei clienti ubriachi.

Lei aveva promesso di essere più cauta e attenta.

Inoltre, dopo quella conversazione, lui l'aveva convinta a

fermarsi a casa sua ogni sera per il resto della settimana. Sapphire doveva andare lì a prescindere da quanto tardi avesse finito di lavorare.

Il che si ricollegava a un altro limite che lei non voleva che lui oltrepassasse: la sua richiesta di trovare un nuovo posto in cui vivere.

L'appartamento di Sapphire poteva non essere perfetto, ma era economico. E se alla fine lei avesse trovato un altro lavoro, molto probabilmente non avrebbe guadagnato abbastanza per passare a un complesso migliore. Che lui la tormentasse non avrebbe cambiato quel fatto.

Anche se lei non gli disse apertamente che non vedeva l'ora di vederlo ogni sera dopo il lavoro, la verità era l'esatto contrario.

Ogni volta che varcava la soglia di casa di Rez, si sentiva subito come se fosse al suo posto. A casa sua. Con lui.

Varcare la soglia della casa dell'uomo cominciava a darle la sensazione di un ritorno a casa. Più del suo stesso appartamento.

Il loro rapporto stava diventando rilassato. Le ricordava la comodità di indossare una felpa morbida e spessa in una fredda giornata autunnale.

Quello che c'era tra loro era ora molto di più del solo sesso. Non si poteva negare che avessero un legame. Un legame che si rafforzava di giorno in giorno.

Sapphire poteva scegliere di assecondare la situazione. Oppure poteva farla finita. Se avesse voluto farla finita, l'avrebbe fatto quella sera di una settimana prima.

La sera in cui lui era stato cacciato dal locale per essere intervenuto in sua difesa, lei ci aveva pensato seriamente ed era giunta alla conclusione che quella era l'ultima cosa che voleva. Anche solo prendere in considerazione l'idea le aveva provocato un dolore insopportabile al cuore.

Quindi... eccoli lì.

In una situazione in cui lei non avrebbe mai pensato di trovarsi con Rez…

In una relazione seria, con entrambi che fingevano di non esserlo.

E proprio per quello, lui si era aperto di più sulla task force, su quello che stava facendo la sua squadra e su quello che era successo con T-Bone, così che lei fosse consapevole di quanto erano pericolosi i Demons e quell'aspirante.

Naturalmente ne sapeva già qualcosa, ma il resto era stato illuminante. Era più che sicura che Rez non le avesse detto tutto. Si chiedeva inoltre se certi dettagli non glieli avesse raccontati per spaventarla, allo scopo di farle trovare un altro lavoro ancora più in fretta. Sapphire non lo avrebbe ritenuto incapace di farlo, visto che ora voleva che lei lo contattasse più volte durante il suo turno.

Quella sera indossava un abito lungo ed elegante, che scendeva fino alle caviglie per coprire il leggero gonfiore rimasto, e dato che di tanto in tanto provava ancora una o due fitte di dolore, aveva indossato dei sandali eleganti invece delle normali scarpe con la zeppa.

Appena uscita dal camerino, attraversò il corridoio fino all'ufficio del direttore.

Rez le aveva affidato una missione. Non appena lui le aveva presentato quella richiesta, lei aveva colto al volo l'occasione di metterlo in culo ai Demons.

Sbirciò con la testa nell'ingresso aperto. Ogni volta che si affacciava nell'ufficio di Taint, lo faceva a suo rischio e pericolo. Non sapeva mai cosa avrebbe trovato.

Rabbrividì al pensiero di alcune delle cose che aveva visto fare a Taint.

Per fortuna, il culo pallido dell'uomo era nascosto nei soliti jeans sporchi ed era appoggiato alla sedia dell'ufficio, gli stivali sulla scrivania disordinata e ricoperta più di spazzatura che di lavoro vero e proprio.

L'unico "lavoro" svolto dal motociclista era far saltare i nervi alle donne. Oltre a molestarle, ovviamente.

Perché rispettare le ballerine che facevano guadagnare il club? Avrebbe significato avere il senso degli affari. Una delle tante cose che mancavano a Taint.

"Ehi, hai un minuto?" esclamò Sapphire mentre entrava.

Gli occhi scuri dell'uomo si strinsero su di lei. "Dipende. Vuoi riempirlo di cazzate?"

"Si tratta di T-Bone."

La fronte neandertaliana di Taint si aggrottò. "Che c'entra?"

Sapphire entrò nell'ufficio, lasciando volutamente la porta aperta, e si avvicinò con cautela alla scrivania. Era meglio trattare Taint come un animale selvatico che poteva attaccare in qualsiasi momento.

Non appena avrebbe finito di parlare, sarebbe tornata nel camerino e avrebbe fatto sapere a Rez che era sopravvissuta. Lui era al corrente dei programmi di quella sera e attendeva una chiamata o un messaggio.

"So che vendete droga fuori dal locale."

Gli stivali di Taint sbatterono sul pavimento e lui si alzò di scatto a sedere, con un'espressione corrucciata che rese la sua faccia ancora più brutta. "Come fai a saperlo?"

"Davvero? Pensavate che nessuno se ne sarebbe accorto? È un'attività regolare con schemi evidenti. Per esempio, quando T-Bone lavora, esce continuamente sul retro."

"Per fumare, cazzo."

Sapphire sentì il silenzioso "stupida puttana" aggiunto alla fine. Meno male che lui non poteva sentire tutto quello che lei gli diceva nella sua testa. "Saint… Mentimi quanto vuoi, ma sono più intelligente di quanto tu creda."

Riuscì a malapena a vedere la bocca di lui contorcersi in mezzo a tutti quei peli ispidi sul viso. "È di questo che volevi parlarmi? Dirmi che sei una stronza ficcanaso che non sa farsi i cazzi suoi?”

Che personcina. “No, volevo parlarti soprattutto di T-Bone.”

“Pensi che me ne freghi qualcosa di quell’aspirante?”

“Dovresti, visto che lavora qui.” Almeno quando si presentava. Sapphire non lo aveva più visto da quando Rez e i suoi fratelli lo avevano seguito. Ma questo non significava che non facesse ancora parte dei Demons.

“Allora di’ quello che cazzo devi dire e poi togliti dalle palle.” Saint piegò la testa di lato e le passò lo sguardo addosso. “A meno che tu non voglia tirarti su quel vestito e piegarti sulla mia scrivania.”

Sapphire non lo voleva. E non lo avrebbe mai fatto volontariamente. Avrebbe preferito chiudersi la fica con la graffettatrice e rimanere casta per il resto della sua vita.

“Sta usando la metanfetamina che vendete per rendere le donne dipendenti e sotto il suo controllo. Poi vende i loro corpi. Come un pappone. Lo sapevi?”

Taint mantenne l’espressione fissa per ostentare disinteresse, ma il leggero dilatarsi delle narici lo tradì.

Sapphire cominciò a preparare la scena. “Una sera ero sul retro quando l’ho visto prendere qualcosa da quel veicolo abbandonato. Quello che è apparso misteriosamente non molto tempo dopo l’incendio del furgone. Dal modo furtivo con cui si aggirava, non credo che lo stesse prendendo per il vostro lavoretto secondario, ma per il suo.”

Taint sbatté la mano sulla scrivania, facendo schizzare le pulsazioni di Sapphire. “Cazzo dici?” ringhiò.

“Non hai capito quello che ho detto?”

“Ti ho sentito, ma tu non sai un cazzo.” Oh sì, forse l’uomo aveva già i suoi sospetti e lei li aveva solo confermati.

“Okay,” Sapphire scrollò le spalle. “Ho solo pensato che volessi saperlo, visto che le confraternite degli MC dovrebbero essere molto unite. I vostri membri non dovrebbero essere leali l'uno all'altro e al vostro club?"

"Non sai cosa cazzo stava facendo."

"Hai ragione. Non lo so. Forse, se le telecamere sul retro non fossero disattivate, potresti vederlo con i suoi occhi."

"Non sono disattivate," bofonchiò l'uomo.

Stronzate. Mel aveva già avuto una discussione con Taint a proposito di quelle telecamere, perché era preoccupata per la sicurezza delle ragazze. Lui le aveva disattivate per evitare che il loro spaccio sul retro venisse registrato. In caso contrario, ci sarebbero state delle prove digitali che avrebbero potuto essere usate contro di loro. "No? Allora controlla il filmato. Vedrai che ho ragione. La mia ipotesi è che T-Bone vi stia derubando per il proprio tornaconto. Forse è per questo che non è stato molto presente. È troppo impegnato a usare la vostra scorta per far sì che la sua piccola impresa gli faccia guadagnare soldi."

La bocca di Saint si assottigliò in un taglio rabbioso. "Esci dal mio cazzo di ufficio."

"Con piacere."

Sapphire si voltò e, nell'uscire, sorrise.

Gioco, set, partita, figlio di puttana.

Capitolo ventisei

"OKAY," esordì Rez, con una birra in mano mentre si sdraiava su uno dei divani della sede del BAMC, "Phire ha messo la pulce nell'orecchio a Saint. Gli ha detto di averlo visto aggirarsi furtivamente nel veicolo deposito e comportarsi in modo sospetto. Gli ha anche raccontato di come fa sballare le donne con la metanfetamina e le sfrutta come pappone."

Il gruppo ristretto – Finn, Decker e Rez – stavano tenendo una riunione improvvisata su T-Bone.

Anche se Nox non si era unito a quel raduno non ufficiale, era tornato. Si era solo ripresentato alla Centrale, senza dare spiegazioni. La squadra aveva sentito la televisione accesa nel suo appartamento e aveva bussato alla porta per trovarlo dentro, con le luci spente e un film sullo schermo.

Da allora Nox era rimasto silenzioso e chiuso in se stesso. E alla maggior parte delle domande rispondeva con dei grugniti.

Era presente, ma non lo era.

In pratica, si comportava come dopo la morte della moglie.

La cosa era preoccupante e doveva essere affrontata. Tuttavia, ciò avrebbe richiesto un'altra riunione che Axel Jamison, in qualità di presidente, avrebbe potuto vedersi costretto a organizzare con il resto della confraternita del BAMC. Tutti tranne Nox, ovviamente, visto che sarebbe stato lui l'oggetto della discussione.

"Saint le ha creduto?" chiese Decker riguardo alla conversazione che Sapphire aveva avuto con Saint.

"Ha fatto lo stronzo come al solito, ma lei dice che le sue reazioni, anche se lievi, indicavano che si era insospettito." La cosa interessante era che Saint non aveva mai chiesto a Sapphire come facesse a sapere che T-Bone drogava le donne e le faceva prostituire. La sua ipotesi migliore, e probabilmente corretta, era che al Demon semplicemente non fregasse un cazzo. Gli interessava solo la perdita di prodotto. Non aveva alcun rispetto per le donne.

"Bene," rispose Decker. Girò intorno al divano e lasciò cadere la sua mole accanto a Rez. Era tornato in forma come prima di andare sotto copertura. E non era un uomo con cui scherzare, fisicamente parlando.

Decker posò il cellulare sul tavolino basso di fronte a loro.

La voce di Fletcher giunse attraverso l'altoparlante. "Anch'io ho fatto quello che mi hai chiesto, Big Deck, e ho messo in moto le cose con Wolf. Gli ho detto che era in debito con me perché alcune consegne erano leggere. All'inizio non mi ha creduto. Come Saint, si è comportato da stronzo. Gli ho detto che era da un po' che sospettavo che mancasse della roba, così ho iniziato a pesare ogni acquisto che facevo e a prendere nota di chi consegnava la merce. Gli ho confermato che succedeva sempre quando ricevevo una consegna da T-Bone. Anche lui si è comportato come se lo stessi prendendo per il culo, ma ho visto che cominciava a insospettirsi. Bonehead è un aspirante, non un membro pezzato, quindi possono sbarazzarsi di lui senza una votazione. E quando dico 'sbarazzarsi', non intendo togliergli il chiodo."

"Bene, è quello che vogliamo. Lasciamo che portino fuori la spazzatura al posto nostro," disse Finn dal divano alla sinistra di Rez. Il fratello dai capelli rossi era disteso e occupava l'intero spazio. Con un braccio piegato sotto la testa, sembrava pronto a fare un pisolino, anche se era sveglissimo come tutti gli altri a causa dell'argomento trattato.

"Quando è successo?" chiese Decker a Fletch.

"Qualche giorno fa."

"Qualcuno l'ha visto da allora?" chiese poi Decker, dando un'occhiata al salottino.

"Non io," disse Rez. "Ora sono bandito dal club per aver protetto Sapphire da quello stronzo ubriaco." Una scena ripresa dalle telecamere che era stata guardata più e più volte al secondo piano.

"Sì, beh, unisciti al club," disse Finn ridendo. "Immagino che dovremmo considerare un onore l'essere stati cacciati dal Peach Pit."

"Non mi piace che lei lavori lì," mormorò Rez.

Con le sopracciglia alzate, Finn sollevò la testa e gli lanciò un'occhiata. "Allora dille di smettere."

Decker sbuffò: "Da quel poco che so di Sapphire, non prende ordini dal vecchio Rez Dispenser. Non aveva detto che se ne sarebbe andata una volta che Mel avesse aperto il suo locale?"

"Sì," confermò Rez. Lanciò un'occhiata a Finn. "Ci sono novità al riguardo?"

"Hai voglia di fare una donazione? Ci stiamo lavorando, ma avviare un club del genere non è economico. E nessuno di noi ha abbastanza soldi da spendere."

"Mel sta cercando soci in affari?" chiese Decker.

"Ne ha uno," rispose Finn. "Io."

"A parte te, Pel di Carota," precisò Decker.

Se Rez avesse avuto i soldi, avrebbe aiutato Mel a lanciare un club. In quel modo, Sapphire avrebbe potuto lasciare il Peach Pit prima piuttosto che poi.

Aveva dei risparmi, ma…

Accidenti, stava davvero pensando di prosciugare il suo conto in banca perché era preoccupato per una donna con cui aveva una "specie" di relazione?

Era più in là di quanto pensasse?

Porca puttana.

Tracannò metà della sua birra al pensiero di investire tutti i suoi risparmi per tenerla al sicuro.

"Terra a Rez, cazzo," urlò Finn.

Lanciò un'occhiata a Finn. "Cosa?"

"Scopare deve averti rincoglionito." Finn sorrise. "Non so cosa lei ci trovi in te."

"Il mio cazzo impressionante e la mia personalità spumeggiante."

"Okay, torniamo alla realtà," disse Decker. "Qualcuno ha visto T-Bag ultimamente, dalle telecamere della Tana di Wolf o del Peach Pit?"

"Io no," rispose Finn. "E ultimamente sono stato spesso bloccato a guardare le telecamere. Dovremo chiedere anche a chiunque sia stato di turno."

"O abbia ascoltato le intercettazioni." Decker si passò le dita sulla guancia rasata. "Più tardi salirò al secondo piano per vedere chi c'è lassù."

"L'altra sera ero alla loro sede di Uniontown e non l'ho visto," disse Fletch.

"Magari Viper o Wolf si sono già occupati di lui," suggerì Rez.

"Sarebbe un bel colpo di fortuna," mormorò Decker.

"Probabilmente si è nascosto da qualche parte e spera che non abbiamo trovato Sadie," disse Finn.

"Oppure potrebbe essere ancora legato in quel campo.

Qualcuno ha controllato dopo il ritorno dall'Ohio?" Rez no di certo.

"Forse si è trasformato in un ghiacciolo al gusto Demon. Siamo pur sempre alla fine del fottuto gennaio," esclamò Finn. "E ha pure nevicato. Potrebbe essere là fuori come Frosty il pupazzo di neve."

Decker scosse la testa. "Ho controllato, visto che poteva riconoscermi e sa dove diavolo vivo. Quando sono arrivato là, non c'era traccia di lui o della sua auto."

"Dubito che abbia le palle per presentarsi di nuovo a casa tua, *Hatchet*. Non vuole fare un altro round con Finn. Quello coraggioso a quattro zampe, non la fighetta a due zampe stravaccata su quel divano laggiù," precisò Rez.

Finn gli mostrò il medio. "Sono d'accordo. Il mio omonimo è un duro, proprio come me."

Rez sbuffò, poi tornò serio. "Mi chiedo chi l'abbia trovato."

"Ha importanza?" chiese Finn.

"Se è stato un collega, sì."

"Anche se fosse stata la polizia locale, abbiamo conoscenze nella maggior parte dei dipartimenti della zona, tra il BAMC e la task force. E anche in caso contrario, quello stronzo non dirà un cazzo alle forze dell'ordine," disse Fletch. "Non con quello che ha fatto a Sadie e a chissà quante altre donne. E, come la maggior parte dei motociclisti incalliti, odia i poliziotti. Non collaborerà, qualunque cosa gli sia successa."

Era vero.

"Okay, dobbiamo pensare alla nostra prossima mossa se i Demons non fanno il lavoro del karma," intervenne Finn. "Quello stronzo non la passerà liscia."

"Se non lo fanno loro, allora passiamo al prossimo pezzo grosso e mettiamo la pulce nell'orecchio a lui," suggerì Rez.

"Dubito che ci voglia molto, visto che scommetto che i Russo nutrano un sano sospetto nei confronti dei Demons," confermò Fletch. "Non ci vorrebbe molto per aizzarli contro l'MC. È abbastanza facile trovare nuovi muli."

"Entrambe le organizzazioni sarebbero stupide a fidarsi dell'altra," aggiunse Rez. "Il loro rapporto si fonda sull'avidità, non sull'amicizia."

"E tutti conosciamo gli effetti dell'avidità," mormorò Decker.

"Siamo stati testimoni di alcune delle brutture che accompagnano l'avidità quando abbiamo trovato Sadie," ricordò Rez.

"I soldi fanno fare alle persone delle cagate pazzesche," concordò Finn.

Decker proseguì: "Quello che temo è che mettere i Russo contro i Demons crei un enorme casino. Un casino che potrebbe ricadere su di noi. Se i Demons abboccano all'amo, allora il casino sarà contenuto all'interno del loro MC e non scatenerà alcuna guerra."

"Speriamo che lo facciano," disse Rez, "visto che dobbiamo cercare di occuparci di quello stronzo senza sporcarci le mani."

"Non posso credere che tollerino che scompaia così spesso," esordì Fletch. "Questo non sarebbe mai successo con i Dirty Angels. Il presidente qui ha il polso dell'intero club. Non credo alle mie stesse parole, ma è davvero impressionante."

"Beh, Zak *è il* fratello di Axel e Jamison fa un buon lavoro nel guidare il nostro club. È per questo che continuiamo a votarlo come presidente," ricordò Decker a Fletch. "La vita dell'MC è nel loro sangue."

Era dannatamente vero. Sia Zak che Axel Jamison erano motociclisti di terza generazione. La differenza era che, quando erano molto più giovani, uno era stato in prigione e l'altro all'accademia di polizia.

"Per quanto riguarda le sparizioni di Flank Steak, chi ci bada davvero, a parte Saint?" chiese Rez. "Pensi che a Wolf o a qualcuno degli altri importi qualcosa di un aspirante scomparso?"

"Se ne accorgerebbero se non pagasse la sua quota," rispose Fletch. "È una cosa importante per i Dirty Angels; sono sicuro che lo sia ancora di più per i Demons."

"Ti fanno pagare le quote, Ghost?" chiese Rez, usando il nome da strada in incognito di Fletch.

"Sì; Crew ha chiesto ai federali di coprirle, così come l'affitto dell'appartamento. Anche se io continuo a lavorare gratis al negozio di armi degli Angels. È l'accordo che Crew ha rinegoziato dopo che hanno minacciato di cacciarci a calci in culo qualche mese fa."

"Wilder lavora ancora al banco dei pegni?" chiese Decker.

"Già. Come me, anche lei non viene pagata."

"Ma vai a cagare," brontolò Finn, alzandosi a sedere. "Sono sicuro che preferisca continuare a percepire il suo stipendio dell'FBI piuttosto che il dannato salario minimo del lavoro al Shadow Valley Pawn. Deve essere la dipendente meglio pagata del negozio."

La risata profonda di Fletch arrivò attraverso il telefono. "È vero. E lavora vicino a casa."

"Avete dimenticato che voi due avete anche un abbonamento gratuito alla palestra e l'accesso 24 ore su 24 al loro poligono?" chiese Finn al vicepresidente del BAMC.

"E tutte le munizioni di cui abbiamo bisogno per esercitarci," aggiunse Fletch.

"Quindi, smettila di lamentarti," disse Rez. "L'unico sacrificio che stai facendo mentre sei sotto copertura è il non poter frequentare tutti noi. Sappiamo che è una perdita enorme e che ti manchiamo." Sporse le labbra e schioccò una serie di baci.

"*Ah-ha.* Dimentichi che ci tocca beccarci le rotture di coglioni sia degli Angels che dei Demons." Fletch aggiunse: "Anche se per due motivi diversi."

"Gli Angels vi odiano perché avete i distintivi, i Demons perché… siete voi?" scherzò Rez.

"Comunque," gridò Decker per riportare tutti in carreggiata, "tra Fletch che lancia esche a Wolf e Sapphire che fa lo stesso con Saint, dubito che si limiteranno a togliergli il chiodo, dargli una pacca sulla spalla e augurargli buona vita."

"Col cazzo," sbuffò Fletch.

"Speriamo che abbocchino," proseguì Decker. "Preferirei non creare casini con i Russo, se possibile."

"Se Crew scoprisse che stiamo pensando di fare la spia su T-Bone con i Russo," sibilò Finn, "gli verrebbe un infarto."

"Va bene, devo andare…"

"A darlo a Wilder," concluse Rez al posto di Fletch.

"Ehi, prima che vada…" esclamò Fletch, ignorando Rez. "All Hands on Deck, quand'è il funerale della sorella di Sloane?"

"Lo stiamo ancora organizzando. I suoi genitori non collaborano. Non vogliono contribuire alla spesa, ma fidati che vogliono avere voce in capitolo su come e quando farlo."

"Sarete solo tu e Sloane a pagare?"

"Sì."

"Dannazione," mormorò Fletch. "È uno schifo per lei. E per te. Mi dispiace, fratello; sai che Nova e io ci saremmo se potessimo. Ma siamo a tanto così dall'essere integrati nei Demons. Ho lavorato troppo duramente per mandare tutto a puttane."

"Capito."

"Amico, non avrei mai pensato di dirlo, ma… ci manchi," esclamò Finn.

"Parla per te," disse Rez.

Finn rise. "Oh, andiamo, non ti manca Fletch? Dà certi abbracci…"

"Quando cazzo ti ho abbracciato?" urlò Fletch.

"Qui siamo in un posto sicuro, non c'è bisogno di nasconderlo," disse Finn.

"Mi dispiace, principe Harry, ma non mi piacciono i rosci."

"No, a te piacciono gli agenti dell'FBI spaccaculi. Farti prendere a calci da lei è un preliminare."

"Non criticare quello che non conosci," disse Fletch, per poi aggiungere: "Da un certo punto di vista sono contento che sia inverno, perché se in primavera saremo ancora in questa situazione di merda e il vecchio Finny inizierà a programmare le corse del club, mi arrabbierò se mi perderò qualcosa. Già mi sono perso il grosso della scorsa stagione a causa di questo incarico."

"Almeno vai in moto con i Dirty Angels," gli ricordò Finn.

"Anche per loro fa troppo freddo per le corse di club. Ma anche quando c'erano, non era la stessa cosa. Siamo tollerati – a malapena – ma non accolti a braccia aperte. Quindi, non è la stessa cosa. Voi siete i miei fratelli, non loro."

"L'ultima volta che ti ho visto, sembravi proprio uno di loro," disse Decker. "Quasi non ti riconoscevo."

"Sì, beh, per fortuna, usando la palestra di proprietà del club, almeno riusciamo a tenerci in forma senza dare nell'occhio. Ma questi capelli arruffati e questa merda sulla faccia… non vedo l'ora di liberarmene. Per non parlare della gioia del pagare un mutuo per una casa che rimane vuota."

"L'abbiamo tenuta d'occhio a turno," disse Decker.

"Lo apprezzo molto."

Rez ebbe un'idea. "Ehi, Ghost, vuoi dare in affitto casa tua mentre è vuota?"

"A chi? Non a Nox. È meglio che stia al piano di sopra, in quell'appartamento, così ha sempre qualcuno vicino."

"No, non Hard Nox," rispose Rez. Doveva proprio

farlo? *'Fanculo.* "Non mi piace dove vive Sapphire. Il suo complesso non è sicuro."

"Dove si trova?" chiese Fletch.

"Qui a Rockvale, che ci crediate o meno."

Finn sbuffò. "Perché ti comporti come se Rockvale fosse chissà quale postaccio?"

"Non è il più sicuro della zona."

"Non è nemmeno il peggiore," ribatté Finn. "A sentire Rez-avoir Dog, sembrerebbe che Rockvale sia Detroit o qualcosa del genere. Quindi… cosa? Vuoi tenere la tua ragazza al sicuro, ma evitare che si trasferisca da te? Vuoi tenerla vicina, ma non *così* vicina?"

"Non abbiamo mai parlato di convivenza. Non stiamo nemmeno davvero insieme. È solo una *cosa.*" Tuttavia, gli piaceva moltissimo che lei rimanesse a casa sua ogni notte. Dormiva meglio con lei al suo fianco.

Per la sicurezza di Sapphire.

Naturalmente.

Sia Decker che Finn emisero una risata di scherno.

"Hai detto 'cotta', Rez Dispenser?" chiese Fletch.

"No. *Cosa.*"

"Il nostro amico pensa di uscirne indenne," sbottò Finn. Afferrò la bottiglia di birra dal tavolo centrale e se la portò alle labbra. "Impara da noi… Ammetti la sconfitta. Rotola, alza le zampe in aria e pregala di grattarti la pancia. Quando avrai finito di sottometterti, andrà tutto bene."

"È quello che hai fatto tu?" chiese Rez.

"Forse abbiamo bisogno di un piccolo gruppo di sostegno," disse Fletch con una risata. "Ex-scapoli anonimi o roba del genere."

"Oppure possiamo chiamarlo 'Il mio cazzo era mio prima che arrivasse lei'," suggerì Finn.

Decker fece una smorfia. "Sembra una dannata canzone country."

"Okay, devo proprio andare, cazzo, ma prima devo sapere... Dov'è Nox adesso?"

"Al piano di sopra, nel suo appartamento," rispose Decker.

"Sta bene?"

Rez decise che sarebbe stato lui a rispondere. "Non credo. Vedere Sadie in quelle condizioni ha fatto scattare una specie di interruttore dentro di lui e lo ha riportato nello stato mentale in cui si trovava subito dopo la morte di Jackie."

"Questo perché è stato lui a trovare Jackie," spiegò Fletch. "Ed era con te quando avete trovato Sadie. Quando si ha il disturbo da stress post-traumatico, non ci vuole molto per scatenarlo."

"Dall'Esercito?" chiese Finn, grattandosi la fronte con il pollice.

"Per la morte di sua moglie, coglione," chiarì Fletch. "Quella lo ha colpito più di qualsiasi cosa sia successa nell'Esercito."

"Ha bisogno di terapia," mormorò Decker.

"Non frequentava una specie di gruppo di sostegno?" chiese Rez. "Cosa ne è stato di quello?"

Decker rispose: "C'è andato qualche volta, ma non credo sia durato molto."

"Scommetto che se ne stava seduto e non diceva una cazzo di parola," disse Finn. "Come una statua di pietra. Chiuso e spento."

"Beh, deve tornarci o fare terapia prima di..." Fletch lasciò l'ultima frase in sospeso. "Può darsi che qualcuno debba sedersi con lui e fare un discorso a tu per tu."

"Ti stai offrendo volontario?" chiese Rez.

"Io offro volontario Crew," disse Finn. "Quell'uomo pensa di essere il leader del mondo libero."

"Oppure potremmo fare un intervento di gruppo," suggerì Decker.

"Sono d'accordo, ma ho come la sensazione che non andrà proprio bene," disse seccamente Rez, prima di mandar giù un'altra boccata di birra ormai calda. "Dubito che Nox sarà entusiasta di vederci coalizzati contro di lui."

"D'accordo, beh… Noi siamo il suo sostegno, quindi qualsiasi cosa gli serva, dobbiamo fare in modo che lui la abbia. Parlate con Crew. Parlate con Jamison. Tenetemi aggiornato. Se ci fosse bisogno che io sia rimosso da questo incarico per aiutare Nox, lo farò. Per noi, lui è prioritario. Non dimentichiamolo." Fletch concluse con: "Okay, stronzi, ci vediamo."

Capitolo ventisette

NONOSTANTE NOX FOSSE ANCORA in crisi, si presentò al funerale, sorprendendo tutti. Avvolse persino Sloane in un abbraccio e le borbottò qualcosa all'orecchio.

A colpire di più tutti fu quando tenne la mano di Val durante la fredda cerimonia funebre, in modo che Decker e Sloane si comportassero da adulti senza essere interrotti.

Dopo aver deposto l'urna delle ceneri nella tomba di famiglia – l'uso della quale era stato uno degli oggetti di contesa tra Sloane e i genitori – Nox prese Val in braccio e la riportò al veicolo di Decker. Mentre lo faceva, Val gli agganciò le braccine intorno al collo e premette la fronte contro la sua guancia.

Era come se Valee Girl sapesse di cosa aveva bisogno lo zio Nox.

Ciononostante, l'espressione dell'uomo rimase vuota, se non addirittura cupa.

Dopo la fine della cerimonia, Nox si ritirò nel suo guscio protettivo e, quando tutti arrivarono alla Centrale per il ricevimento post-funerale, non rimase nei dintorni. Al contrario, scomparve silenziosamente al piano di sopra, nel suo appartamento.

Quando lo fece, Rez scambiò alcuni sguardi con i suoi compagni, e per ultimo con Jamison, che gli rivolse un cenno di assenso.

Dovevano stare attenti con Nox, ma soprattutto dovevano stargli vicino, perché era uno di famiglia. Non volevano fargli pressione, ma non potevano nemmeno ignorare il problema.

L'atmosfera nella sede del club era cupa. Soprattutto perché tutti speravano che Sadie avrebbe avuto un finale migliore di quello che aveva trovato.

Poiché Saint non le aveva permesso di prendersi la serata libera, Sapphire partecipò alla cerimonia funebre con Rez e rimase al suo fianco anche al cimitero. Una volta finito, si diresse immediatamente al Peach Pit per fare il suo turno.

Saint avrebbe potuto darle la serata libera per il funerale se fosse stato un essere umano decente, ma ancora una volta aveva dimostrato di essere uno stronzo.

La madre di Decker, Ophelia, portò Val a casa e la madre di Rez andò con lei per passare del tempo insieme. Alle pompe funebri, Rez aveva presentato Sapphire a sua madre come una 'amica', ma aveva visto gli ingranaggi girare nella testa della donna.

Ciò significava che la volta successiva che sarebbe andato a casa di lei, avrebbe dovuto indossare un'armatura perché lei gli lo avrebbe inveito contro a base di sensi di colpa, riassumibili con: "Devi sistemarti presto e darmi dei nipotini. Se muoio prima di diventare *abuelita*, ti perseguiterò per l'eternità."

Rez non aveva dubbi che sarebbe successo davvero. Quella donna non scherzava e sarebbe stata un fantasma implacabile.

Prese un uovo alla diavola dal tavolo imbandito con una vasta gamma di cibo del catering e se lo infilò in bocca mentre si dirigeva verso il punto in cui Sloane e Decker stavano parlando con Axel e Bella Jamison.

"Vedo i tuoi famosissimi cupcake laggiù sul tavolo, Bella. Tutti noi ringraziamo la regina dei cupcake per la nostra dose di zucchero." Si fermò davanti a lei e si inchinò in segno di adorazione.

La moglie di Jamison levò gli occhi al cielo, ma fece un gran sorriso. "Come se potessi mai entrare in questo posto senza portarne almeno una dozzina."

"Vedi? A differenza del tuo sprovveduto marito che si chiama come un pezzo di automobile[1], tu sai che presentarti a mani vuote provocherebbe una rivolta. Come stanno i bambini?"

"Ragazzi," rispose Bella seccamente. "I tipici adolescenti: le loro emozioni sono sulle montagne russe, come tu ben sai visto che trascorrono abbastanza tempo qui. Non sai mai se ti diranno che ti amano o che ti odiano. Mi fanno venire il colpo di frusta."

"Ho assistito alla carneficina quando il tuo maritino li porta. Ma chiedere di loro mi dà una scusa per fissarti, visto che sei più bella di quanto Jamison meriti."

Quando lei rise, il presidente del BAMC avvolse un braccio intorno alla moglie e la attirò più vicino a sé. "Smettila di annusare il mio e vai a prendere il tuo."

"A proposito," esclamò la bella mora, "chi era quella con te al funerale? Non ho avuto modo di conoscerla e speravo che fosse qui."

"Una che non ha ancora imparato la lezione su di lui," offrì Decker.

"Lavorava con Mel," rispose Rez.

"Allo strip club?"

"Sì, era la hostess."

"Era?" chiese Bella.

"Ti ho parlato del Peach Pit e dei Demons," mormorò Jamison.

"Ah, sì. Sai, anche il nostro MC ha uno strip club, se lei ha bisogno di un nuovo lavoro. Sono sicura di poter mettere una buona parola con Moose. Quella ragazza è splendida e sarebbe un'attrazione enorme."

Rez sollevò un sopracciglio. "Moose?"

"È il direttore," spiegò Jamison.

"Lei è stata costretta a tornare sul palco, ma il suo vero talento è fare la hostess." Rez non voleva proprio che Sapphire cambiasse un palco per un altro. Preferiva che rimanesse completamente vestita quando si trovava in una stanza piena di uomini arrapati.

"Rez si sbaglia." Crew si fece avanti e si unì alla conversazione. "L'ho vista ballare. Il suo talento è sicuramente la danza."

Rez aprì la bocca per chiedere a Crew quando avesse visto Sapphire ballare, ma si rese conto che probabilmente l'uomo l'aveva vista nei filmati delle telecamere. Non voleva parlare apertamente delle telecamere che la task force aveva installato al Peach Pit, visto che si trovavano in compagnia di persone variegate, tra cui coniugi e altri che non avrebbero dovuto essere al corrente degli affari della task force.

Ma questo non significava che Rez non potesse guardare male Crew.

Il capo della task force gli rivolse un sorriso.

Stronzo.

Rez riportò l'attenzione su Bella. "Le chiederò se sia interessata a lavorare lì. Sarebbe solo temporaneo. Sta aspettando che Mel apra il suo locale."

"Si potrebbe pubblicizzarla come ospite speciale. Di solito quelli attirano una grande folla. Parlerò con Moose e farò sapere tutto ad Axel, così che ti fornisca tutte le informazioni necessarie."

Rez non riusciva a immaginare che lavorare per i Dirty Angels fosse peggio che farlo per i Deadly Demons.

"Grazie, Bella. Sei fantastica. Mi dispiace che tu sia

incastrata con quello." Rez accennò a Jamison. "A proposito…" Si girò verso Sloane, che era appoggiata a Decker. "Ti porgo le mie condoglianze, Sloane. Avremmo tutti voluto che andasse diversamente."

"Ci speravo." La donna accarezzò il petto di Decker. "L'unico aspetto positivo in tutto questo disastro è stato che ho conosciuto Decker e Val. E naturalmente tutti voi. Siete diventati la mia nuova famiglia, ora che mia sorella non c'è più. Dopo il litigio con i miei genitori per l'interramento delle sue ceneri nella tomba di famiglia, mi sembra di non avere più una vera famiglia. Credo che quella sia stata l'ultima goccia."

Il sospiro sommesso di lei lo colpì dritto allo stomaco. Rez aveva già perso suo padre. Non riusciva a immaginare di perdere anche sua madre, soprattutto quando lei respirava ancora. Avevano avuto discussioni accese un sacco di volte, ma avevano sempre fatto la pace.

"Comunque," proseguì Sloane, "apprezzo tutti voi e ciò che avete fatto per aiutarmi."

Decker la circondò con un braccio.

"Tu hai tutto il diritto di essere triste, però," le disse Rez. "Hai bisogno di tempo per elaborare il lutto."

"Sono in lutto per Sadie da quando ho scoperto che faceva abuso di droghe."

"Te ne ha fatte passare tante," mormorò Decker.

A quanto pareva, la conversazione era troppo deprimente per Crew che, con la fronte aggrottata, si guardò intorno. Approfittò del fatto che Finn e Mel si erano uniti al piccolo gruppo per cambiare argomento. "Monty e il suo uomo non dovevano raggiungerci qui dopo la funzione?"

"Lei aveva detto che sarebbe venuta." Rez sorrise. "Pensi che non volesse rischiare che uno di noi lo mettesse all'angolo?"

"Si è attaccata a lui come colla alla festa di Natale, quindi non abbiamo potuto farlo là," disse Crew.

"La biasimi?" chiese Bella. "Voi uomini sapete essere brutali. E lei sembrava felice quando li ho visti. Non rovinate tutto."

Crew rise. "Non rovineremo un bel niente. Ci prendiamo solo cura di lei."

"Monty sta benissimo. È in grado di badare a se stessa," insistette Bella.

"Faremmo lo stesso per chiunque di noi. Visto che non vuole essere trattata in modo diverso, la prenderemo per il culo e metteremo alla prova l'uomo che si prenderà un pezzo di quel culo," spiegò Crew con un'alzata di spalle.

"Avete notato che ogni volta che lo presenta a qualcuno, Monty usa solo il suo nome di battesimo?" chiese Jamison.

"Ma dai," rispose Crew. "È per impedirci di controllare."

Rez rimase a bocca aperta. "Porca miseria, non ci avevo nemmeno pensato. Ecco perché non ha detto il suo cognome. E arrivano sempre con l'auto di Monty, così non possiamo controllare la targa di lui. Accidenti, quella donna è più intelligente di quanto pensassi."

Finn ridacchiò. "Sì, perché appena se ne fosse andata, la sera della festa di Natale, ci saremmo tutti precipitati al piano di sopra su uno dei computer della task force per fare un'indagine approfondita su di lui."

Bella gemette e Sloane insistette: "Lasciate stare quel poveretto."

"Lo faremmo solo perché ci teniamo alla sicurezza di Monty," spiegò Crew, con fare ben poco innocente.

"Avete controllato la mia, di targa?" chiese Sloane.

Quando tutti gli sguardi si rivolsero a Decker, lui scrollò le spalle. "Sa già che ho fatto un controllo su di lei. Stava per trasferirsi a casa mia e prendersi cura di mia figlia."

"E io?" chiese Mel.

Tutti gli sguardi si rivolsero quindi a Finn. La cui espressione era sospettosamente vaga.

"Avete fatto un controllo su di me?" squittì lei.

"Beh, sì, prima ho controllato la tua targa. Voglio dire, volevamo usarti come informatrice, quindi…"

Le donne si voltarono a guardare Bella. Lei sorrise. "Con me non c'è stato bisogno. Ci conosciamo da quando eravamo bambini. Lui sa tutto di me. E intendo proprio tutto. Non ho segreti per lui."

"Beh," esordì Rez, "qualcuno deve pedinarla e prendere la targa di questo tizio, per fare un controllo e vedere cosa riusciamo a riesumare."

"No," disse bruscamente Bella, "dovete lasciarla in pace."

"Ehi, quello potrebbe essere un pazzo omicida. I serial killer non portano il papillon?"

"Monty è perfettamente in grado di proteggersi da sola," disse Jamison. "Lavora in una cazzo di prigione, porca puttana."

"E se fosse lì che l'ha conosciuto?" chiese Rez. "Magari era un carcerato."

"È successo in passato," concorda Crew. "Avrebbe senso se fosse un serial killer."

"Fatevi i cazzi vostri," ordinò Jamison. "Quella povera donna sta solo cercando di prendere un po' di cazzo e voi state cercando di rovinare tutto."

"Quella povera donna," ripeté Rez con uno sbuffo.

"Va bene, ora state zitti," sibilò Bella. "È appena entrata dalla porta sul retro con il suo uomo al seguito. Non fate niente di stupido."

"Mi chiedo perché ci abbiano messo così tanto." Il divertimento increspava gli angoli degli occhi di Decker.

"Probabilmente hanno fatto una piccola deviazione perché lei potesse prendere una bella botta." Crew batté il pugno sul palmo della mano.

Rez fece una smorfia. "Ma che cazzo, stronzo. Smettila. È come immaginare mia sorella che se la fa con qualcuno."

"Tu non hai sorelle."

"Sì, quindi è lei a svolgere quel ruolo e ora ho immagini nella mia testa che…" Rez mimò un conato di vomito.

Le labbra di Jamison si contrassero. "Pensi che lui sappia quello che sta facendo?"

Crew tenne la voce bassa. "I nerd ingannano. Probabilmente ce l'ha grosso come un cavallo e scopa come una macchina."

"Sembra che tu parli per esperienza. Hai qualcosa da condividere?" chiese Jamison.

"No. Non mi piace il cazzo di cavallo."

"Beh, sì, se ti piacesse mi preoccuperei. Potremmo fare un intervento per te invece che per Nox."

Finn chiese: "Vogliamo provare a prenderlo da solo?"

Bella scosse la testa. "Siete orribili."

Sloane era d'accordo. "Mi costringono a tirare fuori lo spruzzino."

"Aggiungici l'aceto e mira agli occhi," disse Bella.

"La prenderò in disparte." Rez aggrottò le sopracciglia e si sfregò le mani.

"Lasciatela stare," avvertì Bella.

Rez scosse la testa. "Impossibile." Lanciò un'occhiata a Crew e Finn. "Magari, mentre io la distraggo, uno di voi può rapirlo e torchiarlo. Qualcuno ha del nastro adesivo?"

Bella fece un verso di commozione. "Guarda come la fissa. Non osare rovinarle questo momento."

"La guarda con gli occhi bovini," disse Sloane.

"Occhi bovini?" chiese Rez.

"Non l'hai mai sentito? È quando sei perdutamente innamorato di qualcuno."

"Bleah! E si tengono anche per mano!" Finn rabbrividì.

"Noi ci teniamo per mano," osservò Mel.

"Ma non così," precisò Finn.

"Ci sono diversi modi di tenersi per mano?" chiese Mel.

"Questa conversazione è assolutamente ridicola," disse

Bella, scuotendo la testa. "Perché degli uomini si comportano come dei bambini?" Il suo sguardo rimbalzò da una donna all'altra mentre ciascuna di loro scrollava le spalle.

"Okay, ci provo," annunciò Rez. "Qualcuno cerchi di attirare… Come si chiama?"

"Clark," rispose Jamison.

"Clark," ripeté Rez. "Qualcuno attiri Clark Kent e lo interroghi mentre io tengo occupata lei."

"Buona fortuna, fratello," disse Finn.

Rez sbuffò, si allontanò dal gruppo, attirò l'attenzione di Monty e la chiamò a sé inclinando la testa.

Lei lo guardò con gli occhi stretti e strinse la mano di Clark.

Lui la indicò e disse: "Solo tu."

La donna strinse la bocca e scosse la testa.

"Sì," mimò con le labbra Rez. Quando lei non si mosse abbastanza velocemente, lui si diresse verso di loro, con lo sguardo di Monty che lo ustionava per tutto il tragitto. Quando li raggiunse, si rivolse a Clark. "Ti dispiace se parlo un minuto da solo con Monty? Ho qualcosa di personale da chiederle. Su di me. Non su di lei," mentì.

"Non c'è problema," rispose Clark con un sorriso, staccando la mano da quella di Monty, anche se lei cercò di mantenere la presa. "Quando hai finito mi trovi qui, tesoro." Si chinò e le diede un bacio sulla guancia.

Rez succhiò le labbra per assicurarsi che non gli sfuggissero le parole sbagliate. Era dura, così si affrettò ad afferrare Monty per un gomito e la guidò verso un angolo vuoto, facendola ruotare fino ad averla di fronte.

Monty sospirò. Le stava tremando una palpebra? "Sei uno stronzo e non mi fido di te."

Rez rise e si passò una mano sul cuore. "Sono ferito. Sai che ti voglio bene e che desidero solo il meglio per te…"

Nel frattempo, gli occhi di Monty si erano stretti fino a

diventare delle vere e proprie fessure. "Stronzate. Che cosa hai in mente?"

"Niente. Non abbiamo quasi mai avuto l'occasione di sondare il suo cervello, visto che non ti allontani da lui. Vediamo se approviamo la scelta."

"Sapevo che era meglio non lasciarlo solo con voi stronzi. Avreste cercato di intimidirlo. O di confrontare le dimensioni dei cazzi."

"A proposito di dimensioni dei cazzi, Crew ha detto che i nerd che l'hanno grosso. È vero?"

"Dovrai scoprirlo da solo."

"Continuo a non capire, Monty. Cosa mi sfugge? L'acqua cheta rovina i ponti. Ha qualche kink segreto? È un furry o qualcosa del genere?"

Monty aggrottò la fronte. "Un furry?"

"Sì, è un fetish in cui… Non importa. Se hai bisogno di chiederlo, allora hai già risposto alla mia domanda. Qual è il suo cognome?"

"Non te lo dico. Vi conosco fin troppo bene. Scaverete finché non troverete del marcio."

"Okay, hai detto che è un attuario, qualunque cazzo di cosa significhi. Allora, dove lavora? Da queste parti? A Pittsburgh? Greensburg?"

"No."

"Eddai!"

"No, Rez. Vaffanculo."

"Porca miseria, ti piace *davvero*."

"Perché sei sorpreso?"

"È l'ultima persona con cui ti avremmo immaginato. Siamo preoccupati." Era una buona scusa, anche se in realtà loro volevano più che altro farsi gli affari di Monty.

"Pensate che uscirei con uno come voi deficienti? Al lavoro ho a che fare tutto il giorno con degli stronzi alfa. Prigionieri che si battono il petto e colleghi arroganti che pensano di essere il dono di Dio per le donne, e poi ho a che fare con voi stronzi. Non ho bisogno di quella roba con gli uomini che frequento."

"Vogliamo che tu sia felice, tutto qui."

"Come no. Beh, ecco un consiglio per rendermi felice. Lasciatelo in pace. Giuro che se voi stronzi lo fate scappare…"

"Possiamo almeno fare un controllo su di lui, in modo da essere sicuri che non sia un serial killer e che non abbia intenzione di scuoiarti e indossarti come cappotto invernale?"

"Se ha bisogno di un cappotto invernale umano, allora avrebbe scelto qualcuno più soffice di me. Difficilmente potrei tenerlo al caldo."

"E se ti cucinasse e ti mangiasse come Jeffrey Dahmer? Anche quello psicopatico era un nerd."

"Allora ricaverà qualche buon pasto dalla sottoscritta."

Rez succhiò i denti. "Pensi che la nostra preoccupazione sia uno scherzo."

"Perché lo è e voi siete solo dei bastardi ficcanaso. Mi piace il suo aspetto. Mi piace come si veste. È dolce, premuroso e un gentiluomo. Tutto quello che voi non siete."

Rez coprì il suo finto sbadiglio con una mano.

Lei lo colpì al braccio. "Senti, apprezzo che siate tutti preoccupati, se lo siete davvero." Inclinò la testa e allargò gli occhi su di lui. "Ma non credete che abbia fatto prima le mie ricerche?"

Rez ritrasse di scatto la testa. "Davvero?"

"Se non l'avete ancora saputo, abbiamo una task force federale che affitta il secondo piano. Hanno queste cose chiamate computer. Si digitano informazioni e si ricevono in cambio informazioni."

"Ah. Che ridere. Ma… L'hai fatto controllare da qualcuno? Chi?"

"'Fanculo. Non vi dirò il nome, perché uno di voi lo

torchierebbe per avere le informazioni. E non spetta a voi conoscerle."

Cazzo. Probabilmente era stato Nox. E quando Nox teneva un segreto, non c'era verso di cavarglielo. "Monty…"

"No, Rez. Questa conversazione è finita. Sono felice, quindi lascia perdere." Quando sorrise, fu un sorriso che a Rez non piacque. "A proposito di felicità… Che fine ha fatto la tua ragazza? L'hai tenuta d'occhio durante le due funzioni. Perché… Sapphire, giusto… non è qui adesso? Hai già spaventato quella povera donna con la tua parlantina senza filtri?"

"Doveva lavorare."

Monty si accigliò. "Chi è che non può avere le ferie per un funerale?"

"Qualcuno che lavora per uno stronzo."

"Dove lavora?"

"Dove lavora Clark?"

Monty strinse le labbra e prese fiato. "Va bene. Tanto lei non resterà a lungo nei paraggi. Tu farai o dirai qualcosa di stupido e lei scapperà con il favore delle tenebre."

"Non è quel tipo di relazione."

"Di che tipo è?"

"Non ci teniamo per mano e non ci fissiamo con occhi bovini."

Il volto di Monty divenne una maschera di confusione. "Occhi bovini?"

Se non altro, Rez non era l'unico a non aver mai sentito quell'espressione prima. "Cercala su Google."

"Quindi l'hai pagata per venire con te al funerale," concluse con un sorriso Monty. "È *quel* tipo di relazione."

"Non l'ho…" Rez sospirò. "Cazzo, sto morendo di fame. Credo sia ora di mangiare."

Monty ridacchiò.

Il suo tentativo di sviare fu superato da Jamison, che urlò: "In primavera, che ne dite di fare una *poker run* di beneficenza in memoria di Sadie Parrish? I soldi raccolti andranno a un'organizzazione no-profit chiamata Progetto SAFE."

Esclamazioni di assenso rimbalzarono per la stanza.

Una *poker run* era sempre divertente, ma organizzarla per raccogliere fondi per una buona causa la rendeva ancora migliore.

Mentre Rez passava lo sguardo sulla stanza per vedere se qualcuno stesse interrogando l'uomo di Monty, Luke Rodgers della task force uscì dalla sala riunioni del primo piano.

"Mi dispiace interrompere il vostro," si guardò intorno, "raduno. Sto cercando Rez."

Capitolo ventotto

PERCHÉ CAZZO RODGERS lo stava cercando? "Sono qui. Che c'è?"

"Ho bisogno di te al piano di sopra," rispose l'uomo.

Rez si accigliò.

Sulla stanza calò il silenzio e lo sguardo di tutti rimbalzò da Rodgers a Rez.

"Di nuovo, scusate l'interruzione. Condoglianze anche da parte mia, Sloane." Rodgers inclinò la testa verso la sala riunioni. "Rez…"

Che cazzo stava succedendo?

Si diresse a passi veloci verso l'agente della DEA. "C'è qualche problema?"

"Devo farti vedere una cosa."

Rez lo seguì attraverso la sala dove si riuniva il comitato esecutivo del BAMC, uscì dalla porta laterale e salì le scale fino al secondo piano.

Rodgers digitò il codice per sbloccare la porta e Rez lo seguì all'interno.

"Che succede?" chiese ancora Rez, iniziando a preoccuparsi.

"Ho bisogno che tu veda una cosa. Tu… frequenti quella bruna sexy del Peach Pit, vero? Sapphire?"

Non si *frequentavano* esattamente, ma… "Sì."

"Beh, fratello, la tua donna è una tosta."

Le sopracciglia di Rez si inarcarono. "Di che cazzo stai parlando?"

"Non ero sicuro che lo sapessi o meno, ma dal modo in cui hai reagito, ora ho la mia risposta. Credevo che fosse con te al piano di sotto, finché non ho guardato alcuni filmati risalenti a circa un'ora fa. Ho trovato qualcosa che devi vedere. Ho ricontrollato l'orario e ho capito che eri di sotto quando è successo."

"Quando è successo cosa?" Il cuore martellante di Rez gli si era incuneato in gola.

Rodgers si accomodò sulla sedia da ufficio di una delle scrivanie predisposte per la visione dei filmati delle telecamere. Dopo alcuni clic del mouse, indicò il monitor. "Lascia che riavvolga il filmato in modo per farti assistere a tutta la scena. Vedrai prima la causa e poi l'effetto."

L'uomo sembrava divertito, non preoccupato. Tuttavia, a Rez non piaceva la piega che stava prendendo la situazione.

Dietro di lui, sentì la porta sbloccarsi e aprirsi, poi una serie di passi si diresse verso il punto in cui lui si trovava, dietro la sedia di Rodgers. L'agente della DEA si alzò e gli offrì la sedia.

Rez scosse la testa. "Vai avanti e mostrami qualsiasi cosa tu voglia mostrarmi." *E sbrigati, cazzo!*

Annuendo, Rodgers si chinò e premette il tasto Invio sulla tastiera.

Rez non sapeva esattamente chi si stesse affollando dietro di lui per unirsi al gruppetto di spettatori, perché non voleva distogliere lo sguardo dallo schermo e perdersi qualcosa. Il filmato in riproduzione proveniva dalla telecamera dell'ufficio di Saint al Peach Pit. Non era un buon inizio. "Cos'è questa roba?"

"Guarda e basta," insistette Rodgers.

Rez aveva intenzione di guardare, ma il suo stomaco era già in agitazione.

Nella registrazione, Saint era seduto dietro la sua scrivania quando qualcosa attirò la sua attenzione fuori dal suo ufficio, nel corridoio. Il motociclista si chinò in avanti e gridò verso la porta aperta. La ballerina Cherish apparve sulla soglia con un'aria riluttante, che ricordava a Rez un cerbiatto timoroso.

Oh sì, a Rez quella scena non sarebbe piaciuta. Per niente, cazzo. Cherish era nervosa per qualcosa e lui era dannatamente sicuro che la donna avesse una buona ragione per esserlo.

Saint non aveva una sola qualità che lo riscattasse. Trattava le ragazze di merda, quindi non c'era da stupirsi se loro non volevano passare del tempo in sua presenza.

Soprattutto da sole.

Senza sonoro, Rez poté solo tirare a indovinare lo scambio di battute. Tuttavia, il linguaggio del corpo era facile da leggere.

Lo scatto del mento di Saint era un ordine per Cherish di chiudersi la porta alle spalle. Era chiaro che la donna non voleva, ma Saint non accettava un "no" come risposta.

Gli occhi di Rez passarono dal membro della task force allo schermo. "Non mi piace," ringhiò.

"Continua a guardare."

Quando Cherish si rifiutò di chiudere la porta, Saint si alzò e la trascinò nell'ufficio, sbattendo la porta. Poi afferrò Cherish per la gola e la spinse contro il muro.

L'aria al secondo piano divenne elettrica, facendo rizzare i sottili peli sulla nuca di Rez. Dalle sue spalle giungeva un respiro affannoso, mentre quello di Rez si affievolì e si fermò quasi del tutto.

La sua rabbia montava e nulla di ciò che stava accadendo sullo schermo coinvolgeva Sapphire.

Per il momento.

Ma lei stava arrivando e lui sapeva che si sarebbe incazzato.

Le pulsazioni nelle sue tempie cominciarono a martellare mentre tutti guardavano Saint mettere le mani addosso a Cherish, lacerandole il vestito quando glielo strappò da una spalla. Proseguì l'aggressione afferrando uno dei suoi seni esposti e premendo il bacino contro quello di lei per bloccarla al muro.

Persino in quella maledetta registrazione Rez riusciva a scorgere il bianco degli occhi di lei. Quella donna era terrorizzata. E aveva tutto il diritto di esserlo. Il motociclista era quasi il doppio di lei e, purtroppo, Cherish non aveva la forza di contrastarlo.

Il fatto era che gli uomini come Saint volevano la lotta. Il brivido era nella lotta, nella paura e nel dominio.

Nonostante ciò, lei rimase immobile sul posto.

Il cuore di Rez gli martellava nelle orecchie e le sue labbra si arricciarono in un ringhio. Quel figlio di puttana stava per fare qualcosa da cui non si poteva tornare indietro…

Per la qual cosa aveva appena firmato la sua condanna a morte.

Era sulla stessa strada di T-Bone. Sempre che l'aspirante non fosse già morto.

Quando Saint arrivò al punto da strapparle ancora di più il vestito, Cherish finalmente uscì dal suo stato di paralisi da terrore e cominciò a lottare contro di lui.

Lo artigliò per liberarsi. Agitò la testa. Strinse gli occhi e aprì la bocca.

Anche se le telecamere non avevano microfoni, Rez poteva sentire le sue urla nella testa.

Poteva *sentire* la paura e il panico della donna.

Il suo pianto.

Le suppliche e le implorazioni.

Una volta che Saint le ebbe sollevato il vestito fino ai fianchi e stava per abbassarsi la cerniera, la porta del suo ufficio si aprì di colpo.

Rez non aveva la minima idea se lo stronzo non avesse chiuso a chiave o se Sapphire avesse sfondato la porta. In ogni caso, non importava. La donna si precipitò a strappare Saint via da Cherish, urlandogli contro. Poi gridò qualcosa a Cherish.

Cosa fosse quel qualcosa era facile da intuire. La ballerina si affrettò a scappare mentre Sapphire teneva occupato Saint.

Sapphire gli urlò in faccia, con un linguaggio del corpo inequivocabile. La furia le riempiva il volto. Le sue braccia oscillavano selvaggiamente. Le spalle erano rigide. Lo sguardo intenso.

Era così arrabbiata che non si rendeva conto del pericolo in cui si era messa.

O semplicemente se ne fregava.

Quella donna non vedeva altro che rosso.

Ma quando lei usò entrambe le mani per spingere con forza Saint, i polmoni di Rez si bloccarono e lui avrebbe voluto gridarle di andarsene da lì. Anche se tutto quello che stava vedendo era già accaduto ed era troppo tardi per fermarlo.

Tuttavia, non ne conosceva l'esito. Non ancora.

Invece, la scena continuava a svolgersi davanti a lui, torturandolo a morte perché era impotente a intervenire. Impotente a proteggerla.

Impotente ad abbattere quello stronzo.

Non poté fare *nulla* quando, come al rallentatore, il braccio di Saint si arcuò all'indietro e, usando tutta la forza che aveva, oscillò in avanti in un lampo e colpì Sapphire con un manrovescio, facendola quasi cadere dai piedi.

Mormorii, imprecazioni e grida si levarono alle sue spalle, ma lui non riuscì a distogliere l'attenzione dallo schermo.

Esci da lì, Sapphire.

Fuori di lì, cazzo.

Non riuscì nemmeno a dire una cazzo di parola, poiché stringeva così tanto i denti da essersi bloccato le mascelle

Le sue dita si arricciarono a pugno. Voleva infilare un braccio nel monitor e dare un cazzotto in gola a quel figlio di puttana, gettarlo a terra e calpestarlo fino a renderlo irriconoscibile.

Con una mano sulla guancia e la bocca ancora in movimento, Sapphire affrontò Saint a testa alta. Non si tirò indietro, non corse fuori dall'ufficio, non si raggomitolò.

Porca puttana, quella donna avrebbe dovuto ritirarsi quando ne aveva la possibilità.

Nel momento in cui lei saltò addosso a Saint, Rez imprecò malamente.

E continuò a farlo quando Saint si infilò una mano sotto il chiodo e tirò fuori qualcosa dalla parte bassa della schiena.

Il sangue defluì dal viso di Rez: nella mano dell'uomo era comparsa una pistola.

Porca puttana, stava per spararle? "Esci da lì, cazzo, prima che ti uccida!"

Se qualcun altro stava dicendo qualcosa, lui non riusciva a sentirlo. Non sentiva altro che i suoi pensieri che correvano.

Quando Saint sollevò l'arma, Rez capì che il motociclista non aveva intenzione di sparare a Sapphire, ma di colpirla direttamente con l'arma.

Voleva picchiarla con la cazzo di pistola!

Prima che l'arma calasse su Sapphire, la donna snudò i denti e si avventò di nuovo contro il motociclista, graffiandogli il viso con le unghie lunghe.

Quando Saint perse quasi la presa sulla pistola, lei cercò di sottrargliela. Mentre i due se la contendevano, Rez sperò che la sicura fosse ancora inserita per evitare che partisse un colpo.

Quando l'arma cadde a terra, vi si fiondarono entrambi per afferrarla.

Ma invece di prenderla, Sapphire la allontanò con un calcio, si strappò di dosso una delle scarpe con la zeppa e cominciò a picchiare Saint sulla testa e sul viso.

"Dannazione!"

"Porca troia!"

"Ma che cazzo!"

"Fagli il culo!"

Tutte le grida dietro di lui penetrarono a malapena nel suo cranio.

Saint sollevò le braccia nel tentativo di proteggersi il viso, ma Sapphire si scatenò, colpendolo più volte con il tacco da dodici centimetri e passa.

Persino sullo schermo si vedeva che Saint sanguinava.

Quando il motociclista si riparò la testa con le braccia, lei si avventò sul suo orecchio, percuotendolo più volte con il tacco della scarpa.

Poi Sapphire fece un passo indietro e gli sbatté il piede nudo contro il ventre, facendogli perdere l'equilibrio. Prima che lui potesse riprendersi, lei lo colpì di nuovo con un calcio, abbastanza veloce da impedirgli di afferrare la gamba e gettarla a terra.

Mentre lui si rialzava, lei cercò sul pavimento fino a individuare la pistola, si precipitò a prenderla, si girò e gliela puntò contro.

Cristo! Sai almeno come si maneggia una cazzo di pistola? fu l'urlo che risuonò nella testa di Rez. Vederla con in mano l'arma lo spaventava tanto quando vedere Saint che faceva lo stesso.

Perché lei non se la stava dando a gambe mentre ne

aveva la possibilità, invece di affrontare un motociclista che l'avrebbe uccisa senza pensarci due volte?

La bocca di Sapphire si muoveva a un chilometro al minuto mentre si avvicinava di nuovo all'uomo. Girò la pistola in mano fino ad impugnare la canna e cominciò a colpirlo con l'impugnatura.

Con il petto ansimante e gli occhi sbarrati, il braccio di Sapphire continuava a sollevarsi e ad abbassarsi.

Non si fermò, non rallentò. Non fino a quando Saint non fu accasciato sul pavimento, immobile e incapace di proteggersi.

La sua faccia era ridotta a una poltiglia sanguinolenta.

Poi Sapphire infilò la canna della pistola nella bocca spalancata dell'uomo.

Di nuovo, l'aria crepitava e scoppiettava intorno a lui mentre tutti aspettavano che lei premesse il grilletto.

Grazie alla buona stella del cazzo, Sapphire non lo fece.

Invece, trasse un respiro così profondo da poter essere visto sullo schermo. Poi scosse la testa, sfilò la pistola dalla bocca dell'uomo e si raddrizzò.

Lo fissò per qualche istante e disse un'ultima cosa prima di togliersi l'altra scarpa, prendere la pistola e uscire a piedi nudi, con più calma del dovuto, dall'ufficio.

"Come ho già detto, quella donna è tosta."

Rez sbatté le palpebre.

Si voltò a fissare Rodgers. L'uomo alzò le spalle. "Volevo solo che vedessi cos'è successo. Dovresti andare a vedere come sta. Può darsi che abbia appena ucciso un uomo."

Rodgers lo disse con la stessa inflessione indifferente che avrebbe avuto se stesse informando Rez che Sapphire aveva appena fatto cadere il suo dannato cono gelato.

La differenza era che Sapphire non sarebbe finita in prigione per aver sprecato cibo.

La scusa della legittima difesa arrivava solo fino a un certo punto. In quel caso, Sapphire aveva il diritto di difendere se stessa, o anche Cherish, solo fino al punto da dare a entrambe la possibilità di allontanarsi.

Ed ecco che Rodgers la chiamava "tosta."

Tosta un cazzo!

Correre un rischio che avrebbe potuto avere conseguenze devastanti non significava essere tosti.

Era imprudente.

Pericoloso.

Terrificante.

Una mano si posò sulla spalla di Rez. Pronto a scrollarsela di dosso, lui si voltò per vedere chi fosse.

Crew.

Si aspettava che il capo della task force facesse un commento sarcastico, o che si dicesse colpito dalle azioni di Sapphire. Invece, l'espressione dell'uomo era cupa. Come quella di tutti gli altri che erano saliti. "Vai a cercarla. Ora. Sloane e Decker capiranno perché te ne sei andato. Dirò loro cosa è successo."

Rez indicò il monitor. "Fai sparire quel filmato."

"Rez…"

"L'hai fatto per Mel, ora fallo per Sapphire."

Crew ci mise qualche secondo, ma alla fine annuì.

"Se quel figlio di puttana respira ancora, ce ne occuperemo a modo nostro. Proprio come con T-Bone," fu l'ultima cosa che ringhiò mentre superava Crew, Finn, Rodgers e Jamison, dirigendosi verso la porta.

Per la prima volta da che stava con lei, era grato che la donna vivesse a Rockvale.

Perché significava che poteva essere alla porta di casa sua in pochi minuti.

Capitolo ventinove

"MERDA," mormorò Sapphire quando si sentì bussare alla sua porta.

Non aveva bisogno di indovinare chi fosse: lo sapeva.

Non voleva andare ad aprire. Non voleva che lui la vedesse in quello stato.

Non sapeva nemmeno perché Rez fosse alla sua porta, visto che si supponeva che lei rimanesse al lavoro fino alla chiusura. Come faceva a sapere che era a casa? La stava facendo sorvegliare da qualcuno? La stava sorvegliando lui?

Sussultò quando il bussare proseguì. Rez avrebbe fatto incazzare i suoi vicini e, se quelli si fossero lamentati, lei avrebbe potuto essere sfrattata. Era già abbastanza grave che avesse perso il suo dannato lavoro. Se avesse perso anche la casa…?

Con un sospiro, sbirciò attraverso lo spioncino per confermare che aveva ragione. Ciò le strappò un altro sospiro, molto più forte e drammatico. "Vattene, Rez!"

"Apri questa cazzo di porta, Sapphire!"

"I vicini chiameranno la polizia!"

"Allora apri questa cazzo di porta! E forse l'hai dimenticato, ma io *sono* della fottuta polizia!"

"Non a Rockvale. Torna dai tuoi amici, Rez." Il ricevimento post-funerale non poteva essere già finito. Rez le aveva detto che sarebbe rimasto fino a tardi. "Sono stanca e sto per andare a letto. Ci sentiamo domani."

"Col cazzo. Io non me ne vado. La tua unica scelta, se vuoi che smetta di bussare alla tua porta, è farmi entrare."

Lei strinse gli occhi e scosse la testa. "Una scelta non è una scelta se non hai più di un'opzione."

"Ti do due opzioni, allora: apri la porta o la butto giù a calci. Ecco. Ora hai due possibilità. Scegli con saggezza."

L'uomo avrebbe dato di matto quando avrebbe visto il livido sul suo viso. Poi avrebbe preteso che lei gli dicesse cosa era successo e se lei gli avesse detto la verità, lui avrebbe perso la testa ancora di più.

Non voleva che Rez affrontasse Taint e si mettesse in una posizione tale da compiere un gesto che gli facesse perdere il lavoro. Non voleva essere responsabile della sua disoccupazione. Era già abbastanza grave che lei fosse rimasta senza lavoro.

"Possiamo parlare domani." Magari l'indomani avrebbe potuto nascondere meglio il livido con uno spesso strato di trucco e lui non se ne sarebbe accorto. Se fosse stata attenta.

"Parliamo stasera!" urlò Rez. "Apri questa cazzo di porta!"

"Mi fai paura." Anche se non era vero, sperava che lo avrebbe fatto indietreggiare.

"*So* che è una fottuta bugia."

All'improvviso calò un silenzio tale che Sapphire poteva sentire il suo cuore battere nelle orecchie.

"Bene. Non vuoi aprire la porta?"

Oh, merda. Cosa stava per…

Il rumore del telaio della porta che si spaccava fu assordante.

Sapphire si affrettò a fare un passo indietro. "Rez!"

Con un altro calcione, la porta si aprì completamente.

"Cristo, Rez! Il mio padrone di casa mi sfratterà per questo!" Inoltre, senza un lavoro, Sapphire non avrebbe avuto i soldi per pagare i danni.

Lui entrò. "Sai che perdita. Tanto hai finito di vivere qui."

Cosa? "Non sta a te deciderlo."

"Col cazzo che non sta a me. Se non riesci a prendere la decisione giusta, allora la prenderò io per te."

Ma. Anche. No. "Non sei mio marito. Non sei il mio ragazzo. Non stiamo nemmeno insieme! Siamo…" Stava per dire "niente," ma non era vero nemmeno quello.

Erano qualcosa di ancora indefinito.

E che forse, dopo quella serata, non ci sarebbe stato più bisogno di definire.

Rez ritrasse di scatto la testa. "'Fanculo, Phire. 'Fanculo. E hai chiuso con il Peach Pit. Hai chiuso con quel cazzo di posto."

Su quello potevano essere d'accordo. "Hai ragione, è così. Ma non perché è quello che vuoi tu, ma perché quella decisione mi è stata tolta."

Dopo averla scrutata dalla testa alle dita dei piedi, Rez le ordinò: "Prepara la borsa per la notte. Non resterai qui in un appartamento non protetto."

"Non è protetto perché tu hai sfondato la dannata porta!" gli urlò Sapphire.

Con la bocca serrata, Rez si avvicinò a lei, le infilò un dito sotto il mento e le inclinò il viso verso l'alto per osservare meglio il livido che era comparso dopo il manrovescio di Taint.

Gli sfuggì un ringhio. Dopo aver chiuso gli occhi, Rez si pizzicò il naso, fece un respiro profondo e abbassò la testa

Quando lei cercò di allontanarsi, lui strinse la presa sul suo mento, aprì gli occhi, la fissò e le disse: "Quel figlio di puttana."

Sapeva come si era fatta il livido, così come sapeva che

era a casa. Come? O stava solo tirando a indovinare chi l'aveva picchiata?

"Lascia perdere, Rez. Non perdere il lavoro facendo qualcosa di stupido. Non ne vale la pena."

"Per te sì."

Per te sì. Quelle quattro semplici parole la colpirono dritto al cuore.

E le fecero capire che qualcosa *era* cambiato tra loro. La loro "relazione" leggera e rilassata non era più tale. Le reazioni dell'uomo dimostravano che non erano più semplici amici con benefici. Erano molto di più.

Ma ciò non significava che lui potesse dettare la sua vita. "Allora lascia perdere. Per me. Volevi che lasciassi il Pit. Hai avuto quello che desideravi."

Rez rilasciò la presa sul mento e fece un passo indietro, ma era evidente che la sua rabbia ribolliva ancora sotto la superficie. "Ma non volevo che ti facessi del male, Sapphire. Mi piaceva che lavorassi per quei figli di puttana? No. Nonostante tu pensassi il contrario, volevo che te ne andassi alle tue condizioni."

Lei alzò le sopracciglia. "O alle tue, giusto?"

L'uomo strinse la bocca.

"Dimmi, Rez… come fai a sapere cosa è successo?" Qualcuno lo aveva chiamato? E se sì, chi aveva il suo numero? Una delle altre ballerine la teneva d'occhio e riferiva a Rez?

Se era così…

"Visto che non lavori più là, credo di potertelo dire… La task force ha fatto installare delle telecamere nel club dopo che il furgone originale è stato trovato nel parcheggio sul retro. Avevamo bisogno di raccogliere prove concrete del fatto che i Demons gestivano un'operazione di spaccio di droga dal Peach Pit."

Avevano installato delle telecamere.

Ma che diavolo? Come aveva fatto Sapphire a non accorgersene? Come aveva fatto Taint a non accorgersene?

"Dove? Ci sono telecamere nell'area principale del locale?"

Con le labbra serrate, Rez annuì.

"Il vostro team può vedere tutto? Possono guardarci gratis mentre balliamo?"

L'uomo strinse gli occhi. "È di *questo* che ti preoccupi, cazzo? Che la task force scrocchi uno spettacolino?"

"Ballare è il modo in cui ci guadagniamo da vivere…" Sapphire scosse la testa. Rez aveva ragione. Non era importante. Lo fissò. "Ma questo non è successo fuori…" Le sue sopracciglia si inarcarono. "Avete una telecamera anche nel suo ufficio."

Ovviamente. Ora aveva senso. Perché Rez era incazzato. Perché sapeva che lei era a casa. Ma questo significava anche che lui non aveva mai avuto bisogno di stare nel locale per sorvegliare T-Bone, né di trascorrere del tempo laggiù. Avrebbe potuto vedere tutto quello che succedeva nel club grazie alle telecamere.

Porca miseria. Rendersene conto la faceva sentire quasi tradita.

"Perché non me l'hai detto?"

"Perché non potevo. Questa è un'indagine federale, Sapphire."

"Ma me lo stai dicendo adesso."

"A questo punto, è inevitabile. Inoltre, non lavori più in quel posto."

"Mel sapeva delle telecamere?"

"Sì. Ha aiutato la nostra squadra a entrare per installarle."

Sapphire si premette le dita sulla bocca. "Non ha mai detto una parola."

"Perché le era stato detto di non dirlo a nessuno. Volevamo che tutti si comportassero con naturalezza e non sapessero di essere osservati. Volevamo che le attività continuassero come al solito."

Aveva senso, ma comunque…

"Questo significa che hai visto quello che è successo a Cherish." *Cazzo*, molto probabilmente Rez aveva visto tutto.

"Non in tempo reale, ma sì. E ho visto anche quello che è successo a te."

Ecco il motivo per cui si era presentato alla porta di Sapphire. "Perché stavi guardando le telecamere? Pensavo che fossi al ricevimento dopo il funerale con i tuoi amici."

"Non stavo guardando il filmato, ma un collega della task force stava esaminando le registrazioni, ha visto cosa è successo e che tu eri coinvolta. Voleva che lo vedessi."

"Da quando sei il mio custode? Non te l'ho chiesto."

La bocca di Rez si spalancò, poi si chiuse di scatto prima che lui esclamasse, "Cristo, Sapphire. Sei così fottutamente indipendente da non riuscire a capire quando qualcuno tiene a te?"

"Ma…" Tutto l'ossigeno le uscì dai polmoni. Non sapeva cosa rispondere. Si era ingannata pensando che le cose tra loro fossero solo occasionali. Quello che c'era tra loro era molto di più.

Lui la strappò ai suoi pensieri con: "Ti sei messa inutilmente in pericolo. Avresti dovuto chiamare il 911, invece."

"Chiamare il 911? Mi prendi in giro? Sarebbe finita prima che arrivassero, Rez. Non permetterò che un'altra donna venga aggredita sotto i miei occhi. Non quando posso impedirlo." Sapphire sperava che un'altra donna avrebbe fatto lo stesso per lei.

"Lui avrebbe potuto farti peggio di quello che ha fatto. Sei fortunata che non sia successo nulla di grave, perché hai corso un grosso rischio, Sapphire. A quel figlio di puttana non importa un cazzo di te." Il dito di Rez trafisse l'aria nella sua direzione. "Non gliene frega un cazzo di nessuna di voi donne. Vi considera tutte solo una proprietà. Da usare come meglio crede. Questo è il suo dannato pensiero del cazzo. Pensa di poter fare quello che vuole quando vuole a tutte voi."

"Non mi stai dicendo nulla che non io sappia, Rez. Ma questo non significa che glielo avrei lasciato fare. Non senza lottare."

"Beh, hai avuto quella lotta." Le narici di Rez si dilatarono mentre aspirava aria. "Era almeno vivo quando l'hai lasciato lì?"

"Non lo so." Sapphire incrociò lo sguardo degli occhi scuri di Rez. "E non mi interessa."

"Ti interesserà se andrai in prigione per aver ucciso un uomo con la tua cazzo di scarpa."

"Avrei dovuto sparargli e assicurarmi che non toccasse mai più un'altra donna contro la sua volontà."

Rez l'afferrò per le braccia e la attirò a sé; premette il naso nei suoi capelli e l'avvolse tra le sue braccia per stringerla così forte da renderle difficile respirare. "Uccidere un altro essere umano non è facile come pensi. Ti perseguiterebbe per il resto della vita, anche se quello se lo meritava. Prendere una vita lascia sempre un segno, Sapphire, quindi sono contento che tu non abbia premuto il grilletto."

Il motociclista avrebbe meritato di mangiarsi una pallottola. Anche se sarebbe stata una fine troppo facile per lui. "L'avrei fatto se avesse significato salvare Cherish da qualcosa che avrebbe perseguitato *lei* per il resto della sua vita."

Rez la allontanò leggermente da sé e la fissò in viso. "Lei come sta?"

La sua espressione era preoccupata. Non solo per Sapphire, ma anche per Cherish.

"Anche lei ha chiuso con i Demons. Era davvero sconvolta, anche se sapevamo tutte com'era Saint e che c'era la possibilità che facesse una cosa del genere. L'ho aiutata a svuotare l'armadietto e a raccogliere le sue cose, poi ho fatto in modo che salisse in macchina e partisse prima di me."

Cherish era rimasta scossa, ma si sarebbe ripresa. Non la smetteva di ringraziare Sapphire per essere intervenuta. E solo per quello era valsa la pena di mettersi in pericolo.

Sapphire ricambiò la stretta di Rez e premette la guancia sana sul suo ampio petto, ascoltando il battito costante del suo cuore sotto l'orecchio.

Allora si rese conto che la stessa paura che lei aveva provato per Cherish, Rez l'aveva provata per lei. Come lei non aveva potuto restare in disparte mentre la sua collega veniva ferita, Rez non sopportava di averla vista ferita.

Sapphire aveva visto rosso e non era lucida quando si era scagliata contro Taint. Aveva agito d'istinto. Non poteva quindi biasimare Rez per aver reagito allo stesso modo quando aveva visto quello che era successo a lei.

Anche lei sarebbe rimasta sconvolta e furiosa se avesse dovuto vedere filmati in cui Rez si metteva in pericolo o si faceva male.

Lui le circondò la nuca con una mano e la strinse a sé, sussurrando: "Porca miseria, donna. Quando sono rimasto a guardare quello che è successo, ero combattuto se essere eccitato o inorridito quando gli hai fatto il culo con una cazzo di scarpa."

"E alla fine?"

Rez esalò rumorosamente il fiato. "Se devo essere sincera, avevo una paura fottuta."

"Mi dispiace. Non avevo idea che tu potessi vedere quello che è successo."

L'uomo si tirò indietro abbastanza da fissarla. "Significa che se non avessi visto tutto con i miei occhi, non me lo avresti detto? Mi avresti mentito su come ti sei fatta il livido?"

Sapphire si sfregò la fronte. "Non lo so. Ma tra il livido e il fatto che non lavoro più al Peach Pit, sono sicuro che alla fine l'avresti capito. Voglio dire, sei un poliziotto. Sei bravo a mettere insieme i pezzi di un puzzle."

"Porca miseria," sussurrò Rez.

"Come ho detto, non voglio che tu faccia qualcosa di stupido per questo e che distrugga la tua carriera."

"Spero di avere più autocontrollo di così."

Lei si staccò dalle sue braccia e indicò la porta sfondata. "Davvero?"

Rez fece una smorfia. "Sì, beh… lo ammetto, non ho molto autocontrollo quando si tratta di te."

"E grazie a te, io perderò la caparra."

"Pagherò i danni."

"Non dovrebbero esserci danni da pagare," esclamò Sapphire. "Non avevi il diritto di farlo."

"Sì che l'avevo, Phire. Avevo bisogno di vederti per assicurarmi che stessi bene. No, non solo vederti, ma anche toccarti. Ero fottutamente preoccupato per te."

"Me ne sono accorta."

"Metterò in sicurezza la porta prima di andarcene. E di nuovo, pagherò i danni per fare in modo che tu non perda la caparra. Ma almeno quello che è successo dimostra che non è sicuro vivere qui. Qualsiasi stronzo può venire a sfondare la tua porta."

"È così che giustifichi il fatto che io debba trovare un nuovo posto dove vivere?"

L'uomo scrollò le spalle. "Suonava bene, no?"

Sapphire levò gli occhi al cielo, poi sospirò. "Non so cosa fare adesso."

"Andrà tutto bene. Troveremo una soluzione."

"Non sta a te trovarla, Rez."

"Non a me solo, ma questo non significa che non possa aiutarti. Anzi, potrei avere un'opportunità di lavoro per te. Almeno fino a quando Mel non metterà in piedi un club."

"Che tipo di lavoro?"

"Quello che ti piace fare."

Sapphire rimase di stucco. "Ma tu non vuoi che io balli."

"E tu non vuoi che io ti dica cosa fare."

"Quindi, siamo a un punto morto."

"No, non lo siamo. Io ci sono per te. Non per prendere decisioni al posto tuo, ma per farti da cassa di risonanza. O per sostenerti in qualsiasi decisione tu voglia prendere. Sapphire, se hai bisogno di me, io ci sarò. Se non ne avrai bisogno, sarò al tuo fianco e cercherò di usare la bocca solo per incoraggiarti." Rez fece una pausa e trasse un respiro profondo. "Quello che ho capito guardando quel filmato è che non voglio perderti. E oggi ci sono andato troppo vicino."

"Cosa stai dicendo?" sussurrò.

"Sai cosa voglio dire."

"Ho bisogno di sentirlo. Non voglio tirare a indovinare, Rez."

"E mi respingerai se te lo dico?"

"Perché dovrei respingerti?"

"Perché sei testarda e indipendente e so che non hai *bisogno* di me. Ma spero che tu *voglia* tenermi nella tua vita. Nonostante le stupidaggini che faccio o dico."

"È qui che ti sbagli. Non sul fatto di volerti o sulla parte testarda e indipendente, ma sulla parte in cui non ho bisogno di te. Ne ho bisogno, invece. Non avrei mai pensato di dirlo, ma ho bisogno di te, Rez. Non perché tu sia il mio protettore o quello che decide per me, ma semplicemente perché tu ci sia per me. Perché tu mi accetti per quello che sono. Per quello che sarò sempre. Per come sono. Il fatto che tu non ti senti minacciato dalla mia scelta professionale è ciò che mi ha attratto di te in primo luogo."

"Era l'unico motivo?"

"Hai anche altre qualità," provocò Sapphire. Il suo divertimento svanì in fretta quando aggiunse: "Ma poi sei diventato possessivo."

"Sai perché non mi piaceva che lavorassi al Peach Pit.

Era perché lavoravi per quell'MC fuorilegge, non perché ti spogliavi davanti a tanti sconosciuti." Rez storse la bocca.

Lei strinse le labbra. "Quindi, ti va bene se mi spoglio altrove?"

"*Ah-ha.*"

"*Ah-ha*," fece eco lei. "Immagino che questa risposta sarà messa alla prova se accetterò il tuo consiglio."

"Mi andrà bene, visto che so che sarà una cosa temporanea."

"Sai che amo ballare." Era vero. Sapphire avrebbe sempre ballato, anche solo per se stessa. Farlo le schiariva la mente, la teneva in forma e la faceva sentire come se potesse affrontare il mondo intero.

O un motociclista stronzo.

"Ci sono altri tipi di ballo che si possono fare con i vestiti addosso."

"Ah sì? Ma ballare nudi è così liberatorio." Lei soffocò il sorriso quando lui fece un cenno di disapprovazione.

"Puoi andare a fare le valigie, così ce ne andiamo da questo cazzo di posto? Per favore. Prima che io dica qualcosa che ti costringa ad andare in un motel stanotte."

Lei rise. "Che ne dici se io vado a fare le valigie mentre tu ti occupi di mettere in sicurezza la mia porta, in modo che qualcuno non si impossessi di tutta la mia roba e non mi rimanga nulla da spostare?"

"Sei disposta a trasferirti?"

"Beh, al momento non ho un lavoro, quindi non so dove mi trasferirò, ma sì, se riesco a trovare il posto giusto al prezzo giusto."

"Ho un posto che corrisponde alle tue esigenze."

"Davvero?"

"Sì. Vai a prendere la tua roba e ti ci porto."

Mmm. "Credo di averlo già visto."

Stava davvero pensando di trasferirsi da Rez? Magari temporaneamente, finché non si fosse rimessa in sesto… Ma in modo permanente? Si "frequentavano" solo da un mese. Era troppo presto, no?

"Quel posto ha dei vantaggi."

"Oh? Tipo?"

Lui sorrise e fece un cenno con il pollice verso il proprio petto. "Io."

"E questo dovrebbe convincermi?"

"Aggiungo la cucina venezuelana autentica di mia madre."

"Beh, *ora* mi hai convinto."

Rez sussultò. "Ahi." La attirò di nuovo a sé, abbassò la testa e sorrise contro le sue labbra. "Puoi restare quanto vuoi. E se non dovessi andartene mai, non mi lamenterò."

"Pur apprezzando l'offerta," esordì Sapphire, "che ne dici se ci limitiamo ad affrontare la cosa giorno per giorno e vediamo come va?"

"Posso accettarlo."

"Bene. Perché è la tua unica scelta."

Rez inarcò le sopracciglia. "Una volta qualcuno mi ha detto che bisogna avere più di un'opzione perché sia una scelta."

"Quella persona è davvero intelligente!" esclamò lei.

Rez ridacchiò. "Lo è. Abbastanza intelligente da capire subito che non può sbagliare a vivere con me."

"*Mmm-mmh.*"

Lui le prese la bocca e si baciarono finché non rimasero entrambi senza fiato, con i seni di lei che desideravano il tocco di Rez e l'erezione di lui che premeva contro il basso ventre di Sapphire.

Quando finalmente si separarono, lei respirò: "Beh, forse il primo vantaggio non è così male."

"Ho molti altri vantaggi da mostrarti, compreso quello che ho nei pantaloni. Quindi, sbrigati e vai a prendere la tua roba." Con un sorriso sexy e storto, l'uomo le diede uno schiaffo sul sedere.

Mentre lei si dirigeva verso la camera da letto, si fermò e si voltò indietro. "Ehi."

"Sì?"

"Grazie per esserci per me."

"Sempre, Sapphire. Sempre."

Lei si voltò prima che il bruciore agli occhi si trasformasse in lacrime vere e proprie. Con un sorriso, andò a "prendere la sua roba."

La giornata era iniziata con il funerale di Sadie, era andata in merda da lì, ma forse, solo forse, sarebbe finita molto meglio di come era iniziata.

Capitolo trenta

ANCHE SE LA vasca idromassaggio era stata realizzata per quattro persone, quando due degli occupanti erano uomini di una certa mole, lo spazio risultava piuttosto stretto.

Mel era seduta di traverso sulle ginocchia di Finn e Sapphire su quelle di Rez, mentre le bocchette emettevano acqua calda e una nebbia di vapore li avvolgeva nella fredda aria di fine marzo.

Con un braccio attorno alla vita di Sapphire, l'altra mano di Rez era impegnata con una birra.

Ora che vivevano insieme da circa due mesi, partecipavano ad attività ufficiali di "coppia." Come uscire con la migliore amica di lei e l'uomo fottutamente sexy della suddetta amica.

L'acqua riscaldata le leniva i piedi doloranti, essendo lei reduce da cinque serate di ballo sul palco dell'Heaven's Angels Gentlemen's Club. Uno strip club ironicamente di proprietà di un altro MC, i Dirty Angels.

Ma a differenza dello stile di gestione di Saint – o della mancanza di esso – Moose, il direttore dell'Heaven's Angels, sapeva cosa diavolo stava facendo. E faceva anche ciò che era meglio per il club *e* per le ballerine. Per la maggior parte, le trattava con rispetto e apprezzava persino le loro opinioni.

Era quasi come lavorare per Mel.

Quasi, ma non del tutto.

Moose era motivato dal fatto che più soldi faceva il club, più ne guadagnava lui. Per quel motivo, il locale era ben tenuto, le ballerine professionali e amichevoli, ma…

Per lei era solo temporaneo. Inoltre, la distanza più lunga da percorrere per andare e tornare dal lavoro faceva schifo. Il tragitto le sottraeva più tempo alla giornata, il che gliene lasciava di meno da trascorrere con l'uomo la cui erezione in quel momento le premeva contro il sedere.

Poiché lei indossava un bikini, gli occhi di lui continuavano a essere attratti dalla sua scollatura bagnata, rendendola consapevole della sua lotta per non infilare la faccia tra le sue tette. Il suo posto preferito dove piantarla, oltre che tra le cosce di Sapphire.

Lei gli accostò le labbra all'orecchio e sussurrò: "Capisco quanto sia difficile per te."

"In più di un modo," mormorò lui di rimando.

"Se non l'avete notato, siamo seduti proprio accanto a voi," disse Finn seccamente.

"*Quiiiindi*," esordì ridendo Mel, "come procede la ricerca di una nuova casa?"

Dato che Sapphire viveva ancora con Rez e non si erano ancora uccisi, avevano deciso di trovare un posto più grande per proseguire la convivenza. L'appartamento di lui era bello, ma non era particolarmente spazioso, visto che lui l'aveva comprato con l'idea di rimanere scapolo.

"Non stiamo avendo fortuna, perché i prezzi sono alti in questo momento e Rez vuole un posto con spazio sufficiente per allargarci."

"Allargarvi? Nel senso dei figli?" chiese Mel, con una combinazione di sorpresa ed entusiasmo che le colorava la voce.

Non erano affatto pronti per quello.

"Per ora pensiamo più che altro a un cane o un gatto. È una novità per entrambi. Non ho mai vissuto con nessuno, quindi mi sto ancora adattando."

"Mi aspettavo che lo dicesse Rez, non tu."

Rez sbuffò: "Il mio adattamento consiste nell'imparare a piegare il bucato appena uscito dall'asciugatrice e nel ricordarmi di abbassare la tavoletta del water. Non sono ancora pronto ad aggiungere alla lista i pannolini sporchi e l'educazione al vasino."

Era troppo presto per pensare di creare una famiglia, visto che si erano appena abituati a vivere insieme.

Stavano facendo dei passi da bambini, senza i bambini.

Sapphire gli strinse il braccio intorno al collo. "Sono d'accordo. È ancora in fase di addestramento, ecco perché si lamenta della biancheria e delle tavolette del water."

Finn ridacchiò.

"Tu ridi," disse Mel dando una gomitata a Finn, "ma mi ci è voluto un po' per farti uscire da quella mentalità da scapolo." La sua attenzione tornò su Sapphire. "Immagino che questo significhi che non vi trasferirete presto."

"Stiamo cercando la casa giusta e siamo disposti ad aspettare. A proposito di trovare casa… E voi? Avete avuto fortuna?" chiese Sapphire a Mel.

"Oh merda! Non te l'avevo detto! Durante i suoi viaggi, Axel si è imbattuto in un edificio abbandonato in vendita con un grande potenziale. Abbiamo fatto un'offerta due giorni fa. Incrociate le dita che venga accettata. Se lo sarà, la parte negativa sarà che il posto ha bisogno di molti lavori. Ma la parte positiva è che sarà una tabula rasa e, se troveremo abbastanza fondi, potrò costruire il club dei miei sogni a partire dalle fondamenta."

Il battito di Sapphire accelerò a quella notizia. "Dov'è?" Era così entusiasta all'idea che Mel avrebbe finalmente realizzato il suo sogno che quasi si mise a saltellare sulle ginocchia di Rez. Solo che, se lo avesse fatto, avrebbe potuto ferirlo in un punto molto importante.

E quella sarebbe stata una tragedia.

"Appena fuori Uniontown."

Rez fischiò forte. "Accidenti, è perfetto. Sarete in diretta concorrenza con il Peach Pit."

"Non sarà una competizione equa. Abbiamo intenzione di farli fuori," disse Finn. "Dovremmo chiamare il club Karma."

Rez ridacchiò. "Non poteva capitare a un figlio di puttana migliore di Saint."

Che purtroppo respirava ancora. O per fortuna, a seconda dei punti di vista.

"Proprio il motivo per cui speravamo di trovare un posto nelle vicinanze," disse.

Tutto ciò diede a Sapphire una nuova speranza.

"Avremo bisogno di molti soldi per far decollare il progetto, quindi abbiamo pensato di cercare degli investitori. Anche solo qualcuno disposto ad anticipare i soldi. Una volta che il club avrà realizzato un profitto, sono disposto a ripagarli con gli interessi," spiegò Mel.

"Io ho qualche risparmio," disse Finn, "ma anche unendolo a quello che Mel ha messo da parte, non basterà a fare le cose per bene. Avere almeno altri due soci aiuterebbe ad aprire il locale più velocemente. Dobbiamo partire in quarta e mantenere lo slancio per fare di questa impresa un successo."

"Io ci starei subito," affermò Sapphire, "ma purtroppo non posso permettermelo, anche se in questo momento guadagno davvero bene all'Heaven's Angels. Meglio di quanto mi aspettassi."

"Ne è valsa la pena, allora?" chiese Finn.

"Per il momento sì. Ma sapere che finalmente avete trovato un posto renderà il lavoro più sopportabile e mi darà qualcosa da aspettare con ansia. Quando sarà aperto, verrò a lavorare da voi. Sempre che tu mi voglia ancora, Mel."

"Ho deciso che non ti voglio come hostess, Phire," annunciò Mel, con un'espressione cupa.

Non la voleva? Sapphire si mosse nel grembo di Rez quando lui le strinse la vita sotto l'acqua. "Pensavo…"

"Ho in mente un'altra persona come hostess." Mel rivolse un enorme sorriso a Sapphire. "Voglio che tu sia la direttrice, invece. E sto pensando di nominare Raven vicedirettrice."

"Aspetta, vuoi che sia io la direttrice?" La presa sulla vita di Sapphire si accentuò e lei strinse la nuca di Rez in preda all'entusiasmo. "Pensavo che saresti stata tu a gestire il club."

"Naturalmente io sarò la proprietaria e supervisionerò tutto, come faceva Laura con il Peach Pit, ma tu ti occuperai della gestione quotidiana, con Raven ad assisterti e a sostituirti in tua assenza. In questo modo potremo tenere il locale aperto sette giorni su sette senza che nessuna di noi lavori più di cinque giorni di fila. Avremo un orario di lavoro normale."

"È fantastico, cazzo." Rez le premette le labbra sulla tempia in un bacio.

Sapphire gli lanciò un'occhiata. "Ovvio che la pensi così." L'uomo sarebbe stato contento che lei non si spogliasse.

"Beh," esordì Mel con un sorriso sornione, "potrai comunque ballare sul palco quando vorrai. O fare balletti privati per arrotondare. La decisione non spetterebbe a nessuno, se non a te. Sai che attiri sempre il pubblico."

All'improvviso, l'erezione di Rez non era più l'unica cosa rigida contro di lei. "Ma come direttrice, non avrà bisogno di farlo," insistette Rez.

"No. Sarà una sua scelta. Sto anche lavorando a un business plan e ho tante idee per sfruttare al meglio il club."

"Tipo?" chiese Rez.

"Far venire i Peckers una volta al mese."

"Accidenti, *Blaze*, ecco la tua occasione," disse ridendo Rez. "So che ti manca pavoneggiarti sul palco."

Mel proseguì, ignorando Rez: "Avremo anche serate a tema. Magari ospiteremo delle esibizioni di drag queen e faremo delle serate musicali in cui le band locali verranno e useranno il palco per mostrare il loro talento. Faremo venire dei comici e…"

"Serate karaoke!" gridò Finn.

Il gemito di Rez vibrò contro Sapphire.

"Le possibilità sono infinite," concluse Mel.

"Accidenti, hai lavorato sodo su quel business plan, vero?" chiese Sapphire. "Posso dare un altro suggerimento?"

"Sono tutta orecchi. Sono disposta a prendere in considerazione qualsiasi modo per far sì che il club abbia successo e per attirare gli investitori giusti."

"La mattina, prima che il club apra al pubblico, offrite lezioni di pole dance. Se le ragazze vorranno prestarsi, avranno modo di guadagnare qualcosa in più. Le lezioni potrebbero servire come allenamento o anche per le principianti che vogliono imparare a spogliarsi. Per lavoro o per divertimento." Sapphire fece l'occhiolino alla sua amica.

"Mi piace questa idea!" esclamò Mel. "E visto che la mamma di Finn è insegnante di danza, potrebbe spargere la voce sui corsi ai genitori dei suoi allievi."

"Umm… Certo," mormorò Finn.

La risata di Rez la scosse. "Forse anche tua madre potrebbe insegnare, Heat Miser. Non la vedi che lavora al palo per mantenersi agile?"

"Mi strapperei gli occhi se la vedessi." Finn rabbrividì.

Sapphire era entusiasta che il progetto si stesse finalmente concretizzando. Non solo per il futuro di Mel, ma anche per il suo. Non vedeva l'ora di lavorare di nuovo con la sua migliore amica. Avevano sempre formato una squadra molto coesa ed efficace.

Con il pieno controllo del suo club e Sapphire al suo fianco, Mel sarebbe stata inarrestabile.

"Chiederò prima ai nostri fratelli, per vedere se qualcuno è interessato a fare un piccolo investimento. Prima avremo dei finanziatori, prima potremo eseguire i lavori di ristrutturazione." Finn aggiunse: "E iniziare a fare soldi, si spera."

"Anche in questo caso, prima è, meglio è. Sono stati mesi difficili, in cui ho cercato di non intaccare i soldi che avevo messo da parte per questa impresa. Se non fosse stato per Finn, non sarei riuscita a evitarlo." Mel depose un bacio sulla guancia del suo uomo. "Il tuo aiuto è stato fondamentale."

"Ehi, potrei voler comprare anch'io una fetta della torta," annunciò Rez, sorprendendo Sapphire e facendole girare la testa finché non si trovarono praticamente naso a naso.

"Vuoi diventare investitore?" Più che una domanda, sembrava uno squittio.

"Non solo investitore, ma anche comproprietario."

"Se lo fai, dovremo rimandare il trasferimento," lo informò lei.

"Puoi accettare di vivere nel mio appartamento ancora per un po'? Lo spazio in più ci serve solo per il tuo guardaroba."

Se questo significava che Sapphire avrebbe cominciato a lavorare per Mel molto prima, assolutamente sì. "Continueremo ad arrangiarci. Abbiamo tutto il tempo per trovare un posto più grande."

"Rez," esordì Mel, "sei disposto a diventare socio e non investitore temporaneo?"

Rez fece spallucce. "Come comproprietario, non avrò

diritto a una percentuale dei profitti? Per come la vedo io, questo club non porterà benefici solo a Sapphire, ma anche a me, se investirò."

"Che benefici ti porterebbe?" chiese Finn.

"Uno, con un reddito passivo a lungo termine. Due, lavorando là, Sapphire non avrà bisogno di salire sul palco come fa ora. E tre, mi sentirò molto meglio sapendo che lei lavora per Mel e non per un MC. Dimezzerà il mio stress."

"Anche se l'atmosfera è decisamente migliore all'Heaven's Angels che al Pit, a lui non piace che io lavori per un MC," spiegò Sapphire. Il problema non era solo l'MC, ma il fatto che Rez tollerava che lei continuasse a spogliarsi solo perché non aveva scelta.

"Non lo biasimo," mormorò Finn. "Nemmeno io voglio che altri uomini abbiano fantasie sessuali sulla mia donna."

"Piccolo, questo succede regolarmente, che le donne siano spogliarelliste o meno."

"Io non ho mai…" Le labbra di Finn si storsero. "Come non detto."

Mel rise e gli accarezzò il petto ampio e lentigginoso.

"In definitiva, farà quello che ama, ma con i vestiti addosso," disse Rez con un sorriso soddisfatto.

Sapphire scosse la testa. "Se questa è la motivazione principale che ti spinge a comprare una quota…"

Rez si scostò un ciuffo di capelli bagnati dalla guancia. "Non lo è. Penso davvero che sia un buon investimento. E in più, avrò tutto l'intrattenimento gratuito che voglio."

Sapphire levò gli occhi al cielo.

"Aspetta. Ti dà fastidio che altri uomini la guardino ballare, ma a lei non dovrebbe dare fastidio che tu guardi altre donne spogliarsi?" chiese Mel.

Rez sorrise. "Bingo."

La migliore amica di Sapphire gridò "Uomini!" al cielo notturno.

Quell'urlo fece sì che i suoi due dobermann, chiusi in casa a causa del clima invernale, iniziassero ad abbaiare.

"A quanto pare, Minx e Jinx non sono d'accordo con la tua valutazione della situazione," scherzò Finn.

"Ma è vero. Voi uomini e i vostri doppi standard." Mel scosse la testa.

"Meglio avere un doppio standard che non averne affatto, no?" provocò Rez.

Finn trattenne una risata. "Va bene. A me piacerebbe scopare più tardi. Quindi, prima di rovinare tutto, torniamo al nostro nuovo club chiamato Karma."

"Non si chiamerà Karma," brontolò Mel.

"Mel deterrà la maggioranza dell'azienda. Chiunque altro – tranne me, ovviamente – sarà un socio silenzioso. Rez Dispenser, riuscirai a tenere la bocca chiusa?"

Sapphire scoppiò a ridere. "Stai chiedendo l'impossibile. Potrebbe esplodere se non riesce a spiattellare tutto quello che vuole."

"Ammetto di avere un problema…" mormorò Rez.

"Oh, potrà dare dei suggerimenti, ma io non avrò alcun obbligo di accettarli." Mel sorrise. "Potrà parlare quanto vuole, ma questo non significa che gli darò retta."

"Mi suona familiare," disse Sapphire.

Le sopracciglia scure di Rez si sollevarono sulla fronte. "Stai dicendo che mi ignori?"

Sapphire gli strinse le guance. "Sento tutto quello che dici."

"Falso!" proruppe Rez.

"Queste non ascoltano mai," brontolò Finn.

"Come, scusa?" Mel squittì. "Se volete che vi ascoltiamo, allora dite qualcosa che valga la pena di ascoltare."

"Tutto quello che dico vale la pena di essere ascoltato," dichiarò Finn.

Mel gettò la testa all'indietro e rise così forte che i cani cominciarono ad abbaiare di nuovo.

"Meno male che non avete vicini."

"Oh, abbiamo dei vicini," assicurò Mel a Sapphire. "Anche loro non danno retta a Finn."

"Porca miseria, donna!" gridò Finn. "Stasera sei proprio cattiva."

"I fantasmi non hanno orecchie?" chiese Rez.

"Chiedilo a loro," incoraggiò Sapphire.

"Prendete una tavoletta Ouija!" ordinò Rez.

"No!" urlarono contemporaneamente Mel e Finn.

"Preferirei che i nostri vicini continuassero a tacere," disse Mel a un volume più ragionevole.

Finn rabbrividì. "Sono d'accordo. È bello e inquietante al tempo stesso vivere circondati da un cimitero, ma preferirei non resuscitare i morti, cazzo. Abbastanza film e telefilm ci hanno insegnato che dagli zombie non viene mai nulla di buono."

"A loro piace mangiare solo cervelli. Questo significa che sei al sicuro, Ginger Snap."

"Allora lo sei anche tu," ribatte Finn a Rez.

"Beh," sbottò Mel, "voi due siete stati abbastanza intelligenti da accalappiare donne come noi, quindi dovete pur avere qualche cellula cerebrale funzionante."

Gli uomini si guardarono e dissero entrambi: "Vero."

Quando Sapphire si dimenò in grembo a Rez, lui gemette, prese fiato e poi disse: "Beh, si suppone che mi rivolga a un medico se la mia erezione dura più di quattro ore e comincio a preoccuparmi, visto che ne è già passata una. Forse dovrò fare qualcosa di drastico per liberarmene."

"In questa vasca è vietato depositare DNA," annunciò Mel.

"Davvero? Non è quello che hai detto quando..." Mel schiaffò una mano sulla bocca di Finn per farlo tacere.

"Che schifo, amico!" esclamò Rez. Balzò in piedi e fece cadere Sapphire dalle sue ginocchia nell'acqua agitata.

Lei fece appena in tempo a prendere fiato che la sua testa finisse sotto la superficie. Mani forti la tirarono su.

Rez fece una smorfia. "Non hai bevuto, vero?"

"Gesù, Rez!" sbottò lei. "Non volevo inzupparmi i capelli. Fuori fa ancora un freddo cane!"

"Puoi prendere in prestito un asciugacapelli prima di partire," disse ridendo Mel, ora in piedi.

"Ma prima noi ce ne staremo qui a guardare mentre voi uscite dall'idromassaggio," annunciò Finn, "tutti bagnati."

"E con questo, è ora di andare," rispose Sapphire. Lanciò un'occhiata a Mel. "Come siamo rimaste bloccate con dei pervertiti?"

Mel sollevò un sopracciglio. "Ma siamo bloccate?"

"Ehi!" esclamò Finn. "Siete bloccate con noi. Non si può tornare indietro."

Mel lanciò un'occhiata a Sapphire. "Pensano che non possiamo vivere senza di loro."

Lei rispose: "Possiamo facilmente dimostrare che si sbagliano."

"Non facciamo nulla di affrettato. Non c'è bisogno di dimostrare nulla," disse Rez.

"Preoccupato?" chiese Sapphire mentre finiva di uscire dalla vasca per poi afferrare un asciugamano vicino.

Rez la seguì rapidamente, e prese un asciugamano a sua volta. "No. Perché non puoi resistere a questo cazzo." Si afferrò l'inguine ricoperto di spugna.

"Se lo pensi, allora non conosci il mio Orgasmic-tron 5000. Non si ferma finché le batterie non si esauriscono."

"Ne hai uno anche tu?" chiese Mel, avvolgendosi a sua volta uno spesso asciugamano attorno. "Oh mio Dio, sì! Ragazza, mi dà gli orgasmi *devastanti*."

Finn si acciglio. "Non migliori di quelli che ti do io."

"Cinquemila volte migliori," disse Mel, che stava reggendo il gioco di Sapphire, visto che l'Orgasmic-tron 5000 non esisteva.

"Non importa. Può darti degli orgasmi fantastici, ma non può amarti come ti amo io."

"È vero, e tu fai delle belle coccole," confessò Mel. Si portò un dito alle labbra. "D'altra parte, Minx e Jinx mi amano incondizionatamente e mi fanno delle coccole *fantastiche*."

"Porca miseria. Sostituito come se niente fosse da un vibratore mostruoso e due cani."

"Porca puttana se suonava male," disse Rez.

"Vero. Devo riformulare?"

"No, è troppo tardi. Lascia perdere," consigliò Rez al suo fratello di BAMC. "Okay, andiamo a vestirci e torniamo a casa. Non vedo l'ora di sentirmi inadeguato!"

Sapphire distolse la testa per nascondere la risata. "Beh, ora hai qualcosa per cui lottare."

"Ho già tutto quello che voglio," dichiarò Rez mentre tutti si dirigevano in casa.

"Tutto?"

"Beh, la cosa più importante."

"Che sarebbe?"

L'uomo si fermò appena entrato e si girò, bloccandole la strada. "Tu."

Lei inarcò un sopracciglio. "Sono tutto quello che hai sempre desiderato?"

"È meglio che tu dica di sì, idiota!" urlò Finn dall'interno della casa. "Soprattutto se vuoi una mano a liberarti di quell'erezione."

"Sì," rispose Rez. "La mia vita è ora completa con te al suo interno."

Sapphire rise di nuovo.

"Perché ridi? Sono serio!"

"La stai facendo un po' troppo lunga, non credi?"

Quando lei fece per oltrepassarlo, lui la fermò afferrandole il braccio e la fece voltare verso di sé. Abbassò il mento e la voce per evitare che Finn e Mel lo sentissero. "Pensi che io stia scherzando, Sapphire, ma non è così. Non riesco a immaginare la mia vita senza di te. Non so come ho fatto a sopravvivere prima che tu arrivassi."

"Rez," sussurrò lei, con un insolito bruciore agli occhi.

"È vero. Spero che sia lo stesso per te."

Sapphire allungò una mano e gli accarezzò la guancia barbuta. "Ti…"

L'uomo alzò le sopracciglia mentre aspettava.

"Tollero," concluse lei, per poi dargli un colpetto sulla guancia.

La sua bocca si spalancò e il respiro gli uscì di getto.

"Ma apprezzo il tuo cazzo," aggiunse rapidamente.

"Minchia, quanto mi sento meglio adesso."

Sapphire permise al sorriso che stava trattenendo di attraversarle il viso. "Ti sto prendendo in giro. So che non siamo come le altre coppie, perché a questo punto della nostra relazione, la maggior parte si sarebbe già dichiarata amore reciproco."

"Voglio che tu lo dica solo se è vero."

"Okay."

Lui aspettò.

Lei aspettò.

Il pomo d'Adamo di Rez si alzò e si abbassò con forza. "È vero?" chiese infine. "Aspetta, non voglio che tu me lo dica qui, nella casa di Pippi Calzelunghe. Voglio dire, *se hai intenzione* di dirmelo."

"Dove vuoi che te lo dica?"

"Mentre mi cavalchi il cazzo?"

"È un posto come un altro, credo."

Rez sorrise. "Mi fa piacere che tu sia d'accordo."

"Ora… Perché non andiamo a casa, così potrò cavalcare il tuo cazzo e dirti quanto ti amo?"

"Cazzo, Sapphire!"

Sapphire avrebbe potuto giurare di aver riso per tutto il viaggio di ritorno.

E naturalmente glielo disse di nuovo più tardi, mentre lo cavalcava con forza e velocità.

Ma non prima che lui avesse sussurrato quanto l'amava.

Era la cosa più bella che Sapphire avesse mai sentito in vita sua.

Almeno fino a quando, due anni dopo, non sentì il primo vagito di sua figlia appena nata.

Epilogo

Un anno dopo…

REZ SCRUTÒ IL LOCALE GREMITO. Non avrebbe mai pensato che il suo investimento si sarebbe ripagato così rapidamente. Ma Mel e Sapphire, come squadra, in pratica erano due supereroine.

Il Pink Pearl stava facendo soldi a palate. Uno dei motivi era che assumevano solo ballerine di alto livello, la maggior parte delle quali proveniva dal Peach Pit all'epoca in cui Mel aveva gestito quel locale ormai morente. Un altro motivo era l'offerta di molti altri tipi di intrattenimento per adulti.

Il lunedì sera era riservato alle serate speciali. Che si trattasse di un comico, di una compagnia di spogliarellisti maschi come i Peckers, di una band locale o altro ancora. Tutti gli eventi a pagamento facevano sempre il tutto esaurito.

Non appena Mel e Finn avevano ottenuto il vecchio edificio, avevano subito cominciato i lavori per trasformarlo in un club per soli uomini di alta classe, con l'aiuto dell'investimento di Rez.

Così come di quello di Crew.

Il leader della task force e membro del BAMC aveva colto al volo l'occasione di possedere una quota del club di "intrattenimento" di maggior successo della parte occidentale della Pennsylvania.

Sapphire insegnava pole dance due volte alla settimana, la mattina presto, a chiunque volesse mettersi o mantenersi in forma.

Rez ci aveva provato una volta.

Non l'avrebbe mai più fatto.

Si era quasi stirato l'inguine e aveva rischiato la tragedia.

Ora apprezzava le doti atletiche degli spogliarellisti. Chiunque poteva togliersi i vestiti. Ma non erano molti a saper lavorare a un palo e a farlo sembrare facile.

L'aria si mosse intorno a lui prima che una voce roca gli riempisse l'orecchio. "Ciao, bello, ti senti solo? Sembra che tu abbia bisogno di compagnia per distrarti."

Rez si riempì i polmoni del profumo di lavanda che gli era molto familiare. "Attenzione. La mia ragazza è dannatamente gelosa. Se ti vede attaccata a me, potrebbe venire qui e picchiarti con una scarpa."

Sapphire schioccò la lingua. "Scommetto che riuscirei a batterla."

Rez sorrise. "Scommetto di sì."

Sapphire gli passò le unghie lunghe sulla nuca mentre girava intorno alla sua sedia e gli si posava in grembo.

"Oh. Sei solo tu." Rez si assicurò di sembrare deluso.

Gli angoli delle labbra di Sapphire si contorsero. "Posso chiamare una delle altre ragazze, se vuoi."

Lui chiuse le dita intorno ai suoi fianchi. "Grazie, ma mi tengo quella che ho. È più sicuro."

"Sembra una cosa noiosa."

"Mai. Mi tiene sempre in punta di piedi."

"Sembra roba che può farti venire i crampi."

"Conosco una donna che è abbastanza brava a fare massaggi."

"Solo abbastanza?" Sapphire giocò con i capelli che gli ricadevano sulla nuca.

Rischiava di avere una sorpresa se avesse continuato a farlo. "Beh, non voglio dire che è una professionista. Qualcuno potrebbe farsi un'idea sbagliata."

"E tu non lo vorresti," disse Sapphire in tono serio.

"Inoltre, voglio che le sue capacità rimangano un segreto, così da tenerla tutta per me."

"Non ti piace dividere," concluse lei.

"Col cazzo. Lei è mia. Nessun altro può averla."

"Lei lo sa?" chiese Sapphire.

"Mi assicuro di ricordarglielo ogni maledetto giorno."

"Le dispiace che tu sia così possessivo?"

"Lei finge di sì, ma in segreto lo adora."

Sapphire abbassò la testa e i loro sguardi si incastrarono. "Sei sicuro?"

Lui mantenne gli occhi fissi nei suoi quando rispose con sicurezza: "Certo che sì."

Sapphire piegò la testa di lato e le sue labbra rosse si incurvarono in un sorriso. "Potresti avere ragione."

"Non abbiamo occhi per nessun altro."

"Beato te. Sembra proprio vero amore."

Lui inarcò un sopracciglio. "Sei sicura?"

Lei gli rivolse un singolo cenno. "Certo che sì."

"Potresti avere ragione," le fece eco lui.

"Potrei?"

"No, hai decisamente ragione," le assicurò Rez. "E per questo sono uno stronzo fortunato."

Sapphire si avvicinò fino a portare le labbra a un soffio da quelle di lui. "Non sei l'unico."

Grazie alla mia buona stella del cazzo.

———

Per rimanere aggiornati sul lavoro di Jeanne, iscrivetevi alla sua newsletter qui: (in inglese): http://www.jeannestjames.com/newslettersignup

Beyond the Badge: Crew

Quando la vita ti dà dei limoni... Buttali via. Troppa fatica farci la limonata...

Quando un membro è costretto a lasciare la Tri-State Federal Drug Task Force, Colin Crew, in quanto capo, non ha la possibilità di scegliere un sostituto. Invece, gliene viene assegnato uno. Uno di cui lui non è contento.

Non solo perché la donna ha solo un anno di esperienza come agente della DEA, ma anche perché è più giovane di quanto lui vorrebbe. Aggiungete il fatto che in passato lui ha lavorato con il padre di lei: un uomo che ora occupa una posizione di alto livello all'interno dell'agenzia e che, se Crew facesse un passo falso, potrebbe sbriciolare la sua lunga e onorata carriera.

Peggio ancora, lei è una sfida. Con la sua parlantina, sa rendergli pan per focaccia quando si tratta di rompere le palle.

Crew deve andarci coi piedi di piombo e al tempo stesso mantenere il controllo della sua squadra. Purtroppo, questo è difficile, dato che Camila Cabrera è la fantasia di qualunque uomo.

D'accordo, forse non di qualunque, ma di sicuro di lui.

E questo è il problema più grosso di tutti.

Girate la pagina per leggere il primo capitolo di: https://books2read.com/Crew-IT

Beyond the Badge: Crew

CAPITOLO UNO

IL BRONTOLIO della sua ragazza gli riempì le orecchie e gli fece martellare il cuore.

Era da un po' che non ce l'aveva tra le gambe. Gli era mancato starle a cavalcioni. Cavalcarla con forza. Spingerla fino al limite.

Lei aveva tutto. Potenza, linee splendide e velocità da urlo.

Alcuni uomini della sua età si compravano una Corvette. Altri, come lui, preferivano un mezzo che gli facesse salire la pressione sanguigna e lo facesse sentire vivo. Uno che abbracciava le curve ad alta velocità.

La sua ex, Sasha, poteva aver vinto la sua preziosa Harley nel divorzio, ma lui aveva vinto la sua libertà.

Non appena l'inchiostro si era asciugato sui documenti, Crew aveva preso i soldi che gli erano rimasti, si era precipitato alla concessionaria locale della Harley-Davidson e aveva scritto un'altra firma. Questa volta su un modulo rosa per qualcosa che lo avrebbe aiutato a superare quella dolorosa situazione.

Una Harley-Davidson FXDR 114 con una verniciatura personalizzata nero e argento, in tinta con i suoi capelli sale e pepe. Crew aveva anche aggiunto un sellino personalizzato per portare uno dei bambini a fare un giro.

Non che i suoi figli chiedessero a gran voce di fare giri in moto con il loro caro, vecchio papà.

Ma se mai lo avessero fatto…

La sua ragazza, giustamente battezzata Silver Foxy, aveva una velocità massima di 250 chilometri orari ed era in grado di passare da zero a cento in meno di tre secondi netti.

Non che lui ci avesse mai provato.

Non spesso, almeno.

Era stato fortunato. Quel giorno, il tempo era perfetto per fare un lungo giro panoramico fino agli uffici della DEA fuori Pittsburgh, dato che lui non vedeva l'ora di tirare fuori la sua ragazza dal garage non appena l'inverno aveva deciso di andare a farsi fottere. Sperava solo che non tornasse, ma all'inizio di aprile il tempo era sempre incerto.

Un giorno faceva caldo, il giorno dopo c'era una bufera.

Madre Natura era così imprevedibile che doveva aver comprato metanfetamina dai Demons.

Con l'arrivo della primavera, Finn, in qualità di capitano di strada del BAMC, sperava di iniziare a programmare corse mensili o bisettimanali. Crew era pronto ad affrontare la strada con i suoi fratelli.

Sarebbe stato un bene anche per Nox uscire in moto. Ciò dopo averlo messo alle strette per l'intervento che Axel Jamison aveva programmato. Trovare il tempo per riunire quasi tutti i membri del BAMC era stato difficile, dato che ciascuno lavorava in orari e turni diversi.

Ma per Jamison – e per tutti gli altri – l'intervento era prioritario, perché Nox aveva bisogno di un po' di amore severo in quel momento e nessuno era più adatto dei suoi compagni Blue Avengers, che lo consideravano uno di famiglia.

Crew trovò un parcheggio occupato da un'altra moto ed entrò in retromarcia nel posto accanto prima di spegnere Foxy.

Dopo essersi tolto il casco aperto, lo agganciò a un lato del manubrio, si passò le dita tra i capelli corti e buttò giù la gamba. Una volta che i suoi piedi furono sul terreno solido, si allungò verso il cielo e inarcò la schiena nel tentativo di sciogliere i muscoli tesi, il tutto gemendo.

Anche se aveva solo quarantatré anni, quella corsa lo aveva lasciato dolorante e indolenzito. Un inutile promemoria del fatto che invecchiare faceva schifo.

Vent'anni prima, avrebbe potuto fare le capriole fino all'ufficio della **DEA**. Oggi, invece, c'era persino la possibilità che zoppicasse leggermente.

Dannazione, anche la vescica gli stava ricordando che non le piaceva più essere piena.

Si diresse verso l'edificio per sbrigare le sue faccende personali prima di recarsi nell'ufficio del suo superiore a occuparsi degli affari ufficiali della Tri-State Federal Drug Task Force.

Quando fece per aprire la porta dai vetri riflettenti, questa si spalancò verso l'esterno e una tromba d'aria lo travolse. Anche se la donna era minuta e più bassa di lui di una trentina di centimetri, l'impatto lo fece indietreggiare di un passo prima che lui ritrovasse l'equilibrio e la afferrasse per il gomito per raddrizzare anche lei.

"Cristo, guarda dove vai!"

Gli occhi castano scuro di lei lo guardarono stretti e lei liberò il gomito dalla sua presa. "Potrei dirti lo stesso."

La donna lo squadrò mentre lui faceva lo stesso.

I pantaloni grigi di lei, ben aderenti, e il blazer abbinato ne sottolineavano il fisico snello. Sotto la giacca c'era una camicia bianca con risvolto che contrastava con una carnagione scura che gli ricordava quella di Rez. Questo significava che o le piaceva molto abbronzarsi o quello era il suo colorito naturale.

"Stavi correndo come se il tuo culo avesse preso fuoco. Devi prestare attenzione."

"Potrei dirti lo stesso."

I capelli castano scuro della donna, forse addirittura neri, erano stretti in uno chignon ordinato e lei portava un trucco appena sufficiente a sottolineare la sua bellezza naturale.

"Il vetro è a specchio. Non potevo vederti arrivare," spiegò Crew.

"Potrei dirti lo stesso."

Porca puttana, era l'unica risposta che conosceva?

"Accetto le tue scuse," disse seccamente Crew.

Una delle sopracciglia scure di lei si sollevò. "Non mi scuso, dato che sei stato tu a travolgermi."

A occhio e croce, la donna non aveva più vent'anni, e nemmeno ancora trenta. E per lui era troppo giovane, che avesse ventuno o ventinove anni, nonostante fosse una bomba sexy.

"È chiaro che hai torto tu."

Le labbra di lei si incurvarono leggermente e nei suoi occhi apparve un luccichio che non gli piacque. "Potrei dirti lo stesso."

Ma vaffanculo. "Devo andare a una riunione." Crew alzò il palmo della mano mentre la bocca di lei si apriva. "No." Notò che lei non indossava un badge, che in teoria era necessario per entrare nell'edificio. "Sicura di essere nel posto giusto?"

Quel bagliore si trasformò in una scintilla che non gli piacque *affatto*. "Tu?"

Crew serrò la mascella. "Ma almeno lavori per l'agenzia?"

"E tu?"

Crew aveva chiuso con quella ridicola conversazione che non era nemmeno una conversazione. Non sapeva cosa cazzo fosse. Fastidiosa, ecco cos'era. E una perdita di tempo. "Io ho delle faccende importanti da sbrigare qui."

Lei scrollò le spalle strette. "Anch'io."

Crew ne dubitava. "Allora vai a sbrigarle."

Le sopracciglia della donna si alzarono e il divertimento nei suoi occhi scomparve. "Non ho bisogno del tuo permesso." Mentre lo oltrepassava e si dirigeva verso il parcheggio, si gridò alle spalle: "Non è stato un piacere conoscerti!"

"Potrei dire lo stesso di te!" urlò lui scuotendo la testa.

Crew doveva entrare per non fare tardi ma, dannazione, non poteva resistere a guardarla andare via.

Le avrebbe dato una botta.

Se non fosse stata così dannatamente giovane.

E se lui avesse avuto un rotolo di nastro adesivo a portata di mano per chiuderle quella bocca loquace.

Augurò buona fortuna al povero stronzo a cui toccava averci a che fare. Ne avrebbe avuto bisogno.

Grazie al cielo non era lui.

———

"Posso scegliere il sostituto di Butler? È per questo che sono qui? Per avere delle opzioni?"

Porco cazzo, di' di sì. Non mettermi con qualcuno che non voglio e che metterà in crisi la mia squadra ben oliata.

Purtroppo, il caporale della polizia di stato Ian Butler era stato costretto a lasciare la task force. Sua moglie stava affrontando una gravidanza difficile e sarebbe stata costretta a letto fino al parto. Ciò significava che Butler era più che mai necessario a casa, per prendersi cura sia della donna che degli altri due figli piccoli. La task force consumava più tempo di quello che lui aveva da dedicare al momento.

Era uno schifo, ma Crew si rendeva conto che la famiglia veniva prima di tutto. Tuttavia, ora aveva un uomo in meno. E proprio per quel motivo sedeva dall'altra parte della scrivania dell'agente speciale supervisore che seguiva le indagini del gruppo uno.

Nonché referente di Crew.

"No," rispose Bob Williams.

"Ho scelto personalmente il resto della squadra."

"E io ho scelto il vostro nuovo membro."

Crew fissò la scrivania, non apprezzando il tono di Williams. Gli faceva rizzare i peli sulla nuca. Di solito l'SSA era un tipo alla mano, ma c'era qualcosa che non andava. "Lo conosco?"

"No."

Ciò significava che l'agente era stato probabilmente trasferito da un altro ufficio. "Da dove viene? O è nuovo nell'organizzazione?"

"È nuova, ma non del tutto inesperta."

Nuova? Crew dovette ingoiare quel commento, perché gli era quasi uscito dalle labbra e ciò non sarebbe stato bene.

Non aveva problemi con le donne nelle forze dell'ordine.

Figurarsi.

Neanche un po'.

Si schiarì la gola. "Quanto nuova?"

"Si è diplomata nell'1% dei migliori del suo corso."

"Non vuol dire nulla." E non rispondeva alla domanda di Crew.

"Per te, forse, visto che non eri in quell'1%."

Porca miseria. "Andavo bene all'accademia." Il diploma era l'unica cosa che contava, non essere un leccaculo.

"'Bene' è un termine soggettivo."

Gesù. Williams ce l'aveva con lui, quel giorno. "Quando si è laureata?"

"Un anno fa. Ha più grinta e determinazione di molti dei nostri agenti anziani."

Crew era per caso entrato in un massacro senza giubbotto antiproiettile? Aveva ormai abbastanza ferite aperte che stava cominciando a dissanguarsi. "Questo perché è fresca e determinata a rendere il mondo un posto migliore. Quando imparerà che è una battaglia quasi impossibile da vincere, si macchierà come tutti noi."

"Che ne dici di lasciarle mantenere questo entusiasmo per un po'? Potresti prenderla sotto la tua ala. Vedo grandi cose nel suo futuro e credo che sarà una risorsa per l'agenzia e per la tua task force."

"Quanti anni ha?" Se si era diplomata all'accademia un anno prima, c'era il rischio che avesse solo ventun anni. Una bambina in piena regola che aveva bisogno di essere tenuta in braccio. In quel momento, Crew non aveva bisogno di microgestire la sua squadra.

Né voleva farlo.

"È giovane, quindi credo che se la caverà bene con i Demons."

Il terrore colmò il petto di Crew. "Non può andare sotto copertura. Quelli sono dei ca…" Si trattenne appena in tempo. "… volo di motociclisti!"

Williams si appoggiò alla sedia in pelle dell'ufficio. "Non ci sono donne che frequentano la loro organizzazione?"

Organizzazione? Williams li faceva sembrare dei bravi ragazzi.

"Non senza darla. Le frequentanti e le chiappette non hanno il piacere di passare del tempo con quegli adorabili gentiluomini senza pagare un prezzo. Dubito che lei voglia piegarsi a novanta per un gruppo di motociclisti fuorilegge. E non parlo di uno solo." Crew scrollò le spalle. "A meno che non cerchi di diventare una vecchia. Ma anche in tal caso, vuoi che faccia sesso anche solo con uno di quelli?"

La realtà era che nessun motociclista si prendeva una vecchia che non gliela desse. E non si trattava nemmeno di sesso romantico. A volte era rude, degradante e al limite dell'abuso.

Ne aveva visto in abbondanza nei filmati delle telecamere. Nulla di eccitante e tutto di stomachevole. Il sesso, per i Deadly Demons, non era un legame intimo, ma serviva solo a svuotarsi le palle.

"No. Trovale qualcos'altro da fare, allora. Sarà una risorsa per la tua squadra, indipendentemente dal compito che le verrà assegnato."

Ma che cazzo. Crew avrebbe preferito non assegnarle proprio nulla. Piuttosto un membro in meno. "Perché insisti?"

"Perché ti manca una persona in squadra e lei sarebbe perfetta per questo."

"Perfetta" era un termine soggettivo. "No."

Le sopracciglia di Williams si congiunsero. "No a cosa?"

"Siamo una squadra coesa. Ce la caveremo anche con quattordici membri."

"Stai rifiutando un ordine? Devo ricordarti che è insubordinazione?"

Merda. "Non ho ancora sentito un ordine."

Williams si alzò in piedi, prese un foglio dalla scrivania e lo sventolò verso Crew. "Ecco l'ordine ufficiale."

La carta gli svolazzò in grembo.

Cazzo! Crew afferrò il promemoria, lo piegò e lo infilò nella tasca posteriore senza nemmeno leggerlo. "Quando inizia?"

Williams girò intorno alla sua scrivania, aprì la porta del suo ufficio e mise fuori la testa, esclamando "Cabrera."

Cabrera? Perché quel cognome gli suonava familiare?

E Crew non aveva notato nessuno seduto fuori dall'ufficio di Williams quando era entrato, a parte l'assistente dell'uomo.

Doveva rimanere seduto? Alzarsi? Non aveva la minima idea di cosa ci si aspettasse da lui. Con un brontolio, si spinse in piedi e si girò per vedere una donna che entrava nell'ufficio, alzando il mento a Williams.

Non *una* donna: *quella* donna.

Porca di quella puttana.

Gli occhi scuri di lei, da fermare il cuore, erano puntati su di lui. Crew colse la minima piega agli angoli e un movimento delle labbra prima che l'espressione della donna si facesse vuota.

Non è possibile, cazzo.

"Colin Crew è il capo del gruppo uno della Tri-State Federal Task Force di cui ti ho parlato. Farai rapporto direttamente a lui."

La donna fece un passo avanti e allungò la mano.

Lui la fissò per un secondo, notando ciò che non aveva notato prima – la manicure molto delicata e l'assenza di anelli alle dita – prima di lasciar scivolare lo sguardo sul viso di lei. Ma durante quel tragitto, notò che ora la donna portava al collo un badge identificativo.

Probabilmente, prima stava andando a prenderlo in macchina.

Porca troia.

"Camila Cabrera," si presentò, poi inclinò la testa quando lui non le strinse la mano. "Preferisci Colin, Crew… o 'signore'?"

Crew sbatté le palpebre. *Cosa?*

Aprì la bocca, poi la richiuse per schiarirsi la voce mentre le afferrava la mano, che strinse e scosse con più forza del solito. Tanto valeva stabilire il suo dominio fin dall'inizio, perché aveva la sensazione che, dopo il loro scambio all'esterno, lei avrebbe sfidato la sua leadership.

A ogni fottuto momento.

Quando Cabrera cercò di staccare la mano dalla sua, lui la trattenne ancora per qualche istante prima di lasciarla andare. "Crew va bene. Tu? Camila o Cabrera?"

La donna scrollò le spalle. "Nessuno mi chiama Camila, tranne i miei nonni. Rispondo a Cam, Cami o Cabrera. O anche C.C. È così che mi chiama mio padre."

"Buono a sapersi," disse Crew praticamente ansimando, dato che faceva fatica a respirare dopo aver sentito l'ultima parte.

Non solo il cognome gli suonava familiare, ma anche il soprannome C.C. Nonostante ciò, il suo cervello aveva difficoltà a collocarla.

"Beh, non vedo l'ora di lavorare con te e la tua squadra," disse la donna, con una scintilla che le danzava negli occhi scuri.

Cazzo, sarebbe stata un problema. Avrebbe fatto casino a ogni occasione. Poco, ma sicuro.

Crew aprì la bocca per dire a Williams che voleva che qualcun altro prendesse il posto di Butler. Chiunque, tranne la donna che aveva di fronte.

Ma proprio mentre le parole iniziavano a formarsi, Cabrera si rivolse all'agente speciale supervisore per chiedere: "Quando inizio?"

"Oggi."

Oggi? Crew non aveva nemmeno un fottuto minuto per adattarsi all'intera faccenda? Per preparare la sua squadra?

"Va bene, io ho un'altra riunione tra cinque minuti. Volevo solo presentarvi." Lanciò un'occhiata a Cabrera. "Rivolgiti a me per qualsiasi problema."

Rivolgersi a lui per qualsiasi problema? Che cazzo significava?

"Lo farò, signore," fu la risposta della donna. Si rivolse a Crew. "Mi accompagni fuori?"

No, diamine. Gli occhi di Crew incontrarono quelli di Williams e ingoiò la risposta. "Certo." Fece un cenno con la mano verso la porta aperta dell'ufficio e lei la attraversò.

Lui la seguì fino all'ascensore. Non si dissero nulla nell'attesa che arrivasse la cabina e, una volta entrati, entrambi fissarono le porte chiuse per il tempo necessario a raggiungere il piano terra.

Non dissero nulla mentre uscivano alla luce del sole.

Trasalendo, Crew tirò fuori gli occhiali da sole da dove li aveva agganciati alla scollatura della camicia e li inforcò.

Se c'era un motivo per cui voleva che lui l'accompagnasse all'uscita, di sicuro lo teneva nascosto.

"Beh…" esordì lui, pronto a levarsi di torno.

"Scommetto che conosci mio padre. Dimostri più o meno la sua età."

Non era possibile che Crew avesse l'età di suo padre. A meno che lei non fosse stata concepita quando suo padre non era ancora un uomo, ma un ragazzo.

Crew chiuse di scatto la bocca spalancata. "Chi è tuo padre?"

"Williams non te l'ha detto?"

Come prima, non gli piaceva nemmeno la direzione di questa conversazione. Neanche un po', cazzo. "Avrebbe dovuto?"

"Pensavo fosse per questo che non sembri molto contento che io mi unisca alla tua task force. Non per il nostro precedente incontro."

"Io…" *non ho avuto scelta, ecco perché non sono contento.* Crew scosse la testa. Dirle che era stato costretto ad accettarla come membro della squadra non avrebbe reso le cose più facili a nessuno dei due. Non aveva altra scelta che accettare l'inevitabile. "No, a quanto pare non ha sentito il bisogno di condividere questa informazione con me. Vuoi farlo tu, invece?"

"Mio padre ti conosce."

"Davvero?" Crew si sfregò la fronte come se ciò potesse far ripartire la memoria. "Il suo cognome è Cabrera?"

"È così. Normalmente userei il cognome di mia madre, ma abbiamo deciso di seguire la tradizione americana e usare quello di mio padre."

Crew aveva un sacco di domande riguardo a quella piccola informazione, ma al momento era più interessato a sapere chi fosse il padre in questione, non al motivo per cui lei usava il suo cognome, una tradizione normale per chi viveva negli Stati Uniti.

Porca puttana, c'era bisogno che gliene importasse qualcosa?

"Sono abbastanza sicura che abbiate lavorato insieme."

"Davvero?" Crew si scervellò per cercare di ricordare un collega della DEA con quel cognome.

"Credo sia stato circa diciotto anni fa. Luis Cabrera. Te lo ricordi?"

Oh, cazzo.

Crew quasi inghiottì la lingua e un dolore acuto gli attraversò il petto.

Come cazzo aveva fatto a dimenticarselo? Non la parte relativa all'aver lavorato con l'uomo – perché avevano lavorato insieme su un caso – ma la parte più importante. Luis Cabrera era ora il principale amministratore aggiunto dell'agenzia.

E quello era un problema enorme, cazzo.

"Hai ragione. Conosco tuo padre. Ma hai anche torto. Non ho la sua età."

Un piccolo sorriso le incurvò le labbra. "*Mmh.*" La donna si prese tutto il tempo necessario per osservare i suoi capelli e la sua barba color sale e pepe. "A vederti sembrerebbe di sì."

Gesù Cristo. "Ho avuto un divorzio difficile. Devo andare." Crew cominciò ad allontanarsi dall'edificio e a dirigersi verso il parcheggio.

Lei lo seguì, riuscendo in qualche modo a stargli alle calcagna nonostante le gambe molto più corte. "Ho sentito che il tuo divorzio è stato brutto, ma non è stato anni fa? Non ti sei ancora ripreso? Ti struggi ancora per la tua ex?"

"Mi sto già pentendo," mormorò lui e allungò il passo, nella speranza di farle mangiare la polvere. "Mi sono ingrigito presto," si buttò alle spalle.

"Per colpa del divorzio?"

"Per colpa delle donne rompipalle." Categoria a cui lei apparteneva sicuramente.

Per fortuna Crew aveva parcheggiato in un posto riservato ai visitatori vicino all'edificio. Questo significava che poteva fuggire più in fretta. Si fermò accanto alla sua ragazza e prese il casco.

In quel momento lo colpì. Chi lei era veramente. Come uno schiaffone sulla fronte.

Il petto gli si strinse dolorosamente e lui si girò verso di lei. "Non solo mi ricordo di tuo padre, ma mi ricordo anche di te." Poteva sembrare un'accusa, ma non gliene fregava niente.

Oh sì, ora si ricordava di lei.

Quando l'aveva conosciuta, era una bambina di dieci anni, estroversa e sboccata. Inoltre, all'epoca, era carina. Con le treccine.

La donna davanti a lui non era più carina. E non aveva più le treccine.

Crew si sfregò il bruciore che gli cresceva nel petto.

La donna alzò le sopracciglia nel chiedere: "Ci siamo già incontrati?"

Il suo tentativo di fare la finta tonta era uno scherzo.

Uno scherzo che lui non trovava divertente.

"*Mmm.*" E ora, anche se lei era dannatamente adulta, lui si sentiva un vecchio sporcaccione per averla guardata prima.

Se all'epoca la donna aveva avuto dieci anni – Crew fece un rapido calcolo a mente – ora doveva averne ventotto o giù di lì.

Grande abbastanza, ma anche *molto piccola*.

Crew sperò di aver mascherato abbastanza bene il panico dalla faccia. Frenò il suo cervello che girava a vuoto. "Come sta tuo padre?"

"È molto impegnato. Ma trova sempre il tempo per me e sono sicura che sarà interessato a sapere che lavorerò con

qualcuno che conosceva e con cui ha lavorato personalmente."

Semplicemente fantastico, cazzo.

Una mossa sbagliata e lei sarebbe potuta correre da suo
padre. Un uomo che guidava un'agenzia che contava
migliaia di agenti speciali e analisti di intelligence in tutti gli
Stati Uniti e nel mondo.

*Quell'*uomo.

Un uomo che avrebbe potuto ficcare le palle di Crew in
una morsa e schiacciarle in un secondo.

Williams glielo aveva messo nel culo e nemmeno in
modo piacevole. E quello stronzo probabilmente sapeva già
tutto ciò che Crew aveva scoperto solo ora e aveva deciso di
tenerlo per sé.

Passò una gamba sulla sua ragazza e si accomodò sul
sellino.

"È questo il tuo mezzo?"

Crew spostò lo sguardo e vide Cabrera ancora in piedi a
pochi metri di distanza. "Sì."

"Piuttosto rischioso. Mi aspetterei che una persona della
tua età guidasse invece un trike. Non hai problemi di
equilibrio?"

Cristo. Crew aveva solo quarantatré anni! E li portava
pure bene. "Non mi servono ancora il deambulatore o il
bastone."

"Notevole. Non c'è niente di meglio che tenersi stretta la
propria giovinezza con le unghie."

"Mi pentirò sicuramente," brontolò sottovoce Crew.

"La giornata è finita solo a metà. Cosa vuole che faccia
per il resto, capo?"

Ma porca puttana. "Hai l'indirizzo della Centrale?"

"Sì. Me l'ha dato Williams quando mi ha affidato
l'incarico."

"Presentati là domani mattina alle otto in punto. Abiti
nelle vicinanze o hai bisogno di trovare casa in zona?"

"Dato che mi sono appena trasferita dalla Virginia, l'agenzia mi ha sistemato temporaneamente alle SpringHill Suites."

"Dove?"

"Qui vicino."

Crew scosse la testa. "La nostra sede è a Rockvale. Ti suggerisco di trovare un posto più vicino."

"Qualche suggerimento?"

Crew si allacciò il secchiello per il cervello e si assicurò che fosse ben saldo. "No. Il tuo primo compito è quello di capire come fare." Spinse lo starter e riuscì in qualche modo a evitare un ghigno quando disse: "Benvenuta in squadra."

Mise in moto la moto, facendo rombare il motore di Foxy abbastanza forte da coprire la risposta della donna. Con un saluto a due dita, inserì la marcia e partì come un razzo, lasciandola nella sua polvere.

Acquistalo qui: https://books2read.com/Crew-IT

Se ti è piaciuto questo libro

Grazie per aver aver letto il mio libro! Se questa storia ti ha appassionato, per favore fallo sapere ad altre lettrici e altri lettori scrivendo una recensione sul sito dove hai acquistato il libro e/o su Goodreads. Le recensioni sono sempre bene accette e anche solo un paio di righe possono dare un grande aiuto per una scrittrice indipendente come me!

Libri disponibili in italiano

Made Maleen: Una fiaba in chiave moderna
Cicatrici
Riaccendere Chase
Tutto di Te: Una storia d'amore gay di seconda possibilità

FRATELLI IN DIVISA:
Fratelli in divisa: Max (libro 1)
Fratelli in divisa: Marc (libro 2)
Fratelli in divisa: Matt (libro 3)
- Include Teddy: il capitolo finale (libro 3.5)
Fratelli in divisa: Natale dai Bryson (libro 4)

LA SERIE DI NOVELLE OSSESSIONATI:
Eternamente Lui
Solamente Lui
Necessariamente Lui
Pazzamente Lei
Segretamente Lui

LA SERIE DIRTY ANGELS MC®
Down & Dirty: Zak (Libro 1)

Down & Dirty: Jag (Libro 2)
Down & Dirty: Hawk (Libro 3)
Down & Dirty: Diesel (Libro 4)
Down & Dirty: Axel (Libro 5)
Down & Dirty: Slade (Libro 6)
Down & Dirty: Dawg (Libro 7)
Down & Dirty: Dex (Libro 8)
Down & Dirty: Linc (Libro 9)
Down & Dirty: Crow (Libro 10)

LA SERIE DI IN THE SHADOWS SECURITY

Guts & Glory: Mercy (Libro 1)
Guts & Glory: Ryder (Libro 2)
Guts & Glory: Hunter (Libro 3)
Guts & Glory: Walker (Libro 4)
Guts & Glory: Steel (Libro 5)
Guts & Glory: Brick (Libro 6)

LA SERIE BLUE AVENGERS MC

Beyond the Badge: Fletch (libro 1)
Beyond the Badge: Finn (libro 2)
Beyond the Badge: Decker (libro 3)
Beyond the Badge: Rez (libro 4)
Beyond the Badge: Crew (libro 5)
Beyond the Badge: Nox (libro 6)

PROSSIMAMENTE NE ARRIVERANNO ALTRI!

Informazioni sull'autore

Jeanne St. James ha pubblicato per USA Today e Amazon romanzi rosa che hanno avuto successo internazionale. Ama scrivere storie d'amore incentrate su donne dal carattere forte e uomini a cui piace dominare. Scrive da quando aveva tredici anni e ad oggi ha al suo attivo quasi sessanta romanzi di ambientazione contemporanea. Le trame dei suoi libri vertono su rapporti eterosessuali, rapporti omosessuali tra uomini e *ménages à trois* in cui sono coinvolti due uomini e una donna, e hanno per protagonisti personaggi di diverse provenienze. Sotto lo pseudonimo di J.J. Masters, Jeanne scrive anche storie d'amore omosessuali di ambientazione fantasy.

Per restare aggiornati sulle frequenti uscite dei suoi nuovi lavori, collegatevi al sito www.jeannestjames.com o iscrivitevi alla newsletter:
http://www.jeannestjames.com/newslettersignup (in inglese).

www.jeannestjames.com
jeanne@jeannestjames.com

Newsletter: http://www.jeannestjames.com/newslettersignup
Gruppo Facebook di lettrici e lettori: https://www.facebook.com/groups/JeannesReviewCrew/

TikTok: https://www.tiktok.com/@jeannestjames

facebook.com/JeanneStJamesAuthor

instagram.com/JeanneStJames

bookbub.com/authors/jeanne-st-james

goodreads.com/JeanneStJames

pinterest.com/JeanneStJames

Anche da Jeanne St. James (in inglese)

Trovate il mio ordine di lettura completo qui:

https://www.jeannestjames.com/reading-order

LIBRI INDIVIDUALI

Made Maleen: A Modern Twist on a Fairy Tale

Damaged

Rip Cord: The Complete Trilogy

Everything About You (A Second Chance Gay Romance)

Reigniting Chase (An M/M Standalone)

Brothers in Blue Series

The Dare Ménage Series

The Obsessed Novellas

Down & Dirty: Dirty Angels MC Series®

Crossing the Line (A DAMC/Blue Avengers MC Crossover)

Magnum: A Dark Knights MC/Dirty AngelsCrossing the Line: A DAMC/Blue Avengers MC Crossover Crossover

In the Shadows Security Series

Blood & Bones: Blood Fury MC®

Beyond the Badge: Blue Avengers MC™

Note

Capitolo uno

1. "Zuccone" (ndt).

Capitolo due

1. Gioco di parole con *pez dispenser*, una specie di sparacaramelle (ndt).

Capitolo sei

1. Gioco di parole intraducibile tra *fire* e Phire (ndt).

Capitolo otto

1. Rispettivamente *laughing out loud* e *lots of love* (ndt).

Capitolo dodici

1. Cioè "il buco" (ndt).
2. Letteralmente "il demone comandante", ma "DiC" si può leggere in modo molto simile a *dick*, cioè "cazzone" ndt.

Capitolo tredici

1. "Testa di cazzo" (ndt).

Capitolo venti

1. Esclamazione traducibile con "porca miseria", ma è anche una delle frasi tipiche del capitano Holt nella versione originale della serie tv *Brooklyn Nine-Nine* (ndt).

Capitolo ventisette

1. "Axel", oltre a essere nome proprio, è anche l'asse dell'automobile (ndt).